《中国家庭基本藏书》

新闻出版总署优秀畅销书奖
全国优秀古籍图书普及读物奖
第十七届山西省优秀图书一等奖
第 二 届 山 西 出 版 政 府 奖
山西出版集团2008年度十种好书

全套藏书累计销售500万册

中国家庭基本藏书（修订版）

诸子百家卷

《诗经》《尚书》《礼记》《楚辞》《论语·大学·中庸》《孟子》
《老子》《庄子》《荀子》《韩非子》《孙子兵法·尉缭子·鬼谷子》
《墨子》《周易》《山海经》《吕氏春秋》《三十六计》

名家选集卷

《三曹诗集》《陶渊明集》《王勃集》《王维集》《孟浩然集》
《高适集》《岑参集》《李白集》《杜甫集》《白居易集》
《刘禹锡集》《元稹集》《李商隐集》《李贺集》《杜牧集》
《韩愈集》《柳宗元集》《李煜集》《欧阳修集》《王安石集》
《苏轼集》《黄庭坚集》《柳永集》《秦观集》《周邦彦集》
《李清照集》《辛弃疾集》《陆游集》《范成大集》《杨万里集》
《姜夔集》《文天祥集》《元好问集》《唐寅集》《张岱集》
《三袁集》《李贽集》《傅山集》《纳兰性德集》《袁枚集》
《郑板桥集》《龚自珍集》

史著选集卷

《左传》《国语》《战国策》《史记》《汉书》《后汉书》《三国志》
《资治通鉴》

综合选集卷

《唐诗三百首》《宋词三百首》《元曲三百首》《千家诗》《古文观止》
《汉魏六朝小赋骈文选》《唐宋八大家文选》《明清小品文选》

笔记杂著卷

《蒙学六种——三字经·百家姓·千字文·增广贤文·幼学琼林·格言联璧》
《颜氏家训·朱子家训》《世说新语》《金刚经·坛经·心经·地藏经》
《曾国藩家书》《菜根谭·小窗幽记·幽梦影》《浮生六记》《闲情偶寄》
《近思录》《徐霞客游记》《古代书信精选》

戏曲小说卷

《元杂剧精选》《西厢记》《牡丹亭》《长生殿》《桃花扇》《今古奇观》
《三国演义》《水浒传》《西游记》《红楼梦》《聊斋志异》《儒林外史》
《封神演义》《话本小说选》《文言小说选》

中国家庭基本藏书 名家选集卷

杨万里集

[宋] 杨万里 著
张勇 姜剑云 杜玉荣 解评

山西出版集团
三晋出版社

博学工作室

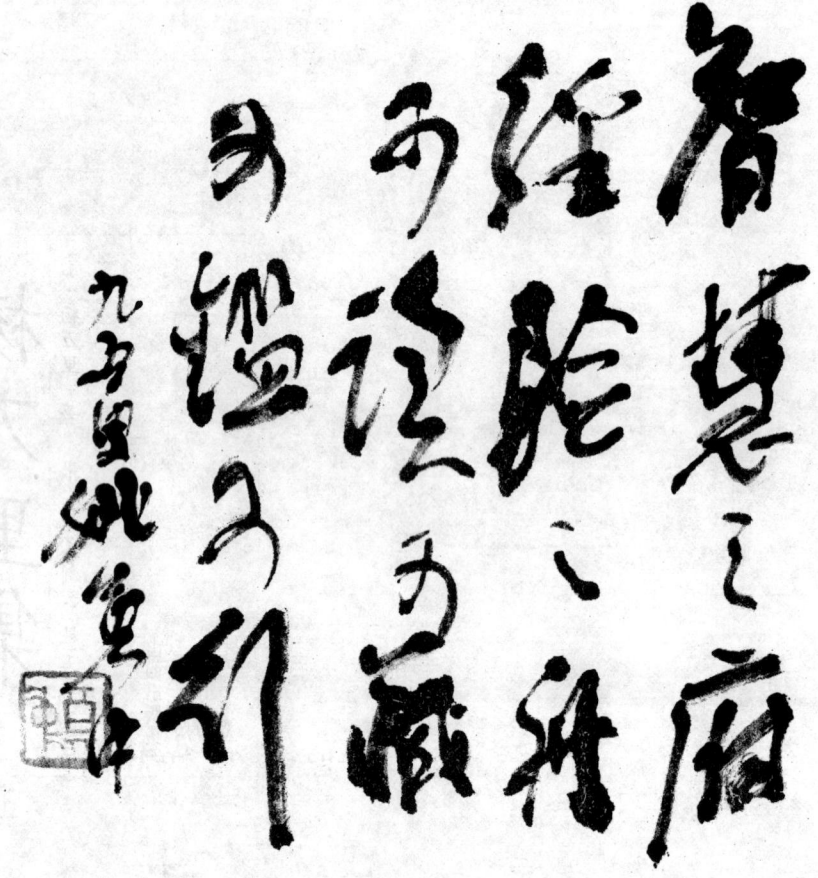

·山西大学教授姚奠中先生为《中国家庭基本藏书》题词

前言

在中国诗歌发展史上,宋诗有着非常重要的地位,它一方面从唐代诗歌的传统中汲取营养,同时又不囿于唐诗,能在思想内容和艺术表现上开拓创新,形成与唐诗不同的风貌。宋诗不论是作家作品的数量,还是名家名作的水平,都足以和唐诗相媲美。北宋前期,欧阳修、苏舜卿、梅尧臣等诗人的作品主气格,趋于散文化,始现宋诗之面目;继而苏轼、黄庭坚领袖文坛,江西诗派大行其道。至南宋,江西诗风仍存,而新变已起,杨万里、尤袤、范成大、陆游四大家并起,其中,杨万里独创"**诚斋体**",成为宋诗风格转变的关键,开南宋后期四灵及江湖诗派风气之先。

杨万里是南宋著名文学家、思想家和政治家。他身为南宋四大家之一,一生创作颇丰,留下了四千二百馀首诗歌,他以自然万象为诗料,取前人之长而后自成一家,严羽《沧浪诗话》列举诗体时在南宋诸诗人中独举"**杨诚斋体**"。他在南宋诗坛享有盛誉,姜特立诗云:"今日诗坛谁是主?**诚斋诗律正施行**。"(《谢杨诚斋惠长句》)王迈曰:"万首七言千绝句,九州四海一**诚斋**。"(《山中读诚斋诗》)陆游也曾感慨:"文章有定价,议论有至公。我不如诚斋,此评天下同。"(《谢王子林判院惠诗编》)杨万里"不特诗有别才,即词亦有奇致"(《历代诗馀·词话》引《续清言》语)。其散文成就也不可忽视:政论《千虑策》洋洋万言,体制完备,气势夺人,有不可辩驳之势;辞赋如《浯溪赋》、《海鳅赋》,皆为名篇;其他记、序、跋文等亦有佳作。除文学之外,杨万里还精通易学,他耗时十七年写成《诚斋易传》,以历史事件印证易理,可谓独辟蹊径,自成一家。杨万里还是一代廉臣,他自绍兴二十四年中进士,踏上仕途,到绍熙三年辞官回乡,为官数十年,三度立朝,刚正不阿,耿介敢言,当时大臣倪思在杨万里将被外放为江东转运副使时,上书谏留,其中写道:"窃见秘书监杨万里,学问文采,固已绝人;乃若刚毅狷介之守,尤为难得!夫若遇事辄发,无所顾忌。"或许正是由于他的耿介品行,杨万里才未曾被重用,他在朝最高官职只做到"秘书监"。在晚年辞官之后,杨万里固守己志,安贫乐道,黄升说他"以道德风范映照一世,实为四朝耆俊"(《中兴以来绝妙好词选》)。

　　杨万里不仅是南宋诗坛之巨擘,对后世诗人也有很大影响。元代刘祁、方回,都对诚斋诗评价颇高;明代公安三袁讲求独抒性灵,不拘格套,与诚斋体精神相通;清代袁枚对杨万里异常推崇,认为杨诗"天才清妙","音节清脆,如雪竹冰丝,非人间凡响,皆由天性使然。"清代诗人江湜则专学诚斋体,不少诗作几可乱真。

　　杨万里生前曾将自己诗作按时间顺序编为《江湖集》(七卷)、《荆溪集》(五卷)、《西归集》(二卷)、《南海集》(四卷)、《朝天集》(六卷)、《江西道院集》(三卷)、《朝天续集》(四卷)、《江东集》(五卷)、《退休集》(七卷),部分诗集在生前已经有人刊刻流传。南宋淳熙、绍熙年间有《诚斋先生江湖集十四卷荆溪集十卷西归集四卷南海集八卷江西道院集五卷朝天续集八卷退休集十四卷》刻本,现为残本,藏于北京图书馆。南宋嘉定元年其子杨长孺将杨万里诗文编订成册,端平元年(1234),由杨万里门人罗茂良校刊,题名《诚斋集》,共计一百三十三卷。其中诗四十二卷,赋辞三卷,文及杂著八十七卷,附录一卷。此本国内早已亡佚,今日本宫内厅书陵部有藏。

　　在此之后,各种抄本、刊刻本很多。较为著名的有明末毛氏汲古阁抄本《诚斋集》一百三十三卷,现藏于上海图书馆。清抄本《诚斋集》一百三十三卷,清抄本《诚斋集》一百二十卷残本,现均藏于北京图书馆。除此以外尚有明清各种诗集抄本残卷,限于篇幅,不一一列举。

　　现今最为常见的是四库全书本、四库全书荟要本和四部丛刊本。四库本采用的是翰林院编修汪如藻家藏本，谬误较多。荟要本纠正了四库本中的不少错误，而且附有校记。四部丛刊影印缪荃孙艺风堂所藏影宋抄本，其底本即为嘉定元年刻本，此本保留了《诚斋集》最早面目，故而最为学界所推重。

此外，清乾隆年间吉水杨氏家刻本《杨文节公文集》八十五卷，其中诗文各四十二卷，附录一卷，是据家藏旧抄本刊印，可与宋抄本相印证，极具参考价值。

1949年新中国成立之后，随着古籍整理工作的进行，对杨万里作品的整理也步入新的时代。其中重要的选本有周汝昌的《杨万里选集》，于北山的《杨万里诗文选注》。《全宋诗》、《全宋文》分别收录了杨万里的全部诗、文作品。其中《全宋诗》以宋代端平刊本为底本，校以淳熙、绍熙年间《诚斋先生江湖集十四卷荆溪集十卷西归集四卷南海集八卷江西道院集五卷朝天续集八卷退休集十四卷》刻本，参校汲古阁抄本《诚斋集》及家刻本《杨文节公文集》，是最为完备的杨万里诗集。王绮珍《杨万里诗文集》以四部丛刊本为底本，参照家刻本《杨文节公文集》，校以四库本、荟要本，还参考了一些总集、史传、笔记、方志，完整收录杨万里所有诗文作品，是目前最为完备的杨万里诗文总集。

本书所评注的杨万里作品，是以《四部丛刊》影印宋钞本为底本，参校王琦珍整理的《杨万里诗文集》，诗作部分参校《全宋诗》，择善而从。作品大致按年代先后为序。限于本书体例篇幅等方面的要求，我们选注了杨万里有代表性的诗作百馀篇，全部词作八篇，以及文十馀篇，以馈读者。为方便读者使用，末附"杨万里年谱简编"、"杨万里研究重要参考文献"及"《杨万里集》名言警句(正文中用着重号标出)。成书过程中参考了学界专家的成果，在此表示感谢。同时，限于著者水平，书中难免谬误之处，恳请读者批评指正。

姜剑云
2008年8月

论杨万里的人格（代序）

张瑞君

王国维认为"无高尚伟大之人格，而有高尚伟大文章者，殆未之有也"（《文学小言·六》）。杨万里之所以能在南宋诗坛步入四大家的行列，与他高尚的人格有千丝万缕的联系。所以黄升说他"以道德风节照映一世"（《中兴以来绝妙词选》卷二）。

杨万里一生安贫乐道，淡泊名利。罗大经云："杨诚斋自秘书监将曹江东，年未七十，退休南溪之上，老屋一区，仅庇风雨，长须赤脚，才三四人。"（《鹤林玉露》卷十四）他曾说："仁者安其固然，故不忧。"（《庸言》）他一生"以进德修业为乐"（《庸言》），一再声称"道也，乐之实，乐仁义是也"（《心学论·乐论》）。他追求的人生乐事，非荣华富贵、高官厚禄，而是既有收复失地的美好愿望，"誓取胡头为饮器，尽为遗民解椎髻"（《跋丘宗卿见赠使北诗五七言一轴》），也有"杜老吟边树，山公醉处池"（《和济翁见寄之韵》）的闲逸。他的一生，视功名为草芥，视利禄为敝履。即使为官时期，过的也是"清得门如水，贫惟带有金"（徐玑《投杨诚斋》）的生活。他赞扬那些摆脱庸俗，不言功名利禄的人物，"先生耻言利，家徒四壁"（《陈先生墓志铭》)。他心胸开阔,气度恢宏,不以仕途得失为意,"我本山水客,淡无轩冕情"(《明发陈公驿经过摩舍那滩石峰下》),"金印系肘大如斗,不如游山倦时一杯酒"(《游蒲涧呈周帅蔡漕张舶》)。

刚正不阿,诚实磊落,耿介敢言,这是杨万里人格的又一特点。周必大说:"友人杨廷秀,学问文章独步斯世。至于立朝谔谔,知无不言,言无不尽,要当求之古人,真所谓浩然之气,至刚至大,以直养而无害,塞于天地之间者。"(《题杨廷秀浩斋记》,《周益公文忠公集·省斋文稿》卷五)同时代人对他称仰备至:"脊梁如铁心如石,不曾屈膝不皱眉。"(《南宋群贤小集》)杨万里对儒家理想人格的"诚"特别推崇,"诚"作为理学范畴,它的字面原始意义具有真诚、无妄、纯正、专一等含义。《孟子·离娄上》云:"诚身有道,不明乎善,不诚其身也。""是故诚者,天之道也,思诚者,人之道也。"杨万里发挥了儒家这一传统的伦理思想,认为"遁而诚为好遁,隐而伪为素隐。好遁者如女子好色,素隐者乡原德之贼。隐而伪不若不隐而诚矣。"(《杨氏易传》卷九)"有败诈,无败诚。"(《庸言》)很明显,"诚"是与"伪"、"诈"对立的。杨万里认为"天行健,健即诚也,所谓诚者,天之道也;君子以自强不息,且不息亦诚也,所谓诚之者,人之道也。"(《诚斋易传》卷一)"亲在始,始在诚,诚在实,实在质……诚之心充实。"(《诚斋易传》卷三)"忠信辞诚所以指其地,实其物也。"(《诚斋易传》卷一)孟子说:"充实之谓美,充实而有光辉之谓大。"(《孟子·尽心章句下》)杨万里在《庸言》中也强调"充实之谓美"、"充实而有光辉"的传统思想。

杨万里对竹、菊很称颂,"盖君子于竹比德焉,汝视其节,凛然而孤也。所谓直哉史鱼,邦有道,如矢者欤!汝视其貌,顾然癯也,所谓伯夷、叔齐饿于首阳之下,民到于今称之者欤!汝视其中,洞然而虚也,所谓回也,其庶乎屡空,有若无者欤!故古之知竹者,其惟夫子乎!"(《清虚子此君轩赋》)再看《多稼亭前黄菊》:"危亭俯凉闉,落叶日夜深;佳菊独何为?开花得我心。韵孤自无伴,香净暗满襟;根器受正色,非缘学黄金。独违春光早,而俟秋寒侵;岂不爱凋年,坐令淹寸阴?奈此清苦操,愧人妍华林。向来朱碧丛,亦复悴斯今。清霜惨万象,幽芳耿森森。持以寿君子,聊尔慰孤斟?"

费尔巴哈说:"人是在对象上面意识到他自己的,对象的意识就是人的自我意识。"(《十八世纪末——十九世纪初德国哲学》)诗人在晚秋的菊花中找到了自己人格的对应物,于是以一腔热情来写,不知我为菊,菊为我。诗人极力赞扬菊花孤高自傲,不媚流俗、正气凛然的节操。黄菊不开于阳春,独放于秋寒之时,这不正是诗人不随波逐流的写照?黄菊清苦的气节不正是诗人淡泊名利、蔑视富贵的灵魂?黄菊孤独无伴,不正是诗人坚贞自守、孤高自傲的人格?黄菊凌寒而开,不正是诗人犯颜直谏、傲岸不屈的意志？诗人的人格精神与黄菊的完美融为一体。无怪乎光宗皇帝也称赞"杨万里也有性气"(《鹤林玉露》卷五)。

忠贞报国，关心百姓，这是杨万里人格的又一突出特点。朱熹《答杨廷秀万里》曰："时论纷纷，未有底止，契丈清德雅望，朝野属心，切冀眠食之间，以时自重，更能不以乐天知命之乐，而忘与人同忧之忧。毋过于优游，毋决于遁思，则区区者犹有望于斯世也。"有不少研究者根据这封信便认为杨万里不关心现实，实在是以偏概全。人的感情世界是复杂的，朱熹只是希望他不要让超然物外的胸襟掩住其忧国忧民之情。

杨万里一生始终关心国家的命运，但他基本是不在其位不谋其政，这并不是说他家居时没有关心现实的诗作，而是指他的立身处世而言。杨万里曾慨叹："补天炼石无虚日，忧国如家有几人。"(《送徐宋臣监丞补外》)再看《读严子陵传》："客星何补汉中兴，空有清风冷似冰。早遣阿瞒移汉鼎，人间何处有严陵。"

据《后汉书·严光传》记载，严光，字子陵，一名遵，东汉余姚人，本姓庄，由于避汉明帝刘庄讳而改姓严，少年时曾与刘秀同学。刘秀做了光武帝，严子陵改变姓名，隐居不出，披羊裘钓于泽中。光武帝思念他，到处寻访，连请三次才来。光武帝任他为谏议大夫，严子陵坚辞不就，归隐富春山，年八十而终于家。光武帝很惋惜，下诏郡县赐钱百万，谷千斛。清高脱俗，淡于名利，坚贞自守的严子陵，赢得了多少士大夫的仰慕，杨万里论史抒怀，一反前人的颂扬，代之以冷峻的嘲讽。《史记·天官书》："客星出天廷，有奇令。"《后汉书·严光传》："因共偃卧，光以足加帝腹上。明日太史奏客星犯御座甚急。帝笑曰：'朕故人严子陵共卧耳。'"此后客星便代指严子陵。刘邦开汉业，王莽篡政，刘秀灭王莽，建立东汉，号为中兴之主。刘秀立朝初期，广泛网罗人才，严子陵不肯为最高统治者服务，耕钓而终，就个人品德而言，是人生选择的自由，无可厚非，但这对汉代的中兴事业并无多少积极意义，只留下一个清高的空名罢了。诗人大胆设想，如果曹操篡权发生在东汉之前，社会动荡不安，那么严子陵去哪里隐居呢？又何来"清风之名"？此诗借古讽今，对在国家安危关头，遁迹山林，寄情泉石的士大夫给以当头棒喝，流露了爱国爱民的高尚情操。刘过把杨万里比之裴度，见《投诚斋》："初政寰区望太平，黎民乐业喜更生。裴公用舍无轻重，天下从此有重轻。"

清人潘定桂更是对杨万里的爱国热情深入体味："一官一集记分题，两度朝天卷自携。老眼时时望河北，梦魂夜夜绕江西。连篇尔雅珍禽疏，三月长安杜宇啼。试读淮河诸健句，何曾一饭忘金堤。"(《读杨诚斋诗集九首·其二》)时时不忘收复失地，的确领会了杨万里的精神世界。人的性格层面是复杂的,杨万里还有任真自适,追求自由的一面。他的一生是爱国爱民的一生,同时也是追求自我价值的实现以达到救国救民的人生。他决不丧失个体人格的独立与自由,更不为了保官而随波逐流。他十分厌倦、鄙视官场的虚伪,对农民自由自在的生活十分向往:"过雨溪山十倍明,乍晴风日一番清。白鸥池沼菰蒲影,红枣村墟鸡犬声。肉食坐曹良愧死,囊衣行部亦劳生。不堪有七今成九,伧父年来老更伧。"(《早炊高店》)全诗写农村秋日特有的景物,白鸥、池沼、菰蒲、红枣,反衬自己为官生涯愧对劳动人民,更表示了对官场应酬的厌烦。末联用嵇康之典。魏山涛为选曹郎,举嵇康自代,嵇康作《与山巨源绝交书》为答,表示拒绝,文中说:"有必不可堪者七,甚不可者二:卧喜晚起而当关呼之不置,一不堪也;抱琴行吟,弋钓草野,而吏卒守之不得妄动,二不堪也;危坐一时,痹不得摇,性复多虱,把搔无已,而当裹以章服,揖拜上官,三不堪也;素不便书,又不喜作书,而人间多事,堆案盈几……四不堪也;不喜吊丧,而人道以此为重……五不堪也;不喜俗人,而当与之共事,或宾客盈座,鸣声聒耳,嚣尘臭处,千变百伎在人目前,六不堪也;心不耐烦,而官事鞅掌,机务缠其心,世故繁其虑,七不堪也。"又加之肉食坐曹,囊衣行部,故九不堪,而自己尚不肯离去,真是越老越没出息了。在自嘲中表现出心灵对自由生活的企求。再看《人日诘朝从昌英叔出谒》:"出门初惮烦,载途乃忘归。但令我意适,岂校出处为。路人见我揖,属我有所思。我不见其面,信口聊应之。徐悟恐忤物,欲谢已莫追。我率或似傲,彼愠独得辞?"出门怕麻烦,上了路却乐而忘返。只要自己适意,何关在家或出外呢?一语双关,表明自己出仕退居皆出于任真自适,不勉强自己的性情。而对路人的虚伪客套,诗人敷衍应付时很反感。杨万里曾感叹自己"平生太疏放,似黠亦似痴"(《暮宿半途》)。他没有一般知识分子的酸腐气味,而有较多的平民意识。

　　杨万里曾对生与死,进与退,顺与逆等人生问题作过深入的思考,他的不少诗表现出强烈的生命意识。"古人亡,古人在,古人不在天应改。不留三句五句诗,安得千人万人爱。今人只笑古人痴,古人笑君君不知。朝来暮去能几许?叶落花开无尽时。人生须要印如斗,不道金槌控渠口。身前只解皱两眉,身后还能更杯酒?李太白,阮嗣宗,当年谁不笑两翁?万古贤愚俱白骨,两翁天地一清风!"(《醉吟》)下笔不凡,似无理,实为至理。在人类发展的长河中,无论是政治家、军事家、思想家、科学家,无论帝王将相还是平民百姓,只要为人民做过贡献的人将永远活在人民心中,如果不是这样,那就会天道改变,黑白颠倒,社会也会岌岌可危的。诗人一反咏怀诗固有的写法,不是今人评价古人,而让古人评价今人,构思非常新颖。江山永恒，人生短暂，朝来暮去，花开叶落，没有穷尽，今人只知官越做得大越好，为了这个目的，不惜贪赃枉法，媚上欺下，压迫百姓。"儒以金椎控其颐"（《庄子·外物》），庄子指斥读书识礼之人犯罪是明知故犯，所以应打面颊，此诗改为打口，意为一味追求功名富贵，忘了遭刑受辱的结果。整日利欲熏心，时时计较名利，紧皱双眉，欲壑难填，可死后还能再喝一杯酒吗？对贪婪者嘲讽深刻。更为奇妙的是此诗让古人今人争辩，今人不服古人的嘲弄，你们这些古人嘲笑我们的贪婪，但像李白、阮籍一样花钱如流水，整日饮酒狂放，这就好吗！古人不正面答辩，却说出了铁一般的事实，自古以来不论贤愚，无论得志者还是失败者，都变成了腐尸白骨，只有像李、阮二人一样傲骨森森、坚贞自守的人，才能化作天地间的清风，万古流芳，表现出诗人对自由正直人格的追求。

缘于对自由任真、洒脱超然、进退随缘的人格的追求，杨万里十分崇拜苏轼的为人处世哲学和人生理想。苏轼胸怀浩落，不计较个人恩怨，门庭广大，爱护人才，奖掖后进，儒、释、道并融于心，各取所需；时时处处关心百姓；宠辱不惊，履险如夷，坚贞不屈。在《谢建州茶使吴德华送东坡诗集》中，杨万里运用反衬的手法将别人的富贵排场与自己的贫穷寒伧两相对照，"黄金白璧明月珠，清歌妙舞倾城姝。他家都有侬家无，却有四壁环相知"，描绘了自己贫困落寞的生活景况，抒发了读书人的不幸。聪明和博学不仅成不了通向仕途的资本，而且甚至会成为一种负担。"此外更有一床书，不堪自饱饱蠹鱼"，这是一种慨叹，是一种牢骚。诗人清贫自守，嗜书如命，书成为诗人高尚生活情趣的重要内容。而"老来万事落人后"更表现了诗人的认真执着、不随波逐流的人格及不幸遭遇。通过新得东坡集而引入到"东坡痴绝过于侬"，点明了自己与苏东坡在人格精神上的默契。杨万里用"痴绝"来概括苏东坡的品格特点实在是太准确了。这是一种与聪明乖巧、善于应变、八面玲珑相对立的处世态度。苏东坡一生行事有自己独特的个性，把自己无私博大的爱留在人间。苏东坡反对新法，是从国家人民利益出发，当时他不用随声附和新法，以他位卑而名高的处境，只要默不作声，就可以平步青云。神宗死后，司马光入相，尽废新法，东坡却反对恢复差役法，甚至在朝堂争执。苏东坡此时只要随从形势，可以位至宰相，但他没有这样做。苏东坡的品德可贵之处，更在于他是一位实干家。无论自己如何不幸，总要力所能及地为人民做一些事情。徐州防洪，杭州疏浚西湖，颍州兴修水利、赈救灾荒，定州讲武备边，黄州收养弃婴，岭南推广秧马，惠州介绍水碾，儋耳讲学论文，真有民胞物与的精神。接下去，诗人赞扬苏东坡超然物外的洒脱胸襟，同时也是自己人格的表白。苏东坡立身行事不因境遇改变而改变，而杨万里也是秉性刚正之人，敢于犯颜直谏，敢于触怒权贵。杨万里赞扬苏东坡热爱文学、勤奋耕耘、敢于创新，又何尝不是抒发自己的人生态度和理想追求？

杨万里一生乐观幽默，有着诙谐、睿智、达观的天性。罗大经《鹤林玉露》卷六载："尤梁溪延之，博洽工文，与杨诚斋为金石交。淳熙中，诚斋为秘书监，延之为太常卿，又同为青宫寮采，无日不相从。二公皆善谑，延之尝曰：'有一经句请秘监对，曰杨氏为我。'诚斋应曰：'尤物移人！'众皆叹其敏确。诚斋戏呼延之为蜻蜓，延之戏呼诚斋为羊。一日食羊白肠，延之曰：'秘监锦心绣肠，亦为人所食乎？'诚斋笑吟曰：'有肠可食何须恨，犹胜无肠可食人'。盖蜻蜓无肠也。一坐大笑。厥后闲居，书问往来，延之则曰羔儿无恙，诚斋则曰彭越安在。诚斋寄诗曰：'文戈却日玉无价，宝气蟠胸金欲流。'亦以蜻蜓戏之也。延之先卒，诚斋祭文云：'齐歌楚些，万象为挫。瑰伟诡谲，我倡公和。放浪谐谑，尚友方朔。巧发捷出，公嘲我酢。'"魏庆之《诗人玉屑》卷一九记述："晦庵先生与诚斋吟咏甚多，然颇好戏谑。刘约之丞庐陵，过诚斋，语及晦庵足疾，诚斋因赠约之诗云：'忠显闻孙定不虚，西枢犹子固应殊。鸾停梧上遗风在，鹭进松间得句无。剩有老农歌赞府，未多荐墨送清都。晦庵若问诚斋叟，上下千峰不用扶。'晦翁后视诗笑云：'我疾犹在足，诚斋疾在口耳！'"这种性格特征，在他的诗作中表现得更为充分。

杨万里一生不慕荣华、不求富贵，淡泊名利，使他能够接近底层的群众，写出不少关心民生疾苦的诗作，充满深情厚谊；诚实耿介、刚正不屈的性格，使他能敏锐地看到上层统治者的腐朽和昏庸，看到吏治的黑暗，写出不少揭露社会时弊的诗篇，尖锐深刻，发人深省；忠贞报国，关心百姓，又使他写出了不少揭露金人统治，沦陷区人民渴望恢复，以及指斥统治者不思恢复、苟且偷安的诗作，表现了自己的一腔爱国感情；任真自适，追求自由，酷爱大自然的性格，使他写出了不少别具特色的自然景物诗，自然山水成为他诗歌最重要的题材，这类诗描绘了美丽迷人的境界，数量多，风格多样化；天性乐观幽默，使他的诗自始至终有一种积极向上、充满热情的基调，更使他能摆脱习惯的思维定势，创造出生动风趣、诙谐幽默的"诚斋体"。杨万里诗歌包蕴深广、多姿多彩，正是他博大丰富人格的体现！

张瑞君，山西寿阳人，文学博士，山西古代文学学会副会长，中国李白学会常务理事。曾在《文学评论丛刊》、《中国李白研究》、《北京大学学报》和《名作欣赏》等学术刊物上发表论文数十篇，出版专著有《李白全集校注汇释集评》（编委）、《南宋江湖派研究》、《大气恢宏——李白与盛唐诗新探》、《杨万里评传》等。以上"代序"原刊于《天津师大学报》1999年第6期。

目录

前言 /001
论杨万里的人格(代序)
　　(张瑞君) /001

◎ 诗

题湘中馆(二首之二) /001
过百家渡四绝句(四首选二) /002
　其一 /002
　其二 /003
读罪己诏(三首选二) /004
　其一 /004
　其二 /006
悯农 /007
闲居初夏午睡起二绝句 /009
　其一 /009
　其二 /010
宿龙回 /011
跋蜀人魏致尧抚干万言书 /012
次日醉归 /014
过西山 /015
虞丞相挽词三首(其一) /017
观稼 /018

目录

钓雪舟中霜夜望月 /019
小池 /021
秋雨叹十解(选二) /022
  其四 /022
  其十 /023
读严子陵传 /024
暮热游荷池上五首 /025
  其一 /025
  其二 /026
  其三 /027
  其四 /028
  其五 /029
醉吟 /030
促织 /032
和范至能参政寄二绝句 /033
  其一 /033
  其二 /034
稚子弄冰 /035
观小儿戏打春牛 /036
烛下和雪折梅 /038
小舟晚兴(四首之一) /039
插秧歌 /040
宿灵鹫禅寺(二首之二) /042
过石磨岭岭皆创为田直至其顶 /043
戏笔(二首之一) /044
二月一日晓渡太和江(三首选二) /045
  其一 /045
  其二 /046

万安道中书事(三首选二) /047
  其一 /047
  其二 /048
舟过谢潭(三首之三) /049
春晴怀故园海棠 /050
  其一 /050
  其二 /051
过显济庙前石矶竹枝词(二首之二) /052
檄风伯 /053
舟人吹笛 /055
题曹仲本出示谯国公迎请太后图,自"肃天仗"以下皆纪画也 /056
云龙歌调陆务观 /060
幼圃 /063
白纻歌舞四时词(四首之二) /064
省中见树上啄木鸟戏题 /066
晓出净慈寺送林子方(二首之二) /067
九月十五夜月,细看桂枝北茂南缺,未经古人拈出,纪以二绝句 /068
  其一 /068
  其二 /069
读梁武帝事 /070
明发南屏 /071
过杨村 /073
洗面绝句 /074

嘲稚子 /075

羲娥谣 /076

下横山滩头望金华山(四首之二) /078

跋徐恭仲省干近诗(三首之三) /079

过扬子江二首 /081
    其一 /081
    其二 /082

舟过扬子桥远望 /084

初入淮河四绝句 /085
    其一 /085
    其二 /086
    其三 /087
    其四 /088

雪霁晓登金山 /090

竹枝歌有序(七首选二) /092
    其六 /093
    其七 /093

蜂儿 /094

泊平江百花洲 /096

读诗 /097

夜泊平望(二首之一) /099

三月三日上忠襄坟因之行散得十绝句(选三) /100
    其二 /100
    其六 /101
    其七 /102

圩丁词十解(选三) /103
    其六 /103
    其七 /104

    其九 /105

发银树林 /106

早炊高店 /107

江天暮景有叹 /108
    其一 /108
    其二 /109

清晓出郭迓客七里庄(二首之二) /110

宿新市徐公店(二首之一) /111

风花 /112

桑茶坑道中(八首选二) /113
    其二 /113
    其七 /114

过松源晨炊漆公店(六首之五) /115

水螳螂歌 /116

送丘宗卿帅蜀(三首之二) /117

发赵屯,得风宿杨林池,是日行二百里 /119

有叹 /120

重九后二日同徐克章登万花川谷月下传觞 /121

与伯勤子文幼楚同登南溪奇观戏道傍群儿 /123

观社 /124

添盆中石菖蒲水仙花水 /125

南溪早春 /126

送次公子之官安仁监税 /127

晒衣 /128

读张文潜诗(二首之一) /129

至后入城道中杂兴(十首之二) /131

夜读诗卷 /132

◎ 词

水调歌头(玉树映阶秀) /134

归去来兮引 /135

念奴娇(老夫归去) /140

忆秦娥(新春早) /142

武陵春(长铗归乎逾十暑) /143

好事近(月未到诚斋) /144

昭君怨(偶听松梢扑鹿) /145

◎ 文

浯溪赋 /147

海鳅赋(有后序) /151

君道(中) /155

国势(中) /160

玉立斋记 /166

景延楼记 /168

与陈应求左相书 /171

怀种堂记 /174

诚斋《荆溪集》序 /176

泉石膏肓记 /179

唤春园记 /182

颐庵诗稿序 /184

山居记 /187

◎ 附录

杨万里年谱简编 /190

杨万里研究重要参考文献 /208

《杨万里集》名言警句 /211

◎诗

题湘中馆（二首之二）

此诗作于绍兴三十二年（1162）秋。诗人时任零陵丞，并于是年夏季赴长沙，担任湖南漕司主试，至九月方归，此诗即是归途中宿湘中馆时所题。原作共两首，这里选其中的第二首。

江欲浮秋去，山能渡水来。㘅隅蛮语杂，欸乃楚声哀。
寒早当缘闰，诗成未费才。愁边正无奈，欢伯一相开。

江欲浮秋去，山能渡水来——一江秋水奔流不息，浩浩而去，好像秋天也会随着江水流去。江边的连山在秋色中显得妩媚多姿，更妙的是绝佳的山色映在江水中仿佛是渡水而来，好像想要和人亲近一样。

㘅隅蛮语杂，欸乃楚声哀——听不懂当地人说的方言，带着哀伤调子的棹歌悠扬动听。㘅隅（jūyú），古代西南少数民族称鱼为㘅隅。南朝宋刘义庆《世说新语·排调》："郝隆为桓公南蛮参军……既饮，揽笔便作一句云：'㘅隅跃清池。'桓问㘅隅是何物，答曰：'蛮名鱼为㘅隅。'"后来也用㘅隅借指少数民族语言。欸（ǎi）乃，象声词，棹歌，划船时歌唱之声。

寒早当缘闰，诗成未费才——今年因为有闰月的缘故，所以在月份上显得秋凉来得早了，那我就随意吟首小诗来与这早早的秋凉相唱和吧。绍兴三十二年闰二月。李商隐《南朝》诗中有"江令当年只费才"，杨万里此句是反用李商隐诗意，暗含自己并非是只会作诗的诗人，胸中还有政治抱负和才能。

愁边正无奈，欢伯一相开——行旅途中面对秋江，倾听棹歌，想到自己政治才能尚未能施展，只是闲来写诗，不由得生愁。愁思既来，挥之不去，也只好用酒来解忧了。愁边，犹言愁中。欢伯，酒的别名。汉焦赣《易林·坎之兑》："酒为欢伯，除忧来乐。"开，在这里是开解、宽慰的意思。

这是一首写景抒怀之作。诗的首联写秋江景色，用极简练的文字写出秋江之壮丽与优美,有先声夺人之妙。袁枚在《随园诗话·补遗四》中称赏此句:"'白水遥连郭,青山直到门。'畏垒山人诗也。'野水白连郭,乱山青到门。'王子乘诗也。二诗各臻其妙。然观杨诚斋'江欲浮天去,山疑渡水来',则又瞠乎后矣!"颔联写诗人行旅途中的孤独之感,言语不通、楚声船歌,更催生了诗人的愁绪。"自古逢秋悲寂寥"(刘禹锡《秋词》),行旅作客孤独之情已生,再加上面对秋景,则寒凉之意自从心底生出,其实未必真是因为有闰月的缘故。诗人目有所触,心有所感,于是赋诗。"诗成未费才"却不是自夸而是自叹。清人屈复《玉溪生诗意》解李商隐"江令当年只费才"句说:"只费才,可惜空费其才也。"是说南朝诗人江总虽居高位,但却只是诗人而已。杨万里此句暗含政治抱负还不能施展的愁思。尾联是写愁来时的无奈,诗人称酒为"欢伯",饮酒解忧为"欢伯相开",好似有人作伴劝解忧愁,其实却是独饮,恐怕只会是"借酒浇愁愁更愁"。

此诗由景入情,写愁思层层递进,却写得含蓄有度,显示出诗人诗歌创作的功力,确实可以称得上是"诗成未费才。"

过百家渡四绝句(四首选二)

这组诗作于宋孝宗隆兴元年(1163)春,当时杨万里在永州零陵丞任上。这一时期正是杨万里形成自己风格的早期。杨万里早年作诗学习江西诗派,效法黄庭坚、陈师道,到了绍兴三十二年(1162)诗人悟到一味模仿江西诗风是不能自成一家的,他在《诚斋江湖集序》中自述了当时的情况:"予少作有诗千馀篇,至绍兴壬午七月皆焚之,大概江西体也。今所存曰《江湖集》者,盖学后山及半山及唐人者也。"就是从那时,杨万里走上了多方学习的创作之路,并最终"辞谢唐人及王、陈、江西诸君子,皆不敢学",自出机杼,终成一代大家。《过百家渡四绝句》作于诗人焚毁"少作"的第二年,诗中已经没有了江西诗风的瘦硬孤峭,而诚斋体的那种自然流转,清新活泼的风味已经初露端倪。

其 一

出得城来事事幽,涉湘半济值渔舟。
也知渔父趁鱼急,翻着春衫不裹头。

出得城来事事幽,涉湘半济值渔舟——我从喧闹的城里出来,看到城外的风光到处都显得僻静幽雅,渡湘江到一半的时候,在江上遇到了一只渔船。幽,指僻静;

幽雅。涉，本义指徒步渡水，也泛指渡水，这里是泛指。半济，渡河渡到一半。值，遇到，碰上。

也知渔父趁鱼急，翻着春衫不裹头——江中春鱼成群，渔夫忙得竟穿翻了衣裳、忘了裹头。在古代，正式装束很少有不戴帽子或者不戴巾的，光着头一般会被认为"仪表不整"。诗人此处写渔夫不戴裹头，不是笑他服饰不整，而是对渔夫的不拘礼法，随意自然，带着一种欣赏的态度。渔父，就是渔夫。趁，追逐，追赶。裹头，指裹扎头巾；包头。

对于爱好古典散文的人来说，永州这个地名并不让人感到陌生，唐代著名文学家柳宗元就曾经做过永州司马，并写下了著名的《永州八记》，用生花妙笔描绘出了永州奇绝的自然风光。杨万里也是热爱山水自然的人，他在永州零陵为官，自然不会放过这一片可爱的风光。《过百家渡四绝句》就是描绘乡间自然风光的佳作。

第一首诗写渡过湘江时所见，诗人不写湘江春水，不写江边山光，单单抓住一只渔舟。但是诗人并不泛泛地写渔舟，而是抓住了渔父这一形象，然而就是从写渔父这一形象显示了杨万里诗的特色。以往的古典诗歌中自不乏写渔舟、渔父的作品，但其中所写的渔父多是在一种恬淡宁静的氛围中，有时渔父更带有隐士的色彩。如孟浩然《登江中孤屿，赠白云先生王迥》诗中写"鲛人潜不见，渔父歌自逸。"再如杜牧的《渔父》诗："白发沧浪上，全忘是与非。秋潭垂钓去，夜月叩船归。烟影侵芦岸，潮痕在竹扉。终年狎鸥鸟，来去且无机。"相较之下可以看出，杨万里所写"翻着春衫不裹头"的渔父更具有生活气息，更真实，也更让人感到亲切。诗的欢快语调透出诗人对这种自然疏放的欣赏，让人在轻松愉悦的情绪中品味这种日常生活中的乐趣。

其　二

园花落尽路花开，白白红红各自媒。
莫问早行奇绝处，四方八面野香来。

园花落尽路花开，白白红红各自媒——花园里的花已经落尽了，但是在乡间野外小路旁的花还在盛开，各种颜色的野花都争相向我展示自己的美丽。媒，指引荐，推荐。自媒，指自己推荐自己。《列子·周穆王》："宋阳里华子中年病忘……鲁有儒生自媒能治之。"

莫问早行奇绝处，四方八面野香来——不要问清晨乡间最美的地方在哪里，一切都是那么美好,眼里看见的是路边盛开的野花,鼻中闻到的是从四面八方袭来的野花的香气。奇绝,奇妙非常。

第二首诗描绘春日乡间小路边带有朴野自然之色的烂漫的野花,园花落尽,野花开满山野,香气阵阵袭来真有醉人之美。所写的景物非常的简单,就是乡间路边的野花。"红红白白"两组叠字的运用不仅给诗增添了音乐美,更表现出野花盛开时烂漫的景象;"各自媒"三字又赋予了野花人的感情,仿佛神来之笔,让读者尽情地想象野花的万种风情。

这两首小诗都以诗人独特的视角写出杨万里诗蕴含的独特的灵动和新鲜感来,写渔夫,不被传统所束缚,而是直接从生活中抓取鲜活的形象;写野花,就赋予野花独立的有情感的生命,并仿佛在与诗人交流,这就是诚斋体的独特风味。

读罪己诏(三首选二)

此诗作于兴隆元年(1163)夏。原诗有题注:"时有符离之溃。"绍兴三十二年(1162)六月,宋高宗赵构传位给其养子赵眘,是为孝宗。赵眘即位后,起用主战派大臣,任命力主恢复中原的张浚为枢密使,都督江淮东西路军马,主持北伐战争。兴隆元年(1163)五月,出师北伐,一月之间,攻下灵璧、虹县、宿州三城,金兵大败,人心振奋。既而金国以十万大军攻打宿州,因李显忠、邵宏渊二将不和,导致宿州复失,宋军大败于符离集,金兵乘胜追击,斩首宋军四千,获甲三万。此次北伐失利对南宋打击很大,主和派大臣以此为口实攻击以张浚为代表的主战派,宋孝宗也动摇了收复中原的决心,罢张浚都府,进用主和派张思退为宰相,并且以为下令北伐是自己犯的"错误",下《罪己诏》自责。杨万里零陵县县丞任期在绍兴三十二年(1162)秋已满,于兴隆元年春末归家闲居,未几听到北伐失败的消息,悲痛之中又看到孝宗下的《罪己诏》,一腔忧愤从胸中喷涌而出,写下了感人至深的《读罪己诏》。《读罪己诏》共三首,这是第一首。

其 一

莫读轮台诏,令人泪点垂! 天乎容此虏? 帝者渴非黑。
何罪良家子? 知他大将谁! 愿惩危度口,傥复雁门踦!

莫读轮台诏，令人泪点垂——主张抗金收复中原的志士们不要读那令人心痛的《罪己诏》，因为读了之后会忍不住流下失望和悲愤之泪。轮台诏，指汉武帝所下《哀痛诏》。汉武帝一生因致力开拓西域，导致国力大损，他晚年深悔用兵过度，于是下令弃置轮台之地，并下诏自责。这句诗用汉武帝的《哀痛诏》代指宋孝宗下的《罪己诏》。

　　天乎容此虏？帝者渴非罴——难道是上天让金国胡虏侵占中原吗？皇帝需要的是像姜太公那样的贤相，中原未复其实是因为贤才没有被任用。虏，古时对北方外族或者南人对北方人蔑称为虏，也把敌人称为虏，这里指金国。罴，是熊的一种，俗称人熊或马熊。非罴，是姜太公的代称。《六韬·文师》载：文王将往渭水边打猎，行前占卜，卜辞曰："田于渭阳，将大得焉，非龙非彲，非虎非罴，兆得公侯。天遣汝师，以之佐昌。"后来见太公坐渭水边垂钓，遂太公拜为师。非罴在这里指像姜太公一样能辅佐帝王成就事业的贤相，杨万里认为当时能担当大任的贤才就是主战派的张浚

　　何罪良家子？知他大将谁——战士们有什么罪？北伐溃败的原因不是战士们不奋勇杀敌，而应归罪于视国家命运为儿戏的"大将"。良家子，指参与北伐战争的将士们。大将谁，杜甫《后出塞》中有"借问大将谁，恐是霍骠姚"的诗句，诗句表面赞扬将军像霍去病一样治军有方，实际上是讽刺安禄山的。杨万里诗中"大将"指造成符离之溃的前线将领邵宏渊和李显忠。符离军溃，主要是由于二将不和，贻误战机。

　　愿惩危度口，傥复雁门踦——要以已往失败时的危急狼狈为戒，但不要气馁，要吸取教训振作起来，将来终有成功的时候。惩，指以往事为惩戒。危渡口，诗原注："见《光武纪》二年注。"光武帝刘秀在称帝前曾经北征王郎，到达蓟县时，听到刘接起兵蓟中响应王郎的消息，惊恐难逃，"晨夜兼行，蒙犯霜雪，天时寒，面皆破裂。至滹沱河，无船，适遇冰合，得过，未毕数车而陷。"（《后汉书光武帝纪》）后人因称刘秀当年渡河处为"危渡口"。雁门踦，《汉书·段会宗传》记载，西汉段会宗曾经为西域都护，西域服其威信。他做雁门太守时，因罪免官，后来应西域诸国的要求，又做都护。他的好友谷永去信说他在西域只要任满归来，"亦足以复雁门之踦"，后来段会宗晚年又在西域建功。踦，是时运不佳的意思，雁门踦指一时时运不佳。

　　隆兴元年北伐失利，一时间朝野震荡。杨万里的《读罪己诏》写出了抗金志士的沉痛心情。全诗感情真挚、深沉，多用反语和反问句式增强情感力度。诗的开头就是"莫读"二字，与诗的题目相反，造成一种突兀感，然后写出"莫读"的缘由，在诗人看

来罪己诏应是字字刺目,让人痛心,实是让人不忍读。诗人说"莫读"罪己诏,其实是用看似突兀的开头写出读罪己诏后气愤至极之态。而后用汉武帝的《哀痛诏》代指宋孝宗下的《罪己诏》,然而汉武帝是后悔开边过度,宋孝宗却是以收复中原为"罪",是不可同日而语的。北伐失败虽然惨痛,但经过休养生息还可以再图收复,然而宋孝宗却一遇挫折旋即退缩,且以为北伐是"错误"之举。读了这样的罪己诏,恍若看到恢复中原的大计又成梦幻,有志恢复的诗人怎能不流悲愤之泪呢?"天乎容此虏?"用反问语气写北伐是正当的,讽刺宋孝宗竟然以决定北伐为"罪";战败之后立即贬斥贤相张浚,不得不让志士心寒。"何罪良家子?知他大将谁!"这两句用反问句式诘责造成符离溃败的罪魁祸首,讽刺效果比指名道姓的斥责更强。最后以"愿惩危度口,傥复雁门踦"作结,是说当下要以败为戒,败而不馁。杨万里是诗人,也是政治家,这首诗显示出了杨万里作为政治家的眼光。

其 二

这是《读罪己诏》的第二首。此诗从自身写起,先回顾南渡后近四十年的偏安现状:中原难复,南宋尚危。然后反思造成这种局面以及此次北伐失败的原因。相较第一首,第二首是痛定之后进一步反思之作,感情更加深沉,见解也更深了一步。

乱起吾降日,吾将强仕年。中原仍梦里,南纪且愁边。
陛下非常主,群公莫自贤!金台尚未筑,乃至羡强燕?

乱起吾降日,吾将强仕年——我出生在北宋灭亡、高宗南渡、天下大乱的那一年,而今我已经快要到四十岁了。吾降,《离骚》句云:"唯庚寅吾以降。"降,指出生。杨万里生于高宗建炎元年(1127)九月。这一年二月,金主下诏废徽宗赵佶,贬钦宗赵桓为庶人,三月,立张邦昌为"楚"帝,五月,赵构即位于南京(今河南省商丘市),是为高宗,改元建炎。强仕年,指四十岁。语本《礼记·曲礼上》:"四十曰强,而仕。"意思是士大夫到了四十岁时志气已经坚强,不为利害福祸所动,可以出仕了。杨万里是年三十七岁,所以说快要到"强仕年"了。

中原仍梦里,南纪且愁边——自从南渡以来,近四十年过去了,中原仍在金国铁蹄蹂躏之下,只有在梦中才能踏上故土,不仅如此,而今连南宋的半壁江山也岌岌可危了。中原,指沦陷于金的原属北宋的国土。仍梦里,仍旧只有在梦里才能再成为宋之国土。南纪,语出《诗·小雅·四月》:"滔滔江汉,南国之纪。"后因指南方。

南宋以淮水与金国为界，偏安南方，因此用南纪指南宋的半壁江山。愁边，即在忧愁之中。

陛下非常主，群公莫自贤——君主可不是像一般的皇帝那样的平庸无能，在朝为官的大臣们千万不要自以为是啊。陛下，对君主的尊称。非常主，不是平庸的君主。群公，指在朝执政的大臣们。自贤，自认为对，自作聪明。符离之溃以后，朝中的大臣除了主和派认为求和退让能够自保，还有一些大臣误信金人提出的输以钱财求得停战的诡计，以为当和。

金台尚未筑，乃至羡强燕——金国还没有像以前的燕国那样筑台求贤，此次取胜只不过是凭借武力，南宋怎么竟然羡慕起金国来，做出畏惧求和的决定呢？金台，指黄金台，战国时期燕国曾经为齐国所破，燕昭王在易水东南建台，置千金于台上，延请天下贤士。后来乐毅、邹衍等贤才都来投奔燕昭王，昭王于是以乐毅为上将军，伐齐，大胜，齐地几尽为燕国所得，燕国自此复强。此处以燕国喻金国。乃至，哪里能够的意思。

《读罪己诏》全诗用典精准，同时又蕴含丰富感情，是杨万里爱国诗作中的名篇，历来为人们所推重。清人翁方纲不喜欢杨万里的诗，以为杨万里诗是"诗家之魔障"，却也说"诚斋《读罪己诏》诗极佳，此元从真际发露也"（《石州诗话》卷四）。

从艺术上看，此诗结构严整，气势流转顺畅。首联通过写时光流逝造成一种沧桑感。强仕，并不简单地只是指代时间，同时还暗含有四十年时间人已到强仕之时，而南宋国势却依然没有强盛起来的意味引人反思：四十年时光，南宋朝廷又有何作为？颔联紧承上句正面回答了南宋四十年的状况。"中原仍梦里，南纪且愁边"，是工整的对仗，同时也是反差极大的对比，足以让忧国者痛，在位者羞。颈联则进一步推问造成如此结果的罪魁——平庸无能君主和主和派自以为是的大臣。"非常主"三字暗含讽刺，如果真是有作为的帝王，何以会中原梦里，南纪愁边！"莫"字则更直接地指责群臣误国。符离溃败，并未大伤元气，金国也并非不可战胜。中原沦陷，如果励精图治，仍有恢复的希望，但是如果经此一败就气馁退缩，则为国之大祸，而《罪己诏》正是屈膝乞和的表态书，因而诗的最后两句实为痛心疾首之语，诗人愤慨之情见于纸上。这首诗感情深沉，字字发自肺腑，真情流露，自然能打动读者。

悯　农

此诗作于宋孝宗隆兴二年（1164）。杨万里于隆兴元年秋季赴临安，入冬，因张浚举荐,除临安府教授,隆兴二年年初,杨万里因父亲杨芾病重,从临安返回江西吉水,回乡之后看到因天灾而庄稼歉收的景象,有感而发,诗中写出了灾年里农民的痛苦哀号。

稻云不雨不多黄,荞麦空花早着霜。
已分忍饥度残岁,更堪岁里闰添长。

稻云不雨不多黄,荞麦空花早着霜——水田遭旱灾,连片如云的水稻因为天旱不雨收成很少,水稻丰收已经成为泡影;旱田遭霜冻,荞麦尽管开了花却不结籽。稻云,指连成片的庄稼好似云一样。不多黄,水稻成熟后泛黄色,不多黄是说由于干旱水稻成熟的很少。空花,只开花而不结果实。

已分忍饥度残岁,更堪岁里闰添长——稻麦收成都无望,已经料定要忍饥挨饿度灾年了,这样的日子本就度日如年,然而这一年偏偏又是闰年,又多出一个月,这可让人怎么忍受呵!分,料定、认定。残岁,这一年剩下的日子。更堪,更要忍受,实际是不堪忍受的意思。闰添长,宋孝宗隆兴二年是闰年,夏历闰十一月,比平常年份又多出一个月。

悯农诗是我国古典诗歌的传统题材,关心人民生活的诗人常常以此为题写农民的辛苦和不幸,这类题材最有名的当数李绅的《古风二首》。李绅诗中写的是平日农民劳作的辛苦,杨万里《悯农》诗则写出了灾荒之年的农民的不幸。南宋时农民承担的赋税沉重,即使是丰年,农民也仅能勉强糊口,一旦遇到灾年,则不免忍饥挨饿,甚至流离失所,家破人亡。杨万里《悯农》诗以深沉的笔调写出了灾年里农民的痛苦哀号。

从艺术上看,这首小诗结构层次层层递进,首句写水田遇旱,水稻歉收,已然是灾年。第二句更逼近一步,写旱田的荞麦遭霜,简直就是灾上加灾,面对这样的灾年,自然让人担忧农民怎么度日? 第三句就从农民的角度做出了回答:只有忍饥挨饿了。"已分"两字写出了遭遇灾年的农民那种无可奈何的情绪,这时似乎痛苦的程度已经无以复加,但是这一年的闰月却又把农民忍受痛苦的时间增加了一个月。接踵而来的苦难已经把农民逼上了绝境,"更堪"二字更写出苦不堪言的农民的呼声。

这首诗写得感人至深,还由于诗人对农民的那种深切的关怀,诗的后两句是代灾民立言,如果诗人不能真正体会灾民承受的苦难,是无法写出如此感人至深的诗句的。可以说,此诗最感人的力量最终还是来自诗人那颗关切民生的儒者的良心。

闲居初夏午睡起二绝句

其 一

【题解】

此诗作于乾道二年(1166)。隆兴二年(1164)正月,杨万里因父疾从临安赶回家乡,八月,其父杨芾病死,杨万里遂在家居丧。此诗写于杨万里闲居在家的第二年。此诗截取初夏时节午睡起来后富有情趣的生活场景,用活泼生动的笔调写出了乡村闲居生活所特有的安闲愉悦。

梅子留酸软齿牙,芭蕉分绿与窗纱。
日长睡起无情思,闲看儿童捉柳花。

梅子留酸软齿牙,芭蕉分绿与窗纱——我在午睡前定是多食了初夏新熟的梅子,以致一觉醒来,发觉牙齿竟然酸软了,忽又发觉窗纱竟然成了绿色,原来是窗外芭蕉那肥大翠绿的叶子把窗纱映绿了。梅子即梅树的果实,立夏后成熟,味酸。留,一作"流"。软齿牙,因食酸过多而使牙齿酸软,俗称倒牙。窗纱,即糊在窗上的纱,用以挡蚊虫。与,一作"上"。

日长睡起无情思,闲看儿童捉柳花——午睡醒来,时间尚早,可是又没有做什么事情的心绪,于是悠闲地看着屋外的儿童追逐捕捉风中的柳絮。日长,是写初夏时的气候特点,白天变长,夜间变短。柳花,指柳絮。

这首小诗勾勒出了初夏午后乡村恬静平和的生活图景。梅子新熟,芭蕉正绿,柳花飘飞,用这些最具有时令特色的意象写出初夏时节的美好。其中"留"、"分"二字用得十分巧妙,使梅子、芭蕉都带上了人的动作与情感。梅子本就有酸味,用"留"字,仿佛是梅子故意留有酸味让人食后倒牙的;"分"字写芭蕉,好似芭蕉把自身之绿主动地分给窗纱。"留酸",使得梅子有意,"分绿",更让芭蕉含情。如果将"留"换成"含",将"分"换成"映",虽然意思尚通,但新奇活泼的诗味却大减。午睡之后的"无情思",并不是写空虚至极,百无聊赖,而是说乡居的安闲惬意,诗人的闲居生活没有官场的烦扰,没有世俗的杂事,这是所谓"无丝竹之乱耳,无案牍之劳形"(刘禹锡《陋室铭》)。诗人又将追逐捕捉柳花的儿童写入诗中,给闲居生活增添一种自然天真的趣味。白居易有诗云:"谁能更学儿童戏,寻逐春风捉柳花。"(《前日别柳枝绝句梦得继和又复戏答》)诗人此时虽未和儿童嬉戏,却在儿童追逐柳花这一天真欢乐的图景中发现诗意,而读者也可以在阅读欣赏中忘却成人世界的复杂与心机,消除内心纷扰,寻找生活中简单的快乐。

其 二

这是《闲居初夏午睡起二绝句》的第二首,承接第一首,继续写诗人午睡起后的活动。在上一首诗中,诗人是儿童嬉戏的旁观者,在这首诗中已经变成了儿童游戏的参与者。

松阴一架半弓苔,偶欲看书又懒开。
戏掬清泉洒蕉叶,儿童误认雨声来。

松阴一架半弓苔,偶欲看书又懒开——庭院中松树亭亭如盖,树下阴凉处长出一小片青苔,庭院中环境清幽可人,忽而想到若是在这松荫下读书也很惬意,然而真要开卷时,却又不愿看书了。弓,指方弓,是古时丈量土地面积的计量单位,以五尺为一弓。"懒",并非是写诗人不愿读书,杨万里博通经史,一生读书不倦,"懒"字写的是一种闲居自在的心境。

戏掬清泉洒蕉叶,儿童误认雨声来——看到那群追逐柳花嬉闹的天真的儿童,激起了我未泯的童心,于是我也参与到儿童的嬉戏中,悄悄地用双手捧起清澈的泉水,洒到蕉叶上,泉水落到蕉叶上发出声响,仿佛是一阵急雨到来,这引起了正在游戏的儿童的惊诧——明明是晴天,怎么听到雨声呢?掬,用双手捧起。

如果说第一首诗勾画出了一个恬静闲适的乡居图景,那么第二首诗则成功刻画出了童心未泯的诗人自己的形象。清人吕留良在《宋诗钞》中评传杨万里时说:"后村(刘克庄)谓:'放翁学力也,似杜甫;诚斋天分也,似李白。'盖落尽皮毛,自出机杼。古人之所谓似李白者,入今人之俗目,则皆'俚谚'也。初得黄春坊选本,又得樵李高氏所录,为订正手抄之,见者无不大笑!呜呼,不笑不足以为诚斋之诗!"与吕留良同时的一些诗人读杨万里诗后的"大笑"是嗤笑,因为在他们眼中,诗必定是冠冕堂皇的,严肃正统的,这种对诗理解的偏见使他们不能欣赏杨万里的诗。杨万里的诗也确实让人笑,恰如此诗写得清新活泼又不乏幽默,且有一种天真童趣,读后让人会心一笑,这恰是杨万里诗的长处。《闲居初夏午睡起二绝句》写得清新活泼,看来十分浅显易懂,而诗的境界却不淡薄柔弱,其中可以看出杨万里求真求自然的一种精神追求。宋人罗大经《鹤林玉露》曰:"杨诚斋丞零陵时有春日绝句云:'梅子流酸软齿牙,芭蕉分绿上窗纱。日长睡起无情思,闲看儿童捉柳花。'张紫岩(张浚)见之曰:'廷秀胸襟透脱矣。'"此诗并非作于任零陵县丞时,且杨万里作此诗时张浚已于两年前去世,所以《鹤林玉露》的记载并不可信,但"透脱"的评价却很耐人寻味。这两首诗中蕴含着一种自然活泼的心境,不被世俗所束缚的豁达心胸,或者这就是一种"透脱"的境界吧。

宿龙回

此诗作于宋孝宗乾道二年(1166),杨万里赴长沙访友途经龙回,看到久雨不晴,庄稼丰收无望,再加上官府苛政,致使农民贫困的情景,有感而发,写了这首诗。龙回,关名,在湖南长沙市东四十五里关山,两关相连,中间仅有一路相通。

大熟虚成喜,微生亦可嗟。禾头已生耳,雨脚尚如麻。
顷者官收米,精于玉绝瑕。四山云又合,奈尔老农家。

大熟虚成喜,微生亦可嗟——庄稼本来长势不错,本指望能获得丰收,但最终还是遭遇了天灾,让人们空欢喜了一场,这些无助农民的遭遇真是可叹啊。大熟,大丰收。虚成喜,指丰收成空,空欢喜了一场。微生,细小的生命,卑微的人生,这里指农民。

禾头已生耳,雨脚尚如麻——晚稻已经因为连绵不绝的秋雨害上了黑霉病,可雨还是下个不停。我国古代农谚有"秋雨甲子,禾头生耳"的说法,即是说秋季多雨,晚稻容易得黑霉病、黄穗病。雨脚,指密集落地的雨点。雨脚如麻,形容雨点像麻林一样密集。

顷者官收米,精于玉绝瑕——往昔官府收租米的时候非常挑剔,好比挑选无瑕美玉一样,有一点不合格也不行。顷者,这里指往昔。精,其本意即为纯净的好米,此处指挑选好米。瑕,玉上的斑点,绝瑕,即无瑕。

四山云又合,奈尔老农家——天上阴云四合,眼看一场秋雨又要来临了,农民们,你们今年的生活可怎么过下去啊!合,云彩聚到一起;山云四合是说又要下雨。奈,奈何的省略。

这是一首悯农诗,此诗开篇直截了当,首联即写出令人痛心的现状:春夏时节虽然非常顺利,谁知满心欢喜竟然最终成空,丰收成为泡影,"虚成喜"三字异常沉重,让人不由得生出苍天捉弄人之感。颔联写出歉收的原因——天灾,"已"、"尚"两个虚词非常准确地写出了农民心中那种痛惜又无可奈何的忧愁。颈联由天灾转向写人祸,这时还没有到收租的时候,但是想到"顷者"的经验也让人不寒而栗,今年让人如何面对苛政呢?尾联写乌云四合,它意味着更多的秋雨,更大的损失,这乌云不仅遮蔽了天空,也压在人们的心头,农民如何纳租,如何过日?读到此处,不能不让人发出民生多艰的感叹。

杨万里以风趣幽默、灵动洒脱的诚斋体闻名诗坛,但其诗作中很多关注国计民生之作也写得严肃深沉,这些艺术和思想上都可圈可点的作品,传承了古典诗歌中现实主义的精神,也展示出诗人深沉的忧民思想。

跋蜀人魏致尧抚干万言书

此诗作于乾道三年(1167)。杨万里在上一年由同知枢密陈俊卿推荐来到南宋国都临安,并由陈俊卿把他撰写的一组政治论文《千虑策》呈给当时刚刚担任枢密院事的虞允文,虞允文"读一篇,叹曰:'东南乃有此人物!某初除,合荐两人,当以此为首。'"(罗大经《鹤林玉露》卷十)可是就在同年五月,四川宣抚使吴璘病卒,虞允文还没有来得及推荐杨万里就赴任四川宣抚使去了。结果杨万里的《千虑策》也没有被朝廷采纳,此时诗人遇到同是上书而未被朝廷理会的魏致尧,于是在魏致尧的万言书后写下了这首诗。此诗一面是为魏致尧鸣不平,同时也寄寓着诗人自身的感慨。跋是写在书籍文章、字画等后面的短文,多用散文,也可以用诗词写成,内容多是评价鉴定之类。魏致尧,其人未详。抚干,官名,是"安抚司干办公事"的简称,抚干不是由政府任命的,而是由主管官员自己委派供差遣用的。万言书,指写给皇帝看的议论时政,讨论国策的长篇奏疏。

雨里短檠头似雪,客间长铗食无鱼。
上书恸哭君何苦,政是时人重子虚。

雨里短檠头似雪,客间长铗食无鱼——魏致尧像那些有志的贫士一样,在凄风苦雨之夜面对昏暗的短檠灯苦思治国之策,头发都花白了,耗尽心血写成万言书,然而他的处境却和当初的冯谖一样生活贫苦,怀才不遇。短檠,指短足油灯,贫士多以短檠照明读书。头似雪,是说白发。"客间长铗食无鱼"是用战国时冯谖客孟尝君的故事。据《战国策·齐策四》:"齐人有冯谖者,贫乏不能自存,使人属孟尝君,愿寄食门下。……左右以君贱之也,食以草具。居有顷,倚柱弹其剑,歌曰:'长铗归来乎!食无鱼。'"后来以此事为典故,喻怀才不遇,不受重视,生活贫苦。

上书恸哭君何苦,政是时人重子虚——你上万言书痛陈时事又是何苦呢?要知道现在的皇帝和大臣们喜欢看的是像司马相如《子虚赋》那样的浮夸赞美之词。"上书恸哭"是用西汉贾谊的典故,贾谊曾经写《陈政事书》,上书汉文帝,其中有:"窃惟今之事势,可为恸哭者一,可为流涕者二,可为长太息者六,若其他背理而伤道者,难遍以疏举。"这里用贾谊上书故事代指魏致尧上万言书。政,通"正"。时人,指当时朝中的大臣和宋孝宗。《子虚》,指司马相如所作的《子虚赋》。《子虚赋》以铺张扬厉之辞描绘诸侯天子游猎之盛,虽然最后归结到节俭,但是效果是劝百讽一。

【新evaluation】

这首诗写出了南宋关心时政的爱国志士,空有报国之心,强国之策,但由于皇帝昏庸,权臣误国,一颗忠心、满腔热血尽付流水的现实。这首诗中的魏致尧就是这样的上书未果的一位下层官吏。

这首诗是题跋赠人之作,然而却不像一般的题跋诗那样称赞文章的内容好,作者的学问高,而是从反面落笔,更有一番感人的力量。第一句写出了忧国贫士的形象,"雨里短檠",已然是一片凄凉,再加上"头似雪",更让人唏嘘不已。第二句则写出了魏致尧所处的地位——寄食他人门下,而且不被上司赏识,生活困顿。后面两句按惯常写法应当评论魏致尧万言书的内容了,但是此诗却跳出巢臼,用一种责备的口气写来,似乎是怪魏致尧不识时务,本就不该上万言书,但这种"责备"的背后却蕴含了更丰富的内涵。这责备中有赞赏,是说魏致尧的万言书像贾谊《陈政事疏》一样直指时弊;更有愤慨,皇帝大臣们不重视救国之策,只喜欢听浮夸空洞的言辞。这样的"责备"之词,切合了魏致尧上书无果后悲愤的心情。杨万里这首诗语气冷峻中透出一腔孤愤,还和他自身遭遇密切相关,诗人精心撰写的《千虑策》被废置不用,这种遭遇和魏致尧是相似的,因而此诗实际上也蕴含着杨万里自己的感慨。后人评论杨万里的诗,往往批评他的诗轻巧浅陋,其实杨万里有不少作品很见功力,此诗就是一例。全诗句句用典,却无任何生涩之处,直斥南宋昏暗的政治氛围,感情充沛强烈,选词用字也很有分寸,显示出诗人深厚的诗歌创作功底。

次日醉归

题解

此诗作于乾道四年(1168)正月初八,此时杨万里闲居在家。前一日,杨万里同其族叔杨辅世一同出门拜望亲友(其事见杨万里诗《人日诘朝从昌英叔出谒》、《暮宿半涂》),这首诗写在拜会完亲友之后,第二天在回家路上发生的事情。

日晚颇欲归,主人苦见留。我非不能饮,老病怯觥筹。
人意不可违,欲去且复休。我醉彼自止,醉亦何足愁。
归路意昏昏,落日在岭陬。竹里有人家,欲憩聊一投。
有叟喜我至,呼我为君侯。告以我非是,俯笑仍掉头。
机心久已尽,犹有不下鸥。田父亦外我,我老谁与游。

新解

日晚颇欲归,主人苦见留。我非不能饮,老病怯觥筹——天色渐渐晚了,我很想赶紧回家,但是主人苦苦相留,不停劝酒,我推辞说:"我不是不喝酒,只是年纪大了身体不好不敢多喝。"见留,就是相留。老病,是作者的托辞,当时杨万里四十二岁,并不算"老"。觥筹,觥是古代用兽角制的酒器,筹,指行酒令用的酒筹,怯觥筹,是说自己不能再喝酒了。

人意不可违,欲去且复休。我醉彼自止,醉亦何足愁——主人的善意不能违背,一时还是回不了家。主人苦苦劝酒,看来只有等到我醉了他才会不劝了,既然这样,喝醉了也没什么好犯愁的了。

归路意昏昏,落日在岭陬。竹里有人家,欲憩聊一投——喝醉酒之后,走在回家的路上已经觉得昏昏沉沉的,夕阳已经在山脚,天马上要黑了。天黑又醉酒,不适宜继续赶路,这时恰好看到竹林里有一户人家,正好可以去那里住一晚。陬,指山的角落。

有叟喜我至,呼我为"君侯"。告以"我非是",俯笑仍掉头——竹林人家的老翁看见我来很高兴,称我"君侯",我赶忙说"我可不是什么'君侯'大人",但是那老翁不相信,只是屈着身子一边笑一边摇头。"君侯"是汉代对列侯的尊称,后来指地位高有官职的人。俯,屈身低头。仍,这里作更讲。掉头,摇头,表示不相信,不同意。

机心久已尽,犹有不下鸥。田父亦外我,我老谁与游——我早就不把自己当成官老爷了,可是这老农还当我有心机,不肯和我亲近。种田的老农都把我当成外人,等我老了不再做官的时候跟谁交游呢？机心指有所图谋,有所打算的心思。语出《列子·黄帝》:"海上之人有好鸥鸟者,每旦之海上从鸥鸟游。鸥鸟之至者百数而不止。其父曰:'吾闻鸥鸟皆从汝游,汝取来,吾玩之。'明日之海上,鸥鸟舞而不下也。"外,指见外,外我,即和我见外,不把我当自己人。

这首诗以一种平稳的叙事的笔法,含蓄地刻画出诗人自己厌恶虚伪应酬,愿意和朴实民众交往的形象,同时还流露出作为官僚阶级中的一员被老农见外的一丝惆怅。

诗的前八句写诗人在春节期间访友作客的情况,虽然诗中没有一字贬语,但是从"颇欲归","老病怯觥筹"的推辞中可以品味出诗人对这种勉强应酬的厌恶。与之相反,写投宿老农家里,字里行间却透出一种欣喜亲近的意思。老农称呼诗人"君侯",他连忙否认,看到老农不信,颇感惆怅,发出"我老谁与游"的感叹,从这声感叹中也可以看出诗人是没有把刚刚拜谒的缙绅之家当作真正的交游对象的。

杨万里出身清寒,其父杨芾是一位靠教书为生的乡村贫儒,诗人自己也没有因为当官就变得高人一等,始终是平易近人的,对下层的劳动人民始终有亲近感,因而诗中田父的见外让他感到惆怅。诗人自己也觉得奇怪,自己没有"机心",怎么还会这样呢？其实这并不是所谓"机心"的问题,真正的问题在于诗人已经成为"治人者"的"官"中的一员。

这首诗语言非常平易自然,没有宋诗中常见的炫耀才学的毛病,然而平实的语言读来却很有味道,娓娓道来,从容平缓的语气中有一些陶渊明的味道,诗最后的感叹又有让人深思之处。

过西山

此诗作于宋孝宗乾道六年(1170),杨万里在此年春末到隆兴府奉新县任知县,此诗即是在奉新任上时所作。西山,在江西省新建县以西,在古代又称逍遥山、散原山,诗人在这年秋天曾游西山、秋屏。

一年两踏西山路,西山笑人应解语:
胸中百斛朱墨尘,雨卷珠帘无半句。
殷勤买酒谢西山,惭愧山光开我颜。
鬓丝浑为催科白,尘埃满胸独遑惜？

一年两踏西山路，西山笑人应解语——我一年中两次踏上西山的道路，觉得西山都应该和自己熟识了，于是把西山想象成自己的老朋友，料想西山应该会说些什么来笑话我吧。解语，会说话。

胸中百斛朱墨尘，雨卷珠帘无半句——西山肯定要这样笑话我：现在你胸中全都是朱墨公文的俗气，连半句好诗都作不出来了。百斛，泛指多斛。斛，量具名。古以十斗为斛，南宋末改为五斗。朱墨，朱笔和墨笔，古代官府文书用朱、墨两色，因用作公文的代称。朱墨尘，指因为办理官府公文而生的庸俗气。雨卷珠帘，指唐代王勃《腾王阁诗》中的名句："画栋朝飞南浦云，珠帘暮卷西山雨。"

殷勤买酒谢西山，惭愧山光开我颜——我没有好诗句写给西山，于是满怀着诚意买来好酒向西山道歉，难得西山能展现出优美如画的景色让我得到欢乐。殷勤，这里指衷情，心意。谢，指道歉、认错。惭愧，感幸之词。意为多谢、难得、侥幸。山光，山的景色。

鬓丝浑为催科白，尘埃满胸独遑惜——我的鬓发都因为催科的事情愁白了，难道单单是为了胸中朱墨生出俗气写不出好诗句感到可惜吗？浑，副词，皆；都。催科，催收租税。租税有科条法规，故称。遑惜，可惜。

杨万里出任奉新县令的这一年，奉新地区遭遇旱灾，百姓生活困苦，朝廷却照样征收各项租税。杨万里上任之初，为租税问题大伤脑筋。征收赋税是封建时代地方官的重要职责之一，而杨万里作为一个正直的士人，看到遭受旱灾之后民生艰难已然痛心，向遭灾的农民收取租税更是让他非常矛盾。处于矛盾痛苦中的杨万里在秋天去西山游览散心，但是从诗中可以看到，西山优美的景色并没有让诗人抛开催科的烦恼，做官之苦的感慨贯穿诗中。

从艺术角度看，此诗将西山拟人化，用诘责对答的方式结构全篇。此诗的前四句，西山像老朋友一样诘责诗人没有佳句，认为这是因为公务繁忙而染上了俗气。这当然是一种误解，但是诗人并不因为误解而恼怒，而是先殷勤买酒谢罪，赞美优美景色，而后道出胸中苦闷——催科之愁。这种自然流转的结构使诗显得曲折有致。从内容方面看，这首诗借游览西山写胸中因催科而生的矛盾苦闷的心情，这种苦闷背后彰显的是杨万里仁人爱物的情怀、为民担忧的情愫，自然能够打动读者。

虞丞相挽词三首(其一)

此诗作于宋孝宗淳熙元年(1174),南宋名臣虞允文于此年二月在蜀病死。虞允文对杨万里有知遇之恩,两人私交甚厚,诗人得知虞允文去世消息后,写了三首挽词,以及《祭虞丞相文》,这里选的是《虞丞相挽词三首》的第一首。

　　负荷偏宜重,经纶别有源。雪山真将相,赤壁再乾坤。
　　奄忽人千古,凄凉月一痕。世无生仲达,好手未须论。

　　负荷偏宜重,经纶别有源——虞允文有治国之才,最擅长处理国家大事,他治国治军的谋略方法又不同寻常,另有渊源。负荷,指国事重担。经纶,指治理国家的抱负和才能。首联概括地赞颂虞允文的治国才能和学识。

　　雪山真将相,赤壁再乾坤——虞允文治理四川颇有政声,称得上是蜀地的真将相;采石矶大捷扭转乾坤,稳定了国势。雪山,岷山的主峰,在今四川省松潘县南。杜甫曾在《八哀诗·赠左仆射郑国公严公武》诗中悼念严武说:"公来雪山重,公去雪山轻。"虞允文是四川仁寿人,曾两度出任四川宣抚使,政绩显著。赤壁,指汉献帝建安十三年(208)孙权与刘备联军大破曹操军队处。在今湖北武昌西赤矶山,与汉阳南纱帽山隔江相对。这是以赤壁大战孙刘联军以少胜多大败曹军来代指虞允文指挥采石矶大捷。赤壁一战形成了魏蜀吴三分天下的局面,采石矶之战则奠定南北对峙之势这。

　　奄忽人千古,凄凉月一痕——一代英雄忽而殒命,忠骨埋于地下,只有一轮冷月凄凉地照着。这两句与颔联所写的赫赫功业恰成鲜明对照,凸现出挽词的哀伤特质,让人不由得生出无限感慨。奄忽,形容疾速,倏忽之间。

　　世无生仲达,好手未须论——当世没有像司马懿那样有雄才大略的对手,又有谁能称得上好手,能和虞允文一较短长呢。仲达,三国魏司马懿,字仲达。司马懿为魏重臣,后专国政,多谋略,善权变,是与诸葛亮旗鼓相当的对手。杨万里是把虞允文比作诸葛亮。

　　这是一首挽词,虞允文是南宋名臣,在采石矶大战中他率领一万八千宋军战胜完颜亮四十万兵马,镇守四川时为南宋边防稳定立下汗马功劳,担任丞相期间大胆直谏，举荐贤才，杨万里就曾被他举荐为国子博士，因此虞允文称得上是南宋初期朝中的中流砥柱，他的去世不论从朝政形势还是个人交往方面对杨万里的触动都是很大的。在这首挽词中，杨万里从大处落笔，用极其洗练的文字总结了虞允文一生的主要功绩。

  首联总起全篇，写虞允文有经世济国之才，颔联承接首联，用极洗练的笔墨概括虞允文一生最大功业，清末诗人陈曾寿曾说："予最喜诚斋《挽虞丞相》二句云：'雪山真将相，赤壁再乾坤。'真大手笔，向来无人拈出。"这一联气势雄浑，用典也仿佛自然天成一般，确实是不可多得的佳句。颈联语义一转，写出英雄身后的寂寞，真有大江东去淘尽千古风流人物之感慨。尾联以称颂允文才略世无敌手作结，与首、颔两联照应，收住全篇。全诗章法严谨，对仗工整，气格雄浑，体现出杨万里稳健的笔力。

观　稼

  此诗作于宋孝宗淳熙元年（1174），诗人在家乡闲居。杨万里出身贫寒，长期生活在农村，对农事非常关心，这首诗写遭遇灾年之后人们终于迎来一个丰年，秋熟丰收在望的景象让诗人感到非常欣喜。

  三年再旱独堪闻，一熟诸村稍作欣。
  老子朝朝弄田水，眼看翠浪作黄云。

  三年再旱独堪闻，一熟诸村稍作欣——三年之中有两年遭遇旱灾，致使庄稼歉收，民生凋敝，想到这些又怎能让人释怀，幸好今年尚未遭受天灾，收成还不错，各个乡村中人们的脸上也浮现出了笑容。再，两次。独，怎么，哪里能够。独堪闻，就是不堪闻。一熟，指一季收成。

  老子朝朝弄田水，眼看翠浪作黄云——我每天都下田照管庄稼，亲眼目睹大片水稻一天天成熟，由翠浪变成连片的金灿灿的黄云。老子，诗人自称。朝朝，天天。翠浪，大面积的绿色庄稼被风吹动时好像水波一样起伏，所以称为"翠浪"。黄云，比喻成熟的稻麦。

  这首小诗语言晓畅自然，是一篇田园佳作。

诗虽然短小,却含蕴丰富,用语也很见功力。全诗以愁语开篇,三年两旱的事实让人想到灾荒之年的种种惨象,心中除了苦痛怜悯,自然非常盼望能遇到一个丰年。第二句写今年终于盼来了一个好收成,这一季收成虽然可以称得上是久旱逢甘霖,但诗人用字却很谨慎,只是说"稍作欣",这含蓄地写出了农民的真实生活——即使是丰年,也不一定会过上好日子,还不知道官府今年要收多少租税,剩下的粮食或许也就仅够温饱而已。后两句写诗人所作所见,诗人关心农事并不只是挂在嘴上,而是真的参与农田劳作,"朝朝弄田水"可以想见诗人对庄稼精心爱护。诗的最后一句用两个借喻写出庄稼成熟的喜人过程,"翠浪"、"黄云"分别形容成熟前后的庄稼,生动形象,对比鲜明,给人很强烈的视觉冲击。

钓雪舟中霜夜望月

此诗作于宋孝宗淳熙二年(1175)。此前一年,诗人以照顾老母为由请求辞去秘书少监之职,离开临安外任,被派往漳州为官,但是诗人没有赴任,而是回乡闲居。淳熙二年夏,又有人推荐他去常州为官,诗人极力推辞,请求去做祠官。祠官是挂虚名的官职,不用到任,但还有俸禄。杨万里有《待次临漳,诸公荐之,易地毗陵,自愧无济剧才,上章丐祠》诗记录此事,其中写道:"亦岂真辞禄,谁令自不才。"诗人辞官不做并不是真的认为自己的才能不够,实际上是以辞官来表达对朝政的不满。此诗是杨万里挂祠官之名在家闲居时所作。钓雪舟是杨万里所筑的书斋,诗人在其《钓雪舟倦睡》一诗的小序中写道:"予作一小斋,状似舟,名以钓雪舟"。

溪边小立苦待月,月知人意偏迟出。
归来闭户闷不看,忽然飞上千峰端!
却登钓雪聊一望,冰轮正挂松梢上。
诗人爱月爱中秋?有人问侬侬掉头:
一年月色只腊里,雪汁揩磨霜水洗;
八荒万里一青天,碧潭浮出白玉盘;
更约梅花作渠伴,中秋不是欠此段?

溪边小立苦待月,月知人意偏迟出——我在溪边伫立等待月出,想要对月遣怀,但是月亮好像知道我正盼着它一样,偏偏迟迟地不出来。这两句写诗人待月而不见月出。一个"苦"字写诗人心理上感觉待月时间之久,而"小立"二字暗示出实际待月的时间未必那么久,"偏"字写出诗人苦等之后的一种似乎是埋怨的心理,烘托出诗人的焦躁心情,正是这种焦躁心情让人觉得等待的时间特别长。

归来闭户闷不看,忽然飞上千峰端——我待月而不见月,索性回到家里关上门窗闷坐,但还是忍不住向天上看,这时看到月亮竟高挂在远处的山顶上了。"闷",指气闷,写败兴之状。诗人说"闷不看",实际上是一句气话,如果真的"不看",回家之后关上门窗不向外看,真不知下句写月"忽然飞上千峰端"从何而来。

却登钓雪聊一望,冰轮正挂松梢上——我见到明月已升,随即登上钓雪舟望月,只见一团皎洁的明月好似晶莹的冰轮一样挂在庭院中松树的梢头。这两句中所写的景物都蕴含一种高洁的意趣,诗人书斋名钓雪舟,很容易让人想起柳宗元的《江雪》中"孤舟蓑笠翁,独钓寒江雪"的诗句来,松树也含有傲然挺立的文化内涵,这几种意象共同构成了一个不同流俗的明澈的世界。

诗人爱月爱中秋,有人问侬侬掉头——一般人们都以为诗人们最喜欢中秋之夜的月色,有人问我是不是这样,我总是摇头否认。这两句以设问再答问的形式,开下文对冬夜月色的赞美。杨万里并不是不爱中秋月色,他写过一些中秋赏月的诗,如《中秋雨过月出》、《中秋无月既望月甚佳》等等,此处只是说与中秋时节相比,霜里月色更加奇绝。

一年月色只腊里,雪汁揩磨霜水洗——一年中的月色只有腊月里的是最好的,因为腊月里的月亮好像是用雪水和霜水磨洗过一样。"雪汁揩磨霜水洗",是极言月色的清朗皎洁。

八荒万里一青天,碧潭浮出白玉盘——一轮明月挂在万里晴空之中,好似无瑕的白玉盘浮在碧蓝的深潭上一样。八荒,也就是八极,四面八方的极远处。《说苑·辨物》曰:"八荒之内有四海,四海之内有九州。"这是写青天的广远无边。碧潭,诗人把天空比喻成碧蓝明澈的水潭。白玉盘,指月亮,李白《古朗月行》:"小时不识月,呼作白玉盘。"

更约梅花作渠伴,中秋不是欠此段——冬天月色有"雪汁揩磨霜水洗",冬天的天空又格外地明澈晴朗,而且霜夜之月还约了高洁的梅花跟她作伴,中秋的月色难道不正是缺少这种美吗?欠此段,却少这种美好之处。

这是一首望月之作,诗人用妙笔描绘出一个纯净高绝的世界,这个世界的美不仅仅是霜夜月色的美,更是诗人心胸境界的人格美的化身,可以说,写月就是写人。从诗中所写景物和选取的意象看,明月,霜雪,碧潭,白玉盘,梅花,无一不是高洁明净之物,而且"八荒万里一青天"更显示出阔大明澈的胸怀,这和杨万里的人格是一致的。与杨万里同时的诗人葛天民在《寄杨诚斋》诗中写道:"我与诚斋略相识,亦不知它好官职。但知拼得忍饥七十年,脊梁如铁心如石。不会屈膝不皱眉,不把文章做出诗。"宋光宗也曾说:"杨万里也有性气。"诗人的这种刚直的性情和此诗中的境界是一致的。诗人在这首诗中隐藏的一丝郁闷也值得注意,此诗写望月,并非单纯为了欣赏美景,诗人有对月遣怀的意思。如果只是闲适中想要赏月,就不会有开篇"苦待月"和"闷不看"中所流露出的急躁,诗人是想借望月舒解一下胸中的苦闷:政治抱负难以实现,为了养亲又不能完全辞官的矛盾。诗人是要在艺术中暂时缓解这种苦闷的心情。

从艺术上说,此诗写得波折有致,诗人待月而月不出是一转折,说不看月又见月高升,继而登钓雪舟望月是一转折,再用霜夜之月和中秋之月的对比,一反流俗之见,写出霜夜之月的奇绝的美。全诗语言浅近自然,而诗人待月之急切,望月之喜悦毕现于纸上。此诗写出了诗人的真性情,自然高妙。

小 池

此诗作于淳熙三年(1176),杨万里在家闲居时。这首诗以清丽的语言描绘出一幅秀丽清新,又蕴含着几许谐趣的小池风光图,是杨万里写景诗中最为人称道的名篇之一。

泉眼无声惜细流,树阴照水爱晴柔。
小荷才露尖尖角,早有蜻蜓立上头。

泉眼无声惜细流,树阴照水爱晴柔——泉眼仿佛爱惜泉水似的,让那泉水无声地缓缓流出;池边的树木也仿佛喜爱小池上的晴波,把身影照在池水中。泉眼,泉水涌出的孔穴。细流,池中泉水涓涓,流得很舒缓。晴柔,指晴天里照在水面上的柔和的阳光。

小荷才露尖尖角,早有蜻蜓立上头——新生荷叶的一端好像尖尖的犄角,才刚刚露出水面,就已经有蜻蜓落在上面休息了。荷叶初露水面时叶子是从两边向中心卷起的,出水后逐渐展开呈圆形,因此说是"小荷才露尖尖角"。

这首小诗构思巧妙,取景别致。写小池,并不写池塘本身,而是写小池里的泉眼、荷叶、蜻蜓以及池边树木,让读者想象小池的可爱。诗人选取景物紧紧扣住诗题中的"小"字,诗的第一句写小池中的泉,"泉眼无声"写泉水涌出时的平缓,确实是"细流",而一个"惜"字则将泉水写活,让人觉得是小池中的泉眼爱惜泉水,故意不让水流多了似的。第二句是写小池边上绿树成荫的风光。一个"爱"字,便将这些树木写活了。三四句写池中之物,刚露水面的荷叶,停在荷叶上的蜻蜓,给小池增添了无限的生机,静中含动的画面增添了天然的奇趣。

钱钟书在《谈艺录》中说:"放翁善写景,而诚斋善写生。放翁如画图之工笔;诚斋如摄影之快镜,兔起鹘落,鸢飞鱼跃,稍纵即逝而及其未逝,转瞬即改而当其未改,眼明手捷,踪矢蹑风,此诚斋之所独也。"这首诗就体现出了杨万里诗的这种如摄影快镜,善于抓住最典型画面的特色。诗的后两句"才露"两字,抓住了初出水面的新荷这一景物,又选取立于其上的蜻蜓作画面的焦点,让整个画面蕴含着一种动态的美。

秋雨叹十解(选二)

其 四

此诗作于淳熙三年(1176)。此时杨万里挂祠官之名,在家闲居。"解"是乐曲段落的名称。诗人以《秋雨叹》为总题,写了十首绝句,每一首绝句称为一解。这是第四首,写秋雨之景色。

> 厌听点滴井边桐,起看空蒙一望中。
> 横着东山三十里,真珠帘外翠屏风。

厌听点滴井边桐,起看空蒙一望中——我听厌了细雨打在井边梧桐树叶子上的咚咚的响声,于是起身去看空蒙的雨景。秋雨打在梧桐叶上发出声响,这是古典诗词的传统意象,一般表现一种哀伤的情绪,如白居易《长恨歌》"秋雨梧桐叶落时",李清照《声声慢》"梧桐更兼细雨,到黄昏、点点滴滴"。空蒙,指雨中看物朦胧不真切的样子。

横着东山三十里,真珠帘外翠屏风——远处三十里外横卧的东山,在秋雨中看来,仿佛就是珍珠帘外的一架翠屏风。真珠帘,真珠,即珍珠;珍珠帘是指雨像珍珠帘一样遮住外面的景物。翠屏风,指山。

古代诗人多以悲秋为诗的题材,秋日种种的景象,如鸿雁南飞,黄花消瘦,总能引人愁思,而秋雨更似带有不尽愁思一般打动着敏感的诗人。诗从秋雨之声写起,雨声是梧桐那能引人愁思的点点滴沥之声。秋雨连绵,听雨声太久都厌听了,于是下句转而写雨景,向外望去,一片空蒙,什么都看不真切。被连绵的秋雨困在屋中,耳边只有滴雨之声,眼前只见雨帘,真闷煞人也。诗的后两句没有顺势写雨中的愁苦,而是笔调陡转,把雨景写得优美动人。诗人把雨中东山比作珍珠帘外的翠屏峰,贴切传神,且有气度,虽是写秋雨却不落常套,没有跌进哀伤凄恻的一路。

其 十

秋雨降临,对不同人的生活会产生不同的影响。达官贵人每日起居都在高堂华厦之中,一场秋雨对他们的生活不会产生多少不便,而那些每日在外讨生活的人则被秋雨所苦,不是断了几日的生产,就是要冒雨奔波劳作。此诗就是借秋雨写社会的不公。

不是檐声不放眠,只将愁思压衰年。
道他滴沥浑无赖,不到侯门舞袖边。

不是檐声不放眠,只将愁思压衰年——倒不是从屋檐落下的雨声搅得人睡不着觉,而是这雨声把那生活的愁绪引出来笼罩在年老人的心头,才让人难以成眠。檐声,指屋檐滴雨的声音。不放眠,不让人睡着,即屋檐滴雨声让人睡不着觉。压,覆盖,笼罩的意思。衰年,指年老的人。

道他滴沥浑无赖,不到侯门舞袖边——且说这滴沥的秋雨真是蛮不讲理,只是给穷苦人增添烦恼忧愁,从来也不影响豪门大族的歌舞享乐。浑,全然、简直就是。无赖,在诗词中无赖可以当顽皮、可爱讲,辛弃疾《清平乐·村居》曰:"最喜小儿无赖,溪头卧剥莲蓬。"无赖也可以当狡诈、蛮不讲理讲,此诗中无赖就应解为蛮不讲理。侯门,指豪门大族。

第十首是《秋雨叹十解》的最后一首,有终篇显志的意思。"不是檐声不放眠,只将愁思压衰年",与《秋雨叹十解》中第一首所写的"若言不搅愁人梦,为许千千万万声"构成呼应,进一步指出难以入睡并不是因为雨声扰人,而是愁思压在心头。诗的后两句似乎是怨秋雨无赖,其实是抨击权贵只知寻欢作乐,不顾民众死活。这两句可以作为解读诗人愁思的钥匙,点出诗人真正的愁思。首先是担心久雨成灾,农民将有饥寒之苦。杜甫《秋雨叹三首》中句云:"禾头生耳黍穗黑,农夫田妇无消息。"即是写秋雨成灾,庄稼歉收。杨万里诗中的愁思,有对农事的担忧,然而诗人之愁不止于此,而是更进一步,他写出了现实的不公:为秋雨而愁、望秋雨而叹的,从来就不是那些日日歌舞的豪门贵族!这样从反面着笔,字句中更蕴含着一种愤懑之情,增强了诗的思想深度和感情的力度。

读严子陵传

此诗作于宋孝宗淳熙五年(1178),杨万里在常州任上。严光,字子陵,一名遵,东汉余姚人。据《后汉书·严光传》记载,严光少年时曾与刘秀同学,刘秀做了皇帝以后,严光改变姓名,隐居山林。刘秀思念严光,就派人寻访,寻到之后请了三次,严光才去见刘秀,刘秀授他谏议大夫的官职,但严陵坚辞不就,最终归隐富春山,以耕钓终老。后人把严光垂钓处称为严陵濑或严陵滩。这首诗的主题并不是称颂严光的高风亮节,而是作翻案文章,讽刺南宋那些不问世事,只知道隐居山林、孤芳自赏的士大夫们。

客星何补汉中兴?空有清风冷似冰!
早遣阿瞒移汉鼎,人间何处有严陵?

客星何补汉中兴?空有清风冷似冰——作为隐士的严子陵对汉代中兴大业没有做出什么贡献,他的行为虽然像清风一般,后人也称赞他的高风亮节,但是对国家和百姓来说,他的这种选择却是像寒冰一样冷漠无情的。客星,此处指东汉隐士严光。《后汉书·严光传》:"(光武帝)复引(严)光入,论道旧故……因共偃卧,光以足加帝腹上,明日太史奏,客星犯御座甚急。帝笑曰:'朕故人严子陵共卧耳。'"后来诗文中常用客星代指严光。清风,指严陵不慕富贵的风节。

早遣阿瞒移汉鼎,人间何处有严陵——如果曹氏篡汉事件在严光生时就发生,天下大乱,严光还能到哪里去安稳地作隐士,整日垂钓呢?阿瞒,是曹操的小名。汉鼎,汉代的鼎。鼎为国之重器,亦用以指社稷。曹操挟天子以令诸侯,虽然废汉献帝的是曹丕,但是篡位之心始于曹操。

隐逸之士大都因不慕功名利禄、洁身自好，而受到人们的称慕。严光作为历史上有名的隐士之一，也同样备受人们推崇。范仲淹《严先生祠堂记》中评价严陵说："先生之心出乎日月之上，光武之量包乎天地之外。微先生不能成为光武之大，微光武岂能遂先生之高哉？而使贫夫廉、懦夫立，是大有功于名教也！"杨万里也曾写过《题钓台二绝句》，其中有"子云到老不晓事，不信人间有许由"，称颂严陵的风节。严光弃功名如敝履，本无可指摘，杨万里此诗讽刺的矛头也不是真的指向严陵，而是借严陵来写翻案文章，讽刺南宋那些不问世事的士大夫。

宋代隐逸之风大盛，隐士不仅享受着淡泊宁静的生活，还能博得清名声誉，在朝在野的士大夫，大多赞美向往隐士生活。隐逸作为个人选择也无可厚非，但是如果形成风气则对社会非常不利。很多知识分子隐居山林，流连于山光水色，钟情于琴棋书画，孤芳自赏，不再以天下社稷为己任，对世事民生漠不关心，这是放弃了士人的社会责任，这对有着内忧外患的南宋王朝来说是不利的。此诗即是针对南宋隐逸之风而发。诗的前两句写隐士只是赢得个人清名流传，其实对国家社稷无功，这样的风节其实是"冷似冰"的。后两句更进一层，指出如果没有光武中兴，严陵是连隐士都做不安稳的。这其实是在警告南宋那些不问世事的隐士们，不要以为做了隐士就可以永享安闲自在的生活，如果南宋灭亡，恐怕到时候连隐士也做不成了。这首诗立论警策，针砭时弊，体现出诗人不同流俗的见识。

暮热游荷池上五首

其 一

此诗作于淳熙五年(1178)夏，当时杨万里在常州任知州。这组诗写诗人在一个夏日闷热的傍晚到荷池上乘凉的情景，仿佛一组连续的夏日晚景图，用语新鲜活泼，幽默风趣，显示出诚斋诗风的独特面目。第一首写诗人来到荷池上乘凉，不想荷池上也非常闷热。

玉砾金沙一径长，暑中无处可追凉。
独行行到荷池上，荷不生风水不香。

玉砾金沙一径长，暑中无处可追凉——我走在由白色碎石和黄沙铺成的小径上,要到荷池边去乘凉。在炎炎暑天中,到处都那么闷热,让人到哪里乘凉呢,或许也只有池塘上能有一丝凉意了。玉砾,白色碎石。金沙,此处指黄色的沙石。宋苏轼《同正辅表兄游白水山》诗:"金沙玉砾粲可数,古镜宝奁寒不动。"追凉,指乘凉;纳凉。

独行行到荷池上,荷不生风水不香——我独自一人走到荷池上,发现到此也无法乘凉,荷池上竟然也没有半点凉风,闷热烦躁中竟然连荷花的香气也感受不到了。唐孟浩然《夏日南亭怀辛大》诗云:"散发乘夕凉,开轩卧闲敞。荷风送香气,竹露滴清响。"杨万里诗是反用孟浩然诗意。水不香,是反用前代诗人"水香"之语,如唐李贺《月漉漉篇》:"秋白鲜花死,水香莲子齐。"水本来无香,但荷花香气从水上漂来,让人觉得水是香的。

杨万里《暮热游荷池上》是一个艺术整体,作为五首诗中的第一首,此诗在结构上很好地领起下面四首。此诗的开篇写砂石小径,白石黄沙,也不是给人清幽凉爽感觉的通幽曲径,诗的第二句点出题目中的"暑"字,直截了当地点出暑气无处不在,让人无处逃避。后两句点出暑热中的荷池:荷塘是夏日避暑的最佳去处,诗人自然地想到去荷池乘凉,心中可能想起"荷风送香气,竹露滴清响"的诗句,哪想到荷池上也是一样的闷热。

这首诗采用了"翻案法",杨万里在其《诚斋诗话》中曾说:"诗家用古人语,而不用其意,最为妙法。"翻案法虽然使用古人语句,但是却能写出新意,它的好处是打破了诗词中的定式思维,给人一种新奇的感受。人们都以为在酷暑中,荷池上定然会凉爽一些,而诗人偏偏写"荷不生风水不香",这样更能写出无处不在的暑气。

其 二

第二首写诗人冲凉解暑,稍感舒适。想到白天的苦热,看到天边的红霞竟然也觉得生厌。

> 寒甃千寻汲井花,病身一浴不胜佳。
> 追凉不得浑闲事,烧眼生憎半幅霞。

寒甃千寻汲井花,病身一浴不胜佳——我汲深井中的水冲凉,感觉非常舒适。寒甃(zhòu),寒凉的水井。本意是指以砖瓦等砌的井壁,亦用以指井。千寻,古时以八尺为一寻。"千寻",形容极长或极高。井花,指清晨初汲的水,明代李时珍《本草纲目·水二·井泉水》引汪颖曰:"井水新汲,疗病利人。平旦第一汲,为井华水,其功极广,又与诸水不同。"在此诗中当泛指井水。不胜,非常;十分。

追凉不得浑闲事,烧眼生憎半幅霞——我到荷池纳凉不成,本来有些失望,在冲凉之后,感觉舒适一些了,对"追凉不得"已经不放在心上了,但是忽然看到天边通红的晚霞,于是想到明天又是炎热的一天,不由得心烦意乱,在往日看来非常美丽的晚霞此时竟让我觉得非常刺目,好像眼睛都被它灼伤一般,很是讨厌。浑闲事,犹言寻常事。生憎:最恨;偏恨。

这是组诗的第二首,写诗人傍晚浴后的心情。前两句写汲取深井之水沐浴,在大暑天里,洗澡的井水越凉就让人感觉越畅快。"病身"二字也不仅仅是表示身体不好的谦辞,其中有天气太热,让人不堪忍受,甚至能让人生病的意思。"不胜佳"三字写出沐浴的清爽舒适。"浑闲事"一语带着满不在乎的深情,好像这一时的清爽让诗人把刚才追凉不得的懊丧之情也忘了,第四句则陡然一转,看到火红的晚霞让诗人大为恼火。"烧"字不仅写出了晚霞似火的颜色,更写出了火红的晚霞给诗人的那种炙热难堪的心理感觉。唐代诗人李绅《红蕉花》诗,其中有句云:"叶满丛深殷似火,不唯烧眼更烧心。"其中的"烧心"二字恰好可以看成是杨万里"生憎半幅霞"的注脚。

其 三

这首诗写饱受暑气煎熬的诗人终于盼来了晚风,虽然还在暮热之中,但是已经不让人觉得难以忍受了。

细草摇头忽报侬,披襟拦得一西风。
荷花入暮犹愁热,低面深藏碧伞中。

细草摇头忽报侬,披襟拦得一西风——细草被微风吹动,好像在摇头晃脑地向我报告喜讯:风来了!我赶忙敞开衣襟,拦住了一丝西风。细草,指小草,"细"字从侧面写出晚风之微。披襟,敞开衣襟。宋玉《风赋》:"有风飒然而至,(襄)王乃披襟而当之曰:'快哉此风!'"

荷花入暮犹愁热,低面深藏碧伞中——到了傍晚时候池塘中的荷花一定还觉得热得很,你看,那朵朵荷花此时都低着头把脸藏在如同绿伞一样的荷叶下面避暑呢。这两句是用拟人的手法写暮热中荷花的姿态。

杨万里诗大多写得明白如话,但同时又很有诗意,不让人觉得粗糙无味,其中原因在于诗人擅长选词用字,杨万里能把平常字词运用得新鲜有趣,此诗即可作为一例。

首句中"细草摇头"写出晚风之弱,"忽"字写风刚起就已经被诗人察觉到了,这样诗人苦热中时刻盼望晚风的心态就暗示出来了。第二句用宋玉《风赋》的典故,仿佛自然天成,让人浑然不觉。《风赋》中楚襄王面对好风"披襟而当之",而诗人却是披襟而"拦",无风时的渴盼,风来时的珍惜,全在一个"拦"字中表现出来了。"一西风"中数量词"一"更是用得非常别致,活画出酷热中人们对凉风"斤斤计较"的心态。

杨万里擅长用拟人化手法写山川树木,故而其笔下山水花草都非常有灵性。此诗三四句用拟人手法写荷花,虽然将荷花比作美人在传统诗词中很常见,杨万里这两句诗却不落俗套,其好处是写出了荷花的"避暑"之态,诗人不是简单地把花比作人,而是把人的情感行为赋予了荷花,他让荷花也知道"愁热",而且也知道躲到荷叶这绿色的遮阳伞下。这躲在荷叶下愁热的荷花不仅很好地表现出傍晚时候馀热未散之意,而且带给人一种仿佛童话般的活泼趣味。

其 四

随着夜幕的降临,暑气渐渐消退,诗人的心情也逐渐好了起来,这首诗以戏笔对不可一世的残暑表示轻蔑,并向瘦蝉发问,非常有趣。

也不多时便立秋,寄声残暑速拘收。
瘦蝉有得许多气?吟落斜阳未肯休。

也不多时便立秋,寄声残暑速拘收——过不了多久就要立秋了,所以一定要告诉残暑,快点把他那嚣张气焰收起来吧,凉爽舒适的金秋就要到了。寄声,指托人传话。究竟让谁传话,诗人并没有说明,是刚刚刮来的西风,还是蝉声,或者是归鸟彩云,这就任由读者自己想象了。拘收,拘禁,扣留的意思。

瘦蝉有得许多气,吟落斜阳未肯休——树上瘦小的知了怎么会有这么长的气呢,一声一声不停地吟唱,也不知道歇口气,直到斜阳都隐去了它还不肯罢休呢。蝉并不是用口器发声,雄蝉的腹部有发声器,能连续发声,雌蝉不叫。古人对蝉发声了解不多,以为蝉是用"口"叫的。

这首诗非常鲜明的凸现出杨万里诗想象奇特,富有幽默感的特色。这首诗全用拟人手法写成,前两句赋予暑气以人格,好像跟他说明秋天就要来了,暑气就能很识时务地悄悄退去一样。后两句诗人也给了蝉以人的意识情感,瘦蝉吟落斜阳是不是也因为白天的时候被这似火骄阳炙烤得难受呢,以至于在太阳下山之后还不肯善罢甘休。这首小诗中用的全是平常语和常用意象,但给人耳目一新之感,这和诗人新奇想象和拟人手法的运用有直接关系。

诗的后两句"吟落斜阳"一语是古典诗词中比较常见的一种非现实的意象。诗人说瘦蝉"吟落斜阳"确实是有违现实逻辑的,夕阳自落,瘦蝉自吟,二者本无关系。但是诗的本质是审美的而非逻辑的,这种非逻辑的组合能被人们理解接受,是因为它以艺术真实为依托。这首诗中"吟落斜阳"之语使诗的意蕴更丰富、更奇妙、更有趣味,这也正是诗人的艺术追求之一。

其　五

这首诗描绘在荷池上见到的晚云。一天的暑气已经散去,诗人心境也变得轻松起来,闲看云卷云舒,非常惬意。

空中斗起朵云头,旋旋开来旋旋收。
初作蒙松松树子,忽成仿佛柳花球。

空中斗起朵云头,旋旋开来旋旋收——晚霞已经退尽,残阳馀晖也不见了,天幕之上却陡然冒出朵朵云彩来,缓缓地舒卷,很是好看。斗,通"陡",陡然,突然的意思。云头,即云。旋旋,缓缓的意思。

初作蒙松松树子,忽成仿佛柳花球——天上云的形状姿态称得上变化多端,开始的时候还模模糊糊像是松球的模样,一转眼功夫就变成浮在空中的一团团柳花球的样子了。蒙松,迷茫不清的样子。松树子,即松球,松树的果穗,多为卵形。柳花球,指柳絮结成的棉球。

赏析

这是《暮热游荷池上》中的最后一首,此时天色将暗,正是所谓"残云收夏暑"(唐岑参《水亭送华阴王少府还县》),诗人站在荷池边上,享受着晚凉,仰头看到天幕上忽然冒起一朵朵云彩,随风时卷时舒。诗人带着悠然的心境看云,抓住云千姿百态、变化多端的特点,写空中的云时而像是一个个松球,忽而又变成一团团柳花球。"忽"字不仅写出云变化之快,暗含有晚风已起的意思,若是"细草摇头"之微风,不会使云忽然之间变换形状。诗人虽然不直接写乘凉,但从看云的轻松闲适之态中,可以想像当时一定是晚风习习,荷池凉爽宜人。

大抵专心看云的人有两种,一是诗人,一是儿童。诗人看云,故云在古典诗歌中是常用意象,除了作为常见景物之外,还常常象征诗人的心境,如浮云之与游子,孤云之与隐士。但是,诗人们多在意云之随风飘移自然飘逸之态,却很少具体描绘风中之云的变化姿态。儿童看云则是醉心于天上云彩变化多端,以发现云的象形为乐。杨万里是以儿童视角看云的诗人,这首小诗专门描绘晚云的变化形态,把云比喻为松球、柳花球,形象贴切,且带有几分童趣。

醉　吟

此诗作于宋孝宗淳熙五年(1178),杨万里在常州任上。此诗以"醉吟"为题,表明是诗人酒后之作,同时所吟的内容也是饮酒、作诗。在这首诗中诗人批评那些只知道追求高官厚禄、权力名位的蝇营狗苟之辈,赞美不慕荣华,能诗善饮的诗人李白和阮籍,使全诗鄙薄富贵重视文章的主旨非常鲜明。这首诗感情浓烈,气势流转,颇有李太白歌行体的风味。

　　　　古人亡,古人在;古人不在天应改。
　　　　不留三句五句诗,安得千人万人爱?
　　　　今人只笑古人痴,古人笑君君不知。
　　　　朝来暮去能几许,叶落花开无尽时。
　　　　人生须要印如斗,不道金椎控渠口!
　　　　身前只解皱两眉,身后还能更杯酒?
　　　　李太白,阮嗣宗,当年谁不笑两翁?
　　　　万古贤愚俱白骨,两翁天地一清风!

古人亡，古人在；古人不在天应改——古人虽然早已经死去，但是有的人却流芳百世，如果历史把他们遗忘，那么天道、世风就会改变。这两句诗的诗意和现代诗人臧克家《有的人》开篇所写"有的人活着，他已经死了；有的人死了，他还活着"意思相通。

不留三句五句诗，安得千人万人爱——如果不留下值得传诵的诗句，怎能赢得身前身后无数读者的喜爱？古人认为人有三种途径可以达到"不朽"，《左传》曰："太上有立德，其次有立功，其次有立言，虽久不废，此之谓不朽。"曹丕在《典论·论文》中也说过："盖文章，经国之大业，不朽之盛事。"《左传》中所说的"不朽"，曹丕所论的"文章"，并不专指诗歌，但意义相通。

今人只笑古人痴，古人笑君君不知——现在的人们谈起古人，总有人笑古人"痴"，比如嵇康，不懂得"存身之道"，非要反对司马氏，最后被杀；比如陶渊明不懂"为官之道"，最后只能在贫病中死去。可是古人嘲笑那些追名逐利的今人，他们还不知道呢。

朝来暮去能几许，叶落花开无尽时——岁月在朝来暮去中流逝，人生能有多长呢？叶落花开，春秋轮回，时间是无限的，而人的生命在无限的时间面前仿佛一瞬，极其短暂。无限的时间和有限的生命构成一个永恒的矛盾，生命和时间的矛盾无法从根本上解决，但是人们可以在有限的生命历程中创造出能够不朽的东西，使生命在另一种意义上延续。

人生须要印如斗，不道金槌控渠口——有的人一生追求富贵荣华，但是这些东西死了之后是带不去的，如果用来陪葬，这些随葬的珠宝还可能招来盗墓贼呢。印如斗，用斗大的金印代指高官厚禄。不道，不料。金槌，就是金椎，古代击打类的武器。金槌控口，典故出自《庄子·外物》，是说大儒和小儒去盗墓，墓中的尸首口中含着珠宝，大儒就告诉小儒说，用金椎敲开两腮，慢慢分开两颊，不要伤到口中的珠宝。

身前只解皱两眉，身后还能更杯酒——有的人每天紧锁着眉头，整日拨弄权、钱这两个算盘，算计投机钻营，却不想想就算生前有不尽的富贵，在他们死了之后还能喝上一杯酒吗？这是用豁达的语气调侃那些蝇营狗苟之辈，他们活着的时候其实也享受不到生活的乐趣，死了之后更是只能是"速朽"了。

李太白，阮嗣宗，当年谁不笑两翁——像李白、阮籍这样的鄙弃富贵，不同流俗的诗人，当年的凡夫俗子们有谁不耻笑他们"不识时务"呢？李太白，唐代大诗人李白，字太白。阮嗣宗，西晋著名诗人阮籍，字嗣宗。这两位大诗人都嗜酒放浪，不慕荣华，是杨万里非常钦佩的。

万古贤愚俱白骨，两翁天地一清风——自古以来，不论是聪明人也好，愚笨的人也好，曾经是位高权重的也好，或者郁郁不得志的也好，最终谁也逃不过生死的大限，变成一堆白骨。而像李白、阮籍这样的人，他们以伟大的诗篇"不朽"，他们自由不羁的精神化作天地间的清风，永远流传着。

　　这首诗题为《醉吟》，是诗人酒后所作，全诗用酣畅的笔墨尽情地嘲笑了现实官场中贪图名利的奸小之徒，赞颂了李白、阮籍这样的诗人像天地间的清风一样精神永存。在这一贬一颂之间，也表现出了诗人自己的追求。

　　这首诗语言非常浅显，但是所说的道理却引人深思：权位金银，毕竟成空；人生短暂，何以"不朽"？古人认为"立德""立功""立言"可以留芳百世，从而不朽，就杨万里自己一生作为来看，他为官刚正不屈，宋孝宗都曾说他"直不中律"，又鄙弃富贵，当时人们就赞他"清得门如水"，道德情操一直为世人所推重。他致力于诗歌创作，独创"诚斋体"，成为一代诗坛领袖，可以说杨万里同李白、阮籍他们一样，为后人所怀念，死而不朽。

　　从艺术上看，这首诗的构思也很独特，在诗中，今人、古人同时登场，今笑古人"痴"，古人却反诘今人："朝来暮去能几许？"逃得过生死吗？"金槌控口"，带得走权位金银吗？活着的时候算尽机关，斤斤计较，死后难道还能享受生活吗？这三问真让那些放不下权钱二字的"今人"哑口无言。通达者与执迷者真仿佛"清风"与"白骨"一般，实在是有云泥之别，全诗在强烈的对比中作结，让人不由得掩卷深思。

促　织

　　此诗作于淳熙五年（1178），诗人在常州任上。这是一首咏物诗，促织是蟋蟀的别名，俗称蛐蛐，蛐织，于夏秋夜间鸣叫。促织这一名称既是谐蟋蟀鸣叫的声音，同时也有谐意，民间俗谚有"蛐织鸣，懒妇惊"，意思是天气变凉了，蟋蟀开始叫了，要赶紧动手做冬衣了。这首诗就是从促织的名称的谐意引出诗人的感慨。

　　　　一声能遣一人愁，终夕声声晓未休。
　　　　不解缫丝替人织，强来出口促衣裘。

　　一声能遣一人愁，终夕声声晓未休——促织一声声地鸣叫，它的每一声叫都能让一个人感到愁闷,然而这促织不停歇地叫了整整一晚上,会有多少人因此而愁呢。然而小小的促织如何能够"一声能遣一人愁"呢?下面两句,诗人才告诉我们答案。遣,这里是使,让的意思。

不解缲丝替人织,强来出口促衣裁——促织不仅不懂得替人缲丝帮人纺纱织布,还强横地叫唤着催促人们快点做好衣裁。这两句是用促织比喻催缴租税的官吏,他们不做利于百姓的事,只知道强加征敛,那催缴租税的恶吏在谁家叫嚷,谁家就会为缴纳沉重的征敛而陷于愁苦之中。不解,即不懂的意思。缲丝,把蚕茧浸泡在热水里抽丝。强,有强暴,强横的意思。

听到促织的鸣叫而产生愁思,这在古典诗词中十分见见。立秋之后,草木凋零,秋风渐凉,促织的鸣唱更让人感到秋天的萧飒,故而诗人多听秋声而感悲愁,如唐代杜甫有《促织》诗:"促织甚微细,哀音何动人。草根吟不稳,床下夜相亲。久客得无泪,故妻难及晨。悲思与急管,感激异天真。"这是听到促织细弱的鸣叫生发孤独凄凉的感慨。杨万里《促织》诗也写促织之叫声让人愁,但这愁却不是悲秋感怀的愁,而是写不堪重负的人民的愁,还有诗人作为能够体恤百姓的官吏看到百姓的痛苦而生的愁。

杨万里以动物为题的诗多有比喻的意义,如《观蚁二首》(其一):"偶尔相逢细问途,不知何事数迁居。微躯所馕能多少,一猎归来满后车。"也是借蚁写人,写活了在名利场上奔波忙碌,贪得无厌之辈的嘴脸。同样的,《促织》也是以物喻人,诗人是以促织来比喻恶吏,诗中更用一个"强"字写出了官吏的强横态度,这样的"促织",怎能不让人生悲生愁!

和范至能参政寄二绝句

其 一

题解

此诗作于宋孝宗淳熙五年(1178)。范至能,即范成大。范成大(1126—1193),字至能,自号石湖居士,吴郡(今苏州)人。范成大与杨万里同年中进士,是杨万里的诗友,为南宋四大家之一,他的诗格调清新,其中《四时田园杂兴》六十首尤为著名。范成大在这一年四月拜任参政知事,两个月后即被罢免,在返回其家乡苏州后,寄了两首绝句给在常州为官的杨万里,杨万里写了这两首诗作酬答。

生憎雁鹜只盈前，忽览新诗意豁然。
锦字展来看未足，玉虫挑尽不成眠。

生憎雁鹜只盈前，忽览新诗意豁然——这种每天坐在公堂面对衙役的官场生活让我感到厌恶，忽然看到你寄来的诗，烦闷的心绪一下子变得豁然开朗了。生憎，深深地厌恶。雁鹜，大雁和野鸭，这里是用雁鹜比喻古代衙门里侍立的吏役。新诗，指范成大寄来的诗。豁然，开阔、开朗的样子。

锦字展来看未足，玉虫挑尽不成眠——我翻看朋友寄来的诗稿，把灯花一遍遍地挑，可还是觉得怎么也看不够，以至于无法入睡了。这两句是称赞范诗写得好。锦字，这里是指范成大寄来的诗稿。玉虫，指灯花。

宋孝宗淳熙五年，范成大由四川宣抚使任上召回杭州，拜参政知事（副宰相），然而就在两个月后，便被奸佞借故弹劾而罢官。范成大回乡后，写下《冬至晚起枕上有怀晋陵杨使君》："新衣儿女闹灯前，梦里庄周正栩然。骑马十年听晓鼓，人生元自有高眠。""多稼亭边有所思，冬来捻却几行髭？也应坐拥黄绸被，断角孤鸿总要诗。"

杨万里的和作，第一首写收到范成大寄诗后的喜悦。诗的头两句是用欲扬先抑的手法，"生憎"二字写出对官场生活的厌倦之情，第二句写见到友人的新诗，欢愉之情油然而生。三四句承接第二句而来，而欢喜之情又有不同，此时是因为读到好诗佳句而欣喜，诗人反复把玩，以至于夜深不寐，这是从对友人寄诗的喜爱来表达诗人对范成大的思念。

其 二

第二首诗为范成大被排挤出朝廷感到惋惜。诗人自己"生憎雁鹜"，但是却希望友人能在朝为官，看似矛盾，其实是想要人尽其才，对国家、对友人能够两利而已。

梦中相见慰相思，玉立长身漆点髭。
不遣紫宸朝补衮，却教雪屋夜哦诗。

梦中相见慰相思，玉立长身漆点髭——我怀念友人，相思成梦，以在梦里相见来慰藉相思之苦，梦中的友人依旧风姿挺拔，须如点漆，神采飞扬。玉立，比喻坚贞不屈,也指风姿挺拔,这里兼有这两种意思。漆点,即"点漆",比喻黑而有光彩。

不遣紫宸朝补衮,却教雪屋夜哦诗——范成大不仅仅是一个诗人,他还有多方面的政治才能,然而就是这样的人才,却不让他发挥才能,为国效力,而是被排挤出朝廷,闲居在家只是吟咏诗歌。紫宸(chén),宫殿名,唐、宋时为接见群臣及外国使者朝见庆贺的内朝正殿,也泛指宫廷。衮,古代帝王穿的绘有卷龙的礼服叫衮。《诗·大雅·蒸民》:"衮职有缺,维仲山甫补之。"后来用补衮来比喻规谏皇帝的过失。雪屋,指隐者或僧侣的住房。

第二首诗写对友人的思念,并为友人被排挤出朝廷鸣不平。前两句承接第一首思念之情而来,写梦中相见,并赞美范成大的丰神气质。后两句则是情感的一大转折,讽刺朝廷不知道重用人才。"不遣"、"却教"对比强烈,一种不平之气喷涌而出,给人强烈的震撼。此诗后两句这种感情并不突兀,是和上文对友人的思念和赞美一脉相承的,正因为了解、赞美友人的才华和品质,并且关心国家政治,才会对英才被黜表现出如此的愤慨。

和作要用原作的韵字,同时又要在意思上翻新,有一定的创作难度,杨万里的这两首和作不仅完全符合规则要求,且妥帖自然,而第二首诗的三四句在境界取意方面更是出奇制胜。

稚子弄冰

此诗作于宋孝宗淳熙五年(1178),杨万里在常州任上。杨万里描绘儿童的作品很多,诗人善于体察儿童的思维特点,以赞赏的眼光体察童心,他的儿童诗往往带着新鲜活泼的自然真趣,这首诗就是一例。诗中描绘的是儿童舞弄冰块的游戏场景,诗中的儿童充满了率真活泼的生气,让人们在儿童带有稚气的游戏中得到久违了的纯真美的享受。

> 稚子金盆脱晓冰,彩丝穿取当银钲。
> 敲成玉磬穿林响,忽作玻璃破碎声。

稚子金盆脱晓冰,彩丝穿取当银钲——冬天儿童制冰取乐,孩子们在前一天在铜盆里倒上少量水,放到屋外,第二天早上盆里的水已然成了冰盘,取下来之后用线穿了(或者在冻冰之前把线的一端放在水里,冰盘冻好后可以直接提着线),提在手里,当作一面钲敲打玩耍。金盆,指铜盆。钲,古代乐器,形圆如铜锣,悬挂敲击。

敲成玉磬穿林响,忽作玻璃碎地声——儿童敲击冰盘发出的响声,声音清越,仿佛玉磬穿林,而后却只听"啪"的一声,仿佛玻璃碎地,那是冰盘破碎的声音。磬是古代一种打击乐器,状如曲尺,通常用玉、石或金属制成,悬挂于架上,击之而鸣,声音清脆。玻璃,亦称水玉,古为玉名,或以为即水晶,古代所说的玻璃指的是一种天然的玉石,不是现代的玻璃。

在我国古典诗歌中,以儿童及其活动为描写对象的诗并不鲜见,比如陶渊明有《责子诗》,李白有《寄东鲁二稚子》,杜甫笔下也写过"稚子敲针作钓钩"的诗句,但是很少有诗人能像杨万里这样乐于也善于以儿童的生活为诗题,并且能把握住儿童的心理,在诗中写出儿童自然纯真的童心童趣。《观小儿戏打春牛》中的儿童:"小儿着鞭鞭土牛,学翁打春先打头。"稚拙地模仿大人的活动;《幼圃》诗描写了诗人的孙子所建的"花园";《与伯勤子文幼楚同登南澳奇观戏道旁群儿》则写诗人在看到嬉戏的儿童后情不自禁地加入其中。杨万里是怀着一颗未泯的童心,以理解和欣赏的眼光关注着儿童,绝不以成人世界的老成持重来嘲笑儿童的稚气天真,故而能写出真正带着天真童趣的儿童诗。

同儿童相比,成人失去了快乐的单纯,宝贵的好奇心,还有自由丰富的想象。只有在儿童的手里,冰盘才会变成"银钲",才能发出"玉磬"的声响;同样的,只有未失童心的诗人,才能捕捉到儿童游戏中的自然之趣。读这首小诗能够得到的是一种简单而又纯净的乐趣,能让人在读诗的瞬间回想起自己童年稚气的游戏。这种纯真的乐趣,这种对每个人都曾经经历过的童年游戏记忆的撩拨,正是杨万里儿童诗的最宝贵之处。

观小儿戏打春牛

此诗作于宋孝宗淳熙六年(1179)春,杨万里当时在常州任上。打春牛是古时的习俗,立春前一日,用土牛打春,以示迎春和劝农。打春之牛,后亦以苇或纸制。一般是由当地的长官执彩鞭击打春牛三匝,礼毕回署,接着众农民将春牛打烂。这首诗写儿童看到大人们鞭打春牛的场面后进行模仿的情景,这一场景引起诗人对丰收的联想。

> 小儿着鞭鞭土牛,学翁打春先打头。
> 黄牛黄蹄白双角,牧童绿蓑笠青箬。
> 今年土脉应雨膏,去年不似今年乐。
> 儿闻年登喜不饥,牛闻年登愁不肥。
> 麦穗即看云作帚,稻米亦复珠盈斗。
> 大田耕尽却耕山,黄牛从此何时闲。

【新解】

小儿着鞭鞭土牛,学翁打春先打头——乡间儿童在立春日看到大人们打春牛,觉得很有趣,于是模仿起来了,而且模仿得有声有色,知道要先打土牛的牛头。学翁,学着大人的样子。打春,即打春牛。打春牛时也有步骤,现在还流传"一打春牛头,国泰民安;二打春牛腰,风调雨顺;三打春牛尾,五谷丰登"的歌谣。

黄牛黄蹄白双角,牧童绿蓑笠青箬——土塑的春牛有着黄色的躯体、黄色的四蹄和白的牛角,春牛旁牧童样的芒神披着绿色蓑衣戴着青色的箬笠,看上去非常精神。这两句是写春牛和芒神的形象。在土塑的春牛旁边一般有一个牧童形貌的芒神(即句芒,传为司春之神,后世亦作耕牧之神)像。笠,竹编的雨帽。箬:箬竹的竹皮。笠青箬,指戴着青绿色的箬笠。

今年土脉应雨膏,去年不似今年乐——今年的土壤得到了春雨的滋润变得松软肥沃,去年不像今年这样风调雨顺。土脉,泛指土壤。人们把及时的好雨叫做膏雨,土地肥沃叫膏壤。

儿闻年登喜不饥,牛闻年登愁不肥——孩子们听大人们说今年能够有个好收成都很高兴,因为这样就不会饿肚子了;耕牛听人们说今年一定是丰年就发愁了,因为丰年农事多,总要被人们赶下地去干活,不能闲着吃草把自己养肥了。年登,谷物丰收。

麦穗即看云作帚,稻米亦复珠盈斗——等到庄稼成熟的时候,连片的麦子就好像黄云,每一株麦穗都像是小帚把;稻子也获得丰收,一斗斗的稻米颗颗都像是晶莹的宝珠。这是人们展望丰收的美好景象。

大田耕尽却耕山,黄牛从此何时闲——农民为了多打粮食,把山丘也改造成梯田,所以耕牛耕完平原大片的田地之后,还要去耕山上的梯田,黄牛在开春以后就很难闲下来了。大田,指平整的大面积的田地。却,再,又。

这是一首带有几分童趣的田园诗。立春时节有鞭打春牛的民俗,诗的前两句就写儿童看到大人们鞭打春牛,也学着大人的样子煞有介事地打春牛,让人感受到儿童的天真可爱。三四句描绘春牛芒神,色彩浓烈,给人喜悦的感觉。五六句更进一层,写今年风调雨顺,比去年要好得多了,喜悦之情更深。七八句写丰年里儿童之喜和耕牛之愁,诗人写儿童喜却暗含愁思:遇到丰年孩子们可以不饿肚子,并以此为喜,那灾年可不是要忍饥挨饿了吗?写黄牛之愁含有喜意:耕牛辛苦意味着耕种田地多,不得清闲。但是一分劳作,一分收成,庄稼成熟时麦似黄云稻似珠的喜人景象足以让人感到欣喜。最后两句依然写耕牛辛苦劳作,但写耕牛也可以看作是写农人,毕竟耕种劳作不得清闲的不只是耕牛。

此诗刻画了戏打春牛的儿童形象,且运用儿童式的思维,由人之"喜"想到牛之"愁",让人觉得新鲜有趣,耳目一新。而由牛之"愁",不妨深思农人之"苦",显然这首诗的想象空间很大。

烛下和雪折梅

【题解】

此诗作于淳熙六年(1179)年春,诗人当时在常州任上。和雪,带着雪,折梅时不抖落梅上的落雪。折雪中之梅来观赏,着实是一件"雅事",林逋《山园小梅》中的名句"疏影横斜水清浅,暗香浮动月黄昏"被人们激赏正是因为他写出了梅花的孤绝清幽。杨万里写《烛下和雪折梅》却将这一"雅事"趣味化了,这首诗中的梅花少了那种孤高绝尘的气质,而有了让人觉得可亲的幽默情趣,这种可亲的幽默也是诚斋诗的独特风味。

> 梅兄冲雪来相见,雪片满须仍满面。
> 一生梅瘦今却肥,是雪是梅浑不辨。
> 唤来灯下细看渠,不知真个有雪无。
> 只见玉颜流汗珠,汗珠满面滴到须。

梅兄冲雪来相见,雪片满须仍满面——"梅兄"真是一位洒脱又深情的朋友,他冒着大雪来和我相会,脸庞和胡须上都落满了雪花。冲,指冒着,多指不顾危险或恶劣环境而向前行进,在这句诗中指梅花在雪中开放。须、面,是拟人的写法,把梅花比作人脸,花蕊就好像胡须一样。

一生梅瘦今却肥,是雪是梅浑不辨——梅花向来都是清瘦疏朗的样子,今天看上去竟然显得丰腴了,梅枝上一片白色,究竟是雪还是梅已经全然分辨不出来了。一生,历来、从来的意思。瘦,是指梅花的疏朗之美;肥,则是写落满了雪的梅花的丰腴之态。浑,全然。

唤来灯下细看渠,不知真个有雪无——梅花上有没有雪,我一定要看个仔细,辨个清楚,于是折梅在灯下细细观赏。唤来,叫到跟前来,其实是把梅花折来。用"唤来"而不用"折来",显得亲切又不落俗套,而且和全诗的拟人语气相一致。"不知真个有雪无",既承上句,又勾起下句,让人在阅读时产生期待。

只见玉颜流汗珠,汗珠满面滴到须——在灯下一看,只见梅兄脸上全是汗珠,而且已经从脸上滴落到胡须上了。这两句诗用拟人手法写出了梅花上的雪化了之后的独特型态,梅花在此诗中已然成了一位友人的形象。把梅花上的水珠想象成汗珠,虽然让人感觉有点出乎意料,却又不得不承认这个比喻的形象生动。

【新评】

杨万里是一位喜欢吟咏花卉的诗人,在他的诗中时时可以看见五彩缤纷的花草,有艳丽的芍药、牡丹,淡雅的水仙,娇艳的杏花,甚至有金黄的菜花,乡间路上无名的野花。然而诗人最钟情的要数梅花了,在杨万里的全部诗作中,梅花出现的次数最多,共有八十五次,远远多于荷花、菊花、牡丹(据王守国统计)。

梅花是"花中四君子"之一,同时也是"岁寒三友"之一,它既有淡雅之优美,又有沁人心脾的暗香,更有傲雪迎春的气骨,无怪乎能博得人们的喜爱。爱梅的宋初诗人林逋人称"梅妻鹤子",那是以梅为妻;在杨万里的这首《烛下和雪折梅》里,诗人是以梅为友。诗中的梅花是以并不常见的男性的身份出场的,诗的开篇就称梅花为"梅兄",且把花蕊想象成胡须,这就把梅花的娇艳气质扫除了,留下的是梅花文化内涵中的刚健的一面,同时杨万里又用他惯用的轻松幽默的笔调把梅花的孤傲之气去除了不少,让梅花带上了平易自然的态度,仿佛就成了诗人的一位可亲可近的老友。

古典诗词中的花草往往还是诗人自身人格精神的写照。"疏影横斜水清浅,暗香浮动月黄昏"暗含的是林逋世俗之外孤傲绝尘的隐士的精神,《烛下和雪折梅》诗中的梅的形象则带着杨万里的精神气质:刚健正直,又去除了孤傲之气,变得可亲可近。

小舟晚兴(四首之一)

【题解】

此诗作于宋孝宗淳熙七年(1180),杨万里在常州任满回乡途中,泛舟江上,饱览山光水色,写了不少清新优美的山水诗。原作共四首,这里选的是第一首。这首小诗写诗人在归乡的小船上的生活,写出了前人所未曾写过的特有感受,非常生动有趣。

  䇲篷旧屋雨声干,芦萉新檐暖日眠。
  枕底席边俱绿水,脚根头上两青天。

【新解】

  䇲篷旧屋雨声干,芦萉新檐暖日眠——旧䇲席搭成的船篷好像是一间旧屋,船篷上芦苇做的席子就像是新加的房檐;在这水上的小屋里,不论是听那淅淅沥沥的雨声,还是在雨过天晴之后在暖风中酣眠,都别有一番风味。䇲(ruò)篷,用䇲席编制成的船篷。芦萉(fēi),芦苇做的席子。这两句是写诗人回乡乘坐小船的情景。

  枕底席边俱绿水,脚根头上两青天——躺在船篷中的席上,往左右两边看,枕席旁边就是一江醉人的绿水;往前后看,脚跟和头上是两片湛蓝的晴空。闲卧舟中就可欣赏碧水蓝天,这是何等惬意。这两句是写卧在小船船篷中独有的感受。

【新评】

  这首小诗不以写景而是以写意见长,诗中景物是小船旧篷,绿水蓝天,并没有特别之处,但这首小诗却给人清新可人,安闲自在的感觉,全是因为诗中透出作者乐观放达的情绪。

  法国雕塑家罗丹曾说:"生活中从不缺少美,而是缺少发现美的眼睛。"要有一双能发现美的眼睛,最重要的是要具备豁达透脱的胸襟。有些人以奔波行路为苦,诗人却以能借机欣赏山水风景为乐;有些人以为航船之上地方狭小局促不便,䇲篷旧屋更是异常简陋,但在诗人看来,这方寸之地其实别有洞天。楼船画舫固然有富贵金玉气象,但是䇲篷旧屋也有自然淳朴的气质,况且如果不是躺在简陋的小船中,又如何见到"脚根头上两青天"趣景呢。简陋的小船、绿水、青天这样一般化的景物浸染了诗人乐观放达的情绪之后,就变得有声有色,给人美的感受。

插秧歌

【题解】

  此诗作于淳熙六年(1179),此年春末正月,杨万里从广东常平提举任上返归家乡,这首诗是在途经衢州(今浙江省西部)时所作。诗人从生活中截取了生动自然的画面,展示了春日农忙时节,农家老少一齐劳作的场面。这首诗以近乎口语般明白晓畅的语言写成,却不流于粗陋,而是蕴含着诚斋体特有的诙谐的趣味和清新的诗味。

田夫抛秧田妇接，小儿拔秧大儿插。
笠是兜鍪蓑是甲，雨从头上湿到胛。
唤渠朝餐歇半霎，低头折腰只不答。
秧根未牢莳未匝，照管鹅儿与雏鸭。

新解

田夫抛秧田妇接，小儿拔秧大儿插——农忙时节，有一家老小一同在水田中劳作，农夫和他的妻子以及两个儿子各司其职：拔秧、抛秧、接秧、插秧，一家人协同劳动紧张而有序。

笠是兜鍪蓑是甲，雨从头上湿到胛——紧张的劳动是在春雨中进行的，在田里劳作的人戴的斗笠像头盔，披的蓑衣像铠甲，尽管这样"披挂整齐"，雨水还是把他们淋湿了。笠，指斗笠，用竹篾或棕皮编制的遮阳挡雨的帽子。兜鍪，古代士兵戴的头盔，一般用金属制成，防护头部。蓑，蓑衣，用草或者棕榈皮编成的雨衣。甲，指铠甲。胛，肩胛。

唤渠朝餐歇半霎，低头折腰只不答——送饭人来叫插秧的人们歇一歇，吃早饭，可是在田里插秧的农妇低着头弯着腰并不停止劳作。渠，他们。朝餐，早饭，这里指吃早饭。霎，瞬间，很短的片刻。折腰，弯着腰。只不答，不是不回答农夫的话，而是说不肯停下来去吃饭，其实诗的最后两句就是农妇的回答。

秧根未牢莳未匝，照管鹅儿与雏鸭——农妇答道："秧苗刚刚插上，根还不牢靠，还没有生发劲挺，而且插秧工作还没完成，你要看管好家里的鹅和小鸭，别让它们到田里来把刚插的秧苗糟蹋了。"莳，移栽，种植。插秧时，把秧苗分成许多小束，均匀地栽到水田里叫做莳；所分的每一小束秧苗也叫做莳。匝，完满，完毕。

新评

人们一想到宋诗，最先想到的往往是江西诗派和江西诗风。江西诗派讲究"无一字无来历"，喜欢在诗中大量用典，这本无可厚非，但江西派的末流则故作艰深，雕琢求奇，寻章摘句，炫耀学问，他们的诗多的是酸腐生涩，少的是生活的新鲜自然。杨万里早年写诗也是从学江西派入手，但最终跳出了江西派的巢臼，自成一体，其"诚斋体"具有清新、自然、活泼的特色。杨万里在诗中并不避讳使用俗语口语，很多诗都写得明白晓畅，仿佛自然天成，这种诗风可以看作是对南宋流行的江西诗风的一种反拨。《插秧歌》就是这样一首明白如话，有着源于生活的自然谐趣的佳作。

这首诗直接截取了农民插秧的劳动画面，并配合近乎口语的语言，诗的最后两句，更是把农妇的答话直接引入诗中。这首小诗给读者的感觉是新鲜活泼，毫无浅俗之感，其原因在于这种画面和语言其实也是经过诗人选择提炼的。例如三四句中的比喻运用就非常精彩,把斗笠蓑衣这些雨具比喻成头盔铠甲,不仅仅是形似,更有一种暗示:这就是一场紧张的战斗,战斗的对象就是不等人的农时。这场"战争"又是在艰苦的条件下进行的——虽然没有沙场的腥风血雨,但春雨也让他们"从头上湿到胛",这样的比喻既贴切又新奇有趣。杨万里主张写诗要"生擒活捉",即从生活中、自然中,抓取最富有诗意的镜头画面,将这最有诗意的一幕写入诗中。而恰恰正是选取这最富诗意的一幕,将其中最闪光的地方,用自然的诗笔表现出来,最能体现出诗人的眼光和才华,这也是杨万里诗自然活泼却不流于鄙俗浅陋的原因所在。

宿灵鹫禅寺(二首之二)

此诗作于宋孝宗淳熙六年(1179),杨万里在此年二月从常州卸职回乡,这首诗就是在回乡途中所作。原作共两首,这里选的是第二首。灵鹫寺在江西广丰县社后乡灵鹫山北麓,始建于唐元和年间,北宋熙宁五年重建。现为江西省14座重点保护古庙之一。

> 初疑夜雨忽朝晴,乃是山泉终夜鸣。
> 流到前溪无半语,在山做得许多声。

初疑夜雨忽朝晴,乃是山泉终夜鸣——我借宿在灵鹫禅寺,整整一夜都听到叮咚的水声,还以为是下了一夜的雨,谁知早上出门一看,却是万里晴空,没有半点夜雨的迹象。那半夜的水声是怎么回事呢,我最终发现原来是山泉终夜长鸣。这两句诗,由听到水声疑是夜雨到发现是晴天是一转折,再到找到山泉恍然大悟又是一转折,称得上曲折有致。

流到前溪无半语,在山做得许多声——这山泉在喷涌而出时叮咚作响,冲击山石也颇有声势,结果顺着山泉一路走去,却发现泉水一旦流到山中的溪流里就老老实实地默不作声了。水激石响是自然现象,诗人是借此讽喻那些在野时评论时政,一旦在朝就缄口不言的官员。

这是一首讽喻诗,讽刺那些在野时高谈阔论,一旦入朝为官就明哲保身,唯唯诺诺的官员。古时士人不做官,常自称是居于山野,为官时就称为"出山",杨万里这首诗中"在山"即暗喻在野。士林中有不少人在未做官时,点评时政,指点江山,有时也头头是道,恰好就像山中的泉水一样叮咚作响。可是等到这些人"出山"之后,有了一官半职,自身成为上层利益集团中的一员,就立刻学会了各种"为官之道",按照官场上的种种潜规则办事,为了能保住官位俸禄,面对各种弊政一声不响,在朝堂上缄口而立,什么以天下为己任,名誉节操,都抛到九霄云外去了,站在朝堂之上,这些人真就像流到溪中的泉水一样变得无声无息。这首小诗写得委婉含蓄,但是却非常地生动形象,闪耀着讽刺智慧的光芒。

过石磨岭岭皆创为田直至其顶

此诗作于宋孝宗淳熙六年(1179)。此年春末,杨万里从广东常平卸职回乡,途经石磨岭,看到人们把荒岭改造成梯田,有感于朝廷无能,边地荒芜,写了这首诗。石磨岭在今江西广丰县境内。

> 翠带千镮束翠峦,青梯万级搭青天。
> 长淮见说田生棘,此地都将岭作田。

翠带千镮束翠峦,青梯万级搭青天——横看石墨岭的梯田,每一层都好像一条长长的翠带束在青山上;竖看一级级的梯田,又好像是通向青天的绿色阶梯。翠带,青梯,都是形容种满庄稼的梯田。镮,指一串连环中的一节,诗人把每一垄梯田看作是翠带上的一个环扣,千镮是夸张写出"翠带"之长。

长淮见说田生棘,此地都将岭作田——听说淮南一带以前的良田都长满荆棘了,可是看看这里吧,因为平原耕地不足,人们不得不在荒山野岭上历尽辛苦开辟出梯田。长淮,淮河,此处指淮河南岸的大片土地。见说,犹听说。棘,泛指有芒刺的草木。田生棘,指田地荒芜。南宋与金以淮水为界,淮南地区有大片土地在战后沦为荒地。

杨万里是南宋"活法诗"的代表人物,他的诗有语意新奇,自然流转的特点,此诗即是一例。全诗不用典故,语言也明白如话,但决非泛泛之作,不论从艺术上还是思想上都可圈可点。

诗的前两句描绘石磨岭梯田的壮观景致,第一句是横看,第二句是纵览,层次分明，比喻也恰当生动。从对仗方面看，这两句构成了当句对。在相互对仗的两句中，每一句中不但出现了语法结构相同的词或词组，而且这两个词或词组还有一个字重复。杜甫《闻官军收河南河北》中的"即从巴峡穿巫峡，便下襄阳向洛阳"两句即是当句对，句中巴峡与巫峡，襄阳和洛阳分别相对，同时上下句又构成对仗。杨万里此诗一二句中"翠带"与"翠峦"，"青梯"与"青天"分别相对，而上下句颜色词相对，非常工整。单单看一二句，诗人情感是赞扬这梯田奇观，但三四句语意却陡然转为讽刺，让这首小诗显得波澜起伏。梯田是劳动人民的一大创造，石磨岭梯田奇观也值得赞叹，但寸土必争的梯田图景和淮南大量平原良田荒芜的画面叠加在一起的话，却不由得让人对朝廷的屈辱无能生出愤慨之情。诗人把这反差强烈的现象放在一起，不用一字褒贬，一切让读者自己去品味，更耐人寻味。

戏笔（二首之一）

【题解】

此诗作于宋孝宗淳熙六年（1179），杨万里此时在家乡江西吉水闲居。戏笔，指随意戏作的诗文书画，即游戏笔墨。此诗虽然题为"戏笔"，但是绝非轻薄无聊，而是以幽默感染读者。原作共二首，这里选的是第一首。

> 野菊荒苔各铸钱，金黄铜绿两争妍。
> 天公支与穷诗客，只买清愁不买田。

【注解】

野菊荒苔各铸钱，金黄铜绿两争妍——野菊荒苔是各自铸造黄金铜钱了，野菊那橙黄黄的颜色好像黄金，荒苔的绿色好像铜钱上的铜锈，还在竞相逞美。诗人从野菊、青苔的颜色联想到黄金铜钱，非常新奇。

天公支与穷诗客，只买清愁不买田——野菊荒苔既然铸成了黄金铜钱，老天就把这笔钱财支付给一向不富裕的诗人，只不过这些黄金铜钱只能用来买愁思，却不能用来买养家致富的良田。诗客，指诗人。清愁，凄凉的愁闷情绪。

【新评】

古时不少文人墨客视金钱为鄙俗之物，以为谈论金钱是俗气的事情，更有甚者竟不言"钱"字。南朝宋刘义庆《世说新语·规箴》中有这样一个小故事："王夷甫雅尚玄远，常嫉其妇贪浊，口未尝言钱字。妇欲试之，令婢以钱绕床不得行。夷甫晨起，见钱阁行，呼婢曰：'举却阿堵物。'"后人因此常用"阿堵物"代指钱。例如宋张耒《和无咎》之二:"爱酒苦无阿堵物,寻春那有主人家。"而菊花青苔却是诗人眼中的雅物,青苔带着清幽绝尘的意味,菊花因为陶渊明《饮酒》诗中"采菊东篱下,悠然见南山"的名句,成为标志清高的雅物。在杨万里这首小诗中,雅与俗便结合在一起。诗的前两句,诗人把黄色的野菊想象成黄金,绿色的荒苔想象成生锈的铜钱,按惯常思维读后给人惊愕的感受,细细一想又觉得非常形象。后两句中,诗人想到如何使用这特别的黄金铜钱,能用它买什么呢?只能是给穷诗客买清愁了。钱虽然俗气,但是在这里竟也变得清雅脱俗了。

二月一日晓渡太和江(三首选二)

其 一

　　此诗作于宋孝宗淳熙七年(1180),这年正月,杨万里赴提举广东常平茶盐任,此诗是二月一日途经太和江时所作。太和江,在江西省南部。第一首诗人以细致笔触描绘太和江畔的村景。

　　　　绿杨接叶杏交花,嫩水新生尚露沙。
　　　　过了春江偶回首,隔江一岸好人家。

　　绿杨接叶杏交花,嫩水新生尚露沙——春暖大地,杨树的绿叶密密匝匝,杏花正怒放,挤在一起真是热闹;江上春水新涨,还能看到江堤上的细沙。接叶,绿杨生得繁茂,叶子相互挨着。交花,杏花开得烂漫,一丛丛的花朵相互紧挨着。嫩水,指春水。

　　过了春江偶回首,隔江一岸好人家——我渡过太和江,偶然回首,远望江对岸的春色,乡民的村居掩映在绿杨杏花之中,真像是优美的世外桃源。人家,指住户。唐杜牧《山行》诗:"远上寒山石径斜,白云生处有人家。"

　　这是一首优美的乡村景物诗。诗人抓取的景物并不复杂,是绿杨、杏花、春水和江堤上的细沙,写绿杨杏花突出其繁茂,写出春之欣欣向荣、生机盎然;"嫩水""细沙"突出其新和浅,写出春的新鲜可爱,仅这两点,就把春的好处描绘出来了。全诗采用倒装的结构,诗开头两句写景是过江之后回顾刚刚见到的景色,"隔江一片好人家"是对这美好景色的总体评价。用倒装手法的好处是使原来平板的诗句变得生动,这首诗如果把后两句与前两句位置颠倒过来,意思不变,句法也更通顺,但是不如原诗那样在开头给人异常鲜明的感受,没有了先声夺人的效果。

其 二

【题解】

这首诗以春寒为诗料,不仅写出了春日清晨微风特有的浅浅寒意,而且赋予桃花人的感觉,让被无数诗人写过的桃花带上诚斋体特有的性灵色彩,给读者新鲜的感受。

晓翠妨人看远山,小风偏入客衣单。
桃花爱做春寒信,只恐桃花也自寒。

晓翠妨人看远山,小风偏入客衣单——清晨时分,我已经踏上征途,此时空中还弥散着薄薄的晨雾,使得远山看起来隐约飘缈;晨风带着几许春寒,也是异常顽皮,偏偏要钻进行路人的单衣。晓翠妨赏景,小风入单衣,但都不给人厌烦的感觉,反而让人觉得俏皮可爱。晓翠,清晨的寒雾。

桃花爱做春寒信,只恐桃花也自寒——桃花已然开放,它是爱做这春寒时节信风的报信人,不过只怕它自己也会觉得这时的春风有些寒冷吧。信,指花信风。不同的花在春季不同的时候开放,所以称应花期而来的风为花信风。花信风共有二十四番,自小寒至谷雨,凡四月,共八个节气,一百二十日,每五日一候,计二十四候,每候应以一种花的信风。桃花为惊蛰之信。

这是一首写景诗,全诗主要写诗人早起行路时对那一份春寒的独特感受。

首句写晓翠,是抓住春天清晨薄雾这一典型景物,呼应题目中"晓渡"二字。虽说是晓翠"妨人",倒不如说是为远山披上一层翠色纱巾,给远山添上迷蒙隐约的美。晓起渡江,江风吹过时诗人还是觉得有些寒意,一个"偏"字赋予江风感情色彩,好像是晓风在故意和诗人开玩笑,使人在微寒之外,更感受到春风的清新可爱。诗的后两句用移情手法,赋予桃花人的情感和知觉。诗人由自己感到轻寒,想到爱报春信的桃花一直在微冷的晓风中,它恐怕也会感到几分寒冷吧。在诗人眼中,自然万物是同人一样地迎接春天,感受春天,读者也可以从诗中领略杨万里创造出的独特的有性灵情感的山水世界。

万安道中书事(三首选二)

其 一

此诗作于宋孝宗淳熙七年(1180)春。这一年正月,杨万里从家乡出发赴提举广东常平茶盐任,一路饱览山光水色,写了很多优美活泼的纪行写景诗,此诗即是途经万安时所作。万安位于江西省中南部,吉安市南缘。

玉峰云剥逗斜明,花径泥干得晚行。
细细一风寒里暖,时时数点雨中晴。

玉峰云剥逗斜明,花径泥干得晚行——傍晚时分,缭绕在青山之间的云雾散开了,夕阳的光辉透过云层照射下来;小路上是山花烂漫的景象,雨过之后路上的泥也干了,趁着斜阳刚好还能赶一段路。逗,在这里有穿通、穿过意思。

细细一风寒里暖,时时数点雨中晴——行路山中,只觉得时而有一丝丝的微风拂面,虽然带着山中的寒意,但这已然是春风了,吹面不寒,还带着几分暖意;山中阴晴不定,虽然雨云散去,已见夕阳斜晖,但还是时不时的有几点雨落下,真称得上是"雨中晴"了。

这是一首写景诗,诗人用灵动之笔描绘春季行路山中所见的美景。诗的第一句写天光、玉峰,写出山的青翠欲滴之色,又有云雾缭绕其间,更显妩媚。写云开,用一个"剥"字,非常新鲜,写出山云逐渐消散的样子。第二句写山路,"花径"二字点出烂漫春色,"泥干"暗示出不久前经历了一场山雨,不禁让人联想经过春雨滋润的山花是否会更加娇艳。诗的后两句写春季山中特有的气候特征:春季本是乍暖还寒的季节,而且山中气候更是多变,山风拂面,让人感觉这风是混合了山风的凉意和春风的暖意;分明可以看到夕阳,但时不时还有几点雨落下,也不知该说这是雨还是晴。其实冷暖阴晴不仅仅是客观气候,也能反映出人的心情,诗人走在万安道中,心情是愉悦的,三四句写"寒里暖"、"雨中晴",最终还是落在"暖"、"晴"二字上,使得全诗带上愉悦轻松的情调。

其 二

【题解】

前一首诗仿佛一幅春山晴雨图,这首诗则着力描绘诗人一行。本来乏味无聊的跋涉在诗人笔下仿佛成了一次愉悦的春游一般,这并非是有意要苦中作乐,而是透着自然天真,这也是杨万里诗的特色之一。

携家满路踏春华,儿女欣欣不忆家。
骑吏也忘行役苦,一人人插一枝花。

【新解】

携家满路踏春华,儿女欣欣不忆家——我虽然是带着家眷赶路,却好像是全家出外春游踏青一样,路上百花绽放,春意盎然;随行的小儿女顽皮嬉闹,在这山间路上或摘野花,或追逐游戏,自得其乐,并不吵闹着想要回家。春华,春天的花。

骑吏也忘行役苦,一人人插一枝花——不仅是小儿女们欣欣然乐在其中,就连随行的骑吏也忘记了跋涉的辛苦,这赶路的一行人竟都像小孩子一样,每个人头上都插着一枝花。骑吏,出行时随侍左右的骑马的吏员,杨万里是在赴任途中,所以有骑吏护送。行役,旧指因服兵役、劳役或公务而出外跋涉。

【新评】

如果说第一首给人一种山中春景醉人的感觉,那么第二首诗仿佛让人听见诗人一行的笑语欢声。单看诗的前两句,诗人全家外出,满目芳菲,儿女一边走一边在花丛中嬉戏打闹,把家都忘了,这真给人一种春游的错觉。儿童大多耐不住烦闷,在路上游戏也不足为奇。诗的后两句却见出诚斋诗的特色来,成人也带着孩子气,不论老少都在头上插花。这并不是彰显风流的名士气,而是回归天真和童趣,给人自然清爽的快乐,这种图景在其它诗人作品中是非常罕见的。

山水是古典诗歌中非常重要的题材,很多大诗人也以山水诗著称,如王维、孟浩然,都擅长山水诗,杨万里的山水诗却能写得独具面貌,在山水题材上开拓出一片新天地,其原因是他有一个自然活泼又平易近人的精神内核,同时又构建了一个具有生命灵性,有知觉有情感的自然世界。在这个世界中,虚伪和做作都被剔除了,人在自然的怀抱中变得像儿童一样纯净,于是不论是骑吏,还是年过半百的诗人自己,竟都头插野花,怡然自乐,而读者也可以从阅读中享受到这种轻松自然的乐趣。

舟过谢潭（三首之三）

此诗作于宋孝宗淳熙七年（1180），杨万里从家乡江西吉水赴提举广东常平茶盐任途中所作。谢潭在江西赣江上游。原作三首，这里选其中第三首。这首小诗描绘傍晚行船谢潭所见的山景，写景秀丽如画，还带着几分趣味。

碧酒时倾一两杯，船门才闭又还开。
好山万皱无人见，都被斜阳拈出来。

碧酒时倾一两杯，船门才闭又还开——我坐在船中一边饮酒一边欣赏江上美丽景色，刚刚关上船门就发现前面又有好景色，为了不错过了好景致，于是再打开船门观看。碧酒，指清酒，清澄的美酒。"碧酒"在此处还有增色的效果，让人觉得行船途中青山绿水都融入杯中。船门，船舱上的门。

好山万皱无人见，都被斜阳拈出来——谢潭岸边的好山层次分明，此时在夕阳照射下山的褶皱层次异常清晰，似有"万皱"，让人觉得身入画中一般。万皱，指山岩的褶皱多。国画画山注重表现山的堆叠层次，以千岩万壑、层峦叠嶂为美，所以说"好山万皱"。拈，用两三个手指头夹、捏取物，此处有拈取，标举的意思。

杨万里在面对美丽自然的时候总是把自然万物写得有灵性，有知觉，因而他笔下的山川景物总带着自然的灵气，此诗也是这样。诗的前两句写诗人舟中的活动，诗人行船江上，时倾美酒写出了此时愉悦安闲的心境，第二句通过写船门的"才闭""又开"，暗示出一路景色宜人，让诗人目不暇接。三四句正面写景，也非常巧妙。第三句用"万皱"写山，是巧用古典山水画中的用语，不仅写出了山的堆叠层次之美，还给人如在画中游的想象暗示。第四句中"拈"字也用得新颖别致，拈取的动作有挑选、标举的意思，是把夕阳拟人化了，让人觉得夕阳也懂得欣赏山川美景，因为怕人们错过了秀丽的山色，特地为人们指出这山的好处来，给人妙趣横生的感觉。如果把"拈"换成"照"字，虽然意思不变，却显得生硬无味了。第三句的"无人见"和四句的"都被斜阳拈出来"构成先抑后扬的结构，也使得这首小诗不流于呆板。

春晴怀故园海棠

其 一

【题解】

此诗作于宋孝宗淳熙八年（1181）。杨万里于淳熙七年正月赴提举广东常平茶盐任，此诗即在广东任上第二年所作。这两首诗以工丽之笔写眼前春色，抒发对故园海棠之思，表达了诗人对故乡的思念之情。第一首写春日物候，生动真切。

　　故园今日海棠开，梦入江西锦绣堆。
　　万物皆春人独老，一年过社燕方回。
　　似青如白天浓淡，欲堕还飞絮往来。
　　无那风光餐不得，遣诗招入翠琼杯。

【新解】

　　故园今日海棠开，梦入江西锦绣堆——我现在远在广东，看到一片动人春色，想到家乡此时的春景，或许故园的海棠今天也已经盛开了吧，乡思悠悠，在睡梦中我又回到了故乡江西，看到了盛开时如锦绣一般的故园海棠。锦绣堆，本指堆积的精美鲜艳的丝织品，这里指簇簇花团好像锦绣堆。

　　万物皆春人独老，一年过社燕方回——春日里万物复苏，欣欣向荣，过了社日之后，燕子也飞回来了，而我却是到处奔波劳苦，一年年变老。过社，指过了春社之后。古时祭祀社神（土地神）的日子叫社日，有春、秋二社，春社是向社神祈祷丰收，秋社是收获庄稼后向社神"答谢"。春、秋二社日期一般在立春、立秋后第五个戊日。

　　似青如白天浓淡，欲堕还飞絮往来——春风吹拂，天上浮云变换，时而堆积，呈现出青黑的颜色，时而散开，又变成棉絮一样的白色；天上浮云飘飘，地上杨柳的飞絮也不甘寂寞，好像要坠地了，不想借着一阵微风之力又飞起来了。似青如白，指天上浮云时聚时散，云色时青时白。

　　无那风光餐不得，遣诗招入翠琼杯——都说"秀色可餐"，无奈这无限美好的春光却让我如何来"餐"？看来只有用诗句把春光招入这绿玉杯中，才能"餐"得了吧。无那，无奈，无可奈何。风光餐不得，是秀色可餐的反用。晋陆机《日出东南隅行》："鲜肤一何润，秀色若可餐。"杨万里此句说风光餐不得，是无法"餐"，后一句才想出"餐"的法子来。翠琼杯，绿玉雕成的酒杯。

这首诗开篇点题,首联直接写按时节掐算,故园今日海棠当已盛开,并且梦回故乡,可见诗人在千里之外还心系故园。下面两联写梦醒之后看到的春光。颔联点题中的"春"字,"万物皆春"是明点,过社、燕回是暗点。"人独老"是面对春光感叹人生易逝,同时暗含年老却依然宦游,不得归乡的意思。颈联写浮云和杨柳的飞絮,这是春日的景物,同时也暗寓诗人身世,浮云和飞絮都是漂泊不定之物,正与离乡宦游的诗人有相似之处,不能全作景语看待。尾联荡开笔墨,并不因有乡思乡愁就一味情绪低沉,而是欣然赞赏眼前的景色,并发奇想,用诗句把春色招入杯中从而能饱餐秀色,抑扬之间,可见诗人透脱的胸襟。

其　二

　　这首诗写诗人独自到一处园林游玩,看到处处红翠,各种花木都很繁茂,唯独没有见到海棠,更引起乡思。

　　　　竹边台榭水边亭,不要人随只独行。
　　　　乍暖柳条无气力,淡晴花影不分明。
　　　　一番过雨来幽径,无数新禽有喜声。
　　　　只欠翠纱红映肉,两年寒食负先生。

　　竹边台榭水边亭,不要人随只独行——在明媚的春日到园林中散步,园林中有修竹台榭,水边小亭,到这里玩赏本是一件乐事。虽说独乐不如众乐,但我还是想要"独行"。"独行"二字暗含着一种萧索的味道,其实诗人游园之意是想独自一人追忆故园,并不是想赏景取乐。

　　乍暖柳条无气力,淡晴花影不分明——初春时节,天气刚刚变暖,新生的柳条娇弱婀娜,好似无力;天上有流云,天气不是十分晴朗,所以花影也是淡淡的,并不分明。"无力气"、"不分明"写出初春花木的特色,也暗示了诗人并不畅快的心绪。

　　一番过雨来幽径,无数新禽有喜声——经过春雨滋润之后,叶更显绿,花更娇艳,我漫步在一条幽径之中,忽而听到无数新生的禽鸟清脆悦耳的啼叫,好像鸟儿也会因这盎然春意感到喜悦。一番过雨,点出题目中"新晴"二字。新禽,新生的禽鸟。

　　只欠翠纱红映肉,两年寒食负先生——虽然春光无限,但是唯独缺了海棠,去年今年的寒食节故园的海棠都寂寞地开放,真是辜负我的一片惜春爱花之意啊。翠纱红映肉,指海棠。这是用苏轼《寓居定惠院之东杂花满山有海棠一株土人不知贵也》一诗中写海棠的名句:"朱唇得酒晕生脸,翠袖卷纱红映肉。"此诗杨万里原注:予去年正月离家之官,盖两年不见海棠矣。两年寒食,指两次寒食期间。杨万里在淳熙七年(1180)正月从家乡出发到广东就职,到写作此诗时经历两次寒食节,并非严格意义上的"两年"时光。寒食,节日名,在清明前一日或二日。先生,杨万里自称。

此诗结构上以诗人游踪为线索,首联写独行游览,颔联写园中新柳春花,颈联写幽径鸣禽,可以说已经饱览了春日雨过天晴后的秀丽精致,但诗人偏偏因为没有看到海棠花而觉得美中不足,可见全诗虽以游园为结构线索,其情感线索却是怀念故园海棠。因为想到故园海棠花应该在此时怒放,所以希望在这一处园林中找到海棠来慰藉心灵,故而诗人选择"独行"。这也是新柳虽然妩媚,春花虽然娇艳,但诗人却并非兴致很高,而是觉得柳条"无力气",花影也"不分明",因而并不流连,径直走进幽径的原因。最终诗人没有在这里找到海棠,所以觉得虽然风光无限,却美中不足,但试想就算诗人真的找到了海棠,能抹去故园海棠之思吗?毕竟他寻找的不仅仅是海棠,更多的是故乡给自己的亲切感觉。诗的最后一句更是无理而妙,本是诗人宦游他乡,无缘看到故园海棠,是自己辜负了海棠,诗人却偏偏说海棠负先生,于无理之责备中见惋惜之情。

这两首诗第一首以海棠起,第二首以海棠收,结构严谨,对仗工整,语言明白自然,若信口而出,其实用字精准,化用前人诗句也浑然无迹,体现出深厚的诗学功底,从中也可看出杨万里对江西诗派并非全然抛却,而是有所继承的。

过显济庙前石矶竹枝词(二首之二)

此诗作于淳熙八年(1181)春,杨万里在此年二月被任命为广东提点刑狱,于闰三月二日自广州出发到韶州赴任,此诗是诗人在赴任途中所作。显济庙,原名"安宫",后称"协济庙",因音相近,故又叫"显济庙",创建于宋乾道八年(1172),位于福建省清福市一都乡。原作二首,这里选的是第二首,诗人用夸张的笔墨写出行船的艰难。

大矶愁似小矶愁,篙梢宽时船即流。
撑得篙头都是血,一矶又复在前头。

大矶愁似小矶愁,篙稍宽时船即流——行船过江中大石矶的时候比过小石矶难得多了,逆水行船,撑船时稍一松劲船就会顺着水流向下走。矶,指水边石滩或突出的岩石,江中的石矶有的凸出在江上,有的隐于水下,激起江水急流,对行船造成危险。愁似,相比之下更愁。宽,指撑船时力不够大。

撑得篙头都是血,一矶又复在前头——逆水行船非常艰难,船工只得努力撑篙,仿佛都要把篙头撑出血来了,但此时船工并不能松劲,因为又有石矶在前面拦路呢。"又复"两字不禁让人生出联想,真不知船工一路上撑过了多少险滩,前方还有多少激流。

这首诗通过写船工奋力拼搏的形象,写出江上逆水行船的艰难,同时含有对拼搏不息精神的赞美之意。诗的第一句写江上激流险滩让人生愁,第二句更进一层,写逆水行船的艰难,不仅仅要避开江中的石矶,还不能松劲,否则前功尽弃。第三句角度更加集中,写船工的篙头。篙头是撑船的着力点,诗人大胆想象,落笔惊人,写篙头出血,是拟人,也是夸张,诗人不直接写船工撑船的辛苦,而是让读者从这小小的篙头想象出船工与江水搏斗的场面。最后一句诗人又把视野转向前方的江面,新的险阻已经在那里等着呢,这样给人时空绵延继续的感觉,也同第一句大矶小矶不绝相互照应,使得这首小诗篇终而神不散。

此诗也可给人们其它方面的启发,人们常说人生如逆水行船,不进则退。生活中会遇到各种困难,恰似江上大大小小的石矶,当人们努力奋斗,克服一个困难之后,也不要轻易放松,因为往往是"一矶又复在前头",还要打起精神,拼搏进取。

檄风伯

此诗作于淳熙八年(1181)春,杨万里在此年二月被任命为广东提点刑狱,此诗是诗人在赴任途中所作。檄是官府用以征召、晓喻、声讨的文书;风伯即神话中的风神。这首诗用诙谐的语言写江上的风浪,读来饶有趣味。

峭壁呀呀虎擘口,恶滩汹汹雷出吼。
溯流更着打头风,如撑铁船上牛斗。
风伯劝尔一杯酒,何须恶剧惊诗叟?

端能为我霁威否？岸柳掉头荻摇手。

峭壁呀呀虎擘口，恶滩汹汹雷出吼——行船江上，我看到江岸嶙峋高耸的山崖峭壁，感觉好似老虎的血盆大口，听到江水激荡发出轰隆隆的声音，觉得好似天上的惊雷。呀呀，高耸貌；陡峭貌。擘(bò)，分开、张开的意思。汹汹，水腾涌的样子。

溯流更着打头风，如撑铁船上牛斗——除了水急滩险之外，还要逆流而上，并且是迎着大风，这种困难好像是撑着铁船到天河上一样。溯流，逆着水流方向。打头风，正迎着风的势头，指顶着风。牛斗，二十八宿中的斗宿和牛宿。晋代张华《博物志》卷十中记载了一个神话故事，传说天河与海通，有人居海渚者，年年八月见有浮槎去来，不失期，遂立飞阁于槎上，乘槎浮海而至天河，遇织女、牵牛，此处即用了这个典故。

风伯劝尔一杯酒，何须恶剧惊诗叟——风伯，请先喝一杯酒，你为什么这样恶作剧惊吓我这么个好诗的老头呢？这是把阻碍行船的江风拟人化，诗人和"风伯"直接对话。恶剧，即恶作剧。诗叟，诗人自指。

端能为我霁威否？岸柳掉头荻摇手——风伯你能不能为我收敛威怒，息止这江上的大风呢？却只见江岸的柳树频频摇头，江边的荻花也不断摆手，好像是风伯让它们告诉我说："不行，不行！"端，究竟、到底的意思。霁威，收敛威怒。

杨万里的不少诗作都有幽默诙谐的特色，饶有趣味，此诗即是一例。诗的前四句写江上行船的种种险阻：两岸是峭壁悬崖，江中有恶滩激流，并且还逆水逆风，在这些不利条件下行船，真称得上是难于上青天了。不论是峭壁险滩，还是奔流而下的滔滔江水，都无法改变，只有那江风或可息止。诗人将江风拟人化，诗的五至七句直接和"风伯"对话，诗人把酒相劝，希望风神不要这样恶作剧，息止威怒。这几句问得有趣，诗的最后一句是答语，答得更为精彩。江风自然不会因为诗人的要求就停息，"风伯"自然也不能回答诗人的问话，但是江边那些在风中舞动作"掉头"、"摇手"姿态的柳树芦荻却成了"风伯"的信使，看来"风伯"是偏偏要为难一下诗人了。

元代诗评家韦居安在其《梅磵诗话》中说："诗人嘲风咏月，不过以文章自娱戏耳。"并引此诗作为例证。这首诗确实有玩笑的成分，让人读后一笑，但这一笑不是以鄙俗为代价的，此诗前四句用语颇有气概，用典也含蓄恰当，后四句构思新奇、有趣，但决非哗众取宠。诗歌可以写得典雅含蓄，含有深意，自然也可以"以文章自娱戏"，让读者会心一笑，多种风格并存才是诗歌发展的幸事。

舟人吹笛

题解

此诗作于宋孝宗淳熙九年(1182)正月,杨万里在广州提点刑狱任上,平定潮州的农民起义后乘船回广州的途中所作。这首诗描绘舟人演奏乐器的高超技巧,给人身临其境,如闻其声的感觉。

> 长江无风水平绿,也无靴文也无縠。
> 东西一望光浮空,莹然千顷无瑕玉。
> 船上儿郎不耐闲,醉拈横笛吹云烟。
> 一声清长响彻天,山猿啼月涧落泉。
> 更打羊皮小腰鼓,头如青峰手如雨。
> 中流忽有一大鱼,跳破琉璃丈来许。

新解

长江无风水平绿,也无靴文也无縠——江上无风,水面非常平静,连细小的波纹都没有。长江,此处是指长长的大江,并不是和黄河相对的"长江"。靴文,靴皮的花纹,常用来形容细波微浪。縠(hú),此处指绉纹,绉纱的皱纹常用以喻水的波纹。如刘禹锡《竹枝歌九首》:"江上朱楼新雨晴,瀼西春水縠纹生。"

东西一望光浮空,莹然千顷无瑕玉——江水异常澄澈,江面的浮光就好像是浮在空中一样;放眼望去,这一川江水就好像是一块巨大的莹然生辉的无瑕美玉。诗的前四句描绘澄江静景,优美宜人,让人杂念全消。

船上儿郎不耐闲,醉拈横笛吹云烟——船上儿郎"不耐闲",觉得有些寂寞无聊,所以吹笛自娱。"不耐闲"三字写出舟中人的自在悠闲的情态,"醉"字更给这船上儿郎添上逍遥洒脱的精神。面对如此静谧优美的江景,微醉之后对着天上的云烟横笛吹奏,这是何等的惬意。这两句写舟人吹笛,步入正题。

一声清长响彻天,山猿啼月涧落泉——只听笛声响彻天地之间,时而幽怨凄清,好似山猿对月哀啼,时而清脆悦耳,好像山泉落入幽涧。猿啼月,猿猴长鸣的声音凄清婉转。涧落泉,形容笛声清脆。

更打羊皮小腰鼓,头如青峰手如雨——舟人吹笛之后,意犹未尽,打起了羊皮小腰鼓,身体好像青峰一样稳,手击打鼓面像急雨一样急促。头如青峰手如雨,是写演奏者的技巧高超,据《唐语林》记载,唐人宋璟擅长演奏腰鼓,曾经说技巧高的人打腰鼓时"头如青山峰,手如白雨点。"即打鼓时身体并不晃动,手腕力度好,敲击鼓面时好像急雨一样。

中流忽有一大鱼,跳破琉璃丈来许——江中一条大鱼好像是被美妙的鼓声感染了,竟突然从琉璃一样的江水中跃出。这既是写实,也是暗用《韩诗外传》中"伯牙鼓琴,而游鱼出听"的典故,赞叹音乐的美妙。琉璃,一种有色半透明的玉石,此处用来比喻清澈的江水。

【新评】

古典诗词中有不少描绘演奏乐器的高超技巧佳作,白居易《琵琶行》,李贺的《李凭箜篌引》都是历代传颂的名篇,杨万里的这首描绘演奏乐器的诗虽不能和白居易李贺的佳作比肩,但是也活泼有趣,独具风味。

这首小诗语言流畅自然,第二句"也无……也无……"句写来极省力,也极自然。诗中用典也达到了化用的境界,读来没有任何生硬的感觉,比喻也非常形象。诗的结构安排尤其巧妙,诗的前四句描绘澄静清幽的江景,中间四句描写船上儿郎吹笛,笛声或悠长或清脆,也与前四句氛围谐和。后四句氛围突变,乐器变成了小腰鼓,音乐也变得急促热烈,把诗的调子从清幽引向欢愉,全诗以大鱼在清流中一跃而起的画面作结,戛然而止,既让人觉得出乎意料,又觉得活泼生动,新奇有趣。

题曹仲本出示谯国公迎请太后图,自"肃天仗"以下皆纪画也

【题解】

此诗作于宋孝宗淳熙十三年(1186)正月,杨万里时在杭州任尚书左司郎时所作。太后,指显仁太后,姓韦,开封人,是宋徽宗的"贤妃",宋高宗的生母,靖康之变中与徽宗一同被掳。高宗即位后,遥尊韦贤妃为"太后"。谯国公,指曹勋。曹勋字公显,阳翟(今河南禹州)人,靖康之变时跟随徽宗一行北迁,中途携带徽宗等人的密信逃至南京(今河南商丘市),建议宋高宗招募死士航海入金国东京,将徽宗救回,但因为被高宗猜忌,调离出守外郡,九年不得迁升。后来宰相秦桧卖国议和,金国答应把徽宗赵佶、钦宗赵桓的灵柩和韦贤妃送回。当时由何铸担任金国报谢进誓表使,曹勋为报谢副使,于绍兴十二年(1142)将韦太后迎回。谯国公迎请太后图画的就是这一历史事件。曹耜,字仲本,为曹勋的次子。

德寿宫前春昼长,宫中花开宫外香。

太皇颐神玉霄上，都人久不瞻清光。
今晨忽见肃天仗，翠华黄屋从天降。
一声清跸万人看，天街冰销楼雪残。
北来又有一红伞，八鸾三骓金毂端。
辇中似是瑶池母，凤鸟霞裳剪云雾。
太皇望见天开颜，万国春风百花舞。
乃是慈宁太母回銮图，母子如初千古无。
朔云边雪旗脚湿，御柳官梅寒影疏。
向来慈宁隔沙漠，倩雁传书雁难托。
迎还骖驭彼何人，魏武子孙曹将军。
将军元是一缝掖，忽攘两臂挽五石。
长揖单于如小儿，奉归慈辇如折枝。
功盖天下只戏剧，笑随赤松蜡双展，
飘然南山之南北山北。
君不见岳飞功成不抽身，却道秦家丞相嗔。

【新解】

　　德寿宫前春昼长，宫中花开宫外香——高宗居住的德寿宫中，春回昼长，宫花烂漫。德寿宫以前是奸相秦桧的旧第，秦桧亡故后收归官有，改筑新宫。宋高宗在绍兴三十二年（1162）让位给他的养子赵昚（孝宗），自己做太上皇，移居新宫，并改名"德寿宫"。

　　太皇颐神玉霄上，都人久不瞻清光——高宗退位后在德寿宫养老，深居简出，人们很难见到这位太上皇。太皇，指宋高宗。颐神，养神的意思。玉霄指天界，传说中天帝、神仙的居处。"玉霄上"符合高宗"太上皇"的身份。都人，京都中的人。瞻清光，看到光宗的"龙颜"。

　　今晨忽见肃天仗，翠华黄屋从天降——今天早上忽然有幸看到了谯国公迎请太后图，上面画着高宗亲自到临平迎接韦太后的场面。天仗，天子的仪卫。翠华，天子仪仗中以翠羽为饰的旗帜或车盖。黄屋，古代帝王专用的黄缯车盖，后来借指帝王之车。从这两句开始纪画。据《宋史·韦贤妃传》记载，"（绍兴十二年八月）帝（高宗）亲至临平奉迎，……帝初见太后，喜极而泣。八月，至临安，入居慈宁宫。"

　　一声清跸万人看，天街冰销楼雪残——临安城中街道房屋上冰雪消融，天气有些寒冷，但人们知道高宗出宫迎接太后，听见侍卫清跸的吆喝声都竞相出来观看。高宗出迎韦太后是在八月，"冰销楼雪残"并非写实。清跸（bì），古代帝王出行时，禁止行人通行,左右侍卫吆喝路人回避。

北来又有一红伞,八鸾三骓金毂端——只见韦太后所乘的华丽车马从北方驰来。红伞,红色伞盖,古代高级官员出行时所用的一种仪仗,以罗、绢制成,以黄、红为贵。八鸾,八个鸾铃。鸾是结在马衔上的铃铛,马口两旁各一,四马八铃,故称八鸾。骓(fēi),驾在车辕两旁的马。金毂端,车毂的端头用黄金装饰。红伞、八鸾、三骓是仅次于皇帝车马仪仗的规格。

辇中似是瑶池母,凤舄霞裳剪云雾——车中韦太后穿着凤舄霞裳,好像瑶池仙母。瑶池母,神话中的西王母,在此处指韦太后。凤舄(xì),绣有凤凰图案的鞋,一般用来指称后妃的花鞋。凤舄霞裳,指韦太后所穿的华贵衣衫。剪云雾,是用来比喻衣衫美好,如同是剪裁云雾制成的一样。

太皇望见天开颜,万国春风百花舞——高宗看到历经磨难死里逃生的韦太后,"天颜"大悦。太后回朝,母子相逢,好似百花盛开春回大地,举国上下充满欢乐。

乃是慈宁太母回鸾图,母子如初千古无——记录这个场景的就是眼前这幅"慈宁太母回銮图",上面画着从金国死里逃生的慈宁太后与高宗相见,母子如初,是千古未有的盛事。"母子如初千古无"一句暗含讽刺:一国太后被敌国掳去,直至答应向敌国进贡称臣,才得以迎回太后,母子相见,其实是千古未有的丑事。

朔云边雪旗脚湿,御柳官梅寒影疏——韦太后在金国度过的那些风雪交加的日子真是不堪回首,到了南宋之后贵为太后,可以享受宫廷的富贵生活了。朔云边雪,是指北方的云气、边地的风雪。旗脚湿,指北方气候苦寒恶劣,旗尾经常被风雪打湿。

向来慈宁隔沙漠,倩雁传书雁难托——韦太后回南宋以前,因为相隔遥远,不能与南宋互通音信。慈宁,指慈宁宫,太后居所。雁传书,语出《汉书·苏武传》,汉代苏武出使匈奴被羁留,汉昭帝即位后要求匈奴把苏武放回,匈奴假言苏武已死。后来汉朝使臣再次见到匈奴单于,谎称天子在上林苑中射到一只大雁,雁足上系着书信,上面说苏武在某处泽中。单于听后信以为真,于是将苏武放回。这里用此典故切合韦太后羁留的境遇。

迎还魏驭彼何人,魏武子孙曹将军——迎回太后鸾驾的是谁啊,原来是曹将军的后人曹勋。魏(guī)驭,指太后的骑乘。魏,浅黑色的马。"魏武子孙曹将军",是用杜甫《丹青引赠曹将军霸》"将军魏武之子孙"句意。魏武,指曹操。曹丕称帝后追封曹操为魏武帝。曹勋并不是曹操后人,"魏武子孙"只是取其同姓。

将军元是一缝掖,忽攘两臂挽五石——曹勋本是一介儒生,然而在紧急关头立下大功,勇气胆量不逊于武将。缝掖,大袖单衣,古儒者所服。亦指儒者。《后汉书·王符传》:"徒见二千石,不如一缝掖。"攘臂,捋起衣袖,露出胳膊,常形容激奋的样子。挽五石,能挽五石弓。古代以三十斤为钧,四钧为石。五石弓即需六百斤拉力才能拉开的弓。

长揖单于如小儿，奉归慈辇如折枝——曹勋出使金国表现得不卑不亢，视单于为黄口小儿一般；迎回韦太后就像是为长者折枝一样轻松。长揖，拱手高举，自上而下行礼。绍兴和议后，南宋向金称臣，曹勋对单于行长揖礼而不是跪拜有蔑视的意义。折枝，折取草茎树枝。喻轻而易举。语出《孟子·梁惠王上》："为长者折枝，语人曰：'我不能。'是不为也，非不能也。"一说折枝为按摩。

功盖天下只戏剧，笑随赤松蜡双屐，飘然南山之南北山北——曹勋把汗马功劳当成儿戏一般，功成名就之后明哲保身，飘然归隐。只戏剧，好像儿戏一般轻松。赤松，即赤松子，相传为上古时神仙。蜡双屐，以蜡涂木屐。语出南朝宋刘义庆《世说新语·雅量》："或有诣阮（孚），见自吹火蜡屐，因叹曰：'未知一生当著几量屐！'神色闲畅。"后因以"蜡屐"指悠闲、无为的生活。南山之南北山北，据《后汉书·法真传》记载，有人劝说法真出仕，法真回答说："若欲吏之，真将在北山之北、南山之南矣。"

君不见岳飞功成不抽身，却道秦家丞相嗔——曹勋归隐之举何其明智，你看岳飞不知道功成身退，简直是不识时务，他最终被杀难道要怪秦丞相发怒吗？南宋爱国将领岳飞被奸相秦桧害死，正与秦桧同金议和，派使臣到金国迎回韦太后同时。诗人"曲终雅奏"，点明全诗的讽刺意义：在这幅谯国公迎请太后图母子重聚画面的背后，其实是一幅卖国求和、曲杀忠良画面。

这是一首题画诗。谯国公迎请太后图所画的是绍兴十二年宋高宗迎回其生母韦太后的情景，画中是"万国春风百花舞"的感人场景，但在诗人看来绍兴议和屈膝投降，进贡称臣，诛杀大将，最终不过换回屈辱的"和平"以及一个老寡妇韦太后，这一场面其实是让人羞愧的国耻。杨万里作为在朝官员，这种身份使得诗人不得不用曲笔讽刺的方法表达自己的观点。

此诗从开篇到"飘然南山之南北山北"句，均是赞语，从第四句纪画到"御柳官梅寒影疏"是写韦太后回到南宋与高宗相见的"盛事"，后面十一句是写曹勋迎回韦太后的功绩，以及他功成归隐的选择。诗的最后两句是石破天惊之语，点明了全诗的讽刺内涵，诗人用责备语气说岳飞不知功成抽身，加重了讽刺的效果。在最后两句之前，读者看到的是挂念母亲的高宗、历经磨难的韦太后、立下功勋后飘然归隐的曹勋，而最后两句却突然出现了这一历史事件中的另外两个人物——一个是主战派的大将岳飞，他虽然立下赫赫战功，最终却被害致死；一个是主和派的核心人物——奸相秦桧，他残害忠良却平步青云。这两个人物的出现让读者猛然惊醒：韦太后的回銮"盛事"其实是充满了屈辱和血腥的交易的一个结果。

云龙歌调陆务观

题解

此诗作于宋孝宗淳熙十三年(1186)春。杨万里当时在杭州任枢密院详检、太子侍读。这一年春天陆游任严州军州事,在杭州暂留,此时尤袤也在杭州,南宋四大家中的三家在一起流连唱和,为南宋诗坛一件盛事。这首诗是杨万里写给陆游的。诗的开头两句中有"杨子云"、"陆士龙",诗题中的"云龙"二字即从此出,所以称"云龙歌"。调,戏弄,开玩笑。陆务观,陆游(1125—1210),字务观,号放翁。越州山阴(今浙江绍兴)人。南宋伟大的爱国诗人,与杨万里、范成大、尤袤并称为"南宋四大家"。

  墨池扬子云,云间陆士龙。
  天憎二子巧言语,只遣相别无相逢。
  长安市上忽再值,向来一别三千岁。
  王母桃花落几番?北斗柄烂银河干。
  双鬓成丝丝似雪,两翁对面面如丹。
  借问别来各何向?渭水东流我西上。
  金印斗大直几钱?锦囊山齐今几篇?
  诗家不愁吟不彻,只愁天地无风月。
  君不见汉家平津侯,东阁冠盖如云浮;
  又不见当时大将军,公卿雅拜如星奔。
  祇今云散星亦散,也无鹿登台榭羊登坟。
  何时与君上庐阜,都将砚水供瀑布;
  磨镰更斫扶桑树,捣皮作纸裁烟雾,
  云锦天机织诗句。孤山海棠今已开,
  上巳未有游人来,与君火急到一回。
  一杯一杯复一杯,管他玉山颓不颓!
  诗名于我何有哉!

新解

  墨池扬子云,云间陆士龙——如果我是当今诗坛中的扬雄,那么你陆游就堪比陆云了。墨池,洗笔砚的池子。相传晋代著名书法家王羲之在江西临川有洗笔砚的墨池古迹。杨万里是江西人,故用此代指籍贯。扬子云,西汉辞赋家扬雄,字子云。古时扬、杨两字通用,杨万里是以扬子云自比。云间,是今上海松江县的古称。陆士龙,西晋文学家陆云,字士龙,云间人。据《晋书》记载,陆云初见荀隐时,自称为"云间陆士龙"。

天憎二子巧言语,只遣相别无相逢——老天好像是讨厌你我写诗写得好,所以总是不让我们好好地相聚。这两句写相聚不易,为下文写感觉分别时间长,以及相聚时的欢乐做了铺垫。

长安市上忽再值,向来一别三千岁——而今在京都你我再次相遇,回想上次会面好像是三千年前的事了。长安,即今西安,长安是西汉、隋、唐等朝的都城,这里用长安借指南宋都城临安。再值,再次相逢。向来,从上次分别以来。三千岁是夸张的说法,极言分别的时间很长。

王母桃花落几番?北斗柄烂银河干——在分别的这段时间里,真不知道王母种的桃花落了几回,只觉得天上勺星的柄都烂了,天河的水都干了。王母,神话中的女神,她栽的桃树三千年结一次桃。北斗星象勺,所以"柄"可以"烂";古人以为银河是"天河",所以银河水可以"干"。这两句诗从神话传说中生发奇想,以浪漫的手法写分别时间之长。

双鬓成丝丝似雪,两翁对面面如丹——现在你我的鬓发都已经花白,我们都成了老翁,好在咱们的身体精神都好,面色红润,可谓鹤发童颜。这一年杨万里六十岁,陆游六十二岁,确实已是老翁了。

借问别来各何向?渭水东流我西上——上次分别以后到哪里去了?渭水滔滔向东流去,而我是一路向西。这两句是两位诗人见面后互相询问的话,其中暗含不随波逐流的意思。渭水,源出甘肃,流入陕西省,会泾水入黄河。

金印斗大直几钱?锦囊山齐今几篇——高官厚禄在我们看来算得了什么呢?你那堆积如山的诗稿中肯定又有不少佳篇了吧?金印斗大,指高官。锦囊,放诗稿的小口袋,这里用来借指诗作。据《新唐书·文艺传下·李贺》:"每旦日出,骑弱马,从小奚奴,背古锦囊,遇所得,书投囊中。"后来人们用锦囊佳句来指优美的文句。山齐,指创作丰富,诗稿堆积如山。

诗家不愁吟不彻,只愁天地无风月——我们作为诗人是不愁天地万物不能写尽,只愁天地间没有诗料可供吟咏。这是赞美陆游的诗才。才能不足的诗人作诗往往取材狭窄,诗意重复,而大诗人则能从万物万象中发现诗意,天地间的事物都可以用诗笔来描绘,因而是不愁没有诗料的。

君不见汉家平津侯,东阁冠盖如云浮——汉代平津侯公孙弘当宰相的时候,他的客馆里官宦多如浮云。平津侯,汉代以列侯为宰相,汉武帝欲立公孙弘为相,但公孙弘没有爵位,就封他为平津侯。据《汉书·公孙弘传》记载,公孙弘当宰相后,"于是起客馆,开东阁以延贤人,与参谋议。"后来人们称宰相招致、款待宾客的地方为东阁。冠盖,泛指官员的冠服和车乘,也用来代指仕宦、贵官。冠,礼帽;盖,车盖。

又不见当时大将军,公卿雅拜如星奔——当年汉武帝朝大将军卫青权势熏天,当时的公卿大臣们无不争先恐后地巴结奉承。大将军,汉武帝朝大将军卫青,掌握全国兵权,权倾一时。雅拜,古代的一种跪拜仪式,跪拜时先屈一膝,再屈一膝。星奔,如流星飞逝,这里是形容当时公卿争先恐后去巴结卫青。

祇今云散星亦散,也无鹿登台榭羊登坟——如今,当年的富贵权势都已经烟消云散,只留下一片荒芜,废墟坟墓上连鹿、羊都没有了。祇,同"只";祇今,如今。鹿登台榭,据《汉书·伍被传》:汉武帝时,淮南王刘安谋反,伍被向刘安谏诤,说:"王安得亡国之言乎?昔子胥谏吴王,吴王不用,乃曰:'臣今见麋鹿游姑苏之台也。'今臣亦将见宫中生荆棘,露沾衣也。"鹿登台榭用来比喻国家败亡,宫殿荒废。羊登坟,古乐府诗:"今日牛羊上丘陇,当年近前面发红。"丘陇即是"坟"。

何时与君上庐阜,都将砚水供瀑布——什么时候我们能一同去庐山,把那庐山瀑布的水都给我们用来磨墨。庐阜,即庐山,在江西九江市南,多流泉飞瀑。李白《望庐山瀑布》曾描绘庐山瀑布:"飞流直下三千尺,疑是银河落九天。""都将砚水供瀑布",是"都将瀑布供砚水"的倒装,这样调换词序是为了押韵。

磨镰更斫扶桑树,捣皮作纸裁烟雾,云锦天机织诗句——磨好镰刀去砍扶桑树,把树皮捣成浆做成的纸如云似雾,用织造云锦的天上机杼把我们的诗句织上去。斫,砍伐。扶桑,神话中大树,生在东方汤谷之上,树长二千丈,大二千馀围,是日出之处。以上五句诗是以浪漫的想象来写创作的快乐和对自己和诗友才华的自信。

孤山海棠今已开,上巳未有游人来,与君火急到一回——西湖孤山的海棠花已经开了,上巳春游的人还没有到那里,趁此机会我和你赶紧去游赏一番吧。孤山,在浙江杭州西湖中,孤峰独耸,秀丽清幽。上巳,旧时节日名,人们在这一天春游踏青。汉以前以农历三月上旬巳日为"上巳";魏晋以后,定为三月三日,不必取巳日。火急,形容极其紧急。

一杯一杯复一杯,管他玉山颓不颓!诗名于我何有哉——到了孤山之后你我开怀畅饮,一杯一杯又一杯,即使喝醉了又算得了什么呢!与诗友在上巳时节游览孤山美景,且痛饮美酒,此情此景,诗名对我来说又算什么呢!一杯一杯复一杯,用李白《山中与幽人对酌》中成句。玉山颓,语出《世说新语·容止》,晋代山涛说嵇康"其醉也,傀俄若玉山之将崩"。

南宋刘克庄在其《后村诗话》中说:"放翁学力也似杜甫,诚斋天分也似李白。"诗仙李白对杨万里的诗歌创作影响很大。杨万里对李白飘逸豪放、平视王侯的风度非常向往,对其笔补造化的诗才更推崇不已。杨万里的一些古体、歌行体诗很有一些李白诗的风味。这首《云龙歌调陆务观》即是一例,全诗想象奇丽大胆,气势自然流转,有诗仙的神髓,同时又亦庄亦谐,不失诚斋风味。

从结构上看,全诗可分为三个部分:诗的开篇,诗人以扬雄自比,以陆云推许陆游,定下了全诗浪漫豪放的基调,然后以为两位诗人长久不相逢是天妒诗才,更彰显出自信的豪情,进而以神话般的夸张写出久别重逢的喜悦。第二部分诗笔一转,写作诗之乐和对荣华富贵的鄙弃,指出功名权位不过是过眼烟云。第三部分驰骋想象,写出诗人充塞于天地间的创作激情,以及同诗友游览美景,开怀畅饮的乐趣,且以"诗名于我何有哉"作结,结得干脆洒脱,让人觉得诗已尽而豪情不尽。

幼圃

此诗作于宋孝宗淳熙十三年(1186),杨万里时任枢密院详检、太子侍读,寓居杭州蒲桥。这首诗描绘儿童所筑的小小花园,充满童真童趣。蒲桥是杨万里杭州为官时候的寓所所在地,在今杭州盐桥东,桥不通水,是一座旱桥。

蒲桥寓居庭有剖方石而实以土者,小孙子艺花窠菜本其中,戏名幼圃。

寓舍中庭劣半弓,燕泥为圃石为墉。
瑞香萱草一两本,葱叶薤苗三四丛。
稚子落成小金谷,蜗牛卜筑别珠宫。
也思日涉随儿戏,一径惟看蚁得通。

诗前小序说的是:在蒲桥居所的庭院中有一块挖空的方石,中间填土,小孙子就在这里面种花种菜,我于是把这个小花圃戏称为"幼圃"。

寓舍中庭劣半弓,燕泥为圃石为墉——我寓居之处的庭院非常狭小,仅仅够半弓之地,小孙子就在院中挖空的方石里建了个小花圃,其中的土壤与燕子筑窝用的泥差不了多少,方石的边就是这小花圃的墙垣。寓舍,即住所。中庭,指庭院;庭院之中。劣半弓,刚刚够半弓。弓是量词,其制历代不一;旧时营造尺以五尺为一弓,三百六十弓为一里,二百四十方弓为一亩。燕泥,燕子筑巢所衔的泥,也指燕巢上的泥,此处是用来形容"幼圃"中连泥土也没有多少。墉(yōng),指墙垣。

瑞香萱草一两本,葱叶蒆苗三四丛——"幼圃"中有一两株瑞香、萱草,还有三四丛葱、蒆。小孩子不仅种了花草,也种了蔬菜。瑞香,一种观赏植物,也称睡香,为常绿灌木,叶为长椭圆形。萱草,植物名,俗称金针菜、黄花菜,可作蔬菜,也可供观赏。蒆(hǎn),菜名,味辛辣。

稚子落成小金谷,蜗牛卜筑别珠宫——在儿童看来,"幼圃"就是他华丽的金谷园,在蜗牛看来,这小花圃简直就是龙宫别院了。落成,落,古代宫室筑成时举行的祭礼,后因称建筑物竣工为"落成"。诗人把"幼圃"完工称为"落成",有郑重的意思。小金谷,晋代石崇于金谷涧筑金谷园,异常奢华。卜筑,选地建房。珠宫,龙宫。别珠宫,正式"龙宫"以外的宫室。

也思日涉随儿戏,一径惟看蚁得通——我也想每天到这小金谷园中和孙儿一同游戏,但是"幼圃"中的小路估计只有蝼蚁才能畅行。日涉,每日徜徉流连其中,语出东晋陶渊明《归去来兮辞》:"园日涉以成趣。"

这是一首儿童诗。诗人小孙子筑的"幼圃",可以称得上是一个小小的儿童乐园。"幼圃"其实不过是庭院中一块挖空的方石,填上土之后种了几株草木,但这首诗的可贵之处就是以儿童的心理和视角来观察"幼圃",让读者感受到那种久违了的宝贵的童真童趣。

诗的首联是写"幼圃"之小,用"燕泥"形容方石中的土少得可怜,方石的边也就成了小花园的墙垣。颔联写"幼圃"中种植的植物,其中有花木也有蔬菜,但是只要玩得开心,不懂得花园与菜园的区别又有什么关系呢。颈联是对这小花圃的赞叹,在一般的成人眼中,这小花圃确实不值一哂,但是诗人是用儿童眼光观察,所以欢喜赞叹"幼圃"是"小金谷"、"别珠宫"。尾联更有趣味,诗人想要同儿童一同游戏,但是无奈年长身大,不能步入这小小的儿童乐园之中。诗人虽然有不能参与其中的遗憾,但是能保存一颗童心,并把这份童趣带给读者,已经难能可贵了。

白纻歌舞四时词(四首之二)

此诗作于宋孝宗淳熙十三年(1186)秋,杨万里时在杭州,任吏部郎中,兼太子侍读、枢密院检详诸房文字、右司郎中。诗人此时虽为朝臣,但作诗并不避忌权贵,此诗以老农辛苦劳作和君王奢侈享乐作对比,讽刺矛头直指君王。白纻歌舞,即《白纻舞歌》,乐府古题。原诗一组共四首,这里选第二首《夏》。

> 四月以后五月前,麦风槐雨黄梅天。
> 君王若道嫌五月,六月炎蒸又何说?
> 水精宫殿冰雪山,芙蕖衣裳菱芡盘。
> 老农背脊晒欲裂,君王犹道深宫热!

新解

四月以后五月前,麦风槐雨黄梅天——夏历四五月的时候,信风带来的大雨打落槐花,此时正是江南湿热的黄梅时节。麦风,即麦信,江淮间指农历五月的信风。槐雨,唐代白居易《寄元九》诗云:"蕙风晚香尽,槐雨馀花落。"槐树在夏季开花,此处"槐雨"指槐树开花时节的雨,即夏雨。黄梅天,即指黄梅雨季,江南四五月时正是梅子成熟的季节,其时湿热多雨,所以也叫黄梅雨。

君王若道嫌五月,六月炎蒸又何说——君王要是说讨厌五月湿热的天气,那对六月大暑的酷热又该说什么呢?嫌,厌恶。炎蒸,指暑热熏蒸。如唐杜甫《热》诗之三:"欻翕炎蒸景,飘摇征戍人。"

水精宫殿冰雪山,芙蕖衣裳菱芡盘——皇帝在水晶宫一样清凉的避暑宫殿里,穿着凉爽的夏衣,吃着时鲜的果品。水晶宫殿,此处指帝王避暑的宫殿。冰雪山,泛指避暑的山林。芙蕖,是荷花的别名。芙蕖衣裳,指夏天穿的凉爽的衣服。菱芡,菱角和芡实,夏季的时鲜果蔬。

老农背脊晒欲裂,君王犹道深宫热——老农顶着烈日在田间劳作,脊背皮肤在毒辣阳光的曝晒下都要裂开了,而这时皇帝还在抱怨深宫里太热不凉爽。这里描绘的两个对比强烈的画面,形成极大的反差,使讽刺的意义自然显露。

新评

人们一提到杨万里的诗,最容易想到的就是他那些有着灵动活泼风味的写景诗。诚然,杨万里存诗四千二百多首,其中多数都是写景之作,然而一个成就卓著的诗人不会仅仅把视野禁锢在山水景物,也不会仅仅有一种风格。杨万里在《和李天麟》中曾经强调写诗要"句中池有草,字外目俱篙",也就是说写诗要写得清丽自然,像谢灵运的名句"池塘生春草"(《登池上楼》)一样自然天成;另一方面,诗人要"篙目而忧世之患"(《庄子·骈拇》),能够关注社会民生。在杨万里的诗作中,还有不少指斥时政、关注民生的诗,上面选的这首诗就体现着杨万里诗的另一面:用明白质朴的语言表达诗人对社会不公的关注。

这首诗的诗题取自乐府古题，诗人也写得颇具民歌风味。首先是全诗明白如话，语言质朴直白，几乎没有阅读障碍。更重要的是诗中含着民歌的精髓——大胆的讽刺精神。诗人如果不怀有一颗关心民间疾苦之心，就不会以真实的笔触写出劳动者的辛苦，如果没有正直的人格和让人敬佩的"诗胆"，也不会把讽刺的笔指向深宫中的君王。无怪乎与杨万里同时代的周必大说："友人杨廷秀，学问文章，独步斯世。至于立朝谔谔，知无不言，言无不尽，要当求之古人，真所谓浩然之气，至刚至大，以直养而无害，塞于天地之间者。"（《题杨廷秀浩斋记》）读了此诗，我们或许能体味一二。

省中见树上啄木鸟戏题

此诗作于宋孝宗淳熙十四年（1187）四月。当时杨万里在朝任尚书省左司郎中，题目中"省"即指尚书省。这首诗仿佛一个小寓言故事，写出了南宋朝廷奸臣祸国的危急状况，以及对忠良之臣的诤谏不被采纳的感叹，篇章虽小，但语义沉痛。

　　一啄高高一啄低，一声声急一声迟。
　　可怜去蠹劳心口，蚁入枯梨自不知。

　　一啄高高一啄低，一声声急一声迟——啄处有高有低，啄木声有缓有急，可见虫洞不止一处，蛀虫不止一条，而啄木鸟也可以说是尽心尽力，费尽心思地啄出蛀虫。这两句写啄木鸟在树上啄洞的情状。

　　可怜去蠹劳心口，蚁入枯梨自不知——可怜那啄木鸟劳心费力地啄木除虫，但是蛀虫、蚂蚁已经钻入枯梨树干深处，而枯梨还浑然不知。蠹，蛀虫。蚁入枯梨，比喻事态严重，病入膏肓。这是化用杜甫《独酌》"仰蜂黏落絮，行蚁上枯梨"句。

　　杨万里在朝任尚书省左司郎中时，宋孝宗任用无能的亲信，祸乱朝政，陈俊卿、范成大、杨万里等人屡次上书陈述，但是宋孝宗置若罔闻，以致有抱负有能力的大臣不能施展才华。这首诗是诗人看见啄木鸟后想到朝廷的局势和自身际遇而写的一首寓言诗。这首诗用啄木鸟比喻朝中的忠良之士，他们为国事操劳，想要除去祸国乱政的朝中的蛀虫。然而深受蛀虫之害的"枯梨"却不知自己身处险境。"蚁入枯梨"虽然糟糕，但是只要"啄木鸟"尽数除掉蛀虫，枯梨还可以恢复生机。说啄木鸟

"可怜"不仅是因为他劳心费力,更是因为枯梨的"自不知",这枯梨不但不会感激啄木鸟,可能还要怪啄木鸟啄得身上痛了,加以责备,人们所说忠言逆耳,即是指此。

这首小诗简单明了,寓意深刻,指出了历代兴亡的一大原因。南宋虽然有强敌窥境,但是最大的祸患在于任用奸佞,不思图强,仿佛梨树并不是被利斧砍倒,而是被蛀虫蛀空一般。而历代直言敢谏的忠臣虽然知道"劳心口"大约是徒然费力,但还是知其不可为而为之。至于杨万里自己,也应验了耿介之士在朝的通常命运,在作此诗后的第二年就因为直言犯上而离京外任了。

晓出净慈寺送林子方(二首之二)

此诗作于宋孝宗淳熙十四年(1187),杨万里在杭州任上。原作二首,这里选第二首,是杨万里描绘西湖荷花的名篇。净慈寺,杭州名寺,与灵隐寺并称,是西湖南北山两大著名佛寺。林子方,林枅,字子方,福建莆田人,绍兴二十一年进士,历任秘书省正字、广东转运判官、福建路转运判官、吏部郎中等职,颇有政绩。杨万里在其《淳熙荐士录》中说:"林枅,外温中厉,遇事敢为。"

毕竟西湖六月中,风光不与四时同。
接天莲叶无穷碧,映日荷花别样红。

毕竟西湖六月中,风光不与四时同——与其他时候相比,六月的西湖真是分外地美丽。这两句诗诗人故意把语序打乱,正常语序应当是"西湖六月风光毕竟不与四时同",诗人把"毕竟"二字放在开篇,用来领起全篇,这样就把诗人看到六月清晨西湖美景时的那种惊叹表现出来了。需要指出的是,六月属于夏季,是"四时"中的一季,似乎存在言语的矛盾,但诗人要表达的是六月西湖所独具的特色,这种独特的美超越了夏季西湖那种比较泛化的美,因而说是"风光不与四时同"。

接天莲叶无穷碧,映日荷花别样红——绿的莲叶、红的荷花铺展在西湖水面上,看似无穷无尽一般。且看那碧绿的荷叶,浮在西湖的绿水之上,更与那清晨的碧空融为一色,果真是"无穷碧";而六月盛开的各样红色的荷花更是在朝阳的映衬下显出特别的韵致来。这两句以浓墨铺陈色彩,以青天之碧衬荷叶之绿,以朝阳之红增荷花之艳,"碧"、"红"两种色彩互相映衬,给人以强烈的视觉冲击。

杨万里最擅长七绝,最工于写景,且特别喜爱描绘花卉,这首《晓出净慈寺送林子方》成为杨万里代表作之一也是理所当然。

此诗是杨万里最为人熟知的作品之一,从艺术上看,确实有独到之处。此诗虽然只有四句,但是写得虚实相生,结构安排非常精妙:诗的前两句是诗人发自内心的赞叹,但它是虚写,像是预设的一个悬念,让人迫不及待地想知道六月清晨西湖的景色究竟有什么特别,竟让饱览无数山水景色的诗人也由衷赞叹。后两句是实写西湖景色,清晨朝阳映衬的荷叶荷花自然美好,诗人又用"接天"、"无穷"使诗境气象开阔。这两句实写中又带着虚笔,虚实相生,诗人用"别样"二字虚点荷花之美,是把最美的映日荷花蒙上一层面纱,给读者留下了自由想象的空间。

九月十五夜月,细看桂枝北茂南缺,未经古人拈出,纪以二绝句

其 一

此诗作于宋孝宗淳熙十四年(1187),杨万里当时在杭州尚书左司郎任上。这是一首赏月之作,我国神话传说月亮中有桂花树,月亮上阴影部分是桂花树的树枝,诗人从"桂枝"不匀引发联想,作了这两首诗。其实人们肉眼所见月面上的阴暗部分是月面上的广阔平原,因为地势较低,不能很好反射阳光,所以看起来比较暗。

> 桂树冰轮两不齐,桂圆不似月圆时。
> 吴刚玉斧何曾巧?斫尽南枝放北枝。

桂树冰轮两不齐,桂圆不似月圆时——十五的月亮已经非常圆了,但是月中的仙桂却生得一边繁茂一边稀疏,不和十五的圆月相配。桂树,指神话中月亮上的仙桂。冰轮,指明月。桂圆,指月中的"仙桂"长得"北茂南缺"并不均匀,并不是指水果"桂圆"。

吴刚玉斧何曾巧?斫尽南枝放北枝——吴刚砍伐桂树,为什么偏偏这么巧,只砍南边的桂枝不砍北边的呢?这两句是用发问的方式点出桂枝"北茂南缺"的事实。何曾,为何,何故。《孟子·公孙丑上》:"尔何曾比予于管仲?"赵岐注:"何曾,犹

何乃也。"吴刚,神话传说月中仙桂树下有一人名吴刚,学仙有过,谪令常斫桂树,树创随合。

杨万里善于发现常人不易发现的细节,并把这细节作为诗料,写出让人耳目一新的作品。这首诗就是这样,诗的前两句以观察细致吸引读者,后两句以联想新奇制胜。古典诗词中咏月作品不计其数:张若虚对月长叹"人生代代无穷已,江月年年只相似",李白"举杯邀明月",苏轼更对月发问:"明月几时有?"这一轮明月似乎已经被前辈的诗人们写尽了,很难翻出新意,但杨万里却发现了前人没有发现的"桂枝北茂南缺"这个常人熟视无睹的细节,并且从这一细节生发出联想——难道是吴刚把南边的桂枝都砍掉了吗?那吴刚为何偏偏只砍南枝呢?如此一问,使常见之景也变得意趣盎然了。

其 二

第二首诗承接第一首诗月中仙桂"北茂南缺"的细节,进一步生发联想,想到如果桂树生满了整个月亮,嫦娥、玉兔就无处容身了,带给读者神话思维奇妙的趣味。

青天如水月如空,月色天容一皎中。
若遣桂华生塞了,姮娥无殿兔无宫。

青天如水月如空,月色天容一皎中——秋天的夜晚,天色如清纯之水一般的澄澈,圆月分明在天空中,却好像在水中一样纯净无挂碍,皎洁的月光照亮了深蓝的天空。天容,天空的景象;天色。

若遣桂华生塞了,姮娥无殿兔无宫——如果仙桂长得遮住了整个月亮,那么恐怕就没有地方容纳广寒宫了,月中嫦娥、玉兔就要流离失所了。姮娥,即嫦娥。宫,指广寒宫,传说唐玄宗于八月望日游月中,见一大宫府,榜曰:"广寒清虚之府。"见旧题唐柳宗元《龙城录·明皇梦游广寒宫》,后因称月中仙宫为"广寒宫"。

古时神话传说中认为月亮上有广寒宫,嫦娥玉兔居住其中,广寒宫外生着仙桂,月中的阴影就是仙桂的桂枝。从地球上看月亮西北部阴影较多,诗人就以此为题才,生发联想,想到如果桂树疯长,月中的嫦娥玉兔就无处可去了,想象大胆新奇,很有趣味。

一些诗评家认为杨万里此诗并不是一首单纯的写景之作,诗中蕴涵了政治寓意。月亮南部象征南宋,北边象征金国,吴刚象征南宋忠良之士,他用玉斧"斫尽南枝放北枝",使得月亮的南边不被阴影覆盖,保住南宋半壁江山。嫦娥、玉兔象征南宋统治者,如果没有"吴刚"玉斧,金国南下,他们恐怕要无处容身了。这两首写月的小诗如此理解也能讲得通,可备一说。

读梁武帝事

此诗作于宋孝宗淳熙十五年春(1188),杨万里时在杭州秘书少监任上。这首诗吟咏南朝著名的崇佛皇帝梁武帝萧衍因为侯景之乱饿死在台城的故事。侯景原来是北朝的大将,因为同东魏统治者产生矛盾投降梁朝,梁武帝派他做南豫州刺史,镇守寿阳,后来侯景趁梁朝皇族内部争斗产生内乱的时机,攻占长江以北的重镇历阳,而后渡过长江,围攻台城。围城半年之后,台城被攻克,梁武帝被侯景软禁于台城的净居殿,并且限制饮食。梁武帝临终之前口苦,想吃蜜糖,侯景拒绝供应,最后武帝口呼"荷荷"而死。

眼见台城作劫灰,一声荷荷可怜哉。
梵王岂是无甘露,不为君王致蜜来。

眼见台城作劫灰,一声荷荷可怜哉——侯景之乱时,台城经过战乱遭受重大破坏,梁武帝被囚禁虐待,最终口呼"荷荷"而死,真是可怜!台城,六朝时的禁城。宋洪迈《容斋续笔·台城少城》:"晋宋间谓朝廷禁省为台,故称禁城为台城。"劫灰,本来指劫火的馀灰,后来也指战乱或大火毁坏后的残迹或灰烬。

梵王岂是无甘露,不为君王致蜜来——佛家的大梵天王难道是没有救人的甘露吗,怎么在武帝要饿死的时候却不给他送来蜂蜜呢?梵王,指色界初禅天的大梵天王。亦泛指此界诸天之王。甘露,有甘美露水的意思,也是佛教用语,用来比喻佛法、涅槃等,在这里语带双关。梁武帝笃信佛教,他在位期间佛教盛行,僧尼众多,他自己曾四次舍身入同泰寺(今南京鸡鸣寺)为寺奴,再由大臣从国库中取钱把他从庙里赎回来。这是以梁武帝信佛却最终饿死的事情来讽刺佛教之虚幻。

这是一首咏史诗,以梁武帝饿死台城的故事讽刺佛教某些教义的虚妄。梁武帝是中国历史上著名的"和尚皇帝",不仅大力弘扬佛教,到处布施以致几乎耗尽国库,并且四次舍身入寺,"功德"不可谓不大,但是佛不仅没有保佑他江山永固,甚至没有保佑他得善终,这件事本身就有着讽刺意味。杨万里此诗即是讽刺宗教的虚妄。诗的前两句叙述史实,据《资治通鉴》记载,台城被围之时"男女十馀万,擐甲者二万馀人;被围既久,人多身肿气急,死者什八九,乘城者不满四千人,率皆羸喘。横尸满路,不可瘗埋,烂汁满沟……"这对百姓来说是大不幸,而佛教对此却也无能为力。第二句写梁武帝临终时的可怜情状,笃信佛教的皇帝最终竟落得如此下场。诗人用佛教的概念讽刺佛教虚幻:梵王自有甘露,却也是如此狠心不给落魄的"和尚皇帝"送来蜂蜜,这样写虽然没有直斥,但讽刺意味更强。

　　佛教主张出世,而政治恰恰是最现实的东西。梁武帝身为帝王,过度推崇佛教,自己溺其中,置国事于不顾,视民众如草芥,终究误国。如果他勤政爱民,励精图治,纵然没有神佛的"保佑",也不会发生侯景之乱,落得"荷荷"而死的可怜的下场。

明发南屏

　　此诗作于宋孝宗淳熙十五年(1188)。这一年三月,宋高宗将葬,翰林学士洪迈根据宋孝宗赵眘之意,以吕颐浩、赵鼎、张俊、韩世忠四人配飨庙祀(即在宗庙中陪同帝王接受祭祀)。杨万里时任秘书少监,力陈主战派文臣张浚也应在配飨之列,与洪迈相争执,说洪迈"指鹿为马",言语中得罪了宋孝宗,孝宗不悦,说:"万里以朕为何如主!"(杨万里说洪迈指鹿为马,是把洪迈比作赵高,同时孝宗也就被比成秦二世了)杨万里于是请求外任,被任命为筠州(今江西省高安县)知州。朝命下达后,杨万里随即启程,途中寄宿在南屏山兴教寺。此诗题为"明发南屏",是早上从南屏启程出发的意思。

　　　　新晴在在野花香,过雨迢迢沙路长。
　　　　两度立朝今结局,一生行客老还乡。
　　　　犹嫌数骑传书札,剩喜千山入肺肠。
　　　　到得前头上船处,莫将白发照沧浪。

【新解】

　　新晴在在野花香，过雨迢迢沙路长——雨过天晴，到处飘散着野花醉人的香气，一条沙路通向远方。这是杨万里从南屏出发时见到的景色，同时也是诗人当时心情的写照，这两句诗中非但没有一点酸楚的味道，反倒透露出诗人自然明朗的心境。在在，处处；到处。迢迢，路途遥远的样子。

　　两度立朝今结局，一生行客老还乡——我两度在朝为官的生涯到如今结束，一生行路奔波在他乡为客，到今天总算是踏上回江西的路了。立朝，指在朝为官。结局，结束。杨万里在宋孝宗乾道六年(1170)为国子博士，在朝为官，历任太常博士、太常丞等职，后于淳熙元年(1174)返回家乡。淳熙十一年(1184)任吏部员外郎，再次入京为官，所以诗中说"两度立朝"。杨万里是江西人，筠州也在江西，所以说是"还乡"。

　　犹嫌数骑传书札，剩喜千山入肺肠——不时有人骑马赶来送信，这些繁文缛节真有些让人生厌，但想到一路上能领略不尽的山川景致，还是让我喜不自胜。杨万里此次离开杭州，得诏即走，没有和同朝的官员朋友告别，所以路上还有递送告别书信的使者骑马赶来。剩喜，多喜。

　　到得前头上船处，莫将白发照沧浪——在前方登船的地方，可不要看到自己倒映在江水中斑白的头发。沧浪，古水名，此处用来借指青苍色的水。杨万里为官尽忠职守，却因立朝直言敢谏得罪皇帝而外任，虽然胸襟透脱，但若是在江水中看到自己的白发，想到一生辛苦为国，却如此离去，怎能不伤怀？这样结尾，既不失豁达的风度，又婉转含蓄地暗示出诗人内心的愤懑。

【新评】

　　杨万里《诚斋江西道院集序》曾记载，在赴筠州途中，"先是舟经钓台，地主故人陆务观载酒相劳于江亭之上，索诵近诗，因举'两度立朝(今)结局'之句，务观大笑曰：'立朝结局，此事未可料；《朝天集》(杨万里诗集名，收录从淳熙十一年十月到淳熙十五年三月的诗作)真结局矣。'因并书之自笑云。"杨万里在其众多诗作中单单出示此篇，可见此诗是颇能表达诗人当时心境的。

　　历来诗人仕途受挫，离京外任之际所作的诗大都有一种酸楚不平之气。然而杨万里此诗诗境自然明朗，并没有败弱之笔，当是文如其人之故，诗中的豁达坦荡之气正是源于杨万里刚直不阿，视功名利禄如敝履的人格。据罗大经《鹤林玉露》记载："杨诚斋立朝时，计料自京还家之裹费，贮以一箧，钥而置之卧所。戒家人不许市一物，恐累归担，日日若促装者。"诗人在朝之时，已经知道自己早晚会触怒权贵，至于权位风光，他是毫不留恋的，因抗言直谏而被外任，或许早在意料之中，诗中没有一点牢骚之气也是理所当然了。

从艺术上看,此诗对仗工整,音韵和谐,结构紧凑,不失为一篇佳作。首联以写景起,写出一种乐观愉悦的心情;颔联点出此次行程的缘由:立朝已结局矣;颈联笔锋一转,写出对官场的鄙弃、对自然的喜爱;尾联再回到行程上来,"莫将白发照沧浪",下笔含蓄,留有馀味。清人纪昀曾说此诗"通体警策",的确十分中肯。

过杨村

此诗作于宋孝宗淳熙十五年(1188)。杨万里因得罪宋孝宗而离开杭州。这首诗是杨万里赴筠州途中所作,诗人描绘山村美景,流露出归田之意。

　　石桥两畔好人烟,匹似诸村别一川。
　　杨柳阴中新酒店,葡萄架底小渔船。
　　红红白白花临水,碧碧黄黄麦际天。
　　政尔清和还在道,为谁辛苦不归田?

石桥两畔好人烟,匹似诸村别一川——杨村石桥两畔村落景色优美,比起其它村庄真是别有一番天地。诗人首联用"好人烟"、"别一川"泛泛地写杨村景致,引发读者对景色究竟如何的阅读期待。匹似,比起来。一川,一片平川。

杨柳阴中新酒店,葡萄架底小渔船——婀娜的杨柳树荫中隐隐可以看到一家新开的酒店,店中的酒香弥散出来,引得过路行人进去畅饮一番;葡萄就种在小河的旁边,村民的小渔船就拴在葡萄架下,整个村庄是一派宁静祥和景象。

红红白白花临水,碧碧黄黄麦际天——村中小河边长满了红红白白的野花,映着青青的河水显得更加烂漫,麦田中的麦子就要成熟了,青色的叶子和黄色的麦穗相杂,放眼望去竟一眼望不到边,好像和天相接。际天,接天,与天相连,一眼望不到头。

政尔清和还在道,为谁辛苦不归田——在这春光美好的四月我还在赴任路途上奔波,这样奔波劳苦,不回归故乡享受田园乐趣究竟是为了谁呢?政,通"正"。清和,农历四月的俗称。

这是一首田园景物诗,诗人用一支妙笔描绘出一幅美丽祥和宁静的江南村落图景,让人悠然神往。诗的首联领起全诗,总括杨村不同一般的美景,颔联、颈联具体写景,对仗工整,语言晓畅自然。杨柳荫下的酒店,葡萄架下的渔船给人一种自然闲适的感觉,写出田园生活的自在悠闲;乡村河边的野花,村外大片的麦田都是常见的景物,但诗人突出写野花、麦田的色彩,"红红白白"、"碧碧黄黄"给人绚丽夺目的感觉,寻常的景色在诗人笔下竟也给人不同寻常的美感。尾联抒情,诗人看到田园美景,想到自己还在仕途上奔波,自然地勾起了归田之意。但是此时还有所牵挂,"为谁辛苦"一句耐人寻味,诗人虽然在朝遭到打击排斥,但是并未意志消沉,而是以天下为己任,以百姓为念,尽量为国家百姓谋福利,所以尽管有些向往田园之乐,但还是要继续辛苦奔忙。

洗面绝句

此诗作于宋孝宗淳熙十五年(1188),乃赴筠州时行船富春江中所作。虽因直谏外任,但诗人个性旷达超脱,这首小诗写得清丽可人,让人只觉行船山水之乐。

浙山两岸送归艎,新捣春蓝浅染苍。
自汲江波供盥漱,清晨满面落花香。

浙山两岸送归艎,新捣春蓝浅染苍——富春江两岸的浙山护送着诗人离去的航船,抬眼望去,只见夹岸的山川青翠秀美,仿佛是用春日才长好的蓼蓝浅浅地染过一样。艎(huáng),一种木制大船。蓝,蓼科植物,叶可制蓝色染料。苍,青色(包括蓝色和绿色)。

自汲江波供盥漱,清晨满面落花香——早上亲自打了江水盥洗,用这江水洗过脸之后,整个早晨都觉得脸上有江水中落花的香气。杨万里不写岸上落花,不写江水清冽,而是抓住洗面后的留香这一不易被人察觉的细节,从侧面写江水沁人肺腑。汲,指打水。盥漱,洗手和漱口,此处泛指盥洗。

杨万里一生酷爱山水,他长年奔波任上,虽有劳顿之苦,但也有沿途观赏山水景致之乐,因而在杨万里的诗中,描绘征途中风光的诗比比皆是,诗人自己也曾经说"闭门觅句非诗法,只是征行自有诗。"(《下横山滩头望金华山》)而自然山水也仿佛愿意亲近诗人,"江山岂无意,邀我觅新诗"(《丰山小憩》),总能引发诗人的诗思。

杨万里笔下的自然世界不再是美丽的外在景致,仅仅用来供人欣赏,而是有生命、有情感的世界,能够和诗人进行直接的对话交流。这首洗面绝句中前两句就是如此,把浙山写得有情有义,仿佛含情脉脉地目送诗人归去的船只,且花了心思装扮自己,新染的苍翠之色,更显多情。如果说诗的前两句虽然出色,但未见特别惊人之处的话,那么诗的后两句真可以说是从最平常处发掘出新鲜的诗意。生活中并不缺少美,只是缺少发现美的眼睛,有些诗人写诗,既不取材自然,也不关注生活,只写书斋中琴棋书画而已,更有甚者在故纸堆里寻章摘句,强凑诗篇,他们哪里想得到,在最平常的盥洗中也蕴藏着优美的诗情呢。

嘲稚子

此诗作于宋孝宗淳熙十五年(1188),时杨万里赴任筠州途中。杨万里总是乐于亲近儿童,善于把儿童作为观察对象,把童真童趣写入诗中。儿童的种种情状,在成人的眼中看来或许琐碎无聊,但被诗人拈出来之后却让人觉得饶有趣味。诗题中虽有"嘲"字,但诗中不仅没有讥笑嘲弄的意思,反倒可以品味出诗人对儿童的慈爱,以及对儿童特有的简单、纯真的赞赏。

雨里船中不自由,无愁稚子亦成愁。
看渠坐睡何曾醒,及至教眠却掉头。

雨里船中不自由,无愁稚子亦成愁——行船江上,而且又下着雨,小孩子只能在局促的船中玩耍,受到限制和拘束,这样一来本来没有烦恼的孩子因为困在船里不能到处玩耍也觉得烦恼了。天真的儿童本来是绝少有"愁"的,即使是"愁",这愁也和成人的愁有多少不同!成人之愁在功名利禄、生老病死,算尽心机,患得患失,而儿童的愁,只是由于不能尽情游戏。

看渠坐睡何曾醒,及至教眠却掉头——既然船上无处玩耍,孩子只好闷坐发"愁",竟不知不觉地坐着睡了一觉,等到叫他上床好好睡的时候,孩子却摇头说不睡。为什么不睡呢?或许是执拗地要等到这让人不自由的雨停了,到岸上好好地玩一玩吧。在这两句中,诗人抓住儿童矛盾的言行,写出了儿童特有的天真与执拗。

新评

在我国古代诗人中，很少有人能像杨万里这样，总是以一种赞赏的眼光来观察儿童的世界，以真挚的感情与儿童交流，并且创作蕴含着新鲜活泼的童真童趣的儿童诗。其实这也并不奇怪，因为很多诗人把诗写得太高雅，或者太沉重，他们总是看不见身边还有一个纯净无邪的儿童世界，有些诗人即使看见了，也只是从成人的视角作向下的一瞥。而杨万里则是怀着一颗童心，因而能用纯净质朴的眼睛发现儿童世界中的诗情画意。

这首七言绝句，没有描绘清雅的景致，没有运用高深的典故，没有让人深思的哲理议论，只是写出一个普通孩童一时的烦恼，如果评论者愿意的话，说这首诗内容单薄是完全可以的。但是一首诗并不一定要承担厚重的内容，并不一定要有高雅清绝的情调，只要它确实带给人们一种美的体验，逼真地再现了一种情趣，那就够了。

羲娥谣

题解

此诗作于宋孝宗淳熙十六年（1189）秋赴京途中。这一年二月，宋孝宗赵昚禅位，太子赵惇即位，是为光宗。光宗即位以后，起用贬在筠州的杨万里，此年八月召杨万里入京。此诗描绘了日升月落之际稍纵即逝的景致，充分体现出杨万里写诗"万象毕来"、"生擒活捉"的本领。羲，指日神羲和；娥，指素娥，素娥是月亮的代称。诘朝，指平明，清晨。晓星，指启明星，即日出以前，出现于东方天空的金星。

中秋夜宿辟邪市，诘朝早起，晓星已上，日欲出而月未落，光景万变，盖天下奇观也。作《羲娥谣》以纪之。

羲和梦破欲启行，紫金毕逋啼一声。
声从天上落人世，千村万落鸡争鸣。
素娥西征未归去，簸弄银盘浣风露。
一九玉弹东飞来，打落桂林雪毛兔。
谁将红锦幕半天，赤光绛气贯山川。
须臾却驾丹砂毂，推上寒空辗苍玉。
诗翁已行十里强，羲和早起道无双？

诗前小序说：中秋之夜在辟邪市住宿，清早起来，看到启明星已经升起，太阳就要出来而月亮还未落下，天空中的景象变化万端，真是天下奇观。于是写了这首《羲娥谣》记录这一景象。

羲和梦破欲启行，紫金毕逋啼一声——太阳中三足的金乌一声啼叫，惊醒了羲和的梦，他准备驾着六条神龙拉的车，载着太阳启程了。羲和，古代神话传说中的人物，驾御日车的神。此处代指太阳。梦破，梦醒。毕逋，乌鸦的别称。紫金毕逋指金乌。古代神话传说太阳中有三足乌，称为"金乌"，后来乌鸦常被用作太阳的代称。

声从天上落人世，千村万落鸡争鸣——金乌的叫声从天上传到人间，世上千村万落的雄鸡听到这啼叫，都争着报晓。据《神异经·东荒经》："盖扶桑山有玉鸡，玉鸡鸣则金鸡鸣，金鸡鸣则石鸡鸣，石鸡鸣则天下之鸡悉鸣，潮水应之矣。"扶桑为神话中东方的巨树，太阳升于此处。神话中使得天下鸡鸣报晓的应当是扶桑山上的"玉鸡"或者"金鸡"，在此诗中诗人说是金乌叫声传到人间引得天下鸡鸣，只是顺势而写，不必深究。

素娥西征未归去，簸弄银盘浣风露——在鸡鸣声声，红日将升的时候，月神素娥还没有完成她西归的征途，好像还在玩耍似的用晨风朝露浣洗银盘一般的明月。簸弄，指玩弄，耍弄。

一丸玉弹东飞来，打落桂林雪毛兔——启明星像是一丸玉弹从东方飞来，打落了垂在西边天际的月亮。玉弹，诗人是把启明星比喻成"玉弹"。神话传说中月亮上生有桂树，月宫里有玉兔捣药，因此"仙桂"、"玉兔"常用来代指月亮。

谁将红锦幕半天，赤光绛气贯山川——是谁将火红色的锦缎遮蔽了东方半边的天空呢？红紫色的光彩充溢了天下山川。这两句把朝霞之景色写得特别壮丽辉煌，把日出前最后一刻的气势铺垫得非常到位。

须臾却驾丹砂毂，推上寒空辗苍玉——不一会儿，羲和就驾着红色的神车出发了，他把车慢慢向上推去，碾压着青色的天空。丹砂，一种深红色的矿石，这里用来指朝阳深红的颜色。毂，本义为车轮的中心部位，周围与车辐的一端相接，中有圆孔，用以插轴。后来毂也用来借指车。苍玉，青色的玉，这里是用来比喻天空。

诗翁已行十里强，羲和早起道无双——谁说羲和是最早起来赶路的呢？在他刚刚动身的时候，我这个已经有一把年纪的诗翁已经赶了十几里路了。强，超过，有馀。十里强，就是十里多。无双，独一无二；无人可比。

钱钟书在《谈艺录》中曾经这样表述杨万里诗的特色："诚斋则如摄影之快镜。

兔起鹘落,鸢飞鱼跃,稍纵即逝而及其未逝,转瞬即改而当其未改。眼明手捷,踪矢蹑风,此诚斋之所独也。"这段话用来做本诗的批注也非常恰当。

正像诗人在小序里说的,这首诗描写的是"日欲出而月未落,光景万变"的奇观。杨万里用他迅捷的诗笔抓住了这一不易捕捉的过程,写得层次井然:前四句写日欲出而鸡已鸣;接下来的四句写月亮在启明星升起后迅速落下;然后写霞光满天,太阳升起。然而诗人并不是全然像照相机一样的纪录,而是在精准描绘的同时,运用神话思维,驾车东征的羲和、浣洗银盘的素娥,金乌、仙桂、玉兔……都给全诗披上一层瑰丽神奇的色彩。

这首诗写到"推上寒空辗苍玉"处,已经把日出奇观描绘完毕,全诗本可以在此处结尾,然而诗人却别出心裁,以自己早起赶路的形象作结。这并不是画蛇添足的败笔,而是翻出新意的所在。这个诗翁不仅不以早起赶路为苦,更因比羲和更早起身而洋洋自得,在诗翁的身上有一种充满生命力的乐观的情绪,这使他成了全诗最生动的所在。诗翁的形象,使这首诗在运用神话思维描绘日出奇景之外,更蕴含着对充满活力的人的赞颂。

下横山滩头望金华山(四首之二)

此诗作于宋孝宗淳熙十六年(1189)杨万里由筠州赴杭州的途中。横山,在浙江兰溪市西。金华山,在浙江省金华市北,传说山上有神仙石室,山下有金华洞,是道书称三十六洞天之一。原作共四首,这里选的是其中的第二首。这首小诗是杨万里论诗诗中比较重要的一篇,诗人总结自己的创作经验,提出对"觅句"的见解:山川景物为诗人们提供了无限的诗材,而一味闭门苦吟并不是值得效法的创作方法。

山思江情不负伊,雨姿晴态总成奇。
闭门觅句非诗法,只是征行自有诗。

山思江情不负伊,雨姿晴态总成奇——山水的情思总是不会辜负寻找诗材的诗人的,你看那雨中绵邈的景致、晴日绚丽的风光总有它的奇绝之处。山思江情,即指江山的情思。负,辜负。伊,他或她,在这句诗中,"伊"是指寻找诗材的诗人。

闭门觅句非诗法,只是征行自有诗——关起门来冥思苦想地造诗是不行的,其实在那广阔的自然中,在那山程水驿中,便有不尽的诗材等着诗人去吟咏。闭门觅句,据宋代徐度《却扫编》所记:"(陈师道)与诸生徜徉林下,或愀然而归,径登榻,引被自覆,呻吟久之,蹶然而兴,取笔疾书,则一诗成矣。"陈师道的诗友黄庭坚在《病起荆江亭即事》诗中曾写道:"闭门觅句陈无己,对客挥毫秦少游。"诗法,指诗的创作方法和规律。

【新评】

杨万里早年学诗从江西诗派入手,宋高宗绍兴二十三年的时候,诗人毅然烧毁千馀首学江西体的旧作,开始寻求适合自己的创作方法。杨万里烧诗之时刚刚三十六岁,到淳熙十六年诗人六十三岁,在近三十年的不断探索不断求新的创作历程中,诗人总结出不少很有价值的创作心得。艺术的源泉一个是广阔的生活,另一个是无限的自然,这首小诗说的就是诗从自然中来的道理。

陈师道是江西派举足轻重的诗人,他师法杜甫,受黄庭坚影响也很大,他的诗风格平淡雅奥,意味深长,也有自己的特色。元代的方回提出江西诗派有"一祖三宗",尊杜甫为祖,黄庭坚、陈师道、陈与义为江西派的"三宗",可见陈师道在宋代诗坛的地位甚高。陈师道作诗是苦吟一派,除了宋代徐度《却扫编》所记他作诗情状外,宋人叶梦得《石林诗话》也记载:"陈无己每登临得句,即急归,卧一榻,以被蒙之,谓之吟榻。家人知之,即猫犬皆逐去,婴儿稚子亦皆抱持寄邻家。"所以得了"闭门觅句"的名头。"闭门觅句"本来只是形容作诗时冥思苦想,陈师道在"闭门"之前还是从"登临"中找到诗兴的,之后才在他的"吟榻"上推敲用字,补足全篇。后来人们常常把"闭门觅句"绝对化,成为生活的视野狭小,只是关起门来琢磨文字、格律、典故等的代名词,杨万里诗中否定的不是陈师道和他的诗,而是那种绝对化了的"闭门觅句"的诗法。诗人在"征行"之中,将亲眼所见、亲身所感,发而为诗,自然流畅感人,那是"闭门觅句"雕琢字眼所做不到的。

跋徐恭仲省干近诗(三首之三)

此诗作于宋孝宗淳熙十六年(1189)秋,杨万里在杭州任秘书监时所作。徐贺,字恭仲,江西南昌人。当时杨万里已经是诗坛巨擘,晚辈诗人徐贺带着自己新近的诗作向杨万里请教,杨万里便作了三首诗作为题跋写在徐诗之后。前两首诗推许徐贺多才多艺,锦心绣口,是后辈中的新秀。这里选的是第三首,是期望徐贺不要囿于江西派,要大胆创新,有超越前辈的胆识。这是杨万里对后辈的期望,同时也可以看作诗人对自己所走创作道路的总结。

传派传宗我替羞,作家各自一风流。

黄陈篱下休安脚,陶谢行前更出头。

传派传宗我替羞,作家各自一风流——那些只知道标榜宗派,只知道模仿的所谓"诗人",我都替他们觉得害羞;真正有见识的诗人们应该勇于开拓出一片新的天地,形成自己独特的风格特色。派、宗是指诗的派别。江西诗派是当时最大的诗派,而江西派末流往往死守江西派的种种诗法,且常常相互标榜,这对诗的发展是很不利的。风流,指风格、流派。

黄陈篱下休安脚,陶谢行前更出头——不要守在黄、陈所创的江西派中裹足不前,也不要被陶、谢这样的大诗人的成就和诗名吓怕,以为不可超越,而应当勇于进取,自创一家"风流"。黄陈,指北宋诗人黄庭坚和陈师道;陶谢,指东晋诗人陶渊明和刘宋时期诗人谢灵运。黄陈是江西派开宗立派的人物,在宋代诗人中地位甚高,其中黄庭坚在宋代诗坛地位仅次于苏轼。陶谢在诗史上地位更高,陶渊明开田园诗一派,谢灵运则是文学史上第一位大量创作山水诗的诗人。安脚,停步不前。行,行列。

在文学的发展演变过程中,顺应当时的某种特定的审美思潮或创作方法必然会产生各种文学流派,流派的产生和发展自有其合理性。杨万里在这首诗中说"传派传宗我替羞"是针对江西流弊而发的感慨,并非是反对文学流派,且对江西派开宗立派的黄庭坚,诗人是终生佩服的。并且江西派自身也有讲究不断创新、自成一家的理论,黄庭坚就曾说过:"随人作计终后人,自成一家始逼真"(《题乐毅论后》)。然而江西末流却总是死守"点铁成金"、"夺胎换骨"之法,不求新变,这是诗人所反对的。

杨万里论诗,主张不断探索,不应囿于宗派之见。从诗人自己的创作经历来看,他是终生没有停下探索的脚步。诗人曾经自述:"予生好为诗,初好之,既而厌之。至绍兴壬午,予诗始变,予乃喜。既而又厌之,至乾道庚寅,予诗又变。至淳熙丁酉,予诗又变。……嗟乎,予老矣,未知继今诗犹能变否?"且不论杨万里是否超越了黄、陈、陶、谢,只这种孜孜不倦的探索精神也是让人敬佩的。其实也正是由这种不安于"黄陈篱下",不畏于"陶谢行前"的精神,杨万里才能创出独具特色的"诚斋体"来。

过扬子江二首

其 一

题解

此诗作于宋孝宗淳熙十六年（1189）冬。是年二月，赵惇即位是为光宗，杨万里曾任太子侍读，故而赵惇对他较为敬重。光宗即位后，把杨万里从筠州召回杭州，十一月借焕章阁学士的官阶为接伴金国贺正旦使。当时宋、金两国在年节、皇帝生日等日期互相派遣使臣道贺，对方则有接伴使、伴送使等官员迎送陪伴。当时金国使者南来，大多盛气凌人，欺侮南宋官员，对主张抗金的杨万里来说，这个接伴使的任务实在是让他苦不堪言，但是接伴使、送伴使要应对南来的金国使臣，负有外交使命，所以也只好忍辱负重了。这两首诗是诗人从杭州北上渡过扬子江时所作。扬子江，长江在今仪征、扬州一带，古称"扬子江"。这两首诗都从扬子江壮阔的景色写起，以含蓄深沉的自嘲或警示作结，是杨万里诗中较为有名的爱国诗篇。

祇有清霜冻太空，更无半点荻花风。
天开云雾东南碧，日射波涛上下红。
千载英雄鸿去外，六朝形胜雪晴中。
携瓶自汲江心水，要试煎茶第一功！

祇有清霜冻太空，更无半点荻花风——触目的景物都蒙上一层寒霜，连天空也似乎是被白霜冻住了一样，呈现出清冷的白色。江上一片平静，一丝风也没有，江边生长的荻花也一动不动。祇，同"只"。清霜，指寒霜，白霜。太空，天空。荻，一种生在水边的多年生草本植物，似芦苇，叶子长形，秋天开紫花。

天开云雾东南碧，日射波涛上下红——日出时分，东南天边的云雾被拨开了，露出一片碧蓝的天色，朝阳初升，照在扬子江宽阔的水面上，只见波涛上下都映着火红的光彩。颔联写景气势宏大，对仗工整，极见功力。另外，这两句写景中还暗含祷颂南宋的意味。

千载英雄鸿去外，六朝形胜雪晴中——千载以前六朝那些有名的将相英雄们已然像是天外的飞鸿杳然无踪了，只留下在雪后晴空下一片壮美的山河。千载英雄，明指六朝将相王导、谢安、谢玄、刘裕等人，暗指南宋岳飞、韩世忠、赵鼎、张浚等抗金名将良相。鸿去，鸿雁飞去，杳无踪迹。六朝，三国吴、东晋和南朝的宋、齐、梁、陈,相继建都建康,史称为六朝。形胜,此处有两种含义,一是山川壮美之地,一是指地理位置优越,地势险要。

携瓶自汲江心水,要试煎茶第一功——我亲自拿着瓶子去打扬子江江心的泉水,要演练一下给金国使臣煎茶的这第一等功勋!这其实是诗人深感国耻的激愤之言。江心水,指潜在扬子江中心的泉水,在镇江金山下附近。煎茶,据陆游《入蜀记》记载"(金山)顶有吞海亭,取气吞巨海之意,登望尤胜。每北使来聘,例延至此亭烹茶。"

这首七律描绘出扬子江恢宏的气势,语言瑰丽,对仗工整,同时含蓄深沉,耐人寻味。从结构上看,这首诗也体现出诚斋诗曲折含蓄的特色,清代诗评家陈衍说杨万里诗"浅意深一层说,直意曲一层说,正意反一层、侧一层说。"(《石遗室诗话》)这首诗正是如此。

诗的首联、颔联以云开雾散,旭日东升的壮丽景象开篇。颈联虽然写六朝之"形胜",却暗含有英雄如飞鸿逝去之伤怀,六朝相继而灭,不是由于没有有利的地势,而是在于将相英雄的陨去,南宋有同六朝一样的险要地势,而如今抗金将相也一一逝去,让人不得不担忧。从赞美壮观景色到为国运担忧,是一转折。尾联写汲水煎茶,要试"第一功",更是反语,诗人其实是以此自嘲,其中含有无限悲愤。清人纪昀曾评论此句说:"结乃谓人代不留,江山空在,悟纷纷扰扰之无益,且汲水煎茶领略现在耳。用意颇深,但出手稍率,乍看似不接续。"结尾两句是"用意颇深",但并不像纪昀说的"出手稍率,乍看似不接续"。其实尾联恰恰是承接颈联意思而来:如果抗金良将岳飞、韩世忠等英雄没有"鸿去",诗人又怎会有这无限屈辱的"煎茶第一功!"

其 二

这首诗表面上描绘扬子江上万里波涛,金山独立的壮美景色,极力烘托天堑之利,实际上暗含提醒人们扬子江天堑并不能挡住金军,不是国家安全的真正屏障。

天将天堑护吴天,不数殽函百二关。
万里银河泻琼海,一双玉塔表金山。
旌旗隔岸淮南近,鼓角吹霜塞北闲。
多谢江神风色好,沧波千顷片时间。

天将天堑护吴天，不数殽函百二关——上天让长江天堑护卫江南，长江地势险要，不亚于著名的殽函要塞。天堑，天然的壕沟，言其险要可以隔断交通，多指长江。吴天，指江南的国土。不数，不亚于，不次于。殽函，殽山和函谷，函谷东起殽山，故以并称。函自古为险要的关隘。百二关，《史记·高祖本纪》："秦，形胜之国，带河山之险，县隔千里，持戟百万，秦得百二焉。"百二指秦兵两万，凭借显要地势，可以抵挡诸侯百万人。

　　万里银河泻琼海，一双玉塔表金山——扬子江如银河滔滔东流泄入碧蓝的大海中，浮玉山仿佛一双玉塔标记着金山的所在。琼海，此处指碧蓝的大海。玉塔，是把浮玉山比喻成一双玉塔。浮玉山，指今江苏省镇江市的金山、焦山。金山在江苏省镇江市西北七里，焦山在江苏省镇东北九里，与金山对峙。金山本在江中，后来因为江中泥沙沉淀，在清代已与江岸相连。宋周必大《二老堂杂志·记镇江府金山》："焦山大江环绕，每风涛四起，势欲飞动，故南朝谓之浮玉山。"

　　旌旗隔岸淮南近，鼓角吹霜塞北闲——远望扬子江的北岸就看到旌旗飘扬，那里已经是南宋的边防重地，淮北的金国边塞却是一片安闲景象。一个"闲"字写尽了金国有恃无恐的得意情状。淮南，镇江对岸就是淮南东路，是当时南宋的边防地区。塞北，此处指金国。南宋与金以淮水为界，对南宋来说，塞北已经不是长城之北而是淮河之北了。

　　多谢江神风色好，沧波千顷片时间——多谢江神相助，乘着好风，片刻间就过了千顷波涛的扬子江。这两句诗化用唐代诗人施肩吾《及第后过扬子江》诗"江神也世情，为我风色好"。其中诗人隐含的意思却正好相反：如果金兵也趁着"好风"来袭，那么渡过"天堑"也只是片刻间的事，长江天险并不足以抵御敌人，还要依靠良将贤相。

　　同第一首相似，第二首诗也是以含蓄的笔法写诗人面对眼前大好河山，反思国家防守形势，提醒人们所谓天堑不是保国的真正屏障。这首诗也写得波澜起伏，首联写天堑险要，颔联绘长江之壮美，颈联则又转而写边关军防，虽然边防有备，但敌强我弱之势态可见，最后用好风助我渡江结尾，言外之意是敌人若凭着"好风色"也能飞渡长江，隐含意思中语义陡转，把开篇的"天堑"之险一笔否定掉了，正是把正面意思反一层说的写法。

　　杨万里在其《诚斋诗话》中曾说："诗有句中无其辞，而句外有其意者。"《过扬子江二首》正是如此，然而诗中隐含的深意如果不细心揣摩是极易忽略掉的，以至诗人自己在晚年编订自己诗集时也曾感慨"两窗两横卷,一读一沾襟。只有三更月,知予万古心。"杨万里沉郁的忧国之思,爱国之情并不比陆游、辛弃疾逊色,只是表达得不如陆游、辛弃疾那样痛快淋漓,需要读者在解读时细细地体味。

舟过扬子桥远望

【题解】

此诗作于宋孝宗淳熙十六年(1189)冬。杨万里任接伴金国贺正旦使乘船北上,经过长江北岸的扬子桥时,看到旧日战场,不胜感慨,作此诗抒怀。江苏省扬州以南有扬子津,古时在长江北岸,由此南渡京口(今镇江),扬子桥在扬子津上。如今扬子津距长江已远,仅通运河。

> 此日淮号堧北边,旧时南服纪淮堧。
> 平芜尽处浑无壁,远树梢头便是天。
> 今古战场谁胜负,华夷险要岂山川?
> 六朝未可轻嘲谤,王谢诸贤不偶然!

【新解】

此日淮堧号北边,旧时南服纪淮堧——现在淮河已经是南宋北方的边界了,而在北宋时候,淮河一带算是边远的南方省份管辖的地区。这两句写出今昔的巨大反差,让人嗟叹。堧(ruán),即空地,边缘馀地;淮堧,淮河河边之地。北边,北面的边界。南服,古代王畿以外地区分为五服,故称南方为"南服"。北宋时淮河流域在开封以南,那时的淮河一带确实是"南服"。纪,纪理,管理。

平芜尽处浑无壁,远树梢头便是天——纵目远望,草木丛生的旷野上全然没有一处壁垒,远处树木更好似与天相接,真是一马平川,无遮无拦。这两句景物实际是写南宋军备松弛,倘若金兵来犯,必定是一溃千里。平芜,草木丛生的平旷原野。浑,全然,简直。壁,指壁垒,军营的围墙,作为进攻或退守的工事。

今古战场谁胜负,华夷险要岂山川——江淮一带自古以来就是南北相争的战场,南北交锋,究竟谁胜谁负?南方能挥戈北上,北方也能纵马南下,南宋岂能把疆域之内险要的山川当作偏安一隅的屏障呢?华夷,宋、元时华夷常指国家的疆域。

六朝未可轻嘲谤,王谢诸贤不偶然——人们怎能轻率地嘲讽六朝王朝国祚不长呢,六朝虽然不强大,但还有王导、谢安这样的人才,现在南宋向金求和称臣,恐怕是连六朝也不如。王谢诸贤,指王导、谢玄等文武贤才,王导谢玄都是晋朝名将相,谢玄曾以少胜多,在淝水大败前秦苻坚的大军。不偶然,不是偶然出现的,意思是六朝君主还能任用贤才。

　　这首诗以"舟过扬子桥远望"为题,却并不以写景为主,诗中写景仅颔联两句,而且虽是描写平芜之景,却是意在言外。此诗的重点在于议论国事,表达诗人的政治见解。

　　南宋与金以淮水为界,杨万里乘舟北上经过扬子桥后,已然是进入南宋的"边塞"地区了。此诗首联以今昔边界的对比写国土沦丧,语意沉痛。颔联写平芜之景,但意绝不在于写景,而是借写景点出南宋军备松弛,毫无抗金伐金的准备。国土沦丧是可悲,不图恢复只能说是可耻了。南宋朝廷中主和派以为低头纳贡就能求和,退守长江便可自保。其实纳贡无异于以肉喂狼,徒增其贪;而当年六朝也持有长江之险,却也不免覆亡厄运。颈联、尾联正面表达了诗人的抗金主张:国家要任用贤相良将,做好政治、经济、军事多方面的准备,才能立国御敌,完成恢复大业。杨万里的这种政治主张是非常理智稳健的,然而其政治理想并没能付诸现实。

　　宋代及宋以后的诗评家常常批评宋诗"以议论为诗",最有名的批评要数严羽了,他认为"诗有别材,非关书也;诗有别趣,非关理也"(《沧浪诗话》)。其实以议论为诗,固然有人论得道理粗浅,观点陈旧,枯燥乏味,但也有人能在不失却诗的形象性艺术性的基础上论得新鲜精辟,发人深思。《舟过扬子桥远望》一诗论得有情有理,又含蓄有致,是以议论为诗的佳作。

初入淮河四绝句

其 一

　　此诗作于宋孝宗淳熙十六年(1189),杨万里作为接伴金国贺正旦使一路北上,到达淮河,写下了这组诗。杨万里一生主张抗金,然而此时却担任接伴使之任,表面要强颜欢笑,内心积蓄着无限愤慨。诗人把激愤的情绪发而为诗,一路写下许多感情深沉的爱国诗篇。《初入淮河四绝句》是杨万里最有名的爱国诗篇之一。第一首写诗人初入淮河时的心情,并直言心情不佳的原因——"中流以北即天涯!"

　　　　船离洪泽岸头沙,人到淮河意不佳。
　　　　何必桑干方是远,中流以北即天涯!

船离洪泽岸头沙，人到淮河意不佳——航船驶离洪泽河的岸头，到达南宋的边界淮河，我的心情非常不快。这两句诗开篇点题，交待了行程，"意不佳"三字为整组诗奠定了感情基调。洪泽，湖名，在江苏省洪泽县西部，古称"破釜塘"，隋代称"洪泽浦"，唐代始名"洪泽湖"，北宋神宗熙宁时开洪泽河通淮河。岸头，岸边。

　　何必桑干方是远，中流以北即天涯——不必只把北方的桑干河当作辽远的地方，现而今淮河中流以北就是南宋的天涯了！桑干，河名，即今永定河上游，在今山西省北部和河北省西北部，相传每年桑椹成熟时河水干涸，故名。唐代桑干一带是唐与北方少数民族的交界处，唐诗中常用桑干来指遥远的北方边疆战地。中流，江河中央，淮河中流是当时宋金两国分界线。

　　南宋在绍兴十一年（1141）与金国议和，史称"绍兴和议"，南宋向金称臣；隆兴二年（1164）年又改为叔侄关系，划定东起淮水，西至陕西宝鸡西南的大散关一线为界。屈辱的关系，内缩的边境，脆弱的和平，总能引起南宋的爱国之士的无限感慨。如果南宋能够收复失地，杨万里初入淮河，定会愉悦地吟咏淮河的风光，但是在现实中，淮河却是诗人的伤心之地，因此杨万里离边界越近，就越是觉得心头沉重。对这种沉重的心情，诗人并没有选择尽情地发泄，而是用含蓄的，同时也是更为深沉的笔触写下他的所感所思。

　　诗的前两句写行程已入淮河，无论从语调还是句法上看都比较平淡，但这种平淡其实是愤懑情感的积聚，这种情感在诗的后两句爆发了："何必桑干方是远，中流以北即天涯！"今日的淮河已然成了南宋的"桑干"，中流以北就成了南宋可望而不可及的"天涯"，这其中包含着无限的感慨。"何必"二字更增添了一种讽刺的语气，透出诗人心中难以排遣的愤懑之情。

其　二

　　这首诗是回顾南宋的历史，称赞能够安邦定国的将相，含蓄地指责造成"长淮咫尺分南北"之屈辱现实的责任人。

　　　　刘岳张韩宣国威，赵张二相筑皇基。
　　　　长淮咫尺分南北，泪湿秋风欲怨谁？

刘岳张韩宣国威，赵张二相筑皇基——宋初的抗金将领刘锜、岳飞、张俊、韩世忠曾经大败金兵，展示国威；赵鼎、张浚安定了政权，奠定了南宋基业。刘锜、岳飞、张俊、韩世忠是南宋初期的抗金名将，南宋时张、韩、刘、岳往往并称，但是其中张俊后来附和秦桧，参与谋杀岳飞，有辱名节。宣国威，向敌人展示了国家的力量。赵张二相，指赵鼎、张浚，南宋初期宰相，坚决反对与金国议和，后来奸臣秦桧当权，二人均被贬斥。筑皇基，奠定了南宋政权的基础。

　　长淮咫尺分南北，泪湿秋风欲怨谁——如今这条长长的淮河成了南北的边界，看到近在咫尺的失地，却只能在萧瑟的秋风中黯然落泪，然而既然不乏贤相良将，那造成如今局面应该怨谁呢？是应当怨陷害忠良的奸臣秦桧，还是该怨任用秦桧的宋高宗赵构呢？咫尺，接近或刚满一尺，形容距离近。

　　第一首诗是写船驶进淮河的心情，第二首诗则回顾历史，谴责造成山河破碎的奸臣昏君。杨万里在诗中用了欲抑先扬的手法，先是赞扬南宋初期的名将良相，让人生出历史的自豪，再用现实的画面打落这种豪情，最后用虚笔点出全诗落点——谁是国家的罪人？

　　杨万里继承儒家温柔敦厚的诗旨，认为诗要"色而不淫，怨诽而不乱"，他在《诚斋诗话》中曾说："唐人《长门怨》云：'珊瑚枕上千行泪，不是思君是恨君。'是得为怨诽而不乱乎？惟刘长卿云'月来深殿早，春到后宫迟'，可谓怨诽而不乱矣。近世陈克咏李伯时画《宁王进史图》云'汗简不知天上事，至尊新纳寿王妃'，是得谓为微、为晦、为婉、为不污秽乎？惟李义山云'侍宴归来宫漏永，薛王沈醉寿王醒'，可谓微婉显晦、尽而不污矣。"杨万里认为用诗来批评讽刺，要做到含蓄有致，不能太过直白浅露，就像此诗"泪湿秋风欲怨谁"一句，是反问，更是慨叹，其实应当怨谁又有谁不知道呢。这种含蓄的表达虽然失掉了悲壮的激情，却引人走向更深沉的思索。

其　三

　　第三首诗人抓取眼前景物，整首诗虽然全是景语，但其中寄寓了诗人很深的感慨。

　　　　两岸舟船各背驰，波痕交涉亦难为。
　　　　只馀鸥鹭无拘管，北去南来自在飞。

两岸舟船各背驰,波痕交涉亦难为——淮河中流是南宋与金的国界,所以两岸的船泊只在自己这一边航行,互相之间并不通航,而且两边船只竟然都不敢互相靠近,因此船只激起的波浪都很难交织在一起。其实淮河两岸原本都是宋朝的国土,在淮河北岸的父老又何尝不盼望着两岸能自在通航呢?"波痕交涉亦难为"是金国"拘管"的结果。背驰,相背而驰,互不通航。难为,不易做到。

只馀鸥鹭无拘管,北去南来自在飞——只剩下那些在水面飞翔的鸥鹭没有拘束,最是自由,在淮河上自由自在地飞来飞去。"只馀"两字写出了拘管之严,让人想到诗的前两句所描绘的界限分明的景象背后有着多少无奈。而"自在"二字又含有人不如鸥鹭的味道,更让人觉得辛酸。拘管,拘束、管制。

在前两首诗中,杨万里怀古伤今,慨叹世事变迁,第三首则把笔触转向淮河上的景物,以景传情。这首诗四句全写景物,前两句取淮河两岸的船只,后两句取河上的鸥鹭,仿佛是一幅淮河图。这首诗描绘了三个画面,诗人把这三个画面安排得很有层次:首先写两岸互不来往的船只,"各背驰"是实景,写出了两岸的隔绝;再用波痕不能交涉从正面衬托,写出两岸隔绝之严;最后用"自在飞"的鸥鹭作前两个画面的反衬,以鸥鹭的自由更衬出人的不自由。所以用这组诗第二首中的"长淮咫尺分南北"一句来作这幅淮河图的名字可以说是最为贴切。

杨万里在《颐庵诗稿序》中说:"夫诗何为者也?尚其词而已矣;曰:善诗者去词。然则尚其意而已矣。曰:善诗者去意。然则去词去意,则诗安在乎?曰:去词去意,而诗有在矣。"杨万里讲"去词去意",不是说诗不要词藻和思想情感,而是强调诗的本质不在于词藻,也不在于诗要表达的意思,诗的本质毕竟不是词藻的排列或者情感的宣泄,诗的本质是用词藻以一种耐人寻味的方式艺术地表达思想情感。在这首诗中没有只字片语直接写诗人心中的悲哀,而是通过描绘景物含蓄地表达诗人深沉的感喟,耐人寻味。

其 四

这首诗是诗人想象中原父老向自己诉说种种困苦的情景,一方面写父老的不堪蹂躏,一方面写出诗人的痛苦和无奈。

中原父老莫空谈,逢着王人诉不堪。

却是归鸿不能语，一年一度到江南。

中原父老莫空谈，逢着王人诉不堪——中原父老见到南宋的使臣定然是会含泪诉说在金人铁蹄下生活的种种不堪，然后定然是满怀期望的询问："几时真有六军来？"（范成大《州桥》）然而面对中原父老的诉说，我该怎样对答呢？我知道这种种诉说期待其实都是一场空谈，与其伤心绝望，倒不如不谈。这两句是诗人想象中见到中原父老之后的对答。空谈，说不切实际的话。王人，指天子使臣。不堪，忍受不了。

却是归鸿不能语，一年一度到江南——那向南飞去的鸿雁，虽然不会说话，倒是每年都能飞到江南；而淮河以北的中原父老却只能是年复一年的翘首南望。这两句是借鸿雁写出中原父老对故国的向往之情。

这是《初入淮河四绝句》的最后一首，诗人并没有踏上淮河北岸与中原父老交谈，诗中所写是诗人虚拟的情景。虽是虚拟的情景，却是句句都饱含着诗人的真情。

诗的前两句"中原父老莫空谈，逢着王人诉不堪"字面上是写中原父老诉说不堪蹂躏之苦，字面下呈现出的却是诗人自己痛苦无奈的心情。"莫空谈"三个字，语意异常沉痛。中原父老想要诉说"不堪"，诗人却直接了当地说不要"空谈"了，仿佛是有些不近人情，但其中更多的是诗人的辛酸，杨万里很清楚，此时的南宋朝廷只求求和自保，根本不顾及中原父老的死活。但是如果中原父老真的向他含泪诉说，那么诗人将怎样回答呢？是给一个虚假的期望，还是说出残酷的现实呢？不如一开始就说"莫空谈"！

三四句以景结情，点出中原父老还不如鸿鸟，能够飞到江南。"不能语"也让人感慨良深。归鸿自然不能诉说中原父老的苦难，但是南宋那些心系中原的有志之士力主抗金，收复失地，却一再被打压，就算飞到江南的鸿雁"能语"，一心求和的朝廷也只能是置之不理。

《初入淮河四绝句》以"意不佳"为组诗的情感线索，第一首写边境现状"中流以北即天涯"，是悲；第二首回顾历史，指责历史罪人，"泪湿秋风欲怨谁"，是愤；第三首写出隔绝现状，"只馀鸥鹭无拘管"，是叹；最后一首是写朝中主和派当权，恢复无望，"中原父老莫空谈"，是痛。这组诗中浸透了诗人深沉的爱国之情，千载之下依然让读者唏嘘不已。

雪霁晓登金山

题解

　　此诗作于宋孝宗淳熙十六年(1189)冬。杨万里在淮河接到金使以后,在返回临安途中,经镇江。杨万里作为接伴使,按惯例应陪同金国使臣登金山,在山顶吞海亭烹茶。诗人在从临安赴淮河的途中曾经过镇江,远望金山,语含激愤地写下"要试煎茶第一功!"(参见《过扬子江二首》)如今真的登上金山,把无限感慨倾注在这首歌行中。

　　　　焦山东,金山西,金山排霄南斗齐。
　　　　天将三江五湖水,并作一江字杨子。
　　　　来从九天上,泻入九地底;
　　　　遇岳岳立摧,逢石石立碎。
　　　　乾坤气力聚此江,一波打来谁敢当?
　　　　金山一何强,上流独立江中央。
　　　　一尘不随海风舞,一砾不随海潮去;
　　　　四旁无蒂下无根,浮空跃出江心住。
　　　　金宫银阙起峰头,槌鼓撞钟闻九州。
　　　　诗人踏雪来清游,天风吹侬上琼楼,
　　　　不为浮玉饮玉舟。
　　　　大江端的替人羞! 金山端的替人愁!

新解

　　焦山东,金山西,金山排霄南斗齐——焦山在扬子江东,金山在扬子江西与之对峙,金山挺立江中,直冲霄汉,仿佛与天上的南斗星比高。焦山、金山,在今江苏省镇江市。金山在镇江西北七里,焦山在镇江东北长江中,与金山对峙。排霄,冲上云霄。南斗,星名,即斗宿。有星六颗,在北斗星以南,形似斗,故称南斗。

　　天将三江五湖水,并作一江字杨子——扬子江水汹涌澎湃,气势非凡,好像是上天把三江五湖的水都汇入了扬子江中,使其有不可阻拦之势。三江五湖,关于"三江"、"五湖"有多种解释,扬子江上游江河湖泊众多,三江五湖此处为泛称,指扬子江上游的河流湖泊。杨子,指扬子江,古时"杨""扬"通用。字杨子,称为杨子。

　　来从九天上,泻入九地底;遇岳岳立摧,逢石石立碎——滔滔江水从九天之上奔腾而来,一泻千里,流向那深不可测的九地之下。从九天到九地,如此落差产生的冲击力,能立刻把阻挡江流的高山摧毁,把江中的巨石击得粉碎。这两句夸张地写出扬子江震慑人心的气势。九天,指天的最高处。九地,指地的最深处。

乾坤气力聚此江,一波打来谁敢当——天地间的力量都汇聚到了这扬子江中,已然能够摧山岳,碎巨石,还有什么敢面对扬子江上骇人的巨浪呢?诗人到这里把扬子江的无坚不摧写到了极处,为下文写金山作好了铺垫。乾坤,指天地。

金山一何强,上流独立江中央——金山是多么的强健超凡,独自挺立在波涛汹涌的扬子江中央。诗人着力描绘的波涛滚滚气势非凡的扬子江成了傲然挺立的金山的最好的背景。一何,多么。上流,河流之上。

一尘不随海风舞,一砾不随海潮去——且不说那扬子江上的江流波涛险恶,扬子江口还有呼啸的海风、澎湃的海潮,而金山仿佛是铁铸的一般,丝毫不被海风海浪所侵蚀。

四旁无蒂下无根,浮空跃出江心住——金山无所凭依,周围全是江水,不以江岸为依托。而且仿佛随着江涛微微起伏,好像下面也不与江底相连,而是浮在江中。蒂,花或瓜果与枝茎相连的部分,"无蒂"在此处指金山矗立江中,不与江岸相连。金山和焦山又合称浮玉山,宋代周必大《二老堂杂志·记镇江府金山》:"焦山大江环绕,每风涛四起,势欲飞动,故南朝谓之浮玉山。"金山当与焦山类似。

金宫银阙起峰头,槌鼓撞钟闻九州——金山壮丽奇绝,而金山寺更建在金山之上,远远望去,仿佛是天上的金宫银阙,更兼槌鼓撞钟之声从上面传来,悠远洪亮,仿佛能传遍九州。金宫银阙,指金山上富丽堂皇的建筑,据陆游《入蜀记》记载,金山上有"玉鉴堂、高妙台,皆穷极壮丽"。槌鼓撞钟闻九州,这句化用苏轼《自金山放船至焦山》诗的"撞钟击鼓闻淮南"一句。

诗人踏雪来清游,天风吹侬上琼楼,不为浮玉饮玉舟——我踏着白雪到金山上游赏,天风也助兴,把我吹上山顶的琼楼,到了琼楼上可不是要为浮玉山的景色而饮酒。这两句字面意思看似非常愉悦,但诗人真正的感情却正好相反:杨万里此时是以"接伴使"而不是作为"诗人"的身份登上金山的,登金山也不是"清游",而是"惯例","不为浮玉饮玉舟"这句说得更明白,登山的目的当然不是赏景饮酒,而是为金国使臣"烹茶"!清游,指清雅游赏。玉舟,指大酒杯。

大江端的替人羞!金山端的替人愁——南宋初期金兵曾经南侵,韩世忠、虞允文等大将曾大败金兀术于金山之下,而如今却要低声下气地请敌寇到金山品茶,真是让大江替人羞,金山替人愁!这两句看似与全诗不协调,其实却是诗人压抑的情感在最后的爆发,也是全诗的点睛之笔。诗人是在陪同金使游览金山,并且烹茶献"客",这对杨万里来说简直是奇耻大辱。端的,真的,确实的意思。

从诗的主要内容看，这是一首登临赏景的诗，但诗人的情感最终走向了政治讽刺。全诗可分为两大部分，第一部分从开篇到"槌鼓撞钟闻九州"，以浪漫的笔法写出金山的壮美。诗人在开篇就写金山的不凡，竟似与南斗相平；然后用大量笔墨写扬子江不可阻挡的气势，为写金山做好了铺垫。"金山一何强"，一个"强"字写出金山的卓立超凡，然后以夸张的笔墨描绘金山的无所依傍，以及金山上的"金宫银阙"和悠扬的钟鼓声。第一部分的语调和情绪都是昂扬愉悦的，仿佛已经为这壮丽的山河景观而陶醉。诗的第二部分写诗人踏雪登山，语调虽然还是欢快的，但是欢快语调的背后却有了与字面相反的意义，"不为浮玉饮玉舟"一句，不禁让人追问，不为此，到底为何？而这追问则仿佛导火索，引出诗的抒情部分："大江端的替人羞！金山端的替人愁！"这两句仿佛石破天惊之语，其实是对登金山的真正缘由——烹茶献敌房——的感慨，江山之壮丽恰与朝廷之卑琐相对照，只能让江山蒙羞。

全诗构思奇特，写景固然奇丽，最终讽刺更发人深省，终篇点出"羞"、"愁"二字，却不多说，原因之一是杨万里接伴使的身份，使他不能直接吐露胸中的怨怒；另一方面，如此戛然而止反倒让诗更有馀味。

竹枝歌有序（七首选二）

晚发丹阳馆下，五更至丹阳县。舟人及牵夫终夕有声，盖讴吟啸谑，以相其劳者。其辞亦略可辨，有云："张歌歌，李歌歌，大家着力齐一拖。"又云："一休休，二休休，月子弯弯照几州。"其声凄婉，一唱众和。因檃括之为《竹枝歌》云。

此诗作于宋孝宗淳熙十六年（1189）冬，杨万里作为迎接金国贺正旦使的接伴使，陪同金国使臣前往临安。一路上船夫、纤夫唱着民间歌谣，协调步调，缓解疲乏。船工、纤夫的歌唱触动了诗人的诗思，于是模拟民歌创作了这组《竹枝歌》。

诗前小序说：昨晚从丹阳馆出发，五更时分到达丹阳县。一路上船夫和纤夫整夜唱着民歌，大略是吟唱戏谑，来缓解疲劳。他们唱的歌词也大略可以辨认，有唱："张歌歌，李歌歌，大家着力齐一拖。"也有唱："一休休，二休休，月子弯弯照几州。"歌声凄凉婉转，一唱众和。我于是加以剪裁改写，创作了《竹枝歌》。

其 六

这是第六首,诗人把民间歌词略加改动,给原本凄婉的歌词添上几许乐观放达的态度。

月子弯弯照几州?几家欢乐几家愁?
愁杀人来关月事,得休休处且休休。

月子弯弯照几州?几家欢乐几家愁——弯弯的月亮照着神州大地,并无差别,但是月光下的万户千家却是不同的,有的欢乐,有的愁苦。这两句是直接引用民歌的歌词。首句对月起兴,第二句是用疑问来表达世事不平的感慨。月子,即月亮。

愁杀人来关月事,得休休处且休休——世上本就有很多让人愁苦的事情,但就是愁白了头又关月亮什么事?何必望月而伤怀呢?倒不如放下愁思,在能享受片刻快乐时且享受片刻快乐。愁杀,谓使人极为忧愁。杀,表示程度深。关月事,关月亮什么事?指不关月亮什么事。休休,安闲,快乐。

这首诗的前两句来自从宋代开始就广为流传的民间歌谣,《京本通俗小说》中所收《冯玉梅团圆》一篇说道:"'月子弯弯照九州,几家欢乐几家愁?几家夫妇同罗帐,几家飘散在他州?'……此歌出自我宋建炎年间,述民间离乱之苦。"杨万里诗前小序中所引的"一休休,二休休,月子弯弯照几州",或者是同一民歌的不同变化翻唱,而调子是"凄婉"的。杨万里此诗的一二句全引民歌,并无改动,语义最终落到"愁"字上,而第三句向对月而生愁的人发问,"愁杀人来关月事",带着一种玩笑的语调,却也真能把那些对月长吁的人问住。最后一句则说人生应该自信达观,多去品味生活之乐。杨万里把这首民歌加以改动,使诗的语调转为开朗豁达,情调上变得灵动活泼,层次上从悲苦之音入而从达观之调出,也更曲折有致了。

其 七

此诗从夜间由晴转雨的天气写起,诗人体察到了船工、纤夫夜间劳作的辛苦,但是并不写作悲声,诗中语言颇有趣味,这首诗也带上了一种苦中作乐的意味。

　　　　幸自通宵暖更晴，何劳细雨送残更？
　　　　知侬笠漏芒鞋破，须遣拖泥带水行。

　　幸自通宵暖更晴，何劳细雨送残更——本来这一夜并不寒冷，而且天还是晴的，这老天爷怎么好像专门跟人作对似的，怎么偏偏五更的时候下起细雨来了呢？幸自，本自、原来的意思。何劳，犹言何须烦劳，用不着。残更，旧时将一夜分为五更，第五更时称残更，天将明的时候。

　　知侬笠漏芒鞋破，须遣拖泥带水行——定然是老天知道我们的笠帽上有洞，芒鞋破烂，所以故意下这么一场雨，让我们拖泥带水地赶路吧。这两句写纤夫雨中的劳苦，却用轻松的话说出，给人刚健爽朗的感受。笠，指笠帽。芒鞋，用芒茎外皮编织成的鞋，亦泛指草鞋。拖泥带水，形容在泥泞道路中行走的状貌。

　　如果没有仁爱之心，便不能同情劳动者的疾苦。一般官僚士大夫能同情劳苦大众已经不易，而杨万里更进一步，他出身贫寒，更了解朴实的劳动者所具有的优秀品格，并且赞赏他们那种自信、达观、爽朗的品质，这种了解和赞赏比同情怜悯更难能可贵。也正因为能抓住劳动者乐观的精神，所以杨万里的竹枝歌从风味上也就接近真正的民歌。纤夫拉纤赶路自然非常辛苦，而天公弄人，偏偏下雨，更是给人们带来不便。杨万里在这首诗中并没有带着怜悯同情的心态写纤夫的悲苦，而写劳动者用豪迈爽朗的品格来对待老天的"恶作剧"。

　　全诗以一种自问自答的方式构成，"何劳细雨送残更"一句是对老天的发问，如此一问，就把老天拟人化了，显得新鲜有趣。诗的后两句"知侬笠漏芒鞋破，须遣拖泥带水行"的猜想好像是代老天作的回答，以轻松之笔写出行路的艰难，不仅没有半点怨天尤人的意思，还带着几分风趣幽默。

　　当然，并不是所有人都欣赏杨万里《竹枝歌》的风味，清人翁方纲在其《石洲诗话》中曾说"诚斋之《竹枝》，较石湖更俚矣。"杨万里的《竹枝歌》确实带有俗文学的味道，但是本就源自民歌的《竹枝歌》若是一味"雅"下去，其独特风味也就丧失了。

蜂　儿

　　此诗作于宋光宗赵惇绍熙元年(1190)。这首诗是杨万里伴金使北返途中所作，是诗人担当接伴使、送伴使过程中对宋金关系的总结。全诗以蜜蜂喻南宋百姓，蜂王喻皇帝,以老饕喻金国,非常恰当地揭示了宋金两国关系和金国的用心。此诗语言浅白通俗,用意深刻。

> 蜜蜂不食人间仓,玉露为酒花为粮。
> 作蜜不忙采花忙,蜜成犹带百花香。
> 蜜成万蜂不敢尝,要输蜜国供蜂王。
> 蜂王未及享,人已割蜜房。
> 老蜜已成蜡,嫩蜜方成蜜。
> 蜜房蜡片割无馀,老饕更来搜我室。
> 老蜂无味只有滓,幼蜂初化未成儿。
> 老饕火攻不知止,既毁我室取我子。

蜜蜂不食人间仓,玉露为酒花为粮——蜜蜂不同人们争粮,它们渴则饮朝露,饥则餐花蜜,与世无争,与人无害。其实南宋的百姓也与蜜蜂仿佛,丰年或者好过一些,遇到灾年也只能忍饥挨饿,"餐风饮露"了。仓,贮藏粮食的场所,这里用来指粮食谷物。

作蜜不忙采花忙,蜜成犹带百花香——蜜蜂每日飞来飞去,忙着采花酿蜜,辛勤劳动终有成果,最终酿成甜美的还带着百花香气的蜂蜜。作蜜,指酿蜜。

蜜成万蜂不敢尝,要输蜜国供蜂王——蜜成之后,辛苦劳作的蜜蜂不能享用香甜的蜜汁,这些蜂蜜全都是要送到蜜国里去供养蜂王的。"不敢尝"三字耐人寻味,群蜂大约也饱受横征暴敛之苦。输,指输送、转送。

蜂王未及享,人已割蜜房——蜂王还没来得及享用群蜂送来的蜜,已经有人拿着刀来割蜂巢取蜂蜜了。南宋向金纳贡的情形与之相似:从民间征敛来的财物,其中可观的一部分——银绢各二十万两匹——在南宋的库房里放不了多久就成了岁币运到金国了。蜜房,即蜜蜂的巢。

老蜜已成蜡,嫩蜜方成蜜——蜜房里有蜂蜡,也有刚刚酿好的蜂蜜。蜂房之中除了蜂蜡之外就是"嫩蜜",是暗示南宋朝廷财政也并不充裕。蜡,指蜂蜡,是蜜蜂腹部的蜡腺分泌的蜡质,是蜜蜂造蜂巢的材料,通称黄蜡。蜂蜡并不是"老蜜"所化。

蜜房蜡片割无馀,老饕更来搜我室——贪得无厌的老饕来势汹汹,割取蜂房,取尽了蜂蜜和蜂蜡,然而还不满足,还要继续进行破坏,定要把蜂巢彻底翻个遍。老饕,指贪食的人。

老蜂无味只有滓,幼蜂初化未成儿——老饕翻遍蜂巢的发现:蜂巢里的老蜂只剩下无味的渣滓,小蜂还没有长成。也就是说,蜂房里并没有多少能够狠狠蜇这老饕的工蜂,这好像是在感慨南宋兵力疲弱。滓,渣滓。

老饕火攻不知止,既毁我室取我子——老饕决不会满足于夺取蜂蜡蜂蜜,最终还是要烧毁蜂巢。这是警示人们,金国的胃口不是区区岁币能填满的,其野心是灭掉南宋,占取江南。毁室取子,指斩草除根,彻底消灭。语出《诗经·鸱鸮》:"既取我子,无毁我室。"

这是一首非常通俗浅显的寓言诗。南宋自绍兴和议之后,每年向金国纳贡银、绢各二十五万两匹,兴隆和议之后改为每年纳银、绢各二十万两匹。南宋劳动人民不仅要供养南宋朝廷,还要承担金国的这种间接的掠夺,在沉重的赋税重压下苦苦挣扎。但金国不会满足于南宋的纳贡称臣,他的目的在于彻底灭掉南宋。这首诗就以寓言的方式揭露金国的野心。

此诗没有任何文字的障碍,仿佛民谣,诗中蕴含的政治寓意也让人一望即知,浅白通俗可以称得上是"老妪能解"了。此诗的浅白和比喻手法很容易让人想到白居易的寓言讽刺诗。当然,不论是白居易还是杨万里都能把政治题材写得很深沉,很典雅,但是他们都选择了寓言样通俗的形式,并且正是这种某些诗人不屑一顾的通俗,使他们的作品在民间广为流传,让这种讽喻性的作品发挥最大的功能。

泊平江百花洲

此诗作于宋光宗绍熙元年(1190),杨万里在年初伴送金国贺正旦使北返,行船至平江停泊在百花洲时,感慨自己一生漂泊,写诗抒怀。平江,指平江府,在今江苏苏州,宋徽宗政和三年(1113)升苏州为平江府,建有姑苏馆、接官厅,专门接待朝廷官员和国外来使。百花洲位于城外河边,当时洲上有百花庵,屋宇宏伟,规模颇大。

吴中好处是苏州,却为王程得胜游。
半世三江五湖棹,十年四泊百花洲。
岸傍杨柳都相识,眼底云山苦见留。
莫怨孤舟无定处,此身自是一孤舟。

吴中好处是苏州,却为王程得胜游——苏州是吴中繁华热闹的所在,如今我因为公事经过这里,也得以在此处游览一番。吴中,今江苏吴县一带,亦泛指吴地。王程,奉公命差遣的行程。杨万里是伴送金使途经此处,所以说是"王程"。胜游,快意的游览。

半世三江五湖棹,十年四泊百花洲——我半生都在仕宦路程中度过,足迹遍布江南,如今又停船在百花洲畔,看到熟悉的景物,不禁回想从前,屈指一算,在十年之中这已经是第四次泊船百花洲了。三江五湖,江河湖泊的泛称。杨万里从绍兴二十四年(1154)中进士即开始宦游,到写此诗时已经六十四岁了。

岸傍杨柳都相识,眼底云山苦见留——我曾经"四泊百花洲",对此地的景物自然非常熟悉,而河岸的杨柳、眼底的云山也好像都认得我了,好像老朋友一般想要挽留我。这两句诗是互文见义,杨柳、云山都与诗人相识,都想挽留诗人。

莫怨孤舟无定处,此身自是一孤舟——纵然杨柳相识,云山见留,但这孤舟还是要继续漂泊,不会永远停在一处,而我也不会去怨那把自己载向三江五湖的孤舟了,我自己其实也是一只到处漂泊的孤舟。这两句是诗人对自己半生漂泊的感慨。

这是一首即景抒怀之作,杨万里一生宦游四方,在山程水驿中写下许多山水佳篇,很少流露出伤感情调,然而诗人毕竟有怀乡之情,在这首诗中,诗人含蓄有致地写出了半生漂泊之苦。从艺术上看,此诗结构严谨有度,很有章法。首联点题,写泊舟之处是吴中佳地,胜游之所。颔联写出诗人半生游历,百花洲是旧游之地。这两句对仗非常工整,两句中除了数目词全都相对之外,"江"与"泊"也成借义对,且对仗精工自然,毫无造作的痕迹。颈联承接颔联的旧游之意,写出对此地风物的熟悉,且用拟人手法写来,显得很有情致,不落俗套。尾联抒情,从"半世三江五湖棹"引出人如孤舟,漂泊无定的感慨。

此诗最终抒发"人如孤舟"的感叹,但全诗的调子并不流于悲苦,而是带着一种洒脱自然的情绪,尾联对人生的感慨虽然带着淡淡的愁思,但并不给人悲凉之感,更像是诗人对人生的感悟,真可谓"哀而不伤"了。

读 诗

此诗作于宋光宗绍熙元年(1190)冬。这一年八月,孝宗《日历》(此处的日历是指史官按日记载朝政事务的册子,是史官纂修国史的依据)成书,按照惯例,应该由担任秘书省长官的杨万里作序,但是左丞相留正让礼部郎官傅伯寿作序,杨万里因此以"失职"为由请求去职,宋光宗不允,杨万里于是请求外任。是年十一月,他出任江东转运副使(转运司设在建康,在今南京市)。此诗是他离开杭州前往江东任上的途中所作。

船中活计只诗编,读了唐诗读半山。
不是老夫朝不食,半山绝句当朝餐。

【新解】

船中活计只诗编,读了唐诗读半山——我行船江上,闲来无事就拿起唐人和王安石的诗集细细品读。半山,王安石的别号。杨万里曾自述其学诗历程:"予之诗,始学江西诸君子,既又学后山五字律,既又学半山老人七字绝句,晚乃学绝句于唐人。"后来虽然"辞谢唐人及王陈江西诸君子,皆不敢学"(《诚斋荆溪集序》),但杨万里说的"不敢学"是不再模仿,对于王安石和唐人的诗还是非常喜爱的。

不是老夫朝不食,半山绝句当朝餐——我拿起王安石的诗集竟然看得入神,忘了吃早饭,等到被人问起为什么不吃早饭,那时就幽默地说:我是把王安石的绝句当成早餐了。这其实是废寝忘食的一种诗意的表达。半山绝句,指王安石晚期创作的精严细致,意味隽永的绝句。

【新评】

杨万里早年学诗从江西派入手,后来厌弃江西诗风,把早年习作付之一炬,转而学习晚唐诗人和王安石。而江西派对晚唐诗评价非常低,黄庭坚曾说:"学老杜诗,所谓'刻鹄不成尚类鹜'也;学晚唐诸人诗所谓'作法于凉,共敝犹贪,作法于贪,敝将若何!'"(《山谷老人刀笔》卷四《与赵伯充》)而杨万里则恰恰选择晚唐和王安石的诗作为学习对象,其原因正像钱钟书所说,是想"把空灵轻快的晚唐绝句作为医救填饱塞满的江西体的药。"(《宋诗选注》)杨万里这首诗很明显有推举晚唐和王安石诗的意思,他推崇晚唐,对南宋后期诗坛产生了很大影响,稍后兴起的"四灵"(南宋诗人徐玑、徐照、翁卷、赵师秀合称四灵)和江湖诗派都注重学习晚唐,钱钟书曾指出"从杨万里起,宋诗就割分江西体和晚唐体两派。"但是杨万里学习晚唐和王安石是为了最终形成自己的风格,这是四灵和江湖派诗人所不能比拟的。

在参透唐人和王安石的诗之后,杨万里最终形成了自己的诗风。在写作这首《读诗》的时候,杨万里早已经诗名卓著,诚斋体也已经名满天下,然而诗人并不因此而变得骄傲自满,对前人的作品他仍然细心品读,不断学习,这是值得后人学习的。

夜泊平望（二首之一）

此诗是宋光宗绍熙元年（1190）冬，杨万里任江东转运副使离开杭州前往建康（今南京）途中所作。诗人此时已经是第三次离京外任，胸中感慨良多。原作两首，这里选的是第一首。这首诗以行船所见景物为题，以烛花忽暗忽明为喻，写诗人的心绪，暗含着诗人对人事的感喟。平望，在江苏省吴江市，即今平望镇。

　　夜来微雪晓还晴，平望维舟嫩月生。
　　道是烛花总无恨，为谁须暗为谁明？

夜来微雪晓还晴，平望维舟嫩月生——昨夜的微雪在早上已经停了，等到把船停在平望的时候，天边弯弯的月亮已经升起来了。维舟，系船停泊。南朝梁何逊《与胡兴安夜别》诗："居人行转轼，客子暂维舟。"嫩月，弯月。生，升起。

道是烛花总无恨，为谁须暗为谁明——人们总是说烛花是无知的，并不懂得爱恨，但是它除忽而暗，忽而明，却是为了谁暗，为了谁明？这烛花仿佛是人的心绪，时而悲，时而喜，变幻不定。烛花，指蜡烛的光焰。须，片刻，一会儿。

杨万里曾经三度莅朝为官，对南宋政权局势了解甚深，深知当时南宋不仅远非国泰民安，反倒是危机重重。他有治国之才，也有治国之志，但是耿直忠良之辈要么直言犯上，要么被宵小算计，总之是难以实现胸中抱负。但如果弃官还乡，却又难以忘怀国事，愧对身为士人为国为民的使命。古时正直的官员多数都曾为这种仕与隐的矛盾所困扰，杨万里也不例外，此时诗人身处离京外任的船上，想到此次离开杭州的种种往事，诗人的心绪怎能不起波澜？杨万里于是把胸中的思绪都写进了平望夜景中。

一切景语皆情语，使人在写景状物的时候，只要不是纯粹的以描摹景色物态为目的，就总能从诗所写之景，所绘之物中找到诗人蕴藏其中的感情。此诗就是一例，诗的前两句写景，诗人所见之景是昨夜的微雪、初升的月亮，带给人一种清寒的感觉。后两句写烛花，诗人看到的烛火没有带给人暖意，而是带给人疑问——烛花真的是"无恨"吗？其实从后两句诗的反问语气中我们可以看出，此时诗人是觉得烛花有恨，所以才会忽明忽暗，而这忽明忽暗的烛花也是诗人心绪的反应。

三月三日上忠襄坟因之行散得十绝句(选三)

其 二

题解

此诗作于宋光宗绍熙二年(1191)上巳,古时人们在上巳节祭奠先人,出游踏青。杨万里到雨花台附近的忠襄坟祭奠杨邦乂,并沿途游览,写下这组描绘上巳节人们春游盛况的诗。行散,魏晋南北朝士大夫好服五石散,服后须行走以散发药性,叫做"行散"。此处行散泛指散步。忠襄坟,杨邦乂的坟。杨邦乂是杨万里的叔祖,宋高宗建炎三年(1129)十一月,金帅完颜宗弼攻陷建康府,知军府事陈邦光降敌,杨邦乂痛骂敌寇,宁死不屈,最终被害。绍兴二年谥忠襄,庙祀于建康雨花台附近。其二写上巳的美景和人们春游的盛况。

草藉轮蹄翠织成,花围巷陌锦帏屏。
早来指点游人处,今在游人行处行。

草藉轮蹄翠织成,花围巷陌锦帏屏——芳草已经长成,密得仿佛垫子似的,郊外的车马好像是踏在翠色的锦缎上一样;街巷里人家院中的花架也开满了花,走在其中仿佛是在锦绣的屏风中间穿行。草藉,以草为垫,这里是说春草长成,仿佛垫子一样。轮蹄,车轮与马蹄,代指车马。织成,古代名贵的丝织物,以彩丝及金缕交织出花纹图案的锦缎。帏屏,帷帐和屏风。

早来指点游人处,今在游人行处行——早先的时候我还指点着游人游览之处,说着这边风光如何,那里景色如何,但是转眼功夫,此处也已经变成了游人密集的地方了。能指点游人的地方当然是游人较少的所在,这两句诗是间接写出了游人如潮。

汉代以前以农历三月上旬巳日为"上巳";魏晋以后,定为三月三日,不必取巳日。人们在这一天外出到水边游玩,希望祓除不祥,后来成为春游的节日。这首小诗描绘的就是上巳人们外出游览的盛况。诗的前两句描绘出春日如画的景色,衰草仿佛变成了翠绿的锦缎,寻常巷陌也变成花的帷帐。后两句以游人为诗料,以早先指点游人处须臾变成游人行处,写出游人之盛。而诗人在"游人行处行",也可以说是加入这春游的队伍中去了,毕竟在局外指点风光不能让人尽兴,如果不在如画的春光中徜徉才真是辜负了好时节。

其　六

这首诗从上巳踏青的游人中选出兴高采烈的一家作为典型着力描绘,这一家人成为欢乐游人的一个缩影。

女唱儿歌去踏青,阿婆笑语伴渠行。
只亏郎罢优轻杀,櫑子双担挈酒瓶。

女唱儿歌去踏青,阿婆笑语伴渠行——上巳佳节,一户人家到郊外去踏青,家中的一双小儿女走在最前面,他们兴高采烈,唱起欢快的歌,他们的母亲谈笑着陪伴在儿女身边。阿婆,指母亲。

只亏郎罢优轻杀,櫑子双担挈酒瓶——那个跟在母子后面的父亲可真够轻松了,不但肩挑着食盒还拎着个酒瓶。这是开玩笑的说法,其实这个父亲是把春游需用的东西都担在自己肩上了。郎罢,方言。闽人称父为"郎罢"。唐代诗人顾况《囝》诗自注:"《囝》,哀闽也。囝,音蹇。闽俗呼子为囝,父为郎罢。"后来"郎罢"一词成为典故,不是闽人也用这一称呼。优轻杀,犹言太轻松了,杀,在此处表示程度。櫑(léi)子,食盒一类的盛器,出游时所用,肩挑而行。

这首诗仿佛是一曲轻松欢愉,还带有一些幽默色彩的民歌,诗人用一支妙笔活画出一家人上巳春游的图画。孩子最是喜欢游玩,一家出游,总是孩子跑在最前面,这一对跑着唱着的孩子和春天一样清新可爱。紧跟在孩子后面的是他们的母亲,而队伍的最后面是任劳任怨的父亲。当读者读到"只亏郎罢优轻杀"的时候,可能猜想这位父亲可能只顾自己游玩,没有像妻子那样照看孩子,所以才被诗人说成是"优轻杀",但是读到"櫑子双担挈酒瓶",才明白父亲落在后面是因为挑着担子,诗人这样正话反说,给诗增添了几分幽默的趣味。王国维在《人间词话》中曾说:"欢愉之辞难工,愁苦之言易好。"其实诗由心生,只要诗人心中充溢着欢乐之情,那么写欢愉之辞也未必难工,杨万里的这首小诗写上巳春游时人们的欢乐,诗人自己也乐在其中,所以写得自然巧妙。

其 七

这首诗写上巳节建康城外的商业和娱乐,描绘出一派繁华热闹的景象,好像一幅生动的民俗风情画。

粉捏孩儿活逼真,象生果子更时新。
输赢一掷浑闲事,空手入城羞杀人。

粉捏孩儿活逼真,象生果子更时新——建康城外摆满了有趣的玩意,泥娃娃捏得好像活的一样,各式各样像生的果子更是时髦。粉捏孩儿,指泥人娃娃,并不只在上巳节才卖。象生,即像生,仿天然产物制作的花果人物等工艺品,因形态逼真如生,故称像生。据《梦粱录》记载,像生花果多用绫锦或通草及纸做成。时新,即时髦。

输赢一掷浑闲事,空手入城羞杀人——关扑的人群中有一个人孤注一掷,并且神情自若,一副输赢算不了什么的神情,结果输光了,别人都用竹竿挑着种种玩物回家,他却两手空空地入城,真是羞死人了。输赢一掷,是指赌博式的游戏中孤注一掷。宋代有"关扑"游戏,以商品为诱饵赌掷财物,据宋代吴自牧《梦粱录·正月》记载:"街坊以食物、动使、冠梳、领抹、缎匹、花朵、玩具等物,沿门歌叫关扑。"关扑在平时是违法的,只在节日开禁。据《东京梦华录》和《武林旧事》记载,当时人们往往用竹竿挑挂在节日购买和关扑赢得的种种吃食玩物回家,叫做"门外土仪"。

建康在南宋是仅次于首都临安的第二繁华胜地,上巳节也是热闹非凡,这首诗即描绘当时建康城外集市的热闹景象。此诗在选取诗料上别具匠心。诗人不是纯粹以观察者的角度写诗,并没有写集市上人山人海、叫卖声声,而是以在集市上购物人群中的一员的眼光来写,写的是集市上的新巧玩物。粉捏孩儿,象生果子都是儿童喜爱之物,而儿童又往往是节日的主角,诗人写这两样玩具远比写绫罗绸缎、衣服首饰更能烘托节日氛围。后两句写一个因为赌输了最终不得不空手回家的人,诗人语气中没有责备的意思,"输赢一掷浑闲事"说明关扑只不过是节日中的游戏,而"羞杀人"的狼狈之态更让人想来忍俊不禁。

这首小诗带有自然活泼的民间的情调,这种情调就是批评者所谓的"俗"。杨万里的诗的确有一种世俗化的倾向,他固然能把诗写得典雅深沉,但是更愿意把诗写得活泼、通俗。杨万里的通俗并不仅仅是语言的明白晓畅,他是把民间的情感和乐趣写入诗中,也就打破了古典诗歌庄重高雅的审美范式,这正是翁方纲称杨诗为"魔障"的原因。

圩丁词十解(选三)

  江东水乡,堤河两涯而田其中,谓之圩。农家云:圩者,围也。内以围田,外以围水,盖河高而田反在水下。沿堤通斗门,每门疏港以溉田,故有丰年而无水患。馀自溧水县南一舍所,登蒲塘河,小舟至孔镇,水行十二里,备见水之曲折。上自池阳,下至当涂,圩河皆通大江,而蒲塘河之下十里所,有湖曰石臼,广八十里。河入湖,湖入江。乡有圩长,岁晏水落,则集圩丁,日具土石捷蓄以修圩。馀因作词,以拟刘梦得《竹枝》、《柳枝》之声,以授圩丁之修圩者歌之,以相其劳云。

此诗作于宋光宗绍熙二年(1191),杨万里担任江东转运副使,在八月初巡视考察江南东路各州县时看到圩(wéi)田后,写了这一组具有民歌风味的诗。

  诗前有一小序,意思是说:在江东水乡一带,人们把两处河堤中间低洼处的水田用堤围起来,称作圩田。农民们说,"圩"的意思就是"围起来"。这一圈圩的里面是水田,外面是河水,圩堤外的河水高而圩堤里的水田反倒在水面以下。沿着堤岸修建了闸门,各个闸门都能放水灌溉,所以圩田能保证丰收而且不会造成水灾。我从溧水县南大约三十里处登上蒲塘河岸,乘小船到孔镇,行船十二里,看到的都是曲折的水道。从上游的池阳,到下游的当涂,人们修的圩河都与大江相通;而蒲塘河下游大约十里的地方,有一个叫石臼的湖,这个湖大约八十里见方,蒲塘河注入湖中,湖水又流入江中。每乡都有圩长,每年年末河水水位落了,圩长就召集圩丁,每天用土石木桩修整圩堤。我于是写了这十首《圩丁词》,模仿刘禹锡的《竹枝》、《柳枝》诗,教给圩丁中那些修整圩堤的人歌唱,让歌来协调他们劳作的步调。

其 六

  第六首写乡民自发组织修圩,圩丁们齐心协力兴修水利,热情高涨,干劲十足。诗人是以旁观的角度,以赞赏的眼光描绘出一派热火朝天的劳动场面。

年年圩长集圩丁，不要招呼自要行。
万杵一鸣千畚土，大呼高唱总齐声。

【新解】

年年圩长集圩丁，不要招呼自要行——每年年末圩长都要召集圩丁修整圩堤，而圩丁们到了修圩的时候根本用不着圩长通知，自己就准备好去修圩了。"年年"写出修圩在当地已经是惯例，形成了制度。"自要行"表现出村民对修圩的热情，因为兴修水利是关系到村民自己的利益。

万杵一鸣千畚土，大呼高唱总齐声——乡民们齐心协力修筑圩，好似有千人培土、万人夯堤，圩丁的动作熟练又整齐，那许多木杵竟然同时落下，发出震人心魄的响声；人们一边劳动一边齐声高唱，豪壮的歌声不仅协调了劳动的节奏，更激发了圩丁的干劲。杵，筑土用的棒槌。畚，用芦苇或竹篾编织的盛物器具。

【新评】

这首诗画出了一幅和谐自然，同时又让人振奋的劳作场面。修堤的劳作自然不轻松，但是人们却是自觉地响应圩长的号召，带着满腔热情投入到劳动中去，其中的原因也很简单：这是乡民们在为自己劳动，在用自己的双手建筑丰收的保障，圩丁在挥洒汗水的时候想到的是明年丰收的景象。

诗中"自要行"三字让人感慨颇多。摊派劳役，拉夫抓丁时惯常见到人们怨声载道，甚至生离死别的场景，这与乡民修圩的自发举动形成鲜明的反差，但想到封建朝廷征用民力往往不是去修建利国利民的工程，而是大兴土木去修宫室、筑园林，百姓又怎会不怨声载道呢？

其 七

这首诗以现在的劳动会得到回报来鼓励圩丁不要怕苦，此诗的语气仿佛是一位有经验的长者，看到年轻人抱怨辛苦后便耐心劝勉。

儿郎辛苦莫呼天，一日修圩一岁眠。
六七月头无点雨，试登高处望圩田。

【新解】

儿郎辛苦莫呼天，一日修圩一岁眠——一位长者劝慰抱怨辛苦的修圩青年说："小伙子，虽然修圩筑堤很是辛苦，但是也不要呼天叫地地抱怨，这几日虽然辛苦，但是能换来一年的高枕无忧呢。"儿郎，青年，小伙子。呼天，指向天喊叫以求助，形容极端痛苦。

六七月头无点雨，试登高处望圩田——"等到来年六七月份，天气干旱，一点儿雨也不下的时候，你到高处看看我们的圩田，就会知道现在的辛苦是值得的了。"这两句可以看成是对"一日修圩一岁眠"的具体解释，是用圩堤能在天旱时发挥巨大作用的事实来鼓励小伙子继续劳动。月头，犹月份。

此诗的主旨是勉励圩丁不要怕劳动辛苦，为了来年丰收，此时休整圩堤、辛苦一时是值得的。诗人并不把劝勉诗写得像劳动口号那样直截了当，而是设计了一个觉得辛苦"呼天"抱怨的年轻人，然后用和善长者的语气，谆谆告诫，耐心劝导，并用美好的图景激起他心中的热情。杨万里写作圩丁词的目的是"授圩丁之修圩者歌之，以相其劳"，此诗用正面劝导的语气，比鼓动性口号和严肃说教的效果要好很多。听到人们唱着这样的歌，即使真有想要抱怨的圩丁，恐怕抱怨之词也无法出口了。

其　九

这是展示整个工程完工后，人们试验工程的情景，展示出人们用自己的智慧和双手改造自然，让自然造福人类的自信和从容。

> 河水还高港水低，千枝万派曲穿畦。
> 斗门一闭君休笑，要看水从人指挥。

河水还高港水低，千枝万派曲穿畦——圩田外河水高，圩田内的小河水低，打开圩田的闸门，只见千枝万派的水流非常顺畅地自动流进了田地里。港，与江河湖泊相通的小河，港在圩田内，于圩田外的河相连，中间被闸隔断。畦，指有一定界限的长条田块。

斗门一闭君休笑，要看水从人指挥——看到修整后的圩田一切正常，在圩堤上的人关闭了闸门，奔流的河水就被拦在圩田之外了。看到这一情景，人们忍不住都要放声大笑，可管闸口的圩丁却说不要笑，请看吧，这河水现在都听人指挥了！斗门，指圩田的闸门。要，请、邀请的意思。

这首诗仿佛一曲劳动者智慧和力量的赞歌，当圩堤修整完毕，圩丁们开闸试水,看到万派争流的景象,定然欢喜万分;再看到江河之水都乖乖地听从自己的指挥,想让水流进圩田,水就乖乖的流进去灌溉,想让水流多少就让水流多少,怎能按捺住心中的喜悦?要知道"水从人指挥"丰收就有了保证,看到修建一新的圩堤就好像隐约看到丰收的图景一般。

杨万里不是站在视察官员的角度,而是以圩丁的眼光和语气写圩丁的心理,所以其《圩丁词》真正写出了劳动者的智慧、力量和豪情,这也是此诗充溢着一股乐观热情气息的原因所在。

发银树林

题解

此诗作于宋光宗绍熙二年(1191)。全诗描绘诗人巡查江南东路各州县时途中的景色。虽然是雨后赶路,行走艰难,但是诗人全然没有抱怨辛苦的意思,而是被行程中见到的美景吸引,全诗洋溢着一种自然洒脱的情调。发银树林,从银树林出发。

> 莫过溪桥银树林,溪深未抵路泥深。
> 清风一阵掠人面,晴色半开关客心。
> 远岭惹云秋里雪,淡天刷墨晓来阴。
> 几多好句争投我,柳夺花偷底处寻?

莫过溪桥银树林,溪深未抵路泥深——行路之人可千万不要走溪桥银树林这条路,桥下的溪水算是够深了吧,可是和这条路上的淤泥比起来还算是浅的呢!这两句是诗人走过银树林后,对山路泥泞难行发的感慨。

清风一阵掠人面,晴色半开关客心——道路本来就泥泞不堪,而天色也并不明朗。一阵清风吹过来,拂过人的面庞,天色也似晴非晴,这不由得让已经踏上行程的旅人提心吊胆,生怕下起雨来。古时交通不便,道路难行,所以行人最怕遇到坏天气。

远岭惹云秋里雪,淡天刷墨晓来阴——虽然担心天气,但还是被周围的景色吸引:远处的山岭被云雾笼罩着,山上一片白茫茫的景象,远远看去仿佛是在秋天看到雪景;天色有些阴沉灰暗,好像是刷了一层淡墨,本应天光大亮的时候却有些阴沉。从这两句看,诗人赏景的心思远胜过了对行路遇雨的担心。

几多好句争投我,柳夺花偷底处寻——这秋日清晨欲雨不雨的天气并没有妨碍我的诗兴,我且行且赏,诗思泉涌,倒仿佛不是我寻诗句,而是诗句自己争相来找我一样。然而可惜的是,这些好诗句随即又被路上的柳树花草夺去偷去了,让我再上哪里找回来呢?其实诗人是只顾得欣赏佳境,反倒忘了抓住诗思,只好"诬陷"路上的花柳了。

　　这是一首非常新奇有趣的写景诗,此诗除了对仗工整、写景新奇有趣之外,其中佳处更在于诗意曲折,摇曳多姿。首联用夸张笔墨写道路难行,颔联继续写天气阴晴不定,不由得让人替行路人担心。哪知颈联诗人竟荡开笔墨,描绘远山和天外的景致,路上的景致已经让他忘记为天气担心,阴晴不定的天气反倒成了欣赏景物的一个奇妙背景。尾联更是出奇制胜,诗人一路之上诗思不绝,最后却说佳句都被"柳夺花偷"去了,一层意思是说诗人欣赏沿途风光,放过了灵感,另一层意思却是赞美一路风光美好,试想,究竟怎样旖旎的风光,才能让生性好为诗,而且曾经饱览江南山水秀色的诗人陶醉其中,竟忘记了写诗呢。

早炊高店

　　此诗是杨万里在宋光宗绍熙二年(1191)秋,巡查江南东路途中所作。诗的前两联写途中所见的山村美景,后两联用对比的手法写诗人的感慨:继续为官不仅要忍受奔波劳苦,也并不能真正解民倒悬,不如归去。

　　　　　雨过溪山十倍明,乍晴风日一番清。
　　　　　白鸥池沼菰蒲影,红枣村墟鸡犬声。
　　　　　肉食坐曹良愧死,囊衣行部亦劳生。
　　　　　不堪有七今成九,伧父年来老更伧。

　　雨过溪山十倍明,乍晴风日一番清——刚刚还下着小雨,现在却只见阳光灿烂,清风拂面;雨过之后,山溪显得格外洁净,天地间一派清朗明丽的美好景象。
　　白鸥池沼菰蒲影,红枣村墟鸡犬声——村中生长着菰蒲的池沼中有白鸥在游弋,村落里不时传来鸡犬之声,而村中枣树上火红的枣子更是惹眼。菰(gū),多年生草本植物,生长在池沼里,地下茎白色,地上茎直立,开紫红色小花。蒲,植物名,即指香蒲。村墟,村庄;亦指乡村集市。

肉食坐曹良愧死，囊衣行部亦劳生——坐在衙门的高堂之上白白享受厚禄真让人羞愧万分，而清正严明，四处考察却也实在是太劳苦了。肉食，指高位厚禄，亦泛指做官的人。坐曹，指官吏在衙门里办公。良，实在，确实。囊衣，指行李。汉代王吉为官清廉，离任无馀财，所载仅一囊衣而已。(见《汉书·王吉传》)后以"囊衣"为居官不蓄财的典故。行部，谓巡行所属部域，考核政绩。劳生，指辛苦劳累的生活。

不堪有七今成九，伧父年来老更伧——嵇康有七不堪就不愿为官，我现在都有"九不堪"了，还贪恋官位，不知弃官回乡，我这粗俗的老头子真是越老越不像样了。不堪有七，三国时嵇康不满当时执政的司马昭等人，拒绝为官，他在《与山巨源绝交书》中列陈自己不能出仕的原因，"有必不堪者七，甚不可者二"。嵇康的"七不堪"加上颈联的"肉食坐曹"和"囊衣行部"就成了"九不堪"。伧，指粗俗、鄙陋。伧(cāng)父，两晋南北朝时，南人讥北人粗鄙，蔑称之为"伧父"，后来用以泛指粗俗、鄙贱之人。诗人称自己是伧父，是在自嘲。

这是一首以自嘲的手法来明志的诗。全诗分两个部分，第一部分描绘山村景致，第二部分抒发"不堪有七今成九"的牢骚，两部分的衔接点是"行部"二字：山村美景是巡查途中所见；"肉食坐曹良愧死"也是诗人巡查的直接原因。

自古以来，官员到地方巡查就有两种，一种是去体察民情，考核政绩；另一是借巡查之名到处游山玩水，吃喝享乐，更有甚者还借机敲诈勒索。杨万里的巡查是第一种，因为第二种"巡查"的官员的行李决不会是"囊衣"，也不会有"劳生"的感慨。诗人既然觉得"劳生"，自然有归去的想法，却又说自己是"老更伧"，还没有辞官。其实诗人甘当"伧父"，没有归去的原因很简单——就是他还能为这一片美好的山河以及生活在这片山河上的百姓做些好事，这种为国为民的情怀是诗人儒者人格的体现。

江天暮景有叹

其 一

此诗写于宋光宗绍熙二年(1189)，当时诗人作为江南东路转运副使巡视芜湖一带，芜湖距淮水边界不远，诗人看到从淮北飞来的白鹭，想到中原父老向往南宋，写下了这两首诗。第一首重点描绘出江上的景色，展开一幅苍凉的画卷。

只争一水是江淮，日暮风高云不开。
　　白鹭倦飞波正阔，都从淮上过江来。

　　只争一水是江淮，日暮风高云不开——日暮时分，我站在长江南岸，眺望那仅有一水之隔的江淮边地，江风虽然猛烈却吹不散空中的云雾，天气依然阴沉。争，相差，相隔。一水，指长江。江淮，指长江、淮水之间的安徽江苏一带。风高，风大。

　　白鹭倦飞波正阔，都从淮上过江来——风急天暗，正是江上波涛兴起的时候，忽然看到江面上一群白鹭从江北勉力地飞过来。倦飞，鸟倦于飞翔。这一群白鹭在这个有些阴沉的画面中异常醒目，"倦飞"二字写出白鹭跋涉的辛苦，同时也暗示它们不畏疾风大浪，眷恋江南的深情。

　　《江天暮景有叹》共有两首，第一首是写"江天暮景"，第二首则侧重于诗人对江天暮景之"叹"。第一首重在渲染一幅寓意深长的画面，其中日暮风高、乌云不开，这种阴沉压抑的氛围，与其说是描绘客观环境，倒不如说是诗人心境的体现，同时也暗示着在宋金关系中处于劣势的政治形势。南飞的白鹭象征中原父老向往南宋的心情：白鹭都眷恋着江南，更何况淮北的父老？这群白鹭飞过长江时已经疲惫不堪，但是终归是飞到了江南，而那些身在淮北的中原父老却不如能自在飞翔的白鹭，只能望河兴叹。这四句诗将诗人的悲慨寄寓到山河景物之中，杨万里爱国诗篇大都写得委婉含蓄，此诗也是这样，诗人表面上看似不动声色，实则情摧肝肠。

其　二

　　此诗借白鹭南飞，暗寓中原父老心向江南的心情。全诗字面只是写白鹭眷恋江南，无一字诟骂金人，也无半语指责南宋朝廷，而诗人的爱国之情、对中原人民的同情，贯穿在字里行间。

　　一鹭南飞道偶然，忽然百百复千千。
　　江淮总属天家管，不肯营巢向北边。

　　一鹭南飞道偶然，忽然百百复千千——一只白鹭南飞也许可以说是偶然现象，但是忽然之间有千百只白鹭都向南飞过长江，可绝不是偶然了。这让人不由得追问:千百鸥鹭南飞究竟是为了什么?杨万里是以心向江南的白鹭暗喻淮北父老,百百千千飞来的白鹭不禁让人想起淮北那千千万万望穿秋水的父老。

江淮总属天家管,不肯营巢向北边——江淮总归是属于南宋管辖的地方了,白鹭飞到江南是因为不肯把巢筑在敌国啊。这两句是借白鹭写出中原父老向往故国的深情。天家,是旧时对天子的称谓。汉蔡邕《独断》:"天子无外,以天下为家,故称天家。"营巢,筑巢。

第二首是对江天暮景的"叹",诗人所叹的是白鹭,其实也是淮北父老心向故国的深情,还有这种深情后面的东西。首先是金人的压迫,人们对南宋的向往从另一面说明金人对中原人民的压迫。金灭北宋后,残酷地掠夺汉族百姓,很多中原百姓甚至沦为金人的奴隶,在金人铁蹄下挣扎的中原父老怎能不怀念故国?第二是南宋朝廷苟安江南软弱无能,对金国卑躬屈膝,毫无收复之志,实在是愧对淮北父老的期望。

杨万里一生创作颇丰,有四千二百余首诗歌,其中多数是山川景物诗,爱国诗篇虽然总数不少,但在全部诗作中比例不大,而且大都写得比较含蓄,所以他的爱国诗篇往往被人忽略,但杨万里的爱国诗篇都有一种深沉而又炙热的爱国情愫,虽然不像陆游的爱国诗那样直接酣畅,但却寄托遥深,让人掩卷之后还为之感慨叹息。

清晓出郭迓客七里庄(二首之二)

此诗作于宋光宗绍熙三年(1192),时杨万里任江东转运副使,在建康任所。原作两首,这里选其中的第二首。这是一首讽刺诗,诗人在迎接客人的途中看到柳条摇摆,联想到那些谄媚的奸邪小人,于是写诗讽刺。出郭,出城。迓(yà),迎接的意思。

偏得春怜是柳条,腰支别作一般娇。
微风不动渠犹舞,刚道东风转舞腰。

偏得春怜是柳条,腰支别作一般娇——在所有花木之中,柳条恐怕是最受春风怜爱的了,细软的柳条仿佛舞动的腰肢,别有一种娇媚之态。读完这两句不禁让人猜想,柳条的"别作一般娇"究竟是怎样的娇媚呢?腰支,即腰肢,指腰身;身段;体态。

微风不动渠犹舞,刚道东风转舞腰——柳条真有露骨之媚,哪怕是在一丝微风也没有的时候,柳条还忙不迭地献舞,不仅如此,还口口声声地说自己是顺着东风才扭动腰肢的。无风自舞已然不合时宜,而强自狡辩更是令人生厌。刚道,硬是说,就是说。

这首诗用拟人的手法讽刺那些阿谀谄媚的奸猾之徒。杨万里为官三十馀年,见惯了官场上奴颜媚骨之辈,看到柳条无风自舞,就以此为喻,写诗讽刺。诗人以柳条细柔娇媚之态,来喻奸猾者的善于讨人欢喜;用柳条的无风自舞,喻其厚颜无耻;"刚道"是直接讽刺其口舌伶俐,即使有人责问也振振有词。此诗更耐人寻味的地方是"春"与"柳条"的关系:正是由于柳条有这样特别露骨的媚态,所以才会"偏得春怜"。和"柳条"相比,修竹太过刚直,兰花有些孤傲,也难以得到"春"之宠爱,至于冬梅秋菊之类,铮铮铁骨,宁折不弯,也只好傲雪斗霜去了。

宿新市徐公店(二首之一)

此诗作于宋光宗绍熙三年(1192),杨万里时任江东转运副使。在这一年寒食节前一日诗人再次踏上巡察之旅,足迹遍布安徽、江西,历时两月。此次巡查的目的是"周诹民氓之休戚,廉察守令之能否"(《荐举王自中、曾集、徐元德政绩同安抚司奏状》),同时一路上也写了许多描绘山村景物的小诗。原作两首,这里选的是第一首,此诗截取春日田间儿童捕蝶的画面,饶有趣味。

篱落疏疏一径深,树头新绿未成阴。
儿童急走追黄蝶,飞入菜花无处寻。

篱落疏疏一径深,树头新绿未成阴——乡村里有一条深深的小径,小径两旁是疏疏落落的篱笆,初春时节,树木刚长出嫩绿的新叶,却还遮不住阳光。这两句写出了乡村宁静安详的田园氛围。篱落,即篱笆。

儿童急走追黄蝶,飞入菜花无处寻——一个孩子追逐着一只黄色的蝴蝶跑过来了,可是黄蝶忽然飞进了一片金黄的油菜花中,蝴蝶和花是一色的,这下可再也捉不到它了。这时捕蝶的儿童想必会懊恼地噘起小嘴,怏怏而归了。菜花,指油菜花,油菜春季开黄色小花。

　　这是一首乡村风物诗。此诗写景清新明丽,儿童追逐黄蝶的景象又给人一种自然纯真的乐趣。这首小诗虽然没有深刻的寓意,也没有精工绝妙的辞采,但自然生动,给人带来美的享受。

　　从艺术上看,此诗体现着杨万里田园诗的一般特色,首先是观察细致,取旁人不注意的地方下笔,别人写春树,往往只注意写其新枝嫩绿,杨万里却别具慧眼,写其"未成阴"。第二是仿佛摄影一般抓取最富诗趣的一幕,当儿童看到黄蝶飞入菜花田中的那一刻是最有意趣的一幕,此时儿童沮丧、懊恼的表情最是天真可爱,画面定格在此时最富有表现力。第三是杨万里的田园诗中常常蕴含着对乡土田园情调的赞美。古代很多诗人写田园诗往往是把田园景物文人化,隐士化,这样他们笔下的田园固然很美,但却缺少田园的乡土气息和自然乐趣,而杨万里描绘乡村时则更注重挖掘带着乡土气息的美,以此诗为例,能像杨万里这样从乡间顽童身上发现诗情的诗人恐怕并不多。

风　花

　　此诗作于宋光宗绍熙三年(1192),是杨万里任江东转运副使时,外出巡查民情的途中所作。诗中描绘风中落花的景象,并寄寓诗人的乡思和忧国之情。

　　　　海棠桃李雨中空,更着清明两日风。
　　　　风似病癫无藉在,花如中酒不惺松。
　　　　身行楚峤远更远,家寄秦淮东复东。
　　　　道是残红何足惜,后来并恐没残红。

　　海棠桃李雨中空,更着清明两日风——此时已经是暮春时节,不论是娇艳的海棠花还是绚丽的桃李花都在一场春雨中逐渐凋零,更何况清明时节还刮了两日的风,经过风雨摧残,原本烂漫的春花如今残留在枝头的已经不多了。着,指遭受,遇上。

　　风似病癫无藉在,花如中酒不惺松——风好像是害了疯癫症一样的无赖,疯狂地吹落树上的花儿,而花已经像是喝醉了酒那样的东倒西歪,再也没有昔日的精神。病癫,即疯癫,此处是形容风狂暴无情。无藉,本意是不纳税或不征税,也指无赖汉;无藉在,在此处是"无赖"、"恶劣"的意思。中酒,醉酒。惺忪,清醒、醒悟的意思。

身行楚峤远更远,家寄秦淮东复东——看到落花我想到了自己飘零的身世,现在是身处遥远的楚山之外,而家在建康秦淮河以东,离家在外,身不由己,正仿佛风中落花。楚峤(qiáo),楚山。峤,尖峭的高山。杨万里此行是由建康入安徽境内考察,安徽古代属于楚地。秦淮,河名。即秦淮河,是南京名胜之一。当时杨万里任江东转运副使,任所在建康,家寓于此,所以说"家寄秦淮"。

道是残红何足惜,后来并恐没残红——春花终将在风雨中凋谢,现在还在为残花觉得惋惜而伤感,过几天恐怕连残花也见不到了,曾在春天盛开的海棠桃李都飘落尘沙,变成泥土。杨万里以惜花作结,但情感不是感伤,而是冷峻,对落花也不是无情,而是无奈。这两句还暗含着朝廷中有识之士逐渐被排挤,仅存的也不能长久在位的感叹。

这首诗以风中落花为题材,抒发诗人对家人的思念之情和忠良之士被排挤出朝廷的感慨。

诗的首联点题,写海棠桃李在风雨中凋零,"更"字写出风雨冷酷无情,在雨打之后仍不放过残红。颔联诗人对"风"和"花"作了具体描绘,风似疯癫的无赖,花如病酒般萎靡,让人读后自然生出对恶风之恨、对落花之怜。颈联由飘零的落花想到自己飘零的身世,"远更远"、"东复东"写出一腔思念之情,不仅对仗工整,而且音韵优美,给人回味悠长的感觉。在尾联诗人的联想更深了一层,是由落花飘零联想到国家忠良正直的大臣也像落花一样经受着"雨打风吹",逐渐散落,诗人自己也是其中一员,念及此处,诗人的情感从对落花的怜惜、对自己离家的感伤,转变为对国事日非的愤慨,语气也变得冷峻沉痛。

杨万里吟咏山水花草的诗中有时也暗含忧国之思,却往往被忽视,诗人在晚年整理自己诗作时曾经感慨:"只有三更月,知予万古心!"其实只要细心体味,总会明了诗人的那颗忧国忧民之心。

桑茶坑道中(八首选二)

其 二

此诗是宋光宗绍熙二年(1192)杨万里在安徽巡查途中所作。桑茶坑,在安徽泾县。这首诗写出了安徽乡村的耕种状况,暗示了农民艰辛的生活状况。

　　　　田塍莫笑细于椽,便是桑园与菜园。
　　　　岭脚置锥留结屋,尽驱柿栗上山颠。

　　田塍莫笑细于椽,便是桑园与菜园——不要因为看到田埂细得像屋梁上的椽子似的就发笑,要知道田埂窄一些桑园和菜园就大一些。这是写农民挖空心思,尽可能地利用耕地。田塍(chéng),田埂。椽(chuán),即椽子,放在檩子上架屋面板和瓦的条木。"田塍莫笑细于椽"的正常语序为"莫笑田塍细于椽"。便是,只因为。

　　岭脚置锥留结屋,尽驱柿栗上山颠——山岭脚下还有极狭小的一块空地,那是农民用来建房搭屋的,山岭上也没有被闲置,农民们把柿子树、栗树都种到山顶上了。置锥,即"置锥之地",本意是安放锥子的地方,比喻极狭小的地方。在置锥之地上建屋暗示了农人生活的艰苦。结屋,构筑屋舍。颠,顶端,上端。

　　此诗仿佛一幅农田图,画面的主题是:桑茶坑的农民没有让一寸能够种植的土地闲置。为了能多种桑菜,田埂可以"细于椽";房屋不建在田边平坦之处,而是建在不能耕种的山脚下;山岭上虽然不能种粮种菜,但是能种树,就把柿子树和栗树种到山头。"驱"字用得非常巧妙,仿佛柿树栗树本来不愿上山,而是像牛羊一样被人赶上山去的,这不仅给诗添了几分趣味,也让人联想到农人"驱"树上山定然是费了不少力气。读罢全诗,人们固然会赞叹农民挖空心思利用土地的智慧,同时也会不由自主地生发感慨:如此辛劳,却也只换来"置锥之地"作为安身之所!

　　杨万里写作此诗的前一年也曾到江南东路各州县巡查,在那次巡查途中他写过《发孔镇晨炊漆桥道中纪行》诗,其中一首与上面选的这首小诗非常类似:"斫地烧畲旋旋开,豆花麻荚更菘栽。荒山半寸无遗土,田父何曾一饱来。"这或者就是桑茶道农田图的画外之音。

其　七

　　这首诗描绘江南小村优美宁静的景色,全诗描绘景物明丽自然,画面动静相宜,给人一种和谐宁静的感受。

　　　　晴明风日雨干时,草满花堤水满溪。

童子柳阴眠正着,一牛吃过柳阴西。

晴明风日雨干时,草满花堤水满溪——雨过之后又是一派风和日丽的景色,在春日暖风吹拂之下,雨水很快干了;一场春雨过后,溪水涨满,河堤上花草也被春雨滋润,生得异常繁盛。晴明,晴朗、明丽。花堤,指生有花草的河堤。

童子柳阴眠正着,一牛吃过柳阴西——在醉人的春风之中,一个牧牛的童子在柳树荫里酣然入梦,他定然是无忧无虑才能睡得如此安心;而本应由牧童看管的牛儿此时却是自由自在,径自到柳荫西边吃草去了。这个酣睡的牧童使得此诗的画面更加宁静,缓缓移动的牛儿又起到调节静止的画面的作用,使诗更富有生机。

此诗以白描手法,描绘出一幅宁静和谐的乡间图画:第一句写出了雨后晴朗温暖的天气,第二句写春雨之后草木欣欣向荣的景象,第三句写柳荫下的牧童在醉人的春风中酣然睡去,第四句写牛儿缓缓地走到柳荫西边吃草去了。短短四句诗,写尽了乡村生活的平和与安闲。从艺术上看,诗人采用了动静结合,以动衬静的手法。诗前三个画面都是静态的,唯有牛儿在缓缓移动,活动的牛儿使画面有了动感,但并没有打破宁静的氛围,这种缓慢的动态倒是增强了安闲的意味。细读此诗,真让人产生置身世外桃源的感觉。

过松源晨炊漆公店(六首之五)

此诗是宋光宗绍熙三年(1192)春杨万里在江西巡查途中所作,原作共六首,这里选其中的第五首。此诗用轻松幽默的笔调写山行之苦,语言通俗浅白,仿佛口语,同时蕴含着一种耐人寻味的理趣。松源在今江西弋阳县一带。

莫言下岭便无难,赚得行人错喜欢。
政入万山围子里,一山放出一山拦。

莫言下岭便无难,赚得行人错喜欢——人人都知道走山路异常费力,上山的时候往往把人累得气喘吁吁,这时候人们总会说"等过了山顶,下山的时候就轻松了"。但我却说:可不要说下岭容易,这只不过是诓骗人的,让大家空欢喜一场的谎话。赚，哄骗；诳骗。

政入万山围子里，一山放出一山拦——当人们登上山岭之后，放眼望去，却发现自己其实是身处绵延不绝的山中，翻过了脚下这座山之后，前面还有一座座山峰拦路呢！行人若是早知道自己是在群山的重重包围之中，下了一道岭便意味着要上另一道岭，就不会说"下岭便无难"了。政，通"正"。围子，圈子，圆圈。

杨万里写诗追求一种自然的趣味，他的诗往往给人灵动鲜活的感受。以此诗为例，山路难行，往往让行人困顿不堪，而杨万里却偏偏用风趣幽默的语调来写山行之"难"。首句"莫言下岭便无难"，一反常言，给人一种错愕感，同时把上岭之"难"暗示出来了。第二句中"赚"、"错"两字加重了批驳通常心理的语气，更引发人们的好奇。后两句道出缘由，尤其用"放""拦"二字写山，把群山拟人化了，群山好似具有灵性，是在故意为难行人，给诗带来了一种奇趣。山行虽苦，可是诗人却从苦中寻出乐趣来，全诗洋溢着一种乐观向上的情调，前方纵有万山拦路，也不必为之生愁。

此诗的佳处还在于它蕴含着一种理趣：在人生旅途中，人们往往对眼前的困难有更多的心理准备，总以为走过一段艰难的行程之后，前方就一定是坦途，但实际上翻过脚下的这座"山峰"只不过是一个小小的胜利，人生路上总会有新的困难等待着我们去克服。

水螳螂歌

此诗作于宋光宗绍熙三年（1192）。杨万里在巡察安徽、江西各州县途中，看到渔民辛苦捕鱼却仅得温饱，写了这首诗讽刺这种不公现象。渔民站在渔船船头捕鱼，远远看去其形状好像水上的螳螂，所以称为"水螳螂"。

> 清晨洗面开篷门，巨螳螂在水上奔。
> 前怒两臂秋竹竿，后拖一腹春渔船。
> 偶然拾得破蛛网，挈取四角沉重渊。
> 柳上螳螂工捕蝉，水上螳螂工捕鳣。
> 捕蝉顿顿得蝉食，捕鳣何曾得鱼吃！

清晨洗面开篷门，巨螳螂在水上奔——清晨时分，我打开门打水洗脸的时候，就看到巨大的水螳螂在水面上奔忙了。从这两句可以看出渔民是在天还没亮的时候就已经起身捕鱼了，劳作辛苦，可见一斑。巨螳螂，比喻撑着渔船捕鱼的渔民。

前怒两臂秋竹竿，后拖一腹春渔船——渔船上渔民在前面撑起的竹竿好像螳螂的两只怒臂，后面的船身则好像是螳螂的肚子。这两句写出"水螳螂"与真螳螂的形似。怒臂，即奋臂。《庄子·天地》："若夫子之言于帝王之德，犹螳螂之怒臂以当车辙，则必不胜任矣。"怒臂在这里是形容渔民用竹竿费力撑船的姿态。

偶然拾得破蛛网，挈取四角沉重渊——"水螳螂"提起渔网，撒网于深水处捕鱼。破蛛网，就是捕鱼用的渔网，说"蛛网"是为了和"螳螂"形象相配。挈(qiè)，提起；悬持。重渊，指深渊，此处指深水。

柳上螳螂工捕蝉，水上螳螂工捕鱣——生活在柳树上的螳螂，也就是真正的螳螂，擅长捕蝉，而水上的螳螂善于捕鱣鱼。工，擅长。鱣(zhān)即鲟鳇鱼。鲟鳇产于江河及近海深水中，无鳞，状似鲟鱼，长者至一二丈，是"鱼之至贵者也"（清人屈大均《广东新语·鳞语·鱼》）。

捕蝉顿顿得蝉食，捕鱣何曾得鱼吃——树上的螳螂捕蝉，一日三餐都能吃蝉，而捕鱣鱼的水螳螂却根本吃不上鱼！渔民每日辛苦捕鱼，到最后不要说吃不上捕来的美味的鱣鱼，甚至连一般的鱼也吃不起。何曾，何尝；几曾，用反问的语气表示未曾或并不。

此诗全用比喻写成，水上的渔船确实和螳螂有形似之处，诗人用"前怒两臂秋竹竿，后拖一腹春渔船"描绘捕鱼的渔船也非常生动有趣。但此诗目的不在写景，全诗主旨在于用渔船这"水螳螂"和柳树上的真螳螂对比，指出渔民捕鱼却吃不起鱼，还不如树上的螳螂能自捕自食，以此来讽刺世道的不公。

这种不公道由来已久，许多诗人也曾指出这一现实，如唐人李绅的《悯农》诗："春种一粒粟，秋成万颗籽。四海无闲田，农夫犹饿死。"再如宋初梅尧臣的《陶者》："陶尽门前土，屋上无片瓦。十指不沾泥，鳞鳞居大厦。"主旨与杨万里《水螳螂歌》完全相同，所不同的只不过是李绅和梅尧臣的诗简单明了，而杨万里此诗则更含蓄曲折。

送丘宗卿帅蜀（三首之二）

此诗作于宋光宗绍熙三年(1192)夏。杨万里此时已经决意辞官，但尚未离开建康，听到友人丘宗卿出任四川安抚制置使的消息，便写了三首律诗相送。这里选的是其中的第二首。丘崈,字宗卿,是杨万里的好友之一,他于此年四月以户部侍郎出为四川安抚制置使(任所在成都)。

谕蜀宣威百万兵,不须号令自精明。
酒挥勃律天西碗,鼓卧蓬婆雪外城。
二月海棠倾国色,五更杜宇说乡情。
少陵山谷千年恨,不遇丘迟眼为青。

谕蜀宣威百万兵,不须号令自精明——丘崈才能出众,他在四川安抚制置使任上定然能把百万蜀兵训练得神勇无比,不必等到号令就自然精神抖擞,斗志旺盛。谕,指上对下的文告或指示。宣威,指四川安抚制置使司。精明,指精力旺盛,耳目聪明。

酒挥勃律天西碗,鼓卧蓬婆雪外城——四川边境在丘崈治理下定然非常安定,友人能在边城安心地痛饮美酒;战事不兴,蓬婆岭外边城的战鼓也都用不上了。勃律,唐代西域国名。杜甫《喜闻盗贼蕃寇总退口号》曰:"勃律天西采玉河,坚昆碧碗最来多。"这里用来指属地边城。蓬婆,山岭名,在四川松潘县境内。岭上积雪终年不化,也叫雪山。杜甫《奉和严大夫军城早秋》:"已收滴博云间戍,更夺蓬婆雪外城。"鼓卧,把战鼓放倒,比喻境内太平,已经无需征战。

二月海棠倾国色,五更杜宇说乡情——四川二月的海棠花固然有倾国之色,但是听到杜鹃的声声哀鸣,也会勾起友人的乡思乡愁吧。倾国色,形容海棠非常艳丽,像美人一样有倾国倾城之色。成都海棠以艳丽著称。杜宇,鸟名,即杜鹃,相传为古时蜀王杜宇之魂所化。其啼声哀切,能挑起人们的思乡之情。

少陵山谷千年恨,不遇丘迟眼为青——杜甫、黄庭坚流寓四川时没有遇到丘崈这样的贤主人而饱受流离之苦,这真是千载之恨,不然敬重文才的丘崈一定会热情地招待他们的。少陵,指唐代大诗人杜甫。杜甫自号"少陵野老",曾在天宝之乱中曾流寓成都。山谷,指北宋著名诗人黄庭坚。黄庭坚别号"山谷道人",世称"黄山谷"。黄庭坚曾谪居四川涪州、戎州等地。丘迟,南朝梁武帝时著名作家。这里用同姓的前代诗人来代指丘崈。眼青,即青眼,指对人喜爱或器重。

这是一首赠人之作,赞颂友人丘崈是文武全才。首联颔联赞颂友人有治兵之才、宁边之策,颈联尾联说丘崈也并非只是武将,也有细腻的情思,懂得诗文的风雅。此诗用典精当雅切,颔联化用前人诗句,却不显穿凿;颈联更是颇受诗评家的青睐,如清人吴乔曾说此诗:"其'倾国'虚用亦佳,'杜宇'句弄姿好,二物皆蜀有也。"(《围炉夜话》)。

此诗没有杨万里诚斋体浅近自由的特色,倒带着江西派对仗精工、善用典故、无一字无来历的特色,可以说是深得少陵、山谷的风味,显示出杨万里深厚的诗学功底。与杨万里同时的周必大曾说:"公(杨万里)由志学至从心,上规赓载之歌,刻意风雅颂之什,下逮《左氏》、《庄》、《骚》、秦、汉、魏、晋、南北朝、隋、唐以及本朝,凡名人杰作,无不推求其词源,择用其句法……"可见诗人能写出如此佳作并非偶然,而长期积累形成深厚的诗学修养,也是诚斋体虽然浅近自然却不流于低俗无味的原因。

发赵屯,得风宿杨林池,是日行二百里

此诗作于宋光宗绍熙三年(1192)秋。在此年年初,南宋朝廷下令在江南八州行使铁钱会子(南宋政府发行的一种以铁钱作币值本位的地方性纸币),当时江南不用铁钱,铁钱会子根本无法兑换,又不准用来纳税,不便于民,有很大弊端。杨万里于是毅然上书,力陈不可,但此举得罪了当时的丞相留正和吏部尚书赵汝愚,于是杨万里以老病为由,请求辞官,回乡做祠官,但光宗不许。此年八月,杨万里除知赣州,诗人称病没有赴任,而是乘船离开建康,返回江西故里,从此不再出仕。此诗是杨万里乘船回乡途中所作,抒发了诗人挣脱樊笼,复返自然的心情。

> 动地风来觉地浮,拍天浪起带天流。
> 舞翻柳树知何喜?拜杀芦花未肯休。
> 两岸万山如走马,一帆千里送归舟。
> 出笼病鹤孤飞后,回首金笼始欲愁!

动地风来觉地浮,拍天浪起带天流——长江上风急浪高,气势非凡:大风刮起的时候好像大地都被刮得浮动起来,大风在长江江面上掀起巨浪,仿佛能和天河相接。动地,震撼大地。拍天,形容浪涛汹涌冲击,气势浩大。天流,指天河。

舞翻柳树知何喜?拜杀芦花未肯休——江岸的柳树不住地舞动翻腾,是听到什么喜事了(是不是已经听说我要还乡了呢)?江边的芦花一起一伏,不停地向我拜别。这两句是借江边景物写出江风猛烈,景物描写中已经流露出还乡的喜悦。翻,飘动;翻腾。杀,此处用作助词,表示程度。

两岸万山如走马,一帆千里送归舟——小舟借着风力在水面飞驰,让人觉得两岸连绵的山峰好像马儿在向后奔跃,船上张起的风帆推动着小船向千里之外的故乡挺进。走马,指骑马疾走;驰逐。送,即推送,自后使物向前。

出笼病鹤孤飞后,回首金笼始欲愁——我这只年老体衰的"病鹤"终于从那华丽金贵的笼子里独自飞走了,此时回首往昔才觉得愁闷——自己怎么拖了这么久才踏上归程呢? 病鹤,诗人自喻为病鹤。金笼,比喻仕宦的羁绊。当官虽然表面上风风光光,但终究是让人不得自由的牢笼。

此诗堪称杨万里的《归去来兮辞》。诗的题目中说"是日行二百里",含有因行程迅速而欣喜之意,也暗示了此次行程因为有好风相送所以颇为顺利。开篇气势惊人,气格雄健,把风写得有惊天动地之势,长江之上风急浪高,诗人不畏风浪在这样的天气乘船回乡,可见其迫切心情,而此日能日行二百里,却也全仗了这动地强风。三四句写柳树翻舞,芦花折腰,既是风中的实景,又巧妙地写出行程中的喜悦心情,正所谓"以我观物,故物皆着我之色彩"(王国维《人间词话》)。颈联用风帆助力,万山走马写出船行之迅速。尾联用病鹤飞出金笼比喻此时的心情,不由得让人想起陶渊明《归园田居》中的名句"久在樊笼里,复得返自然",而杨诗"回首金笼始欲愁"在陶渊明诗上更翻出新意,回首往昔之"愁",更衬托出当今冲出牢笼之喜。

全诗除了颔联、颈联之外,首联也用对仗,且这三联对仗全是工对,却丝毫不见雕琢痕迹,自然工丽,令人叹服。

有 叹

此诗作于绍熙五年(1194)。诗人在绍熙三年秋辞官返乡,绍熙四年三月,杨万里被授予秘阁修撰之职,提举隆兴府玉隆万寿宫,这是光领俸禄但是不用到任的虚衔,时称"祠官",诗人有感于自己已经辞官,但还领俸禄,于是写了这首诗自嘲。

　　饱喜饥嗔笑杀侬,凤凰未可笑狙公。
　　尽逃暮四朝三外,犹在桐花竹实中。

饱喜饥嗔笑杀侬,凤凰未可笑狙公——猕猴只知道眼前吃饱,于是被狙公轻而易举地戏弄了,看到这儿真是让人笑死了;但是自命清高的凤凰却也不能笑那用食物摆布猕猴的狙公。嗔,发怒;生气。侬,即人,泛指一般人。凤凰,古代传说中的百鸟之王。古代常常用以比喻德才高尚的人。狙(jū)公,古代喜养猿猴者。狙,指猕猴。《庄子·齐物论》:"狙公赋芧(芧,即橡实),曰:'朝三而暮四。'众狙皆怒。曰:'然则朝四而暮三。'众狙皆悦。"

尽逃暮四朝三外,犹在桐花竹实中——凤凰虽然能逃脱养猴人"朝三暮四"的手腕,但是却也还吃着帝王家的"桐花竹实",称不上是完全清高绝尘。暮四朝三,狙公养猴,用"朝三暮四"的方法让众猴老实听话。桐花竹实,传说凤凰以桐花、竹实为食。《庄子·秋水》:"夫鹓鶵(yuānchú,传说中与鸾凤同类的鸟),发于南海而飞于北海,非梧桐不止,非练实(即竹实)不食,非醴泉不饮。"竹实是竹子所结的子实,也称竹米。此诗用桐花竹实比喻虚衔的俸禄。

这是一首自嘲之作。此诗主旨正如南宋诗人刘克庄在其《后村诗话》中所解:"此自江东漕奉祠归之作也。凤虽不听命于狙公,然犹待桐花竹实而饱,以花实况祠廪也,与并祠廪扫空之耳。未几,遂请挂冠。"在这首诗中杨万里是以凤凰自况:虽然已经辞官回乡,已经不像在朝廷钻营的鄙俗之辈那样受朝廷中皇帝权臣的摆布,但还领取祠官俸禄,终归还是受朝廷控制。吃着"桐花竹实"的凤凰要是笑狙公,也不过是五十步笑百步罢了。宋代的官吏如果因为有了过错,或者与朝廷政见不和而离职,大多挂空衔当"祠官",心安理得地领着俸禄回家养老。杨万里却看出祠官俸禄也是一种羁绊,且勇于自我解嘲,这即使是在千载之后的今天来看,也是非常难能可贵的。

此诗用习见的典故,却从中翻出新意,写得巧妙、风趣,又寄寓着自己"出笼之鹤,尚绊一足"(《答朱试讲元晦》)的感慨,虽是自嘲,却表露出诗人正直的人格。

重九后二日同徐克章登万花川谷月下传觞

此诗作于宋光宗绍熙五年(1194),即杨万里辞官家居的第二年。重九,重阳节。万花川谷,杨万里把自己的花圃命名为万花川谷,花圃不大,但栽花很多。传觞,觞是古代的酒器,传觞即指宴饮中传递酒杯劝酒。此诗写对月饮酒之乐,想象大胆奇特,又颇有趣味,是杨万里咏月诗中的名篇。

老夫渴急月更急,酒落杯中月先入。
领取青天并入来,和月和天都蘸湿。

天既爱酒自古传,月不解饮真浪言。
举杯将月一口吞,举头见月犹在天。
老夫大笑问客道:月是一团还两团?
酒入诗肠风火发,月入诗肠冰雪泼。
一杯未尽诗已成,诵诗向天天亦惊。
焉知万古一骸骨,酹酒更吞一团月。

老夫渴急月更急,酒落杯中月先入——老夫我急着想要饮酒,没想到月亮比我的性子还急,酒刚刚倒进酒杯月亮就先跳进杯中去了。这两句写出一轮急于饮酒的"月",给人耳目一新的感觉。老夫,诗人自称。渴急,急切。

领取青天并入来,和月和天都蘸湿——月亮不仅是自己跳进酒杯痛饮,还领着青天一道来杯中饮酒,这下子连月亮带青天都被酒蘸湿了。酒杯晃动,映在其中的青天明月也就微微颤动,好像被弄湿变皱一样,所以诗人说月和天被"蘸湿"了。和,犹言连着。

天既爱酒自古传,月不解饮真浪言——自古以来人们就说青天喜欢喝酒,明月领着青天来也无可厚非,但是说明月不会饮酒可真是随口胡说,这明月不仅会饮,还和我抢着先饮呢。李白《月下独酌》其二中写:"天若不爱酒,酒星不在天。地若不爱酒,地应无酒泉。"其一中写:"月既不解饮,影徒随我身。"

举杯将月一口吞,举头见月犹在天——明月既然与人争饮,我也就毫不客气地连酒带月一口吞下了;本来以为这样一来,月亮就争不过老夫了,可是没想到我举头一望,却发现月亮竟然还好好地在天上挂着呢!

老夫大笑问客道:月是一团还两团——自己明明吞下一团月,可天上却还有一团月,我于是大笑着询问身旁的客人:月亮是只有一团呢还是有两团? 此问若是让客人或者读者回答的话,那一定会是:月亮当然只有一团,现在正挂在天上呢,你刚吞下的不过是月影罢了。

酒入诗肠风火发,月入诗肠冰雪泼——真的只有一团月吗?可是刚刚吞下的那杯酒,一入老夫的诗肠就升起一股暖意,好像着火似的;那酒饮下的月亮到了肚里却好像让我置身冰雪之中一样,看来刚刚还是吞下了一团月。

一杯未尽诗已成,诵诗向天天亦惊——老夫我饮酒之后诗思也变得迅捷了,一杯酒未尽的功夫诗就已经写出来了,然后举头向天大声诵读自己的新诗,青天听了竟然也大为惊叹呢!

焉知万古一骸骨,酹酒更吞一团月——苍天怎么会想到这万古之后的一具骸骨,在此时竟然能吞了一团明月,更作出了绝妙的好诗呢?此时这具万古之后的骸骨还要斟满杯中美酒,再吞一团明月!

据罗大经《鹤林玉露》记载,罗大经曾听杨万里亲自朗诵过此诗:"杨诚斋《月下传杯》诗云……余年十许岁时,侍家君竹谷老人谒诚斋,亲闻诚斋诵此诗。且曰:'老夫此作,自谓仿佛李太白。'"此诗风格浪漫雄奇,气势豪放,确实仿佛李白。但此诗的妙处不在于模仿诗仙模仿得惟妙惟肖,而是在于此诗能打破前人写月的模式,体现出鲜明的诚斋体风味。古人写月,一般是借月写一种乡思乡愁,离情别绪,所谓"举头望明月,低头思故乡",或者写人生哲理,"人生代代无穷已,江月年年只相似"。李白以超凡的浪漫精神与天上明月对饮:"举杯邀明月,对影成三人。"虽然月与人共舞,但最终还是高洁孤寂地挂在天上。而在杨万里的这首诗中,这个心急嗜酒之月,被烙上了诚斋体的印记,月亮被人格化了,已经没有了清冷的神态,而是变得充满世俗的人情味,活泼有趣,带上一种喜剧的色彩,给人全新的感受。

与伯勤子文幼楚同登南溪奇观戏道傍群儿

此诗作于宋宁宗赵扩庆元元年(1195)秋。诗中描绘了年老的诗人在赏景途中看到一群嬉戏的儿童,便兴致勃勃地同孩子一起游戏,表现出诗人的不老童心。伯勤,朱伯勤,杨万里同乡;子文,杨子文,杨万里的族弟;幼楚,杨万里的族侄。南溪在杨万里居处附近。

朦松睡眼熨难开,曳杖缘溪啄紫苔。
偶见群儿聊与戏,布衫青底捉将来。

朦松睡眼熨难开,曳杖缘溪啄紫苔——我陪同客人沿溪而行,非常困倦,睡眼惺松,揉都揉不开,拄着的拐杖一步一点地,好像在啄食地上的紫苔。朦松睡眼,人初睡醒时尚不清醒,眼睛模糊。熨,此处指按揉、抚摩。曳,拖着。缘溪,沿着南溪。紫苔,生满苔藓的地。

偶见群儿聊与戏,布衫青底捉将来——我在途中偶然看到一群捉迷藏的儿童,不由得童心大起,愿意和孩子们一起游戏,而且还把那个穿青布衫的孩子捉到了呢。聊,在这里是愿意的意思。布衫青底,即"青布衫底"。底,结构助词,犹"的"。

这是一首描绘诗人同孩童一起嬉戏的诗。全诗用对比的手法写成,第一句写睡眼惺忪,没有精神,第二句写年老体衰,步履蹒跚。从诗的题目中可以知道,诗人是陪同亲友登"南溪奇观",南溪景色竟也没有让诗人打起精神来。三四句中诗人却突然有了精神,因为偶然看见一群游戏的孩子,虽然乡邻、族弟还有族侄在侧,但诗人却不满足做一个旁观的长者,而是愿意和孩子们一起游戏,并且还"大显身手",捉住了一个穿青衫的孩子——这时的诗人哪还有半点龙钟之态,简直就成了俗语所说的"老顽童"了。

杨万里写作此诗时已经是一位六十九岁的老翁了,还能保有如此童心,真让被世俗迷乱了双眼的人自叹鄙俗。

观　社

此诗作于宋宁宗庆元二年(1196)春。杨万里在家乡隐居,观看春社,见到一派热闹祥和景象,写下这首诗来记录人们在社日欢庆的场面。社日是祭祀土神的日子,古时有春秋两社,春社是在春耕前(一般在立春后第五个戊日)祭祀土神,祈祷丰收。

　　作社朝祠有足观,山农祈福更迎年。
　　忽然箫鼓来何处?走杀儿童最可怜!
　　虎面豹头时自顾,野讴市舞各争妍。
　　王侯将相饶尊贵,不博渠侬一饷癫!

作社朝祠有足观,山农祈福更迎年——人们在春季社日里朝拜土神庙等等庆祝活动是很有趣,值得一看。山农在那一天向土神祈求多福,祈祷这一年能风调雨顺,没有灾害,取得大丰收。朝祠,朝拜土地庙。有足观,犹言"很有看头"。年,指"有年",《春秋·桓公三年》:"有年。"《谷梁传》:"五谷皆熟,为有年也。"

忽然箫鼓来何处?走杀儿童最可怜——村民拜祭的仪式刚刚结束,忽然听到锣鼓声响,不知道在什么地方人们已经开始庆祝了。围在土地庙旁边的儿童最是伶俐可爱,听到声响就飞一般地向锣鼓响处跑去了。走,指疾趋,奔跑。杀在这里是助词,用在动词后,表示程度。可怜,即可爱。

虎面豹头时自顾,野讴市舞各争妍——赛会上有人扮戏,戴着虎面豹头的面具假装扑打,时而还自视一下自己的装扮。别处还有人唱山村野调,跳起市镇上流行的舞蹈,吸引着人们去驻足观看。虎面豹头,是赛会中表演者的扮相。自顾,自视。

王侯将相饶尊贵,不博渠侬一晌癫——王侯将相虽然尊贵,但是像山村百姓这样自在地纵情欢愉,他连片刻都得不到呢!饶,相当于"任凭"、"尽管"。不博,得不到。渠侬,方言,指"他"、"她",渠侬在此处指乡民。

这是一首描绘乡村节日风情的诗。古时的乡民在春社时举行祭祀活动祈求能够获得丰收,同时也借节日展开娱乐活动,调剂繁忙辛苦的劳动生活。作为一个比较重要的节日,一般都有声有色,非常热闹,古代诗人也常以此为题,描写乡村风情。除了杨万里这首诗外,最有名的要数唐代诗人王驾的《社日》:"鹅湖山下稻粱肥,豚栅鸡栖半掩扉。桑柘影斜春社散,家家扶得醉人归。"王驾的诗并没有正面描写社日的欢庆场面,而是从侧面描绘庄稼禽畜都丰足的富庶景象,后两句写春社散后人们带醉而归,让人自己想象欢庆场面,笔墨干练,却给人回味深长的感觉。杨万里的《观社》使用的手法正好和王驾相反,是浓墨重彩地描绘节日欢庆的场面,把喧天的锣鼓、奔跑的儿童、扮戏歌舞一一展示在读者眼前,让人仿佛置身其中,最后用王侯将相也得不到这种乐趣收尾,有自得之意,更突出了欢乐的氛围。可以说王驾诗以含蓄蕴藉见长,杨万里此诗以细致生动出彩,各擅胜场。

添盆中石菖蒲水仙花水

此诗作于宋宁宗庆元二年(1196)冬。诗人此时居家退休,读诗自娱,但还是挂念百姓,此诗以花为喻,表达了诗人虽然离开庙堂但还难忘黎民的心态。石菖蒲和水仙都是水生观赏植物。

旧诗一读一番新,读罢昏然一欠伸。
无数盆花争诉渴,老夫却要作闲人。

旧诗一读一番新,读罢昏然一欠伸——我闲居无事就反复阅读前人的诗作,每读一回都能从中发现新的东西,陶醉于其中竟然忘了休息,等到读完的时候却已经眼花头晕了,便打个哈欠伸伸懒腰,舒展一下身子。旧诗,前代的诗。昏然,因为困倦迷糊不清醒的样子。欠伸,打呵欠,伸懒腰。

无数盆花争诉渴,老夫却要作闲人——当我读完诗卷伸腰抬头的时候,正看见水盆中石菖蒲、水仙花的水已经少得可怜了,这些花儿好像在向我诉说自己饥渴难耐,可是老夫却要作个闷头读诗的闲人,忘了给花浇水。这两句暗含比喻意义,杨万里是把南宋百姓比作干渴的花卉,而自己却退休还家,不能再为百姓做些什么了,其中蕴含有遗憾自责的味道。

《孟子·尽心上》曰:"穷则独善其身,达则兼善天下。"杨万里为官数十年,三度立朝,铮铮敢言,心系社稷百姓,然而光宗即位之初尚有政绩,后来则荒废朝政,以致权奸当道,"乾、淳之业衰焉"(《宋史·光宗本纪》)。杨万里自知在朝难有作为,于是引身归去,独善其身,然而还是"身在江海之上,心居乎魏阙之下"(《吕氏春秋·审为》),没有忘记百姓疾苦。此诗以花草缺水为喻,含蓄地展现了诗人的心态。

此诗看似一时即景之作,实际上却是以小喻大,委婉含蓄地写出了对当前朝政的批评。读诗忘倦、乐在其中,是诗人退休生活的写照,但是南宋黎民却不似诗人这样轻松自在。宁宗元年、二年,水旱相继,人民生活困苦,杨万里此时已经是"闲人",也只能给家中的花草浇水了。

南溪早春

此诗是宋宁宗庆元三年(1197)春,杨万里在家乡闲居时所作。诗人此时已经是年过七旬的老者,虽是老翁写春景,却无颓唐之气,反倒含有不服老的意味。

还家五度见春容,长被春容恼病翁。
高柳下来垂处绿,小桃上去末梢红。
卷帘亭馆酣酣日,放杖溪山款款风。
更入新年足新雨,去年未当好时丰。

还家五度见春容,长被春容恼病翁——自从辞官回乡已经有五次看到春天充满生机的景象了,可是我这病翁却常常因为面对春景而想到自己已经年老体衰,从而感到懊恼。杨万里于绍熙五年(1192)秋去职还乡,庆元三年的春天是诗人在家度过的第五个春天。面对生机勃勃的春色,诗人更觉得自己已经年老,"恼"字写出诗人不服老的情绪被撩拨起来。

高柳下来垂处绿,小桃上去末梢红——柳枝总从下垂的柳梢开始返绿,桃花花苞总是先在末梢露出红晕。这两句写春景,紧扣"早春"二字,"垂处绿"和"末梢红"画出了春柳桃花的早春之态,且"下来"、"上去"本是俗语,但此处用来不仅仅是造成上下高低对应之趣,而且还带有拟人的意味,给人新鲜活泼之感。

卷帘亭馆酣酣日,放杖溪山款款风——在美好春日中,暖风吹拂,艳阳高照,我在亭馆中,只要卷起珠帘便能将和煦的春晖请进屋来;或者走出亭馆,拄着拐杖,在山林溪流间漫步,饱览自然春色,多么惬意。这一联是以"病翁"在春日中的活动来写春之醉人。

更入新年足新雨,去年未当好时丰——新年之后春雨很足,农作物得到了充足的水分长势很好,今年肯定会丰收的;相比之下,去年可能就算不上是最好的年景了。这是从春季风调雨顺生发出对丰收的憧憬。

这是一首描绘美好春光的景物诗。在诗的首联,诗人有意将"春容"与"病翁"相互对立。"恼"字更是颇具内涵,在字面上强化了"病翁"的老态和"春容"的新鲜之间的对比,更含有"病翁"其实不服老的情绪。但这"恼"字却是虚笔,诗人对春天爱还不够,怎会真"恼"?颔联、颈联分别描绘"春容"和"病翁"。春景最常入诗的就是春柳、桃花,此诗颔联也从柳树桃花落笔,却因观察细致入微,道人所不曾道而取胜。颈联写诗人无论是在亭馆之内还是在山林之间,都陶醉于春色之中。"酣酣"、"款款"这一对叠音词的使用使诗的语调舒缓,让人在语气中也能感受到舒适宜人的春意。尾联以憧憬丰年作结,虽不新鲜,但从思想内容上看却起到了深化主题的作用,其实春之美,不仅在于美景,更在于希望。

送次公子之官安仁监税

此诗作于宋光宗庆元五年(1199)秋。这是一首教子诗,杨万里在诗中叮嘱儿子要为官清廉,体恤百姓。次公,杨万里的二儿子杨次公,字仲甫,号梅皋。"公子"二字不连文。之官,赴官。安仁,今江西余江县。监税,监查税收。

汝仕今差晚,家庭莫恨离。学须官事了,廉忌世人知。
争进非身福,临民只母慈。关征岂得已,龙断欲何为!

汝仕今差晚,家庭莫恨离——你现在出仕当官比我当年要晚多了(杨万里二十八岁中进士后即踏上仕途),所以不要因为离家远去就悲悲切切地生出许多离愁别恨。这两句是诗人用自己的经历来劝慰儿子。差(chā),比较。

学须官事了,廉忌世人知——学问也要在官事的历练中得以验证提高,廉洁的品格重在实行,而不能张扬,更不能当作沽名钓誉的手段。这是诗人在教导为学为官之道。学,学问。了,了解,通晓。官事,官府的事;公事。

争进非身福,临民只母慈——对待晋升不要热心,争着要加官进爵可不会给自身带来福祉;而治理百姓则要像慈母对待儿子一样,要爱民如子。进,指晋升、提拔。临民,治民。《国语·楚语下》:"夫神以精明临民者也。"

关征岂得已,龙断欲何为——向百姓征税也是不得已而为之,绝不可借税收搜刮百姓!征税是取财于民,虽然征得税款多了能充实国库,但是实际上是让国富而民穷,最终还是不利于国。关征,指税收。"关"在古代指入境的主要通道,官府常设卡向商旅收税。龙断,垄断,指独占利益。龙,通"垄"。语出《孟子·公孙丑下》:"人亦孰不欲富贵?而独于富贵之中有私龙断焉……有贱丈夫焉,必求龙断而登之,以左右望,而罔市利。"

这是一首教子诗。杨万里除了在诗的前两句劝导儿子不要因离家生愁之外,馀下六句全是告诫为学为官之道。诗人教导儿子要为官清廉,爱民如子,不要夺利于民,并不出奇,此诗奇就奇在"廉忌世人知"和"争进非身福"两句。

为官清廉而被人称颂,应当是每一个正直官员的追求,而为官的希望能晋升,施展自身才华,也是人之常情,而杨万里却偏偏唱出了反调,这其实是他自身半生为官的经验之谈。诗人明白,在腐败的官僚体系之中,存在着种种黑暗的"潜规则",当官场上的多数人都鱼肉百姓,贪赃枉法的时候,那些正直清廉的官员由于不遵守"潜规则"往往成为被人陷害的对象。而且越是在官僚的高层,权力争斗也就越危险,所以杨万里教导儿子不要张扬,只要默默为百姓做些好事就可以了。这两句经验之谈,却也成了对腐败朝廷的一种绝妙的讽刺。

晒 衣

此诗作于宋宁宗嘉泰元年(1201)。在这首诗中,诗人成了一个乐天的干杂活的老者,这是杨万里退休后清贫生活的写照,在其它由官而隐的诗人的诗作中是很难看到类似作品的。

　　亭午晒衣晡褶衣,柳箱布幞自携归。
　　妻孥相笑还相问:赤脚苍头更阿谁。

　　亭午晒衣晡褶衣,柳箱布幞自携归——中午出来晒衣服,到傍晚时候把衣服褶好收起,放在柳箱包袱里背回家。亭午,正午。宋代苏轼《上巳出游随所见作句》诗:"三杯卯酒人径醉,一枕春睡日亭午。"晡(bū),申时,即十五时至十七时,也泛指傍晚时分。幞(fú)巾帕,布袱。

　　妻孥相笑还相问:赤脚苍头更阿谁——妻子儿女看见我背着柳箱包袱回来的样子都忍不住边笑边打趣地问:"看看那个赤着双脚、头发花白的人是谁啊!"妻孥,妻子和儿女。《诗·小雅·常棣》:"宜尔家室,乐尔妻孥。"苍头,言头发斑白,指年老的人。

　　此诗仿佛是诗人退休生活中的一个镜头,照出了一个安贫乐天的老者形象。罗大经在《鹤林玉露》中说:"杨诚斋自秘书监将漕江东,年未七十,退休南溪之上。老屋一区,仅庇风雨。长须赤脚,才三四人。徐灵晖赠公诗云:'清得门如水,贫唯带有金。'盖纪实也。"这恰好可以作为此诗的注解。古代士大夫中有不少都是四体不勤,五谷不分的,而宋代官员俸禄较为丰厚,官员宦游归乡后大都买田置地,居于高堂华屋之中,使奴唤婢,多数人体力活是从来不做的。而杨万里则不然,归乡隐居之后穿着打扮就像乡间老农一般,而且在七十五岁高龄还亲自动手干杂活,自己晒衣收衣,实在是和世人想象的名扬四海的诗人、三度立朝的高官的形象大相径庭,所以就连诗人的妻子儿女见了他这"赤脚苍头"的模样也忍不住要笑,然而诗人那种坦荡自然的精神也正因为这一笑才毕现于读者眼前。

读张文潜诗(二首之一)

　　此诗作于宋宁宗嘉泰元年(1201)。诗人以称赞张耒的诗来表达自己的诗歌观点。张文潜,即北宋诗人张耒,字文潜,号宛丘先生,北宋时淮阴人,苏门六君子之一,其诗风平易自然,有不少反映社会现实的作品。张耒体胖,人称"肥仙"。原作两首,这里选第一首。在这首中,杨万里赞赏张耒平易自然的诗风,并标举"不听陈言只听天"的诗法。

晚爱肥仙诗自然,何曾绣绘更雕镌。
春花秋月冬冰雪,不听陈言只听天。

晚爱肥仙诗自然,何曾绣绘更雕镌——我到了晚年喜欢张耒的诗自然秀美,他的诗可没有粉饰雕琢的痕迹呢。雕镌(diāojuān),雕刻,比喻修饰文字。张耒曾经说:"文章之于人,有满心而发,肆口而成,不待思虑而工,不待雕琢而丽者,皆天理之自然,而性情之至道也。"(《张右丞文集》卷五一《和方回乐府序》)

春花秋月冬冰雪,不听陈言只听天——春天有百花秋天有明月,即使是在寒冷的冬天也有晶莹的冰雪,大自然总会把美丽的景色呈现给诗人,诗人又何必非要去寻章摘句不可呢,应当抛开陈言在活生生的现实中抓取创作灵感,写出语义新鲜的诗句。陈言,陈旧的言词,指古书中,前人诗文中用过的现成词句。

这是一首论诗诗,虽然论的是张耒的诗,但实际上杨万里是以张耒自喻,写出了自己诗作的主要特色。

杨万里诗主要特色之一就是自然工丽,宛若天成,其作诗方式是:"每过午,吏散庭空,即携一便面,步后园,登古城,采撷杞菊,攀翻花竹,万象毕来,献予诗材。"(《诚斋荆溪集序》)和张耒所说的"有满心而发,肆口而成"非常相似,即追求一种毫不造作的自然清新的风格。此诗的后两句说的是选取诗材的问题,杨万里主张不要把诗材锁定在书斋之内,而应该走进无限广阔同时又千变万化的自然,抛却那些限制诗思自由发挥的陈言,在自然中大胆地听凭自己灵感的指挥。对于"不听陈言只听天",周汝昌有过非常精彩的解释:"旧时诗人作诗,往往不是直接向写作主体对象去探讨研求,而是先落在陈言的魔障之内,举一个简单的例子说明:假如要咏梅花,不是直接去观察、体味这枝梅花,却是首先想到某人咏梅花的名句、某个梅花的典故等等,硬扯来敷衍,这就成了'只听陈言不听天'了。"杨万里自己若是悟不到"不听陈言"的真谛,也不会走出讲究"无一字无来历"的江西派,更不会形成独具特色的"诚斋体"了。

至后入城道中杂兴(十首之二)

此诗作于宋宁宗嘉泰二年(1202)。这组诗一共十首,这里所选的两首写丰年后人们的喜悦心情,其中也含有讽谏的意义。至后,指冬至以后。在这首中诗人提出只有粮食充足,才能保障太平,光靠吹捧的花样文章是不行的。

> 大熟仍教得大晴,今年又是一升平。
> 升平不在箫韶里,只在诸村打稻声。

大熟仍教得大晴,今年又是一升平——今年风调雨顺,庄稼大丰收,而且在收割庄稼的那些日子里还赶上大晴天,这一年又会是一个太平年了。大熟,大丰收。教,使;令;让。大晴,在庄稼快要成熟尚未收割的那几天如果遇到大风大雨或者冰雹天气,一年丰收就会在最后成为泡影,所以收割庄稼时天气晴朗很重要。升平,即太平。

升平不在箫韶里,只在诸村打稻声——在帝王的庙堂上演奏的那些粉饰升平的歌舞音乐不能真正体现出太平气象,乡间各个村落的打稻的声音才汇成真正的太平之歌。箫韶,相传是舜时的乐名。《书·益稷》:"《箫韶》九成,凤凰来仪。"

这是一首风格欢快的田园诗,诗人关心农事,所以看到一片丰收的场景不由得喜上眉梢。开头两句写天公作美,丰收已成定局,又是一年升平。第三句诗人生发联想:丰收之讯传入杭州,朝廷中定然又是一片歌功颂德的言论,再配合无数"祥瑞"之兆,以应皇帝英明之举,于是大排筵宴,歌舞欢庆。杨万里并不是说要否定"箫韶",而是提醒沉醉在歌舞中的皇帝:太平的根基在于仓廪丰实,只有民富国强才能真正保证太平,而箫韶之乐只是装饰太平的花朵而已。此诗语言浅白直朴,而道理深刻,历代昏君不少都是被奸臣制造的虚假的太平表象迷惑,危机已深还茫然不觉,终至亡国。

夜读诗卷

题解

此诗作于宋宁宗开禧元年(1205)。此时杨万里已经是七十九岁的老人了,而且身患重病,距去世已经不到一年时间。此诗仿佛是杨万里对自己创作的一个小结,道出了杨万里诗中常常被人忽略的东西——那颗深藏在诗作中的忧国忧民之心。

幽屏元无恨,清愁不自任。两窗两横卷,一读一沾襟。
只有三更月,知予万古心。病来谢杯杓,吟罢重长吟。

新解

幽屏元无恨,清愁不自任——我辞官隐居本来没有什么可抱怨的,但是闲居在家却又觉得不能承担心头的凄凉愁闷的情绪。幽屏(bǐng),指隐居。屏,避匿;敛迹。元,同"原",本来,原来。清愁,凄凉的愁闷情绪。自任,自觉承担;当作自身的职责。《孟子·万章下》:"其自任以天下之重也。"不自任,不能承担。

两窗两横卷,一读一沾襟——书房中的两窗几案都摆满了诗作,每当读到这些诗作的时候我都忍不住泪湿衣襟。杨万里把忧国忧民之心写入诗中,却无人能体会,也没有达到"讽谏"的作用,怎能不黯然伤心。横卷,横陈书卷,此处指诗人自己的诗作。沾襟,浸湿衣襟,多指伤心落泪。

只有三更月,知予万古心——恐怕只有那夜晚悬挂在天空的明月,知道我在诗中倾注了深沉的忧国忧民之心。杨万里诗中的爱国思想在当时就被人忽略,所以有此一叹。万古心,指爱国、忧国之心。

病来谢杯杓,吟罢重长吟——自从病重以来就戒酒了,既然没有酒来解忧,只好一遍遍地诵读诗作,聊以慰藉自己的愁闷吧。谢杯杓,指戒酒。谢,辞谢。杯杓,酒杯和杓子,借指饮酒。

杨万里的诚斋体以活泼风趣为主要特色,以致人们一想起杨万里的诗便带着一种惯性思维,认为他的诗中的情感只是新巧灵活和幽默风趣,往往忽略了杨万里诗中的爱国之作和那些貌似轻巧但其中含有深意的作品。这种忽略在南宋已经显现出来,如张镃说:"造化精神无尽期,跳腾踔厉即时追。目前言句知多少,罕有先生活法诗。"(《携杨秘监诗一编登舟因成》)姜特立说杨万里诗:"锦心绣口摹花草,雪碗冰瓯泻肺肝。"(《杨诚斋惠诗》)这里赞美的固然是杨万里诗的长处,但都没有提到诚斋诗中另有深意,也难怪杨万里在这首《夜读诗卷》中感慨知音难求了。

在这首诗中,杨万里也不是把自身的忧愁明白地说出来的。此诗首联"元无恨"三字障人眼目,说是无恨,其实是有恨,若真是无恨就不会有"清愁",但究竟怎样的愁和恨却不点明。颔联写读诗而伤怀,因何伤怀却也不明说。颈联对月舒怀,点出"万古心"三字,却让读者自己揣摩"万古心"是何心。尾联说戒酒之后,只能长吟诗作,诗人读诗本就"一读一沾襟","吟罢重长吟"又把这种恨无知音的痛楚推向更深的一层。

在千载之后人们逐渐体会到了诚斋的"万古心",清人潘定桂可以称得上是杨万里的知己,《杨诚斋诗集九首》其二更道出了杨万里的"万古心":"一官一集分题记,两度朝天卷自携。老眼时时望河北,梦魂夜夜绕江西。连篇尔雅珍禽疏,三月长安杜宇啼。试读渡淮诸健句,何曾一饭忘金堤!"

◎词

水调歌头
贺广东漕蔡定夫母生日

【题解】

龙榆生《唐宋词格律》：唐朝大曲有《水调歌》，据《隋唐嘉话》，为隋炀帝凿汴河时所作。宋乐入"中吕调"，见《碧鸡漫志》卷四。凡大曲有"歌头"，此殆裁截其首段为之。九十五字，前后片各四平韵。亦有前后片两六言句夹叶仄韵者，有平仄互叶几于句句用韵者。此词作于宋孝宗淳熙七年（1180），时杨万里任广州提点茶盐，任所在广州城内。蔡戡，字定夫，仙游（今属福建）人，居常州武进（今属江苏），孝宗乾道二年（1166）进士。杨万里在《太令人方氏墓志铭》（方氏即蔡定夫之母方道坚）中写道："余淳熙七年为广南东路常平使者，而友人蔡定夫实护漕事，治所皆在番禺。……盖余母年七十有九，蔡母年六十有五。二母生朝，两家交贺，同列罗拜，奉觞上千岁寿。"这首词就是祝贺友人母亲的贺寿词。

玉树映阶秀，玉节逐年新。年年九月，好为阿母作生辰。涧底蒲芽九节，海底银涛万顷，酿作一杯春。泛以东篱菊，寿以漆园椿。　　对西风，吹鬓雪，炷香云。郎君入奏，又迎珠幌入修门。看即金花紫诰，并举莆常两国，册命太夫人。三点台星上，一点老人星。

玉树映阶秀，玉节逐年新。年年九月，好为阿母作生辰——寿堂之下的儿孙们都是佳美子弟，做官逐年升迁。每年的九月都为母亲庆祝生日。玉树，南朝宋刘义庆《世说新语·言语》："谢太傅问诸子侄：'子弟亦何预人事，而正欲使其佳？'诸人莫有言者。车骑答曰：'譬如芝兰玉树，欲使其生于阶庭耳。'"后以"玉树"称美佳子弟。杨万里是用玉树赞美方氏的儿子。玉节，玉制的符节。古代天子、王侯的使者持以为凭。"玉节逐年新"指连年升官。

涧底蒲芽九节，海底银涛万顷，酿作一杯春。泛以东篱菊，寿以漆园椿——用生长在深涧之底的九节菖蒲的嫩芽，还有银涛万顷的海底的净水，来酿造一杯美酒，并且还在酒中浸了陶渊明东篱下的菊花，来为您祝寿：祝您寿比上古的大椿。蒲芽九节,即九节蒲,菖蒲的一种,茎节密,每寸达九节以上,故名。一杯春,春,指春酿秋冬始熟之酒。泛以东篱菊,古人用于重阳或端午宴饮的酒,多以菖蒲或菊花等浸泡,因称"泛酒"。方氏生日在九月,故有此说。东篱菊,晋陶潜《饮酒》诗之五:"采菊东篱下,悠然见南山。"漆园椿,《庄子·逍遥游》:"上古有大椿者,以八千岁为春,八千岁为秋。"漆园椿于是成为长寿的象征。

对西风,吹鬓雪,炷香云。郎君入奏,又迎珠幰入修门——西风吹着母亲如雪的鬓发,香烛燃起仿佛云雾,这是母亲在为孩子祈祷,希望儿子能平安幸福。儿子坐着用珠帘做帷幔的车到京城向君王上书。炷香,烧香。炷,点,烧。入奏,入朝向君主进言或上书。幰(xiǎn),车前的帷幔。隋代规定六品以下官员乘车不许施幰,此处用珠幰代指官员乘坐的车。修门,指京都城门。

看即金花紫诰,并举莆常两国,册命太夫人。三点台星上,一点老人星——蔡定夫高中进士,得到皇帝的册命诏书,方氏不论在莆田还是在常州,都成了册命的太夫人。蔡定夫若是辅国的三台星,老夫人就是三台星上的老寿星。金花,指金花帖子,唐宋以来科举考试登第者的榜帖以素绫为轴,贴以金花。紫诰,指诏书。古时诏书盛以锦囊,以紫泥封口,上面盖印,故称紫诰。金花紫诰指考中进士,得到册命诏书。莆常两国,方氏是福建莆田人,蔡戡居住在常州,因称"莆常两国"。太夫人,旧时称官吏之母为太夫人。三点台星,即三台星,常用来喻指宰辅。老人星,即寿星。

这是一首祝寿词,全词节奏明快,充满谐趣,与一般的应酬文字有所不同。这首祝寿词虽不能算是上乘之作,但亦有过人特色。

一般的祝寿词大多仅限于祝福老人福如东海、寿比南山,杨万里这首词也有祝寿的话,而且说得非常漂亮,"涧底蒲芽"几句,颇有情致,但也不能说特别出色。此词最出彩的地方是用夸赞友人的方法让方氏开心。"玉树"、"玉节"句是说蔡定夫资质美好,能步步高升;"对西风"几句写母亲为子祈福;"郎君入奏"几句是写母以子贵,儿女不负自己的期望有所成就,被人夸赞,这是最让母亲高兴的事,杨万里赞美蔡定夫确实比一味赞扬方氏夫人要高明得多。

归去来兮引

潘慎、秋枫《中华词律辞典》:调见《全宋词》第二册。为檃括陶潜《归去来兮辞》之作,调取此名。此为组曲。全词共八首,每两首为一组,以后即重复前两首。与《蝶恋花》鼓子词相近。双调六十二字,上片二十四字四句三平韵,下片三十八字七句四平韵;单调三十七字七句五平韵。(本书此词段落依照《全宋词》划分,并非按照《中华词律辞典》。)

此词作于杨万里辞去建康转运副使一职,回江西吉水隐居之后。全词化用陶渊明《归去来兮辞》,写归隐之乐。引,本来是一个琴曲名词,宋人取唐五代小令,曼衍其声,别成新腔,名之曰引。

侬家贫甚诉长饥,幼稚满庭闱。正坐瓶无储粟,漫求为吏东西。

偶然彭泽近邻圻,公秫滑流匙。葛巾劝我求为酒,黄菊怨、冷落东篱。五斗折腰,谁能许事?归去来兮。

老圃半榛茨,山田欲蕨藜。念心为形役,又奚悲?独惆怅,前迷不谏后方追。觉今来是了,觉昨来非。

扁舟轻飔破朝霏,风细漫吹衣。试问征夫前路,晨光小,恨熹微。

乃瞻衡宇载奔驰,迎候满荆扉。已荒三径存松菊,喜诸幼入室相携。有酒盈尊,引觞自酌,庭树遣颜怡。

容膝易安栖,南窗寄傲睨。更小园日涉趣尤奇。尽虽设柴门,长是闭斜晖。纵遐观矫首,短策扶持。

浮云出岫岂心思,鸟倦亦归飞。翳翳流光将入,孤松抚处凄其。

息交绝友蛰山溪,世与我相违。驾言复出何求者,旷千载,今欲从谁?亲戚笑谈,琴书觞咏,莫遣俗人知。

邂逅又春熙,农人欲载菑,告西畴有事要耘耔。容老子舟车,取意任委蛇。历崎岖窈窕,丘壑随宜。

欣欣花木向荣滋,泉水始流渐。万物得时如许,此生休笑吾衰。

寓形宇内几何时?岂问去留为!委心任运无多虑,顾遑遑、将欲何之?大化中间,乘流归尽,喜惧莫随伊。

富贵本危机,云乡不可期。趁良辰、孤往恣游嬉。独临水登山,舒啸更哦诗。除乐天知命,了复奚疑。

侬家贫甚诉长饥,幼稚满庭闱。正坐瓶无储粟,漫求为吏东西——我们家真是穷得厉害,常常都要忍饥挨饿,而且家里孩子还很多,日用更紧张。在家端坐只能落得家无斗米的境地,于是随便出去当个官,为了养家糊口而宦游四方。陶渊明《归去来兮辞》序有:"余家贫,耕植不足以自给。幼稚盈室,瓶无储粟。生生所资,未见其术。亲故多劝余为长吏。"侬(nóng),我。幼稚,指幼孩。庭闱,内舍。正坐,端坐;正身而坐。瓶储,指少量存粮。瓶无储粟是说家中无粮。

偶然彭泽近邻圻,公秫滑流匙——宦游中偶然到彭泽一带为官,得以品尝秫米酿的酒。陶渊明原辞序中写:"彭泽去家百里,公田之利,足以为酒。"彭泽,县名。汉代始设;在今江西省北部。晋陶潜曾为彭泽令。圻,疆界;地域。秫(shú),粱米、粟米之黏者。多用以酿酒。陶渊明任彭泽县令时,"在县公田悉令种秫谷。曰:'令吾常醉于酒足矣!'"(《晋书·隐逸传·陶潜》)流匙,古代舀食物的器具。

葛巾劝我求为酒,黄菊怨、冷落东篱——头上的葛巾劝我继续当官,那样就能公田种秫,不愁酒食,可是家乡的菊花却抱怨我长年在外当官,冷落了故乡的田园。葛巾,用葛布制成的头巾。《宋书·隐逸传·陶潜》:"郡将候潜,值其酒熟,取头上葛巾漉酒,毕,还复着之。"东篱,陶潜《饮酒》诗之五:"采菊东篱下,悠然见南山。"

五斗折腰,谁能许事,归去来兮——为了俸禄而委曲求全,向权贵低头,这种事谁能干得出来呢!我还是辞官还乡吧。五斗折腰,指为了谋求俸禄而当官。《晋书·隐逸传·陶潜》:"郡遣督邮至县,吏白应束带见之,潜叹曰:'吾不能为五斗米折腰,拳拳事乡里小人邪!'义熙二年,解印去县。"许事,(做)这样的事情。

老圃半榛茨,山田欲蒺藜——家乡的菜园一半都被杂草掩盖了,山上的薄田都长出蒺藜了。陶渊明原辞为:"归云来兮,田园将芜胡不归。"榛,草木丛生貌。亦以形容荒废,衰败。茨(cí),盖屋用的草,此处泛指杂草。蒺藜,一种杂草,果实上生有小刺。

念心为形役,又奚悲?独惆怅,前迷不谏后方追。觉今来是了,觉昨来非——想到心被外物役使,又有什么好悲伤的呢?然而面对荒芜的旧园也只能独自惆怅,从前是迷误了又没能及时匡正,现在才知道后悔。觉得如今还乡是对的,以前在外宦游原来是错的。陶渊明原辞为:"既自以心为形役,奚惆怅而独悲。悟已往之不谏,知来者之可追。实迷途其未远,觉今是而昨非。"谏,匡正;挽回。追,追悔;后悔。来,语助词,用在句中或句末,表示陈述语气。

扁舟轻飏破朝霁,风细漫吹衣——一叶轻快的扁舟载着我回乡,小船清晨的时候起航,冲破第一缕朝霞,站在船头眺望,清晨的微风吹拂着我的衣襟。陶渊明原辞为:"舟遥遥以轻飏,风飘飘而吹衣。"

试问征夫前路,晨光小,恨熹微——我回乡心切,问船夫船行到何处了?是不是快到家了?但此时天还没亮,远处一片迷蒙,船夫也说不清是不是快到我的家乡了,真是让人恨那微茫的天色。陶渊明原辞为:"问征夫以前路。恨晨光之熹微。"熹微,光线淡弱貌。

乃瞻衡宇载奔驰,迎候满荆扉——我一看到自己的陋居,就忍不住扬鞭策马奔驰向前,而亲人们此时已经在门前等候了。陶渊明原辞为:"乃瞻衡宇,载欣载奔。僮仆欢迎,稚子候门。"衡宇载奔驰,衡宇,横木为门的房屋,指简陋的房屋。载奔驰,车马疾驰。荆扉,柴门。

已荒三径存松菊,喜诸幼入室相携——旧居庭院小路虽然有些荒芜,但当年种植的松菊还在,我高兴地把迎候的儿孙领进屋中。陶渊明原辞为:"三迳就荒,松菊犹存。携幼入室。"三径,晋赵岐《三辅决录·逃名》:"蒋诩归乡里,荆棘塞门,舍中有三径,不出,唯求仲、羊仲从之游。"后因以"三径"指归隐者的家园。

有酒盈尊,引觞自酌,庭树遗颜怡——我自斟自饮,逍遥快活,庭院中的树木已足以愉悦心神。陶渊明原辞为:"有酒盈樽,引壶觞以自酌,眄庭柯以怡颜。"尊,酒杯。觞,酒器。

容膝易安栖,南窗寄傲睨——故园虽然狭小,但是这里能让我安居;闲暇时倚着南窗眺望风景,来寄托自己高洁的情怀。陶渊明原辞为:"倚南窗以寄傲,审容膝之易安。"寄傲,寄托旷放高傲的情怀。容膝,仅能容纳双膝,多形容容身之地狭小,亦指狭小之地。

更小园日涉趣尤奇,尽虽设柴门,长是闭斜晖——每日在小园中漫步,其中的趣味倒也非常奇妙,虽然园中有简陋的柴门,但是怕应酬烦扰,所以总是整日把门关上。陶渊明原辞为:"园日涉以成趣,门虽设而常关。"斜晖,指傍晚西斜的阳光。

纵遐观矫首,短策扶持——闲居后的我时常拄着拐杖抬首眺望远方灿烂的晚霞。陶渊明原辞为:"策扶老以流憩,时矫首而遐观。"遐观,远眺。矫首,昂首;抬头。短策,短杖。

浮云出岫岂心思,鸟倦亦归飞——浮云飘出山外难道是自己本来愿意这样吗?在外飞倦的鸟儿最后也会飞回自己的鸟巢,我现在隐居也是顺应自己倦游的心。陶渊明原辞为:"云无心以出岫,鸟倦飞而知还。"古人传说云都是从山中飘出来的,到了晚上还要飘回山中,而山中的山石就是"云根"。

翳翳流光将入,孤松抚处凄其——傍晚时分,日光渐渐隐去,天色变得阴暗了,我抚摸着孤松粗糙的树干,心中不由得悲凉起来。陶渊明原辞为:"景翳翳以将入,抚孤松而盘桓。"翳翳,晦暗不明貌。凄其,凄凉悲伤。

息交绝友埏山溪,世与我相违——我谢绝交游,不问世事,且用屋外的山溪当作隔绝俗世的沟渠。而这样做其实是因为举世皆浊而我独清。陶渊明原辞为:"请息交以绝游,世与我而相违。"息交,谓谢绝交游,不问世事。

驾言复出何求者,旷千载,今欲从谁——我怎么会再托言友人请求复出为官呢,如今哪有什么千载难逢的明主,会让我施展抱负。陶渊明原辞为:"复驾言兮焉求。"驾言,传言、托言。

亲戚笑谈,琴书觞咏,莫遣俗人知——我现在的生活是闲来和亲戚朋友谈笑,弹琴、读书、饮酒、作诗,这都是愉悦心神的雅事,可不要让世上的俗人知道了。陶渊明原辞为:"悦亲戚之情话,乐琴书以消忧。"

邂逅又春熙,农人欲载菑。告西畴有事要耘耔——忽然之间温暖的春天来了,农民要开荒种地,他们告诉我西边那块田该耕种了。陶渊明原辞为:"农人告余以春及,将有事于西畴。"邂逅,仓猝、突然。菑(zī),初耕的田地,亦泛指农田。耘耔,泛指从事田间劳动。

容老子舟车,取意任委蛇。历崎岖窈窕,丘壑随宜——准备好船和车,我要在大好春日里出游,任由车船驶向什么地方,路上经过崎岖的山路,难行的沟壑都不算什么,只要能看见秀丽的山水就好。陶渊明原辞为:"或命巾车,或棹孤舟。既窈窕以寻壑,亦崎岖而经丘。"容,装饰。委蛇,曲折行进貌。

欣欣花木向荣滋,泉水始流渐。万物得时如许,此生休笑吾衰——我春日出游,看到花草繁茂,一派欣欣向荣的景象,泉水喷涌,万物都在这春光中焕发生机,也不用笑自己已成老朽的模样。陶渊明原辞为:"木欣欣以向荣,泉涓涓而始流。善万物之得时,感吾生之行休。"滋,滋生、生长。

寓形宇内几何时?岂问去留为!委心任运无多虑,顾遑遑、将欲何之——人在无限宇宙之内能保有现在的形体多长时间?难道还要为进退取舍担心吗!听从心灵的召唤、命运的安排,不要顾虑太多,顾盼彷徨、劳心担忧最终又能如何呢?陶渊明原辞为:"寓形宇内复几时,曷不委心任去留?胡为乎遑遑兮欲何之?"委心,随心之自然。任运,谓听凭命运安排。遑遑,惊恐匆忙,心神不定。

大化中间,乘流归尽,喜惧莫随伊——人们生在宇宙中间,总要经历生老病死,仿佛是水流总要流归大海,不论喜欢或者恐惧都改变不了。大化,指宇宙,大自然。乘流,顺着水流。

富贵本危机,云乡不可期。趁良辰、孤往恣游嬉——富贵荣华中本来就潜伏着危险,什么时候能过这种隐居生活是不可预料的。不如趁着这良辰美景独自一人尽情游览吧。陶渊明原辞为:"富贵非吾愿,帝乡不可期。怀良辰以孤往,或植杖而耘耔。"云乡,白云乡,白云聚集之所,多指深山中道士修炼或高士隐居之所。期,约定。

独临水登山,舒啸更哦诗。除乐天知命,了复奚疑——现在过着隐居生活,独自登临山水观赏自然美景,长啸抒怀、吟诗明志。而今乐天知命,已经没有什么能让我疑惑的了。陶渊明原辞为:"登东皋以舒啸,临清流而赋诗。聊乘化以归尽,乐夫天命复奚疑。"乐天知命,乐从天道的安排,安守命运的分限。

解评

此词是陶渊明《归去来兮辞》的翻写版本,从主旨文意到词句全部套用陶辞,只不过是把陶辞进行精简,调换词序使其押韵而已,艺术上可取之处不多,杨万里在改写的时候也并没有把其诚斋体风味化入词作之中。此词的价值在于表明杨万里归乡隐居的真正缘由,这缘由恰好也就是杨万里改写陶渊明辞意的地方。

陶渊明隐居后不复出是因为个性高洁,而且"性本爱丘山";而杨万里不复出的理由则是"旷千载,今欲从谁?"是对宋朝皇帝的失望,没有明主,自己的政治抱负也无法施展,留在朝中也是无用。杨万里把陶辞的"富贵非吾愿,帝乡不可期"这两句改成"富贵本危机,云乡不可期",比陶渊明辞意进了一步:谋求富贵可能危及自身,想要真正隐居也不容易。杨万里隐居之后,决意不再出仕,但朝廷为了钳制口舌却不停地为他加官进爵,以致诗人发出"云乡不可期"的感叹,这恐怕是千载之上的陶渊明难以想象的。

念奴娇

龙榆生《唐宋词格律》:《念奴娇》又名《百字令》、《酹江月》、《大江东去》、《壶中天》、《湘月》。元稹《连中宫词》自注:"念奴,天宝中名倡,善歌。每岁楼下酺宴,累日之后,万众喧隘,严安之、韦黄裳辈辟易不能禁,众乐为之罢奏。玄宗遣高力士大呼于楼上曰:'欲遣念奴唱歌,邠二十五郎吹小管逐,看人能听否?'未尝不悄然奉诏。"……曲名本此。宋曲入"大石调",复转入"道调宫",又转入"高宫大石调"。此调音节高抗,英雄豪杰之士多喜通告之。……一百字,前后片各四仄韵。其用以抒写豪壮感情者,宜用入声韵部。

此词作于宋宁宗庆元二年(1196)。在此年六月,杨万里上《陈乞引年致仕奏状》,请求辞去一切官职,自以为能够通过,然后写了此词来自贺。这首词以轻松笔调写出了诗人乡居的自在生活。致仕,辞去官职。

上章乞休致,戏作《念奴娇》词以自贺。

老夫归去,有三径、足可长拖衫袖。一道官衔清彻骨,别有监临主守。主守清风,监临明月,兼管栽花柳。登山临水,作诗三首两首。　　休说白日升天,莫夸金印,斗大悬双肘。且说庐陵新盛事,三个闲人眉寿。拣罢军员,归农押录,致政诚斋叟。只愁醉杀,螺江门外私酒。

小序意为:我向朝廷上表请求退休并戏作《念奴桥》一词用以自我祝贺。

老夫归去,有三径、足可长拖衫袖——我辞官隐居田园,家中园圃虽然狭小,但也足够徜徉其中,乐在其中。老夫,诗人自称。三径,晋赵岐《三辅决录·逃名》:"蒋诩归乡里,荆棘塞门,舍中有三径,不出,唯求仲、羊仲从之游。"后因以"三径"指归隐者的家园。

一道官衔清彻骨,别有监临主守。主守清风,监临明月,兼管栽花柳——我虽然脱去朝服,却领了一个极清雅的官衔,那是监临、主守的职务:负责守护清风,亲自监督明月,还兼管载花种柳。监临,亲临监督主守,负责守护。

登山临水,作诗三首两首——我既然成了清风明月之主,自然登临山水,欣赏风景,作几首诗自娱。词的上阕写隐居生活的乐趣。

休说白日升天,莫夸金印,斗大悬双肘——我可不稀罕什么修仙飞升,也不要夸口金印斗大,权柄风光。升天,成仙得道,上升于天界。斗大金印,《晋书·周颛传》:"今年杀诸贼奴,取金印如斗大系肘。"因此用金印系肘指高官厚禄。

且说庐陵新盛事,三个闲人眉寿——先说说庐陵的新盛事,此地竟然同时有三个长寿的老者,也成为庐陵佳话了。且说,犹言却说;姑且先说。庐陵,在江西吉水。三个闲人,指周必大、周必大之兄周必正(字子中,号乘成)和杨万里。当时吉水人刘讷(字敏叔)善写真及人物,尝写杨万里、周必大及周必正为三老图。据罗大经《鹤林玉露》记载:"近时有周益公(即周必大),以太傅退休,其兄乘成先生,以将作监丞退休,年皆八十,诗酒相娱者终其身。"眉寿,长寿。

拣罢军员,归农押录,致政诚斋叟——朝廷应该让不合格的士兵退伍,辞退地方衙门里那些多馀的小官吏,让我这个只是挂名却不干事的诚斋老叟辞去官职。拣罢,经挑选不合格的军士令其退伍。归农,回乡务农。押录,即押司。宋代负责办理文书、狱讼的地方小官吏。致政,犹致仕,指官吏将执政的权柄归还给君主。

只愁醉杀,螺江门外私酒——闲来无事不妨饮酒,但只怕被螺江门外的私酿的美酒醉倒。下阕写诗人不贪恋富贵荣华,只求辞官在家安心养老。螺江门,宋人黄升《中兴以来绝妙词选》在此句下有注:"吉有螺江门。"螺江门当在吉水县杨万里居处不远。

这是杨万里颇具特色的一首长调,他以灵动洒脱之笔写出退出昏暗的官场,寄身田园的自在。此词可称为"田园词",词的上阕写自己的乡居之乐,下阕写不愿为官,且年纪已老,应当被准许辞官,只求醉饮村酒。

杨万里词不属花间一路,也不属豪放一派,而是同其诚斋体诗风格一致,独有一种风味。此词用语活泼新奇,却又明白如话,道他人所未道。清代评论家沈雄特别推许此词,他在《古今词话》中《词话》上卷"辛杨词意相同"条写道:"辛稼轩有'而今何事最相宜,宜醉、宜游、宜睡。乃翁依旧管些儿,管竹、管山、管水。'杨诚斋有:'一道官衔清彻骨,别有监临主守。主守清风,监临明月,兼管栽花柳。'辛杨相值时,当为倾倒。"其实不止上阕"主守清风,监临明月,兼管栽花柳"是妙句,下阕"拣罢军员,归农押录,致政诚斋叟",把淘汰兵丁,遣返冗吏,和诏准自己辞官相并列,也颇有趣味。

忆秦娥

【题解】

龙榆生《唐宋词格律》:《忆秦娥》又名《秦楼月》。始见黄升《唐宋诸贤绝妙词选》,题李白作。四十六字,前后片各三仄韵,一叠韵,亦以入声部为宜。此词作于宋宁宗庆元五年(1199)春。杨万里在这首小词中用精工细致之笔写出了自己陶醉于春光的醉翁形象。

新春早,春前十日春归了。春归了,落梅如雪,野桃红小。

老夫不管春催老,只图烂醉花前倒。花前倒,儿扶归去,醒来窗晓。

新春早,春前十日春归了。春归了,落梅如雪,野桃红小——今年春天来得早,在立春前十来天的时候已经能感受到春意了;等到春天真正来临的时候,更是春意盎然,梅花正谢,花瓣像雪一样在春风中飘落,野桃花现在是红色的小小花苞,过几天就要开放了。新春,即初春。春归,春天归来。

老夫不管春催老,只图烂醉花前倒。花前倒,儿扶归去,醒来窗晓——老夫可不会因为春日催人老而犯愁,只是求得现在能对着大好春色痛饮,醉倒在烂漫的春花之前。等到真的醉倒花前,儿辈再把老夫扶回家中,酒醒的时候看到窗外天光大亮,已经是第二天早上了。春催老,意思是诗人们盼春、惜春、伤春,引发许多愁思,容易让人变老。烂醉,大醉。

杨万里并不是写词的名家,甚至不是专业词人,而且他的词作很少,只有八首。从这八首词看,杨万里的词风与他的诚斋体诗风一致,所以在宋词中显得与众不同。也正是这种独具一格的词风使得不少词评家称赏杨万里的小词,南宋黄升在《中兴词话》中标举这首小词:"诚斋长短句殊少,此曲精绝,当为拈出,以告世之未知者。"

这是一首写初春风光的小词。上阕写早春景色,"落梅如雪,野桃红小",写景如画,杨万里抓住这最具时令特色的景致,现出他善于写生的本领。下阕抒情,"老夫不管春催老"写出杨万里乐天旷达的情怀,毫无一般咏春词常见的纤弱悲切毛病,花前醉倒,醒来窗晓,更显风流。

武陵春

潘慎、秋枫《中华词律辞典》:《词谱》卷七:"《梅苑》名《武陵春》。"贺铸词有"云想衣裳花想容"句,名《花想容》。《填词名解》卷一:"《武陵春》,采唐人诗'为是仙才登望处,风光便以武陵春'。"双调四十八字。上下片个二十四字四句三平韵。

此词作于宋宁宗嘉泰二年(1202)夏秋之际。

老夫茗饮小过,遂得气疾,终夕呻吟,而长孺子有书至,答以《武陵春》,因呈子西。

长铗归乎逾十暑,不着骏蚁冠。道是今年胜去年,特地减清欢。　　旧赐龙团新作祟,频啜得中寒。瘦骨如柴痛又酸,儿信问平安。

词前小序意思是:老夫我喝茶有些过量,于是得了呼吸系统疾病,彻夜呻吟,这时候大儿子杨长孺的书信寄到了,我就写了这首《武陵春》作为回信,并把这首词给了族弟子西。

长铗归乎逾十暑,不着骏蚁冠。道是今年胜去年,特地减清欢——我辞官隐居、不再穿戴朝服官帽已经超过十年了。常说今年的身体比去年好一些,为了保持健康还特地减少了一些宴饮活动。长铗,指长剑。铗,剑柄。《战国策·齐策四》载:齐人冯谖贫苦不能自存,寄居孟尝君门下。因食无鱼、出无车,无以为家,三弹其剑铗,歌曰:"长铗归来乎!"杨万里用"长铗归"指辞官隐居。杨万里在绍兴三年(1192)辞官,到嘉泰二年正好十年。骏䴊(jùnyí)冠,冠名,饰骏䴊羽。秦汉之初以为侍中冠,这里是用骏䴊冠作官帽的代称。清欢,清雅恬适之乐。

旧赐龙团新作祟,频啜得中寒。瘦骨如柴痛又酸,儿信问平安——哪想到最近竟然因为皇帝以前赐的龙团贡茶引出了病,因为多喝了点茶,竟然受凉生病。现在是病得骨瘦如柴还浑身酸痛,没想到躺在病榻上呻吟之际收到了大儿子来问平安的家书。龙团,宋代贡茶名,饼状,上有龙纹,故称龙团。作祟,谓鬼怪妖物害人,后亦指人或某种因素作怪、捣乱。中(zhòng)寒,因受凉而生病。

从词前小序我们可以知道,这首词是杨万里寄给儿子,回复儿子问候平安的家书。全词纯是叙述家常琐事,语言亲切质朴,仿佛是信笔写来,其实却波折有致。

上阕写诗人辞官归隐之后身体一直不错,而且注意保持健康,"特地"两字写出了诗人自己小心在意的心态,而减的是"清欢",更说明平常也没有不顾健康地过度娱乐。如此小心在意,诗人的身体应该很好,可是下阕笔锋陡然一转,因为喝茶过量,竟然受凉,而且病得不轻,辗转病榻的时候又收到问平安的家书,此时该如何回复呢?杨万里一生嗜茶,而且由于夜间也饮茶常常失眠,他在《将睡》诗中曾写道:"老夫岂不眠,只是眠未得","已被诗为祟,更添茶作魔。"《秋圃》诗中写:"连霄眠不着,犹自爱新茶。"此次竟因饮茶过量而致病,诗人也只能怪自己嗜茶如命吧。

好事近

龙榆生《唐宋词格律》:《好事近》又名《钓船身》,《张子野词》入"仙吕宫"。四十五字,前后片各两仄韵,以入声韵为宜。两结句皆上一、下四句法。

此词当作于杨万里辞官归乡之后,具体年份不详。万花川谷,杨万里的花圃名。《好事近》,词牌名。这是一首赏月词,杨万里在这首词中主要用衬托想象手法写月色的"奇绝"。

七月十三日夜登万花川谷望月,作《好事近》。

月未到诚斋,先到万花川谷。不是诚斋无月,隔一林修竹。如今才是十三夜,月色已如玉。未是秋光奇绝,看十五十六。

小序意为:七月十三日夜,我登临万花川谷,仰望明月,创作这首《好事近》

月未到诚斋,先到万花川谷——月亮还没有照到书房,却先照到我的万花川谷。诚斋,此处指杨万里的书斋。张浚谪居永州时,杨万里恰好调到零陵作县丞,因此求见张浚。张浚以正心诚意勉励杨万里,杨万里"服其教终身,乃明读书之室曰诚斋"(《宋史·杨万里传》)。

不是诚斋无月,隔一林修竹——一轮明月照着大地,按照常理并不会先到万花川谷,后到书斋,其实并不是月亮不照我的书斋,而是书斋外面种着修竹,把月光挡住了。

如今才是十三夜,月色已如玉——今夜是七月十三,虽然月亮还不特别圆满,但是此刻月色倒好,明月看上去就好像是羊脂美玉一样,月光也已然清朗。

未是秋光奇绝,看十五十六——七月十三的月色虽然如玉,但这还不是秋日里最美妙的景色,要欣赏那最美的月色还要等到十五十六月亮最大最圆的时候。秋光,秋日的风光景色。奇绝,奇妙非常。

这是一首写景的小令,语言明白如话,写景却含蓄有致,并不直露。全词仅有"月色已如玉"一句是直接写月,其余都是虚写。上阕好像一幅月光图,画中有诗人的书斋,书斋外的修竹,以及种植了多种草木的万花川谷,但在读者的脑海中这一切却都是沐浴在柔和的月光中,这是通过描绘诚斋周围的景物来烘托月色,达到不直接写月却让人能想象到月色之美的效果。下阕是以今夜的美好月色作为衬托,赞十三夜的月色如玉,却又说如玉的月色还不算奇绝,更让人觉得十五十六的月色定然是更加迷人。

昭君怨

赋松上鸥

龙榆生《唐宋词格律》:《昭君怨》又名《宴西园》、《一痕沙》。四十字,全阕四换韵,两仄两平递软,上下片同。

此词作于杨万里归隐之后,具体年份不详。昭君怨,词牌名。赋,动词,指吟诵或创作诗歌。这首词写杨万里晚间在书斋饮酒时,忽然飞来一只沙鸥栖在庭院中的松树上,一会儿又飞走了。全词借沙鸥写杨万里隐居后愿与鸥鸟为盟的隐士心态。

晚饮诚斋,忽有一鸥来泊松上;已而复去,感而赋之。

偶听松梢扑鹿,知是沙鸥来宿。稚子莫喧哗,恐惊他。俄顷忽然飞去,飞去不知何处。我已乞归休,报沙鸥。

小序意为:晚上在诚斋宴饮,忽有一只海鸥来停留在松树上,一会儿又飞去,我有感而赋此词。

偶听松梢扑鹿,知是沙鸥来宿。稚子莫喧哗,恐惊他——我在书斋内饮酒,忽然听到庭院中松树上有鸟拍打翅膀的声音,就知道是沙鸥来这里栖宿。于是赶紧告诉庭院的孩子们不要大声喧哗,唯恐把沙鸥惊走。扑鹿,象声词,形容拍翅声。

俄顷忽然飞去,飞去不知何处。我已乞归休,报沙鸥——哪知沙鸥忽然飞走,也不知道飞到什么地方去了。我本来还想特别告诉它:我现在辞官了,已经变成了"野老",早就没有心机了,不必提防我了。俄顷,片刻,一会儿。乞归休,请求辞职回乡。

这是一首咏物词,词虽是咏沙鸥,但全词并未写沙鸥的形态。上阕是写听到沙鸥来宿,只闻其声但不见其影;下阕沙鸥飞去,更是杳然无际,纵然能瞥见那振翅一飞,但是在晚上恐怕也看不真切。因而此词给人留下深刻印象的倒不是那只沙鸥,而是想要亲近沙鸥的诗人:当沙鸥飞来时,他立刻告诫孩子不要吵闹,唯恐惊走了沙鸥;当沙鸥最终飞走的时候,他怅然若失,还向不见踪影的沙鸥表白:"我已乞归休。"

这首词意是用"鸥鹭忘机"的典故,《列子·黄帝》:"海上之人有好沤鸟者,每旦之海上,从沤鸟游,沤鸟之至者百住而不止。其父曰:'吾闻沤鸟皆从汝游,汝取来,吾玩之。'明日之海上,沤鸟舞而不下也。"这个故事是说,只要人们没有巧诈之心,动物也会和人亲近。诗人虽然毫无心机,但是沙鸥早以为世人都不可信任,即使它听了诗人的告白,以后只怕也不会再飞来和诗人相游了。

这首小词语言通俗,笔致灵动,诗人在沙鸥飞走后那句已经辞官的告白,更让人忍俊不禁,透出诚斋体幽默风趣的特色。

◎ 文

浯溪赋

题解 本文作于杨万里任零陵县丞期间,具体年份不详。浯溪在湖南祁阳县湘江西岸,距零陵城约两公里。唐代诗人元结寓居浯溪时,将他在上元二年(766)率兵镇守九江抗击史思明叛军时写下的《大唐中兴颂》旧稿补充定稿,派专人赴临川,请他的好友颜真卿大笔书写,并石刻于摩崖上。由于文奇、字奇、石奇,所以世称"浯溪三绝"。杨万里的《浯溪赋》用元结的《中兴颂》碑为引子,借唐玄宗、肃宗父子的往事讽谕时事,对宋徽宗、高宗父子进行了批评。

予自二妃祠之下[1],故人亭之旁[2],招招渔舟[3],薄游三湘[4]。风与水其俱顺,未一瞬而百里;欻两峰之际天[5],俨离立而不倚[6]:其一怪怪奇奇,萧然若仙客之鉴清漪也[7];其一謇謇谔谔[8],毅然若忠臣之蹈鼎镬也[9]。怪而问焉,乃浯溪也。盖唐亭崿其南[10],峿台岊其北[11];上则危石对立而欲落,下则清潭无底而正黑;飞鸟过之,不敢立迹。予初勇于好奇,乃疾趋而登之;挽寒藤而垂足[12],照衰容而下窥。忽焉心动,毛发森竖;乃迤故步,还至水浒[13];剥苔读碑[14],慷慨吊古。倦而坐于钓矶之上,喟然叹曰[15]:惟彼中唐,国已膏肓[16];匹马北方[17],仅获不亡。观其一过不父[18],日杀三庶[19],其人纪有不斁矣夫[20]!曲江为笼中之羽[21],雄狐为明堂之柱[22],其邦经有不蠹矣夫[23]!水、蝗税民之亩[24],融、坚椎民之髓[25];其天人之心有不去矣夫[26]!虽微禄儿[27],唐独不贲厥绪哉[28]?观马嵬之威垂[29],涣七萃之欲离[30];殪尤物以说焉[31],仅平达于巴西[32]:吁不危哉[33]!嗟乎!齐则失矣,而楚亦未为得也[34]。灵武之履九五[35],何其亟也[36]?宜忠臣之痛心,寄《春秋》之二三策也[37]!虽然,天下之事,不易于处,而不难于议也[38]。使夫谢奉册于高邑[39],禀重巽于西帝[40];违人欲以图功,犯众怒而求济[41]:天下之士,果肯欣然为明皇而致死哉?盖天厌不可以复祈[42],人溃不可以复支;何哥舒之百万[43],不如李、郭千百之师[44]?推而论之,事可知矣。且士大夫之捐躯以从吾君之子者,亦欲附龙凤而攀日月,践台斗而盟带砺也[45]。一复莅以耄荒[46],则夫一呼万旗者[47],又安知其不掉臂也耶[48]?古语有之:"投机之会,间不容穄[49]。"当是之时,退则七庙之忽诸[50],进则百世之扬觯[51],嗟肃宗处此,其实难为之。——九思而未得其计也! 已而舟人告行[52],秋日已晏[53];太息登舟,水驶于箭[54]。回瞻两峰,江苍茫而不见。

注释

[1] 二妃祠:娥皇、女英的祠。传说中舜之妻娥皇、女英死后成为湘水之神。汉刘向《列女传·有虞二妃》:"有虞二妃者,帝尧之二女也。长娥皇,次女英……舜既嗣位升为天子,娥皇为后,女英为妃,封象于有庳,事瞽瞍犹若初焉,天下称二妃。"二妃祠在湖南永州。

[2] 故人亭:在湖南永州。

[3] 招招:招呼貌。《诗·邶风·匏有苦叶》:"招招舟子,人涉卬否。"毛传:"招招,号召之貌。"

[4] 薄:发语词,无意义。三湘:湘水汇合沅湘、潇湘、资湘三条河流,故称三湘。

[5] 欻(xū):忽然。际天:接天,极言山峰之高。

[6] 伛:昂立。离立:并立。倚:凭靠。不倚,矗立而无所依傍。

[7] 鉴:临水照影。清漪:水清澈而有波纹。

[8] 謇謇:忠诚耿直貌。謇,通"蹇"。愕愕:直言不讳的样子。

[9] 蹈:踏上,投进。鼎镬(huò):鼎和镬。古代两种烹饪器。古代有用鼎镬烹人的酷刑。

[10] 唐亭:唐代诗人元结,于代宗广德元年(763)被任命为道州刺史。永泰元年(765)罢任。次年再任道州刺史。大历二年(767)二月从潭州都督府返道州,舟经祁阳阻水,泊舟登岸暂寓,遂将一条"北汇于湘"的无名小溪命名"浯溪",意在"旌吾独有",撰《浯溪铭》,浯溪得名从此始。元结又将"浯溪东北廿馀丈"的"怪石"命名"峿台",撰《峿台铭》;在溪口"高六十馀尺"的异石上筑一亭堂,命名"唐亭",撰《唐亭铭》。峿:耸立。

[11] 峿(wú)台:参见注[10]。

[12] 垂足:峭壁突出的石头,踩在上面有半只脚悬空。所以叫"垂足"。

[13] 水浒:水边。

[14] 碑:指元结所作的《大唐中兴颂》碑文。

[15] 喟然:感叹、叹息貌。

[16] 膏肓:古代医学以心尖脂肪为膏,心脏与膈膜之间为肓。《左传·成公十年》:"疾不可为也,在肓之上,膏之下,攻之不可,达之不及,药不至焉,不可为也。"后遂用以病在膏肓称病重难治。

[17] 匹马北方:元结《大唐中兴颂》:"天将昌唐,繁晓我皇,匹马北方。"杨万里在这里是说,安史之乱时唐玄宗逃往四川,唐肃宗留在北方指挥抵抗,维持残局,唐朝才免于灭亡。《旧唐书·玄宗本纪》:"(唐玄宗)及行,百姓遮路乞留皇太子,愿戮力破贼,收复京城,因留太子。"

[18] 过:过错,过失。不父:唐玄宗纳了儿子寿王(李瑁)的妻子杨玉环为贵妃,荒淫乱伦,所以称为"不父"。

[19] 日杀三庶:唐玄宗听信谗言,在开元二十五年以谋图篡位的罪名,把太子李瑛、鄂王李瑶、光王李琚贬为庶人,随后又将三人杀死。天下人因这三人死得冤,遂称这三人为"三庶人"。

[20] 人纪:人之纲纪,指立身处世的道德规范。斁(dù):败坏。唐玄宗娶媳杀子,所以作者斥责他败坏人纪。

[21] 曲江:张九龄是邵州曲江人,在开元时为宰相。唐玄宗要废太子李瑛、任用李林甫、牛仙客,赦免作战

不利的安禄山,张九龄都曾劝谏,但唐玄宗不听。后来果真如张九龄所预料,发生祸乱。世人敬重张九龄是贤相,尊称他为"曲江公"。筐中之羽:匣中羽扇是弃之不用的东西。张九龄因劝谏唐玄宗封赏牛仙客,得罪了玄宗,李林甫又趁机诋毁,张九龄于是"因帝赐白羽扇,乃献赋自况,其末曰:'苟效用之得所,虽杀身而何忌?'又曰:'纵秋气之移夺,终感恩于筐中。'"

〔22〕雄狐:指杨国忠。杨国忠是杨贵妃的堂兄,曾与他的堂妹(后来的虢国夫人)通奸。《诗经·齐风·南山》相传是讽刺齐襄公和他妹妹文姜通奸的诗,其中有"南山崔崔,雄狐绥绥"的诗句,因此杨万里在这里用雄狐指杨国忠。明堂之柱:明堂是古代帝王宣明政教的地方。凡朝会、祭祀、庆赏、选士、养老、教学等大典,都在此举行。明堂柱,比喻朝廷的支柱。杨国忠曾官至宰相,所以有此比喻。

〔23〕邦经:国家的常法。蠹(dù):被蛀虫蛀蚀,比喻奸臣作祸国害民事。杨国忠曾投靠李林甫,逼反安禄山,致使大将哥舒翰败亡,确实为国之蛀虫。

〔24〕水、蝗:水灾和蝗灾。唐玄宗统治时期,水、蝗灾害比较频繁。

〔25〕融、坚:指宇文融和韦坚。宇文融曾建议检括逃亡户口和籍外占田,缓解了唐玄宗朝的财政危机,是当时的敛财能手。韦坚担任淮南租庸等使,搜刮民间珍物,集新船数百艘,船上陈列各地得来的珍奇,招摇进宝,讨得玄宗的欢心。宇文融和韦坚都是历史上有名的搜刮能手。

〔26〕天人之心:天道和民心。

〔27〕微:无,没有。禄儿:指安禄山。唐玄宗时宫内戏称安禄山为"禄儿"。宋吴曾《能改斋漫录·事实二》:"豫章《中兴碑》诗:'明皇不作包荒计,颠倒四海由禄儿。'按,《禄山事迹》云:'正月二十日,禄山生日,赐物甚多。后三日,召禄山入内,贵妃以锦绣绷缚禄山,令内人以彩舆昇之,宫中欢呼动地。明皇使人问之,报云:贵妃与禄山作三日洗儿。明皇就观之,大悦。因赐贵妃洗儿金银钱物,极欢而罢。自是宫中皆呼禄山为禄儿,不禁其出入。'"

〔28〕独不:难道就不。寘(yǔn)厥绪:唐统治的世系走向衰败。寘:衰败、衰亡。厥,代词,其。

〔29〕马嵬:地名。在陕西省兴平县。唐安史之乱中,玄宗奔蜀,途次马嵬驿,卫兵杀杨国忠,玄宗被迫赐杨贵妃死,葬于马嵬坡。威垂:困顿、萎靡貌。

〔30〕涣:离散。七萃:本意指周天子的禁卫军。《穆天子传》卷一:"天子于当水之阳,天子乃乐口,赐七萃之士战。"郭璞注:"萃,集也,聚也;亦犹《传》有七舆大夫,皆聚集有智力者,为王之爪牙也。"后泛指天子的禁卫军。

〔31〕殪:(yì)杀死。尤物:指绝色美女。有时含有贬意。这里指杨贵妃。说:通"悦"。

〔32〕巴西:后汉郡名,治阆中(今属四川)。安史之乱后唐玄宗西逃,曾至巴西郡,然后到蜀郡。

〔33〕吁:叹词。

〔34〕齐则失矣,而楚亦未为得也:这两句是用西汉司马相如《子虚赋》中句:"无是公听然而笑曰:楚则失矣,齐亦未为得也。"

〔35〕灵武:地名。唐置县。故城在今宁夏灵武西北。唐肃宗在灵武即位称帝,故灵武代指肃宗。履九五:称帝。履,临,至。《易·履》:"刚中正,履帝位而不疚。"九五,《易·乾》:"九五,飞龙在天,利见大人。"孔颖达疏:"言九五,阳气盛至于天,故云'飞龙在天'。此自然之象,犹若圣人有龙德,飞腾而居天位。"后因以"九五"指帝位。

〔36〕亟(jí):性急;急躁。

〔37〕春秋:指春秋笔法。经学家认为《春秋》每用一字,必寓褒贬。二三策:用《孟子·尽心》中语"吾于武成,取二三策已矣"。

〔38〕不易于处,而不难于议:(天下的事)置身事外发议论很容易,但是如果置身其中、身临其境就不好办了。处:处境。

〔39〕使夫:假设词。谢奉册于高邑;刘秀手下将领劝说其称帝,刘秀不应。后来刘秀在长安时同舍生强华自关中奉《赤伏符》要求刘秀称帝,群臣借机再次劝说,刘秀于是在高邑(今属河北)称帝。唐肃宗称帝的情况与光武帝相似,据《旧唐书·肃宗本纪》:"上(肃宗)至灵武,……裴冕、杜鸿渐等从容进曰:'……宗社神器,须有所归。……伏愿殿下顺其乐推,以安社稷,王者之大孝也。'上曰:'俟平寇逆,奉迎銮舆,从容储膳,侍膳左右,岂不乐哉! 公等何急也?'冕等凡六上笺。辞情激切,上不获已,乃从。是月甲子,上即皇帝位于灵武。"

〔40〕禀:遵循;奉行。重巽:《易·巽》:"《象》曰:重巽以申命。"唐孔颖达疏:"上下皆巽,不为违逆,君唱臣和,教令乃行,故于重巽之卦,以明申命之理。"西帝:唐肃宗称帝时唐玄宗在西蜀,故此处称玄宗为"西帝"。"使夫"两句是说,假如唐肃宗拒绝众人的拥戴,大家还要遵从远在西蜀的玄宗的命令。

〔41〕违人欲、犯众怒:违背众人依附于肃宗,以求功名的愿望,这是犯众怒。图功:图谋建立功业。济:救助。这两句是说:拒不称帝是打破了追随者建立功名的欲望,是犯了众怒,若真是如此,以后众人也不愿意再辅佐肃宗。

〔42〕天厌:《论语·雍也》:"子见南子,子路不悦。夫子矢之曰:'予所否者,天厌之! 天厌之!'"邢昺疏:"厌,弃也。"后因以"天厌"谓为上天所厌弃、弃绝。

〔43〕哥舒:哥舒翰。天宝十四年十二月,唐玄宗任命哥舒翰为太子先锋兵马元帅,镇守潼关阻止安禄山进攻长安。宰相杨国忠劝玄宗令哥舒翰从潼关出兵抗击安禄山军队,收复失地,玄宗即派人促战。潼关易守难攻,哥舒翰被逼出战,最终战败,潼关失守,玄宗于是西逃。

〔44〕李、郭:指李光弼和郭子仪。唐肃宗即位以后,任命郭子仪为兵部尚书,李光弼为户部尚书,又得到回纥出兵帮助,讨伐安禄山,收复了长安和洛阳。

〔45〕台斗:比喻宰辅重臣。台,三台星;斗,北斗。践台斗指当上重臣。带砺:衣带和砥石。《史记·高祖功臣侯者年表》:"封爵之誓曰:'使黄河如带,泰山若厉。国以永宁,爰及苗裔。'"后因以"带砺"为受皇家恩宠,与国同休之典。以上三句用《后汉书·光武本纪》中耿纯劝说刘秀登基的话:"天下士大夫捐亲戚,弃土壤,从大王于矢石之间者,其计固望其攀龙鳞,附凤翼,以成其所志耳。今功业即定,天人亦应,而大王留时逆众,不正号位,纯恐士大夫望绝计穷,则有去归之思,无为久自苦也。大众一散,难可复合。时不可留,众不可逆。"

〔46〕莅(lì):临视;治理。耄荒:谓年老昏愦。这里指玄宗。

〔47〕一呼万旟(yú):这是用元结《大唐中兴颂》:"匹马北方,独立一呼,千麾万旟。"旟:古代画有鸟隼图象的军旗。

〔48〕掉臂:甩动胳膊走开。表示不顾而去。

〔49〕投机之会,间不容穟:语出《新唐书·张公谨传赞》:"投机之会,间不容穟,公谨所以抵龟而决也。"意为要把握一闪即逝的好时机。穟,同"穗"。

〔50〕七庙:《礼记·王制》:"天子七庙,三昭三穆,与太祖之庙而七。"此指四亲庙(父、祖、曾祖、高祖)、二祧(远祖)和始祖庙。后以"七庙"泛指帝王供奉祖先的宗庙。忽诸:指忽然(灭亡)。封建时代以皇家统治断绝为亡国的标志,皇家的庙祀如果断了,王朝也就灭亡了。

〔51〕扬觯(zhì):举杯以示受罚。觯,古代饮酒器。以上两句是说,肃宗如果不称帝那么唐朝眼看就要亡国;而肃宗称帝就会被人在百世之下诟病。

〔52〕告行:通知要开船了。

〔53〕晏:晚;迟。

〔54〕駃(kuài):同"快"。

　　这是一首借古讽今之作。此赋以游览浯溪开篇,首先写自己顺江而游,"上则危

150

石对立而欲落,下则清潭无底而正黑;飞鸟过之,不敢立迹。"寥寥几笔就描绘出浯溪的雄奇的风光。浯溪是元结寓居之地,此处《大唐中兴颂》石刻更是一大名胜,杨万里游到此处便很自然地"剥苔读碑,慷慨吊古",就元结碑文的内容发表议论。杨万里首先是批评了唐玄宗,玄宗在其统治后期,昏愦乱伦,任用奸臣,最终导致安史之乱爆发,落得长安失守,仓皇逃往西蜀的下场。"齐则失矣,而楚亦未为得也"一句,又点评了唐肃宗,肃宗在灵武登基有些仓促,招致了后人的讥讽,如元结的《大唐中兴颂》就是一例,元结此文表面上是颂扬唐肃宗在安史之乱后重新振兴唐朝,但暗中讽刺肃宗失德。杨万里这篇《浯溪赋》并不一味批评肃宗失德,而是提出了新的看法:玄宗已经失德,威望扫地,如果肃宗不即位,那么唐朝很可能就此灭亡,因此肃宗仓猝即位是功大于过的。联系史实看,杨万里这种看法是很有见地的。在这篇赋中,杨万里是用唐玄宗影射宋徽宗,用唐肃宗影射宋高宗。虽然宋高宗也称不上是明主,但是高宗在靖康之难时即位,维护了皇统,保住了东南的半壁江山,使宋朝不致就此亡国。试想如果高宗不维持残局,那时又会有多少人为宋徽宗这样的昏君卖命呢?因而高宗的这一历史功绩不可埋没。然而杨万里也没有一味的肯定高宗,"肃宗处此,其实难为之。——九思而未得其计也!"在一片烟水苍茫的景色之中,回想历史的是非功过,引人深思。

海鳅赋(有后序)

这篇赋作于宋高宗绍兴三十一年(1161),杨万里时任零陵县丞。这篇赋反映的是此年秋冬刚刚发生的宋金采石矶大战。杨万里以明快生动的笔墨描绘出战争的经过,篇末议论不多,却发人深省,深化了主题。

辛巳之秋[1],牙斯寇边[2]:既饮马于大江[3],欲断流而投鞭[4]。自江以北,号百万以震扰[5];自江以南,无一人而寂然[6]。牙斯抵掌而笑曰[7]:"吾固知南风之不竞[8],今其幕有乌而信焉[9]。"指天而言:"吾其利涉大川乎[10]!"方将杖三尺以麾犬羊[11],下一行以令腥膻[12];掠木棉估客之艛[13],登长年三老之船[14];并进半济[15],其气已无江懦矣[16]。南望牛渚之矶[17],屹峙七宝之山[18];一帜特立[19],于彼山颠。牙斯大喜曰:"此降幡也[20]。"贼众呼"万岁"而贺曰:"我得天乎[21]!"

言未既[22],蒙冲两艘[23],夹山之东西,突出于中流矣!其始也,自行自流,乍纵乍收;下载大屋,上横城楼;缟于雪山[24],轻于云球;翕忽往来[25],

刻顷万周;有双垒之舞波[26],无一人之操舟。贼众指而笑曰:"此南人之喜幻,不木不竹,其诳我以楮先生之俦乎[27]?不然,神为之楫、鬼与之游乎?"

笑未既,海鳅万艘[28],相继突出而争雄矣!其迅如风,其飞如龙。俄有流星[29],如万石钟[30];赛自苍穹[31],坠于波中;复跃而起,直上半空;震为迅雷之隐砐[32],散为重雾之冥蒙[33]:人物咫尺而不相辨,贼众大骇而莫知其所从[34]。于是海鳅交驰,搅西躁东;江水皆沸,天色改容:冲飙为之扬沙[35],秋日为之退红[36]。贼之舟楫皆躏藉于海鳅之腹底[37];吾之戈铤矢石[38],乱发如雨而横纵;马不必射,人不必攻;隐显出没,争入于阳侯之珠宫[39]。牙斯匹马而宵遁[40],未几自毙于瓜步之棘丛[41]。

予尝行部而过其地[42],闻之渔叟与樵童;欲求牙斯败衄之处[43],杳不见其遗踪。但见倚天之绝壁,下临月外之千峰;草露为霜,荻花脱茸;纷棹讴之悲壮[44],杂之以新鬼旧鬼之哀恫[45]。

因观蒙冲、海鳅于山趾之河汭[46],再拜劳苦其战功[47];惜其未封以下濑之壮侯[48],册以伏波之武公[49]。抑闻之曰[50]:在德不在险[51],善始必善终。吾国其勿恃此险,而以仁政为甲兵,以人材为河山,以民心为垣墉也乎[52]!

右采石战舰:曰蒙冲,大而雄;曰海鳅,小而驶[53];其上为城堞屋壁[54],皆垩之[55]。绍兴辛巳,逆亮至江北[56],掠民船,指麾其众欲济。我舟伏于七宝山后,令曰:"旗举则出江!"先使一骑偃旗于山之顶:伺其半济,忽山上卓立一旗,舟师自山下河中两旁突出大江,人在舟中,踏车以行船:但见舟行如飞,而不见有人。虏以为纸船也。舟中忽发一霹雳炮:盖以纸为之,而实之以石灰硫黄;炮自空而下,落水中,硫黄得水而火作,自水跳出,其声如雷;纸裂而石灰散为烟雾,眯其人马之目,人物不相见。吾舟驰之,压贼舟,人马皆溺。遂大败之云。

〔1〕辛巳:绍兴三十一年为辛巳年。

〔2〕牙斯:西汉末年匈奴王名囊知牙斯,杨万里是用囊知牙斯代指金国完颜亮。寇边:侵犯边境。

〔3〕饮马长江:在长江边给战马喝水。谓渡江南下进行征伐。《南史·檀道济传》:"道济见收,愤怒气盛,目光如炬,俄而间引饮一斛。乃脱帻投地,曰:'乃坏汝万里长城。'魏人闻之,皆曰:'道济已死,吴子辈不足复惮。'自是频岁南伐,有饮马长江之志。"

〔4〕投鞭断流:据《晋书·苻坚载记下》,前秦苻坚将攻东晋,部下石越认为晋有长江之险,不可轻动。苻坚

说:"以吾之众旅,投鞭于江,足断其流,何险之足恃?"

〔5〕震扰:惊动不安貌。

〔6〕寂然:形容寂静的状态。

〔7〕抵掌:击掌。指人在谈话中的高兴神情。

〔8〕南风不竞:比喻力量衰弱,士气不振。语出《左传·襄公十八年》:"晋人闻有楚师,师旷曰:'不害,吾骤歌北风,又歌南风,南风不竞,多死声,楚必无功。'"杜预注:"歌者吹律以咏八风,南风音微,故曰不竞也。师旷唯歌南北风者,听晋、楚之强弱。"

〔9〕其幕有乌:语出《左传·庄公二十八年》:"(楚伐郑,)诸侯救郑,楚师夜遁。郑人将奔桐丘,谍告曰:'楚幕有乌。'乃止。"军营里没有人,所以乌鸦才会落在空幕之上,由此可以判断出军营的虚实。

〔10〕利涉大川:《易》书的占卜爻辞,如《易·需》:"贞吉,利涉大川。"此处指顺利渡过长江。

〔11〕杖三尺:握着剑。杖,握,执持。三尺,指剑。麾(huī)犬羊:指挥士兵进攻。麾,指挥。犬羊,旧时常把外敌蔑称为犬羊,这里指金兵。

〔12〕一行:一道军令。腥膻:旧指入侵的外敌,这里指金兵。

〔13〕木棉:落叶乔木,其种子的表皮有白色纤维,质柔软,可用来装枕头、垫褥等。估客:即行商。艓(dié):一种小船。

〔14〕长年三老:古时川峡一带对舵手、篙师的敬称。唐杜甫《拨闷》诗:"长年三老遥怜汝,捩舵开头捷有神。"这两句是说金兵夺上了抢来的商人的货船和艄公的渡船。

〔15〕并进:一起行进。半济:渡江渡到一半。

〔16〕气:气焰。江壖(ruán):江边地。这一句是说,完颜亮认为南宋无力抵抗,气焰嚣张,已经把江南视作囊中之物了。

〔17〕牛渚之矶:山名。在安徽省当涂县西北,下临长江,山的北部突出江中,名采石矶。此地江面较狭,形势险要,自古为长江南北重要津渡,也是江防重镇。

〔18〕屹峙:耸立。七宝之山:指采石矶以北的宝积山。

〔19〕特立:独立;挺立。

〔20〕降幡:表示投降的旗帜。

〔21〕得天:得到天助。《左传·僖公二十八年》:"晋侯梦与楚子搏,楚子伏己而盬其脑,是以惧。子犯曰:'吉。我得天,楚伏其罪,吾且柔之矣。'"

〔22〕言未既:一句话还没有说完。既,指终了。

〔23〕蒙冲:即艨艟(méngchōng),古代战船。详见赋后小序。

〔24〕缟:细白的生绢,因指白色。战船船身被涂成白色,所以说看上去像雪山。

〔25〕倏忽:犹倏忽。急速貌。

〔26〕垒:军壁,阵地上的防御工事。这里是说战船好像是江上的堡垒。

〔27〕楮先生:唐韩愈《毛颖传》将笔、墨、砚、纸拟人化,称纸为楮先生,后遂以楮先生为纸的别称。俦(chóu):辈,同类。这一句是说,难道宋军是用纸扎的船来诓骗我们吗?

〔28〕海鳅:小型战船。详见赋后小序。

〔29〕流星:指霹雳炮像流星一样落下。霹雳炮,详见赋后小序。

〔30〕钟:古容量单位。一钟为十斛。万石钟,是极言霹雳炮数量多而且炮弹巨大。

〔31〕霣(yǔn):坠落。

〔32〕隐舷(hóng):象声词,多形容雷声。汉扬雄《法言·问道》:"或问大声曰非雷非霆,隐隐舷舷,久而愈盈,尸诸圣。"

[33]冥蒙:幽暗,不明。

[34]所从:所向;所往。

[35]冲飚(biāo):暴风。飙,旋风;暴风。

[36]秋日:采石矶之战发生在十一月初八,已经是冬天,作者说"秋日"是为了和开篇的"辛巳之秋"相一致。秋日为之退红:犹言日月无光。

[37]蹢藉:踩踏;践踏。这是说敌船被海鳅撞翻。

[38]戈鋋(chán):戈与鋋。亦泛指兵器。鋋,铁柄小矛。矢石:箭和垒石。

[39]阳侯:古代传说中的波涛之神。珠宫:龙宫。

[40]宵遁:趁夜逃跑。

[41]自毙:完颜亮强渡采石矶未成,于是转道去扬州欲渡瓜州,其手下将士以为此时渡瓜州定然不利,请求休整之后再做打算,完颜亮不听,并企图强驱部下渡江,以致群情激愤,最终被部下杀死。此文中说完颜亮"自毙"是故意贬损敌寇。

[42]行部:谓巡行所属部域,考核政绩。

[43]败衄(nù):挫折,失败。衄,挫折;挫伤;失败。

[44]棹讴:摇桨行船所唱之歌。

[45]哀恫(tōng):悲痛。恫,哀痛。

[46]河汭(ruì):水湾。汭,河流会合或弯曲的地方。

[47]劳苦:慰劳、慰问。劳,在此处为动词。

[48]下濑:古时有下濑船,即一种行于浅水急流中的平底快船。汉代曾用"下濑"作将军名号。

[49]册:册封。伏波:汉代将军名号。西汉路博德、东汉马援曾受封为伏波将军。这两句是用开玩笑的语气说蒙冲、海鳅都有战功,只可惜不能封公封侯。

[50]抑:连词。但是,然而。表示转折。

[51]险:险要的地势。

[52]垣墉:墙。

[53]駃(kuài):同"快"。

[54]城堞:城上的矮墙。也泛指城墙。

[55]垩(è):用白色涂料粉刷。

[56]逆:叛乱者,这是对敌人的蔑称。

《海鳅赋》是杨万里词赋作品中的名篇,在当时的文坛上也是不可多得的佳作。杨万里以时事战争为题材,艺术地再现了宋军在采石矶大败完颜亮的场面。

此赋开篇用欲扬先抑的手法,先写完颜亮来势汹汹,想要饮马长江、投鞭断流,而江对面的宋军好像毫无动静,到了江心,看到宋军在七宝山上竖起的领旗,还以为是降幡,更加得意忘形,以为得到"天助",狂傲之态毕现。看到宋军的两艘战船后,因为看到宋军战船没有舟楫,自行进退,不了解其中缘由,竟然以为宋军是用纸船诓骗他们,完颜亮的自负就已经到了可笑的地步。自古骄兵必败,正当完颜亮得意忘形的时候,宋军开始进攻,万艘海鳅迅疾如风,霹雳弹如流星陨落,金兵大败,"贼之舟楫皆蹢藉于海鳅之腹底",完颜亮"匹马而宵遁,未几自毙于瓜步之棘丛",

宋军大获全胜。在描绘完这场惊心动魄的大战之后，杨万里写到了自己去寻访战场遗迹，"草露为霜，荻花晚茸；纷棹讴之悲壮，杂之以新鬼旧鬼之哀恫"，一派凄凉景象，有"乃知兵者是凶器，圣人不得已而用之"的味道，这样写更衬出发动战争的金国的不义。凭吊过战场之后，作者参观了立下汗马功劳的海鳅战船，且用风趣的笔墨写到，应当给这些战船也记功封侯。然而杨万里并没有就此结束全篇，"抑闻之"三字又将文意推进了一层：长江虽然是"天险"，海鳅战船虽然厉害，但并不能作为永享太平的保证，只有实行仁政，重用人才，团结民心才能让国家永远不畏惧外敌侵略。有此一论，这篇赋就不是一般性的赞颂抗金胜利的文章，作者指出了南宋的兴国之路。

君道（中）

题解

《千虑策》是杨万里针对孝宗即位之初南宋的内政外交所写的一组政治论文，写作时间大约在乾道元年至乾道三年之间（1165—1167），其内容分"君道"、"国势"、"治原"、"人才"、"论相"、"论将"、"论兵"、"驭吏"、"选法"、"刑法"、"冗官"、"民政"十二题，全面总结南宋建立以来的历史教训，提出了一整套治国方针。杨万里在乾道三年（1167）春到杭州通过陈俊卿把《千虑策》呈给知枢密院事虞允文，虞允文读后大为赞赏，表示要推荐杨万里，但是当时正赶上四川宣抚使吴璘病卒，虞允文仓促赶往四川出任宣抚使，杨万里的《千虑策》因而没有被朝廷采纳。《君道》是《千虑策》中的一题，《君道》分上中下三篇，这里选的是中篇。

　　臣闻：有天下之忧，有君子之忧。天下之忧，忧其君之不为也；君有为矣，天下之喜，而君子之忧也[1]。盖不为之君，其心迟[2]，天下之所不快；有为之君，其志锐[3]，天下之所甚喜。虽然，喜者，忧之所由寓也[4]；锐者，迟之所由伏也。夫何故？锐则速，不以速而成，则以速而折[5]。天下之事，有百全之成而无一折者乎[6]？求其成，则必有以忍其折[7]。不忍其折，则无务于速也[8]。速而折，折而不忍，则锐安得不变而为迟哉？一朝之有为，必至于终身而不为。是故君子见其初而忧其终[9]。

　　古之君子，得有为之君而辅之，以求立天下之大功，则必有以养其君之志[10]；而古之君子，亦必有以自养其志，详其发而重其举[11]。非详其发也，恐发之疏，则一发足以废百发。非重其举也，恐举之轻，则一举足以废万举。君臣之间，其立也坚[12]，而其谋也老[13]，夫是以有成。老则不欲速，坚则虽可折而不可沮[14]。胜而不勇[15]，败而不怯，得而不喜，失而不挫，优游容与[16]，以待天下之隙而徐制其要领[17]。

　　盖昔者晋文之图霸也[18]，二年而欲用其民[19]，子犯曰[20]："民未知义。"民知义矣，又欲用之，子犯曰："民未知信。"民知信矣，又欲用之，子犯曰："民未知礼。"盖文公之志，踊跃奋迅而欲有为者三也[21]，而子犯三遏之[22]。越王之报吴也[23]，四年而召范蠡问曰[24]："伐吴可乎？"曰："未可也。"又一年又问曰："伐吴可乎？"又曰："未可也。"又一年又问焉，又一年又问焉，则皆曰"未可也。"盖越王之志，踊跃奋迅而欲有为者四也，而范蠡四拒之。二臣者，举其君踊跃奋迅之气，而纳之于郁抑愤闷之地[25]，使朝夕咨嗟[26]，求逞而不得逞[27]，则无乃过乎[28]？盖二臣者，深所以养其君之志，惧其速而折、折而沮也。及其国力已强，兵气已振，事机之来而不可失，胜形之见而不可御[29]，则破楚灭吴，了此事不终朝尔[30]。

　　唐之德宗，其志有一日不在于平藩镇者乎[31]？然不胜其愤，锐于遣三将而一伐[32]，一伐而生朱泚之变也，则不敢言及于藩镇者终其身。求节度则与节度，求宰相则与宰相，故藩镇之祸始于肃宗，而成于德宗。至于亡唐，藩镇亡之也。德宗岂真成藩镇之祸者哉[33]？速而折也，折而沮也。使德宗而不速，则不折；折而不沮，则岂不犹可为也，何遽至于晚年之姑息哉[34]！文宗之志，有一日不在于诛宦官者乎[35]？然不胜其愤，锐于任训、注而一决[36]，一决而生甘露之祸也，则不敢言及于宦官者终其身；专制则听其专制[37]，诋辱则甘其诋辱[38]。故宦官之祸始于明皇，而成于文宗。至于亡唐，宦官亡之也。文宗岂真成宦官之祸者哉？速而折也，折而沮也。使文宗而不速，则不折；折而不沮，则岂不犹可为也，何遽至于饮恨以没哉！二君之志，本以求天下之大功，而反以得天下之大祸，则不养其志之患也。

　　顷者[39]，新天子即位之初，春秋鼎盛[40]，圣武天挺[41]，超然有必报不共戴天之心[42]，克复神州之志，天下仰目而望，庶乎中兴之有日也[43]。然亲征之诏朝下，而和议之诏夕出[44]；元戎之幕方开[45]，而信使之轺已驾[46]。纷纷扰扰，以至于今，而国论卒归于和[47]。此其病安在哉？盖兆今日之和者，符离之役也[48]。事不极则反不生，势不激则变不形，暍甚则雨[49]，冬穷则春，理固然也。战岂与和期哉[50]？和者，战之变也，非求变也，激而不得不变也，且是役也，天子之志，固在于取中原也，抑尝熟策之、详议之耶？议之不详也，策之不熟也，得城而不能有也，成功而不能善后也。是故前日之勇，一变而为怯；前日之锐，一变而为钝，安得而不归于和哉？当其师之出也，臣固知有今日之和也。何则？天子即位之初，虽以尧舜为之，亦不能以一日而洽威德于天下也[51]。威德未有以洽乎天下，而欲一举以求非常之功，是非有成心也，有幸心尔[52]。成乎心，犹未必成乎外也；心则幸矣，独能成乎外耶？今日之事，臣所大惧者，惧天子之志沮于一折，而房人有以窥吾之沮，而天下之祸所从生也。唐之二君，盖可鉴矣！

人有未富而先急于作大屋者，屋未成而家已贫，则他日一墙之颓，一篱之缺，而不敢议于补葺[53]。夫一墙易补也，一篱易葺也，其费与屋同不同也？勇于屋之大，而怯于藩墙之细，则其志之沮也。臣尝读《蜀志》，至于刘昭烈三见诸葛亮之事[54]，则为之太息。盖昭烈以汉之裔，欲诛曹操以复汉室，此昭烈之雅志也[55]。然得徐州则失徐州，得豫州则失豫州，败于吕布，又败于曹操，奔走狼狈于荆楚之间，而无所于归，宜其惫而不复自振也[56]。而其见亮曰："孤不度德[57]，欲信大义于天下[58]，而智术浅短，遂用猖獗[59]，至于今日，然志犹未已！"嗟夫！昭烈者，是时已老矣，衰败屡折，而志犹未已，此亮之所以乐于委身而愿效其谋者也[60]。彼其徒手而成鼎峙之业[61]，其以此哉！今天子以天下之半，带甲百万[62]，表里江淮[63]，安坐而指挥天下之豪杰，以图恢复祖宗之业，而澡靖康之耻[64]，进则成混一之功[65]，守则成南北之势，何至于以一小折自沮，而汲汲以议和哉[66]？臣愿天子坚昭烈之志，而毋以唐之二君自处[67]，则中兴之功，天下未绝望也。

〔1〕君子之忧：是指国君想要有所作为，君子就要帮助国君，为国事操心。
〔2〕心迟：对国事不感兴趣，处理事务心不在焉。
〔3〕志锐：想要做一番大事业。
〔4〕寓：潜伏，隐藏在其中。
〔5〕折：挫败，失败。
〔6〕百全：犹万全；百无一失。
〔7〕有以：能够。表示具有某种条件、原因等。这句是说要想成功，一定要能忍受暂时失败带来的痛苦。

〔8〕务:致力。这句是说,如果不能忍受挫败,那就不要急于求成。

〔9〕见其初而忧其终:(君子)看到国君在执政之初的政治抱负就开始考虑国家政治事件的最后结果。

〔10〕养志:保持志气不消退,不因为受到打击而心灰意冷。

〔11〕详:周详细致。发:开始。重:慎重。举:举动。这一句是说在行动之前要充分准备,开始之后也要慎重行事。

〔12〕其立也坚:立下的志向非常坚定。

〔13〕谋也老:即老谋,深远的谋略。

〔14〕沮:沮丧,灰心失望。

〔15〕勇:此处指取得初步胜利后盲目乐观、骄傲自大,只知道一味进攻。

〔16〕优游:从容,不急迫。容与:从容闲舒貌。

〔17〕隙:敌人的空子;机会。制:掌握。要领:本义为腰和脖子,比喻重要的部位或区域。

〔18〕晋文:晋文公,春秋时期晋国国君,后来成为诸侯霸主。

〔19〕用其民:指发动战争。

〔20〕子犯:狐偃,字子犯,晋文公的谋士。

〔21〕踊跃:形容情绪高涨。奋迅:精神振奋,行动迅速。

〔22〕遏:抑制;阻止。

〔23〕越王:指春秋时越王勾践,曾被吴王阖庐所俘获,回到越国后立志要灭掉吴国。

〔24〕范蠡:春秋时越国大臣,辅佐勾践灭掉了吴国。

〔25〕郁抑:忧愤郁结;忧懑压抑。

〔26〕咨嗟:叹息。

〔27〕逞:快心,称愿,满意。

〔28〕无乃:相当于"莫非"、"恐怕是",表示委婉测度的语气。

〔29〕御:制止;阻止。

〔30〕终朝:早晨。这一句是说,等到时机成熟的时候,击败敌人用不了一个早晨。这是形容准备充分,把握机会,就会一举成功。

〔31〕平藩镇:唐玄宗时在边疆设置十个节度使,称为藩镇。安史之乱后各个藩镇形成割据之势。唐德宗力图平藩,建中三年(782)派大将马燧、李抱真、李晟出兵攻打河朔藩镇,但是引起朱滔、李希烈、朱泚叛乱,朱泚趁机攻占长安并称帝,又率领叛军围攻德宗于奉天,发生奉天之难。战争持续了五年,最后虽然朱泚和李希烈等败死,但是德宗却与其馀藩镇妥协,从此割据局面进一步恶化。

〔32〕遣三将:即马燧、李抱真、李晟三员大将。

〔33〕成:促成。

〔34〕遽:遂;就。

〔35〕诛宦官:唐文宗在太和九年(835)与宰相李训和藩镇大将郑注等合谋,诈言甘露降于石榴树上,请文宗观看,暗中埋伏士兵准备诛杀宦官,但是被宦官仇士良等人发觉,反召禁军杀戮朝臣,李训和郑注也都被害,史称"甘露之变"。自此宦官势力更大。

〔36〕训、注:指李训和郑注。

〔37〕专制:独断专行。

〔38〕诋辱:诋毁侮辱。

〔39〕顷者:近来。

〔40〕春秋鼎盛:年纪正当壮年。春秋,年纪。

〔41〕圣武天挺:圣明英武,天生卓越超拔。这是称颂帝王之词。

〔42〕不共戴天:谓不共存于人世间。喻仇恨根极深。语出《礼记·曲礼上》:"父之雠,弗与共戴天。"宋徽宗、宋钦宗被金人俘虏,最后都死在金国。宋代罗大经《鹤林玉露》卷八:"我国家之于金虏,盖百世不共戴天之雠也。"

〔43〕庶乎:犹言庶几乎。近似,差不多。

〔44〕和议:宋孝宗在绍兴三十年(1162)即位之后,立即启用主战派大臣张浚,在隆兴元年(1163)五月出师北伐,由李显忠攻打灵璧,绍宏渊攻打虹县。一月之间,攻下灵璧、虹县、宿州三城,金兵大败,人心振奋。既而金国以十万大军攻打宿州,宿州复失,宋军大败于符离集,金兵乘胜追击,斩首宋军四千,获甲三万,南宋被迫和金国和议。朝、夕是说此次北伐失败得很快。

〔45〕元戎:主将,统帅。在文中指当时指挥北伐的主战派大臣张浚。

〔46〕信使:使臣,使者。奉派担任使命或传达消息、递送书信的人。轺(yáo):使节所用之车。这是说张浚主持北伐没多久,皇帝就派使臣同金国议和了。

〔47〕国论:有关国家大计的言论、主张。

〔48〕符离:宋金两国在隆兴元年会战于符离集,宋将李显忠、绍宏渊溃败。

〔49〕暄:炎热。

〔50〕期:希望;企求。这是说打仗的目的难道是希望求和吗?

〔51〕洽:周遍;广博。《孟子·公孙丑》:"以文王之德,百年而后崩,犹未洽于天下。"

〔52〕幸:侥幸。

〔53〕补葺(qì):修补,修缮。葺,整理;整治。

〔54〕刘昭烈:三国刘备谥号为昭烈皇帝。

〔55〕雅志:平素的意愿。

〔56〕宜:大概;似乎;恐怕。

〔57〕度(duó)德:估量自己的德行。语出《左传·隐公十一年》:"度德而处之,量力而行之。"

〔58〕信:通"伸"。伸张。大义:正道;大道理。

〔59〕遂用猖獗:所以失败了。猖獗,颠覆;失败。

〔60〕委身:托身,以身事人。

〔61〕鼎峙:谓如鼎足并峙,指魏、蜀、吴三分天下。

〔62〕带甲:披甲的将士。

〔63〕江淮表里:即表里山河的意思,长江和淮河都是南宋的天然屏障。《左传·僖公二十八年》:"楚师背郦而舍。晋侯患之,听舆人之诵曰:'原田每每,舍其旧而新是谋。'公疑焉。子犯曰:'战也!战而捷,必得诸侯;若其不捷,表里山河,必无害也。'"山河表里,形容形势险要。

〔64〕澡:洗刷。靖康之耻:靖康元年(1126)十一月金兵攻破开封,第二年虏走了宋徽宗和宋钦宗,北宋灭亡。

〔65〕混一:统一天下。

〔66〕汲汲:心情急切的样子,引申为急切追求。

〔67〕毋:副词。莫,不可。表示禁止。

这是《千虑策》中论帝王之道的一篇论文。孝宗即位后立即北伐,结果在符离集被金兵击败,在主和派的蒙蔽和金国的威逼之下,孝宗下罪己诏,与金国签订了"隆兴和议"。此文主要针对这一背景而发议论,提出自己的见解。

从结构看,全篇可分四部分。第一二段从"天下之忧"和"君子之忧"起笔,阐述文章主要观点:"有为之君,其志锐",但是如果只求速成必然导致失败受挫,而后志气消沉,无所作为,这便成了"天下之忧";"君子之忧"是要辅助国君,帮助国君"养志",等待时机一举成功。第三四段是第二部分,作者用晋文公成就霸业、勾践灭吴报仇作正面的例子,唐德宗、唐文宗轻举妄动导致失败,一蹶不振的事迹作反面的例子,从正反两面证明"养志"的重要性。第五段为第三部分,联系符离兵败和隆兴和议的时事,指出此次北伐失败的原因是没能"养志",仓促用兵。虽然第一步已经走错,但不能一错再错,因为一次兵败就放弃了中兴大业。如果就此消沉下去,敌国就会乘机灭掉南宋。第六段为第四部分,希望孝宗以刘备为榜样,能够百折不挠,重整士气,那么虽然有符离之溃,以后实现中兴大业还是有希望的。

这篇论文论点鲜明,论证充分,举例恰当,有很强的说服力,更可贵的是联系时事,直陈君过,反映出杨万里爱国、忧国的深情。

国势(中)

这篇论文主要讨论南宋的边防守备问题,文章总结了历史上东南政权兴亡的经验和教训,提出南宋现有的国土可以作为统一天下的资本,但如果不珍惜国土,放松防备就有可能亡国。

杨万里特别强调不可因为有长江天险就放松淮河一带的军事防备,否则将会误国,这和其爱国诗篇中表达的加强淮河一带防备的思想是一致的。

臣闻:圣人不幸而当天下分裂之际者,有所谓万世之业,有所谓数百年之业。国无两存、无两亡,非有北无南,则有南无北尔[1]。有能举天下之二而一之[2],此万世之业也;画地以相伺[3],据险以相拒,攻则不足,守则有余,此数百年之业也。今圣天子既惩于一举而折[4],则万世之业,其成未有形,而其发未有候也[5]。而数百年之业,亦独扰扰而未求所定[6],岌岌而未见所立[7],则亦可谓不能也已?非不能也,能而不为也;非不为也,为而不果也[8]。果则为,为则能矣。

昔司马晋内有王敦、苏峻之乱[9],外有刘、石之敌[10],晋宜不能乎晋也[11],而无病乎江左十叶之基[12]。刘宋之初[13],谯纵梗蜀[14],卢循逼都下[15]，而姚氏、慕容氏、拓跋氏沸中原[16]，宋宜不能乎宋也，而无害乎南朝数百年之祚[17]。晋、宋之君何人哉？使朝廷当此时，将不为国乎？虽然，此犹有天下之半也；至于七十里而兴商，百里而造周，汤、文何人哉[18]？朝廷当此时，将不为国乎？虽然，此犹有土也；至于汉高帝一剑之外无馀物[19]，光武一牛之外无馀资[20]，而以创业，以中兴。二君何人哉？朝廷当此时，又将不为国乎？嗟乎！以高、光为之，能以无国为有国也；以汤、文为之，能以一国为天下也；以晋、宋为之，能以危国为安国也：然则天下岂有不可为之国哉？亦存乎其人如何尔。

今也内无敦、峻、谯、卢之猖獗，外无刘、石之英雄，而独当一未亡之金瓯，而又以全楚为家，吴越为宫[21]，此楚庄、吴阖闾、子胥、种、蠡之所以强霸用武之国也[22]；西控全蜀，南拥荆襄，北据长淮，此高帝、先主、孙仲谋、杨行密之所以兴起之根本也[23]；钜海限其东，而三江五湖缭其南北，此古之六朝所恃以为不拔而不可兼得者也；引巴、蜀之饶[24]，漕江、淮之粟[25]，市西戎之马[26]，而号召荆、楚奇才剑客之精锐，此汉、唐之所仰以为资者也。奄是数者而有之[27]，而日夕惴焉不能以自存[28]，常若敌人之制其命，是挟千金而忧贫，有孟贲之力而忧弱者也[29]。故曰：非不能也，能而不为也；非不为也，为而不果也。使天子一日断自一心，不惑群议，卓然挈吾国而大有所建立，则万世之业，为之有馀也，而况数百年之业哉！独患乎因循颓堕[30]，忘其我之所可惜[31]，而彻其敌之所可忌者而已矣[32]。盖吾之所可惜而吾不惜，则凡所可惜者，无所往而惜[33]。无所往而惜者，亡之所从开也。彼之有所忌，而吾不示之以其所忌，则凡所可忌者，无所往而忌。无所往而忌者，寇之所从召也[34]。

昔者秦之灭六国，非秦能灭六国也，六国实自灭也。不思久长之计，而苟一日之安，争先割地以求和于秦，地朝割而兵夕至。盖六国之君臣，其初以为尺寸之地不足惜也，不知夫国之亡，乃自不惜尺寸始。非尺寸之地能亡国也，尺寸之不惜，则不至于亡国则不止。顷者[35]，虏人求唐、邓[36]，则与唐、邓；求海、泗[37]，则与海、泗。此何为者耶？人有御寇，而不御之垣之外[38]，乃毁垣以纳之，曰：吾将拒之户[39]。是得为善御寇者乎？夫室以户存，户以垣存也，垣毁，是无户也，室其得存乎？蜀失汉中而刘禅降[40]，唐献淮南而李景蹙[41]。朝廷独不见之耶？此臣所谓患乎忘其我之所可惜者也。

汉高帝之西入关也,兵之所至,迎刃而解,如此其锐也;以仁义之师,乘暴秦之亡,如此其易也;以高帝自将[42],而子房为之谋[43],如此其全也:而不敢越宛而击秦[44]。非宛之能重秦也[45],能病汉也[46]。盖宛者,汉之后顾之病也。宛一下,则汉何病焉?使秦人先得汉之所忌,遣一将固守而不下,则秦未易以岁月入也[47]。异时朝廷举长淮数千里而视之如隙地[48],不茸一垒,不置一卒,使寇之去来如入无人之境,此何为者耶?议者犹曰:"是时房之创痍未尽瘳[49],而势力未全盛也。"而今者狼然有窥吾淮甸、南下牧马之意[50],朝廷倘复如前日,置淮于度外,则天下之大祸至矣!虎之所以不可捕者,穹崖深林,入者凛然,而又黑游乎其前[51],豹伏乎其左,此人之所以甚忌也;使黑与豹皆去,而虎立于途,人孰不操戈以制之哉?臧质壁盱眙而佛狸亟还[52],刘仁瞻坚守寿春而周师未得志[53]。朝廷独不见之耶?此臣所谓患乎彻其敌之所可忌也。

大抵敌人之求,可以与,可以无与;天下之地,可以无守,可以守。可以与者,货也;可以无与者,地也。可以无守者,已失之地也;可以守者,未失之地也。可以无与而与焉,可以守而不守焉,今之大患不在此耶?盖逆亮尝求汉淮之地矣,而光尧不与之地而与之战[54]。臣愿朝廷以光尧之塞逆亮而塞虏之贪。如蜀、如荆襄、如武昌、如沿江,朝廷固尝严守备矣;臣愿今日以待沿江之工而待淮,凡淮之要害之地,虏之所必攻者,巨镇如庐、寿、广陵[55]者,则各择一大将,委以一面,而付之重兵。至于其它州郡,则多其壁垒,而茸其城池。城池坚则可攻而不可下,壁垒多则寇有牵而不敢越[56];有大将重兵以居要,则沿淮之州有所恃而无所惧:兵法所谓常山之蛇者[57],此也。

盖固国者,以江而不以淮,固江者,以淮而不以江。而今之说者或曰:"淮不可守而江可恃。"嗟乎!不恃江者,江可恃也[58];恃江,则江不可恃矣。昔者陈后主尽召江北之诸将以朝正[59],而韩擒虎、贺若弼掩其虚以至江上,陈之君臣犹曰:天堑必无可济之理,且引周、齐之兵五来皆败以待隋。言未既,隋师济矣!甚矣,夫江之误南国也!——非江误人之国也,恃之者误之也。宫之奇曰[60]:虢,虞之表也,唇亡则齿寒[61]。江者,淮之虢也;淮者,江之虞也。朝廷其勿恃江而恃淮,勿恃淮而备淮[62],则数百年之业,可得而议矣。不然,臣恐未可以一朝居也。

或者又曰:"守淮善矣,其如淮地之空旷何?若夫江者,纪涉所谓备之不过数处[63],直差易尔。"是不然。有淮,而后江者吾之江也;无淮,则江者非独吾之江也,——亦敌之江也! 全而有之,犹恐失之;而况分之哉! 且吾之有淮,以为空旷也;使吾不有而虏有之,彼以为空旷耶? 彼将居而耕,耕而守,守而伺:则吾之一喘而彼闻,一动而彼见。人惟有所不可测[64],而后不可图。引寇以自逼,而日夕与之相目于一水之间[65],则国尚可为而敌尚何可备哉! 故夫江者,误人之国,而纪涉之论,又误人之江者也。且吴人者,欲淮而不得也,非得淮而不欲也。吾则有吴人之所无,而又可弃吾之所有耶? 臣是以流涕而极言至此!

〔1〕南、北:指南宋和金两国。以上几句说南宋和金势不两立。
〔2〕举:占领。二而一:统一南北。
〔3〕尽地:边境。伺:守候;等待。
〔4〕一举而折:指符离之溃。参见《读罪己诏》题解和《君道(中)》注〔44〕。
〔5〕候:等候,等待。这是说孝宗在没有做好准备的情况下就发兵,想要成就万年基业,结果失败。
〔6〕扰扰:纷乱貌;烦乱貌。
〔7〕岌岌:危急貌。
〔8〕不果:没有成为事实;终于没有实行。
〔9〕司马晋:西晋和东晋是司马氏称帝,所以称为司马晋。王敦:晋武帝时大将,曾经起兵谋权篡位。苏峻:晋怀帝时大将,后谋反,最终兵败而死。
〔10〕刘、石之敌:西晋怀帝永嘉二年(308),汉王刘渊称帝,永嘉五年攻克洛阳,俘虏了怀帝,随即将其杀害。愍帝建兴四年(316),刘曜攻陷长安,愍帝出降,西晋灭亡。东晋大兴元年(318)刘曜自立为帝,次年定都长安,改国号为赵(前赵)。大兴二年(319)石勒称赵王,东晋成帝咸和五年石勒称帝。以上几句是说两晋内忧外患,形势非常严峻。
〔11〕不能乎晋:不能成为晋,不能立国。这句是说,虽然晋代形势严峻,但尚能立国。
〔12〕病:妨害。江左:江东。指长江下游以东地区。东晋及南朝宋、齐、梁、陈各代的基业都在江左,故时人又称这五朝及其统治下的全部地区为江左,南朝人则专称东晋为江左。十叶之基:西晋灭亡后,公元317年司马睿在建康(今江苏南京)重建政权,史称东晋。东晋于公元420年被刘裕所灭,共历十一帝,一百零四年。杨万里说十叶是取其整。叶:世、代。
〔13〕刘宋:刘裕,彭城人,入仕东晋被封为宋王。晋恭帝元顺二年(420)废帝自立,建都建康,国号宋。因皇室姓刘,所以史称刘宋。
〔14〕谯纵:十六国时期后蜀国君,405—413年在位,巴西南充(今四川南充市北)人。初为东晋安西府参军,后自立成都王。公元413年被刘裕大军所败,谯纵自缢而亡。
〔15〕卢循:涿人(今河北涿州市),出自范阳大族卢氏,士族出身。因渡江较晚,未受朝廷重用。曾起兵反抗东晋,东晋无力讨伐,于是封其为征虏将军、广州刺史、平越中郎将。后来趁刘裕北伐南燕,东晋后方空虚之际,再次起兵,最终被刘裕战败,卢循投水而死。
〔16〕姚氏:后秦政权由姚苌建立,定都长安,共历三十四年,在东晋末年被刘裕所灭。慕容氏:鲜卑族酋长慕容垂在公元384年称燕王,两年后称帝,建都中山(今河北定县),史称后燕。公元397年,北魏兵破中山,后

燕被截为两部,第二年慕容德率领众部由邺(今河北临漳西南)迁滑台(今河南滑台)称燕王。公元400年迁广固(今山东益都西北)称帝,史称南燕。公元410年被东晋刘裕军所灭。拓跋氏:公元四世纪初,鲜卑族拓跋部在山西、内蒙古一带建立代国,后来被前秦苻坚所灭。公元386年鲜卑族拓跋珪称王,重建代国,同年改国号为魏,史称北魏。公元398年建都平城(今山西大同),次年称帝。公元439年统一中国北方,与南朝宋对峙。

〔17〕数百年:从东晋建立到南朝陈灭亡,共计二百七十年。祚(zuò):福;福运。

〔18〕汤:商汤。文:周文王。

〔19〕汉高帝:刘邦,出身布衣,与项羽共同灭秦,后击败项羽,建立西汉。

〔20〕光武:东汉光武帝刘秀,起兵金陵攻打王莽,重建汉王朝。

〔21〕全楚:春秋战国时楚国占有今湖南、湖北、安徽、浙江之地。吴越:指春秋吴越故地,即今江浙一带。这是说南宋有广阔的全楚之地作为大本营,吴越之地作为首都畿辅中心地区。

〔22〕庄楚:楚庄王,在位期间励精图治,楚国国势强盛。阖闾:吴王,重用伍子胥打败了楚国,一时间威震四方。子胥:即伍子胥,本为楚国人,由于父兄被楚王杀害,投奔吴王,辅佐阖闾打败了楚国。种、蠡:文种和范蠡,二人都是楚国人,效忠越王,拜大夫,辅佐勾践灭掉吴国。国:地方;地域。

〔23〕高帝:汉高祖刘邦。先主:蜀先主刘备。孙仲谋:吴大帝孙权,字仲谋。杨行密:字化源,晚唐时为淮南节度使,公元902年受封为吴王,为五代吴国开国者。

〔24〕饶:财富。

〔25〕漕:水道运输。

〔26〕西戎:指当时西北西南地区的少数民族。

〔27〕奄:覆盖。引申为尽,包括。

〔28〕惴:恐惧。

〔29〕孟贲:战国时勇士。《孟子·公孙丑上》:"若是,则夫子过孟贲远矣。"孙奭疏引《帝王世说》:"秦武王好多力之人,齐孟贲之徒并归焉。孟贲生拔牛角,是谓之勇士也。"

〔30〕因循:疏懒;怠惰;闲散。颓堕:谓精神颓废衰惫。

〔31〕所可惜:指国土。

〔32〕彻:撤除,撤去。所可忌:指守卫边疆的计划和设施。

〔33〕无所往而惜:(不珍惜国土)就没有国土可以去珍惜了。

〔34〕召:招致。

〔35〕顷者:近来。

〔36〕唐、邓:宋二州名,在今河南南阳、邓县一带。

〔37〕海、泗:宋二州名,在今江苏东海、泗县一带。隆兴北伐失败后,南宋把四州割给了金国。

〔38〕垣:矮墙。

〔39〕户:门。

〔40〕汉中:郡名,在今陕西南部一带。三国时为蜀国所有,是蜀国的重要对外防线。公元263年,魏伐蜀,占领汉中之后,魏军很快入蜀,蜀后主刘禅降,蜀亡。

〔41〕唐献淮南:周世宗显德五年(958)南唐李璟献周淮南之地。不久宋灭周,宋太祖开宝八年(975)宋军攻克南京,南唐灭亡。蹙:困窘,窘迫。

〔42〕自将:亲自率领军队。

〔43〕子房:刘邦大将张良字子房。

〔44〕宛(yuān):古时楚国地名。秦昭襄王置县。治所在今河南南阳,秦以后每为南阳郡治所。

〔45〕重:(战略位置)重要。

〔46〕病：不利。据《资治通鉴·秦纪》记载，刘邦攻克南阳以后，想要越过宛郡直接入关攻秦，"张良谏曰：'沛公虽欲急入关，秦兵尚众，距险；今不下宛，宛从后击，强秦在前：此危道也。'"于是刘邦攻宛。

〔47〕岁月：指短时间。

〔48〕隙地：空地，闲地。

〔49〕疮痍：伤害；损害。瘳：病愈。这里指恢复元气。这是指金国上次南侵失败，力量还没有恢复。

〔50〕狠然：凶狠的样子。淮甸：淮河流域。南下牧马：此处指南下侵占南宋。

〔51〕罴(pí)：熊的一种。俗称人熊或马熊。

〔52〕臧质：臧质，字含文，南朝宋大将。元嘉二十七年北魏太武帝拓跋焘南侵，第二年攻打盱眙，臧质与太守沈璞守城，拓跋焘军死伤惨重又久攻不下，最终撤兵。佛狸，拓跋焘的小名。壁，军垒。此处用作动词，守军垒。

〔53〕刘仁瞻：刘仁瞻，字守惠，南唐大将。周世宗率领大军攻打南唐，刘仁瞻守寿州(今安徽寿县)，周军攻打了四个月也没有攻下寿州。

〔54〕光尧：宋高宗的尊号是"光尧寿圣太上皇帝"，所以当时人称高宗为"光尧"。绍兴三十一年金国使者向高宗提出割让淮南江北、汉水以东的土地，高宗拒绝了金国的要求，并与之开战，金主完颜亮死于此次战役。

〔55〕庐：庐州，今安徽合肥一带。寿：寿州。广陵：今江苏扬州。三地都是长江以北、淮河以南的军事重镇。

〔56〕牵：牵制。

〔57〕常山之蛇：古代传说中一种能首尾互相救应的蛇。后因以喻首尾相顾的阵势。《孙子·九地》："故善用兵者，譬如率然。率然者，常山之蛇也。击其首则尾至，击其尾则首至，击其中则首尾俱至。"

〔58〕不恃江者，江可恃也：不依赖长江作为抵御侵略的屏障(而是依靠人才和充分的军事准备)，那么长江才能发挥它天堑的作用。以为凭借一道天险就能高枕无忧，最后必将失守长江。恃，依赖；凭借。

〔59〕陈后主：陈叔宝，南朝陈后主。后主祯明二年(588)，隋伐陈，以大将韩擒虎攻庐江，贺若弼攻打广陵，十二月，隋军攻至长江北岸。陈后主说："王气在此，齐兵三来，周帅再(两次)来，无不摧败，彼何为者耶？"还认为隋军不能渡过长江天堑。第二年元旦，贺若弼自广陵渡江，韩擒虎自横江夜渡采石矶，隋军南下，陈灭亡。朝正(zhēng)：古代诸侯和臣属在正月朝见天子。汉以来通常在岁元旦进行，也称大朝会。

〔60〕宫之奇：春秋时虞国大臣。《左传·僖公五年》："晋侯复假道于虞以伐虢。宫之奇谏曰：虢，虞之表也；虢亡，虞必从之……谚所谓'辅车相依，唇亡齿寒'者，其虞虢之谓也。"晋灭虢后果然乘机灭虞。

〔61〕唇亡齿寒：唇缺则齿露受冷。比喻关系密切，利害相关。

〔62〕勿恃淮而备淮：不要依赖淮河作天然防线，而是要在淮河一线修筑工事积极防备。

〔63〕纪陟：即纪陟，三国时人，字子上，丹阳人。纪陟曾出使魏国，魏帝向他询问吴国战备边防情况，纪陟回答说："自西陵以至江都五千七百里……疆界虽远，而其险要必争之地不过数四，犹人虽有八尺之躯，靡不受患，其护风不过数处耳。"文中引用此典的意思是说，设防长江不过是守备几处重点要塞，比守备淮河要容易得多了。

〔64〕不可测：让敌人难以意料自己的行动。

〔65〕相目：相互窥探。

　　这篇政论文主题是联系宋孝宗即位之初的时事，阐述杨万里对国家边防政策的看法。恢复中原还是固守半壁江山，是宋孝宗即位后首先要考虑的问题。孝宗即位后想要立即恢复中原，隆兴年间仓促北伐以失败求和告终，给急于求成的孝宗泼了一盆冷水。在杨万里看来,"万世之业"看来已经有些渺茫,而"百年之业"也并不安稳,目前当务之急是守好半壁江山,休养生息之后再图大业。这篇论文即从宋孝宗首次用兵失败有些灰心丧气的形势入手,提出保国之道。

杨万里在提出"而数百年之业,亦独扰扰而未求所定,岌岌而未见所立"的现实之后,首先是给孝宗以鼓励,历史上东晋、南朝尚能存国,南宋的条件比东晋、南朝要好很多,只要奋发图强,也可守住基业。但是守住半壁江山的前提条件是珍惜国土,加强军备。紧接着,作者用六国献地而最终亡国的历史告诫孝宗要珍惜每一寸国土,割让唐、邓、海、泗四州是自毁御敌的屏障。然后作者用更沉痛的笔调写出当前最大的祸患是淮南江北一带战备松弛,并且朝中有凭借长江天险抵御金兵的论调,作者用陈后主亡国的例子痛斥恃江以自保的观点,希望孝宗不要"引寇以自逼",写到最后杨万里已然"流涕而极言",一腔忧国之情感人肺腑。

此文论证严密,层层推进,例证充分,有不容辩驳之势,而且直指时弊,显示出作者过人的政治眼光,是当时政论文中的佳作。

王立斋记

题解

此文作于宋孝宗隆兴元年(1163)春。杨万里零陵县丞任期已满,等待下一任官员上任进行交接之际,结识了唐德明,并写此文赞美友人的高洁品行,同时对那些沽名钓誉、言行不一的人进行讽刺。

零陵法曹厅事之前[1],逾街不十步,有竹林焉。美秀而茂,予甚爱之。欲不问主人而观者屡矣,辄不果[2]。或曰[3]:"此地所谓美秀而茂者,非谓有美竹之谓也,有良士之谓也。"予闻之,喜且疑。竹之爱,士之得,天下孰不喜也,独予乎哉?然予宦游于此几年矣[4],其人士不尽识也,而其良者独不尽识乎?予欲不疑而不得也。

今年春二月四日,代者将至[5],避正堂以出[6],假屋以居[7],得之,盖竹林之前之斋舍也。主人来见,唐其姓,德明其字[8]。日与之语,于是乎喜与前日同,而疑与前日异。其为人,庄静而端直[9],非有闻于道,其学能尔乎[10]!有士如此,而予也居久而识之,斯谁之过也?以其耳目之所及,而遂以为无不及[11],予之过独失士也欤哉[12]!

德明迨暇[13],与予登其竹后之一斋。不下万竹,顾而乐之,笑谓德明曰："此非所谓'抗节玉立'者耶[14]？"因以"玉立"名之。而遂言曰："世言无知者[15]，必曰'草木'。今语人曰，汝草木也，则艴然而不悦[16]。此竹也，所谓草木也非？然其生，则草木也；其德，则非草木也。不为雨露而欣，不为霜雪而悲，非以其有立故耶？世之君子，孰不曰：'我有立也，我能临大事而不动，我能遇大难而不变。'然视其步武而徐数之[17]，小利不能不趋，小害不能不逋[18]。问之，则曰：'小节不足立也[19]，我将待其大者焉！'其人则不愧也，而草木不为之愧乎？"

德明负其有[20]，深藏而不市[21]，遇朋友有过，面折之[22]，退无一言。平居奋然有愤世嫉邪之心[23]，其所立莫量也[24]。

吾既观竹夜归，顾谓德明曰："后有登斯斋者，为我问曰，人观竹耶？竹观人耶？"

隆兴元年，庐陵杨万里记。

〔1〕法曹：古代司法官署。厅事：官署视事问案的厅堂。
〔2〕辄：却。不果：没有成为事实；终于没有实行。
〔3〕或：有的。
〔4〕几年：杨万里在绍兴二十九年（1159）冬到零陵上任，隆兴元年（1163）秋任满，在零陵为官近四年。
〔5〕代者：接替杨万里职务的官员。
〔6〕正堂：正屋，这里指官署。出：清扫，打扫。
〔7〕假屋：借屋。
〔8〕德明：唐人鉴，字德明，郡士。
〔9〕庄静：庄重沉静。端直：正直。
〔10〕能尔：如此，这样。这两句是说，如果不是深明正道常理，唐德明的学识能这样（深厚）吗？
〔11〕及：至，到达。这里是认识的意思。无不及，此处作"没有不认识的"讲。
〔12〕也欤哉：叹词。
〔13〕迨（dài）：等到。暇：空闲；闲暇。
〔14〕抗节玉立：坚守节操，坚贞不屈。晋桓温《荐谯元彦表》："凶命屡招，奸威仍逼，身寄虎吻，危同朝露，而能抗节玉立，誓不降辱，杜门绝迹，不面伪庭。"
〔15〕无知：没有知觉，也指人没有知识，不明事理。
〔16〕艴（bó）然：恼怒貌。
〔17〕步武：脚步。这里用来比喻人的实际言行。
〔18〕逋（bū）：逃避，逃窜。
〔19〕小节：琐细微末的操守。
〔20〕负：抱有；享有。有：指有才德。
〔21〕深藏：指人有真才实学而不外露。不市：犹不售，此处指声名不显，没有官职。

〔22〕折:责难,指出别人的错误或缺点。

〔23〕愤世嫉邪:愤恨憎恶社会的不平和邪恶的行为。

〔24〕莫量:犹言不可限量。

这是一篇借物喻人之作,全文主旨是赞美有修竹一样品质的唐德明,讽刺虚伪浮华之徒。文章开篇写以前想要观赏邻家的美竹而未果,又听说邻人是"良士",作者却并没有拜访。作者认为自己在此地为官近四年,已经访遍此地的贤者,却唯独不认识这个"良士",所以心存疑虑。第一段见其美竹,听其美名却不见其人,再加上作者看似有理的疑心,勾起人们的阅读兴趣。第二段写结识唐德明的缘由,作者一方面正面赞扬唐德明的品质"庄静而端直",又从反面自责,自己的疑心险些致使不能和良士结交。反面的自责更体现出唐德明的庄静、不招摇的品性。第三段因竹设喻,一面赞扬友人有"抗节玉立"的美好品质,另一面讽刺那些追名逐利、丧失品格的人不如草木。这一段用修竹喻君子,设喻贴切恰当。文章从反面批评世俗小人平时大言不惭,背地里见利忘义,被人指责时狡辩"小节不足立也,我将待其大者焉!"真是活灵活现,更衬得君子修竹般品质的可贵。最后用"人观竹耶?竹观人耶"的问话结束全篇,饶有趣味,又发人深思,有德者自然会对竹一笑,无德者真当羞得面红耳赤。

景延楼记

此文作于宋孝宗隆兴二年(1164)。杨万里在去年因张浚举荐为临安府教授,于本年初因父疾离任还乡,此记即是家居时所作。杨万里在此文中描绘了泛舟清江所见的优美景色,给人如在画中游的感觉,议论部分以意趣胜,也颇有新意,是一篇出色的写景散文。

予尝夜泊小舟于峡水之口〔1〕,左右后先之舟,非吴之估〔2〕,则楚之羁也〔3〕。大者宦游之楼船,而小者渔子之钓艇也。岸有市焉〔4〕,予蹑芒屦,策瘦藤以上〔5〕,望而乐之。盖水自吉水之同川入峡,峡之两崖对立如削,山一重一掩,而水亦一纵一横,石与舟相仇〔6〕,而舟与水相谍〔7〕,舟人目与手不相计则殆矣〔8〕。下视皆深潭激濑〔9〕,黝而幽幽,白而溅溅,过者如经滟滪焉〔10〕。峡之名,岂以其似耶?至是则江之深者浅,石之悍者夷〔11〕,山之隘者廓〔12〕,而地之绝者一顾数百里不隔矣〔13〕。时秋雨初霁〔14〕,月出江之极东。沿而望,则古巴丘之邑墟也[15];面而觐[16],则玉笥之诸峰也[17];溯而顾,则予舟所经之峡也。市之下,有栋宇相鲜若台若亭者[18]。时夜气寒甚,予不暇问,因诵山谷先生《休亭赋》[19],登舟。至今坐而想之,犹往来目中也。

　　隆兴甲申二月二十七日[20],予故人月堂僧祖光来谒予[21],曰:"清江有谭氏者,既富而愿学,作楼于峡水之滨,以纳江山之胜,以待四方之江行而陆憩者。楼成,乞名于故参政董公[22],公取鲍明远《凌烟铭》之辞[23],而揭以景延公之意[24],欲属子记之而未及也。愿毕公之志,以假谭氏光[25]。"予曰:"斯楼非予畴昔之所见而未暇问者耶[26]?"曰:"然。"予曰:"山水之乐,易得而不易得,不易得而易得者也。乐者不得,得者不乐;贪者不与,廉者不夺也[27]。故人与山水,两相求而不相遭[28]。庾元规、谢太傅、李太白辈非一丘一壑之人耶[29]?然独得竟其乐哉[30]?山居水宅者厌高寒而病寂寞[31],欲脱去而不得也。彼贪,而此之廉也;彼与,而此之夺也:宜也。宜而否[32],何也?今谭氏之得山水,山水之遭乎?抑谭氏之遭乎?为我问焉。"祖光曰:"是足以记矣。"乃书以遗之。

　　谭氏兄弟二人:长曰汇,字彦济;次曰发,字彦祥。有母老矣,其家睦。祖光云,杨某记。

〔1〕峡水之口:指清江之峡。清江,水名,一在湖北,即古夷水;一在江西,即流经新干、清江等地的那段赣江,此文中清江指赣江。章、贡二水抱赣州城而流,至郁孤台下汇为赣江北流,经造口、万安、太和、吉州、隆兴府(即洪州,今南昌市),入鄱阳湖注入长江。

〔2〕估:指估客,即行商。吴之估,吴地来的商人。

〔3〕羁:指旅居的人。

〔4〕市:指集镇、城镇。

〔5〕蹑芒屦,策瘦藤以上:穿着芒鞋,拄着藤杖走上岸边的集镇。

〔6〕仇:相互对立。船触石翻,故说"石与舟相仇"。

〔7〕谍:相一致。船随水动,故说"舟与水相谍"。

〔8〕计:这里有相互配合的意思。

〔9〕濑:急流。

〔10〕滟滪:即滟滪堆,在四川省奉节县东,是长江瞿塘峡口的险滩。据王琦注引《太平寰宇记》:"滟滪堆,周回二十丈,在夔州西南二百步蜀江中心瞿塘峡口。冬水浅,屹然露百馀尺。夏水涨,没数十丈。其状如马,舟人不敢进。谚曰:'滟滪大如马,瞿塘不可下;滟滪大如鳖,瞿塘行舟绝;滟滪大如龟,瞿塘不可窥;滟滪大如幞,瞿塘不可触。'"

〔11〕悍:形容礁石坚实。夷:平坦。石之悍者夷,是说江中妨碍行船的怪石没有了,江面平坦利于行船。

〔12〕隘:狭窄;狭小。廓:开阔、空阔。山之隘者廓,是说江上峡口不再狭隘,而是变得开阔了。

〔13〕绝:极。

〔14〕霁:雨止天晴。

〔15〕巴丘:江西庐陵郡巴丘县(今在江西崇仁境内),位于赣江之畔。

〔16〕觑:观察,察看。

〔17〕玉笥:山名。在江西永新县,是道家三十六小洞天之一。

〔18〕鲜:美好明丽。

〔19〕山谷先生:指黄庭坚。《休亭赋》是黄庭坚描绘园林亭台的名作。

〔20〕隆兴甲申:即隆兴二年,按干支纪年为甲申。

〔21〕谒:请;请求。

〔22〕参政董公:指董德元,字体仁,吉州永丰(今属江西)人。高宗绍兴二十五年,拜参知政事。

〔23〕鲍明远:鲍照,字明远,南朝宋代诗人。《凌烟铭》,指鲍照的《凌烟楼铭》,其中有"瞰江列楹,望景延除"的句子。

〔24〕景延公:景延广,五代时后晋大臣,力主抗辽,曾声言"晋朝有十万口横磨剑,翁若要战则早来。"后为后晋出帝石重贵罢其兵权,贬河南尹,留守洛阳。出帝开运三年(946)为辽军所俘,次年自杀。

〔25〕假谭氏光:为景延楼作记,从而给予谭氏增添光彩。假,给予,授予的意思。

〔26〕畴昔:昔日;从前。

〔27〕贪者不与,廉者不夺:贪图山水乐趣的人却得不到这乐趣,不贪图的人却不剥夺他欣赏的乐趣。廉,指不贪,不苟取。

〔28〕遭:逢,遇到。不相遭,不与秀丽的山水景色相遇,即不能欣赏山水。

〔29〕庾元规:庾亮,字符规,东晋颍川鄢陵人。谢太傅:指东晋诗人谢安,谢安卒后赠太傅,故称谢太傅。李太白:唐代大诗人李白,字太白。非一丘一壑之人耶,是说庾亮等人到处游览,并非是仅把眼光停留于一丘一壑。

〔30〕竟:遍,全。竟其乐,得到山水的乐趣。

〔31〕病:缺点,不好的地方。

〔32〕宜而否:这是说,山居的人往往得不到山水的乐趣,但是谭氏却能够得到。

这篇散文从结构上看可分为两部分。第一部分写景,作者追忆往昔乘舟从吉水顺流而下,游览清江时所见的山水景致。这一段写景文字又有三层,作者首先描绘入峡时所见,两岸山势如削,江中布满激流险滩,如经滟滪,异常惊险。出峡之后则豁然开朗,江流也变得平缓了,且秋雨初霁,月出于大江之上,给人宁静安闲的感觉。最后写江边有"若台若亭者",可惜因天色已晚,不得游览,是用虚笔点出景延楼。写景延楼虽然是虚写,但前面写景文字却是为此楼而设,作者把景延楼放置在江山形胜之中,虽未着力描绘景延楼,却给人留下更多遐想的空间。

第二部分叙述为景延楼作记的缘由,并引发"人与山水,相求而不相遭"的观点,指出游览者不把山水据为己有,抱着随兴欣赏的态度总能得到山水之乐,而"山居水宅者"虽在山水之中,却往往为山水所苦。写到此处,作者忽而生出一问:谭氏居山水之中,却又能得山水之乐,这是何故?作者其实是借此一问含蓄地赞美谭氏兄弟不同流俗,是真正懂得山水佳处的人。这部分议论全用对话写成,自然简洁又条理清晰,有风行水上、自然成文之妙。

与陈应求左相书

这封书信写于乾道五年(1169)十一月。在这一年八月陈俊卿拜左相,虞允文拜右相,他们都是南宋当时怀有才略的大臣。在乾道二年(1166),杨万里曾经到临安上书陈俊卿和虞允文,并得以谒见。杨万里把他的政治论文《千虑策》呈给陈俊卿,得到称许。三年之后陈、虞二人皆拜相,杨万里写了此信陈述他对国家攻守形势的看法。

某悚恐顿首再拜[1]。伏以仲冬之月[2],恭惟仆射枢使平章相公[3],首运化钧[4],一陶品汇[5],大忠天助,钧候动止万福[6]。相门玉眷,受祉增增[7]。某侍老母待成期[8],带经击壤[9],得以自乐而忘其贫且贱者,有吾相以置天下于乐国之赐也。山间幽独[10],晚闻邮音[11],得城中亲旧书,乃知相国膺受典册[12],济登左席[13],恭惟欢庆!

某自怜疏远[14],无迹于百寮班贺之列[15],惟有笺启之一敬[16]。而今以为礼,则已后矣,然犹哦数语者,不敢废礼故也。仰乞省览[17]!

某顷侍坐于东阁[18],亲闻金玉之音,谓圣上之英明,汉宣帝、唐太宗不足道也。是时相公虽在两地[19],然尚居第五[20],天下之事,有欲为而不得为者。不在其位,固不论也。盖有在其位而不得为者矣。言而莫或忌之[21],动而莫或制之,鲜乎哉[22]!相公之在顷者是矣。天下皆曰:"陈公惟无相,相之,则国无馀事,民无遗恨矣。"今日之事,相公犹可诿曰"吾欲为而不可"耶[23]?有君如圣上,有相如我公、如虞公[24],而曰天下难治者,否也[25]。

虽然[26],取守异势,则作息异机[27],曰天下易治者,亦否也。高帝之威[28],施之秦、项则伸[29],施之冒顿则屈[30],以取为守也。光武之勇[31],遇寻、邑则彰[32],遇匈奴则晦[33],不以作为息也。是二君者,其利病何如哉[34]?然犹未难也。惟守而取者为至难。盖以吾之无,取彼之有者,取也;以吾之有,守吾之有者,守也;以吾之有取彼之有者,守而取也。天下莫易于以无而取有,莫难于以有而取有,何则?以无取有者无所顾,以有取有者有所惜也。以有所惜之资,而欲为无所顾之举,此诸葛恪之所以弊孙氏[35],而王元谟之所以排佛狸也[36]。是故守而取者,非遇天下之大机,其法不可动。今日之事,愿相公为其所可为,而不为其所不可为,则天下幸甚!

未再见,所祷爱此不赀之身[37],以毕天下之能事[38],不胜大愿!

[1]悚恐:戒惧。顿首:书简表奏用语。表示致敬。
[2]伏:敬词。仲冬:冬季的第二个月,即农历十一月。
[3]恭惟:对上的谦词。一般用于行文之始。仆射枢使平章相公:陈俊卿于乾道五年八月拜左仆射兼枢密使,并同门下平章事。平章:古代官名,专由年高望重的大臣担任,位在宰相之上。
[4]化钧:造化之力;教化之权。
[5]一陶:在一窑中陶冶。比喻在同一教化之下。
[6]钧候:对上司的敬称。
[7]受祉:接受天地神明的降福。增增:众多貌。以上都是书信中的客套话。
[8]戍期:地方官赴任的日期。
[9]带经:把儒家经典带在身边,随时可以学习。击壤:《艺文类聚》卷十一引晋代皇甫谧《帝王世纪》:"(帝尧之世)天下大和,百姓无事,有五十老人击壤于道。"后因以"击壤"为颂太平盛世的典故。
[10]幽独:静寂孤独。
[11]晚闻邮音:(由于住在乡间)消息不灵通,听到国家的消息比较晚。
[12]膺受:承受。典册:帝王的册命。
[13]济登:佛家用语,指救济众生,使之登上彼岸。此处指陈俊卿当宰相利国利民。左席:指左相。古代以左为尊位。
[14]自怜:自伤。疏远:杨万里自隆兴元年(1163)离开零陵之后除临安府教授,但他没有赴任,随后丁父忧,服满之后也一直没有出仕。
[15]百寮:百官。班贺:列班庆贺。
[16]笺启:笺记和书启。
[17]省览:审阅。观览。
[18]顷:往昔。侍坐:在尊长近旁陪坐。东阁:原指东向的小门。《汉书·公孙弘传》:"弘自见为举首,起徒步,数年至宰相封侯,于是起客馆,开东阁以延贤人。"后因以称宰相招致款待宾客之所。杨万里曾经在乾道三年到杭州谒见陈俊卿。
[19]两地:指两府。借指中书省、枢密院。
[20]尚居第五:杨万里在乾道三年拜谒陈俊卿时,陈当时官位是同知枢密院事兼权参知政事,按宰辅、执政官品序列尚处于第五位。
[21]莫或:没有。
[22]鲜(xiǎn):少。以上三句是说,陈俊卿在"尚居第五"的时候,说话而没有人忌恨,行动而没有人阻挠的情况是很少的。

〔23〕诿:推托;推委。
〔24〕虞公:指虞允文。当时虞允文为右相。
〔25〕否也:不是的,不对的。
〔26〕虽然:即使如此,即使有你和虞允文作左右宰相。
〔27〕作息:作指兴兵讨伐金国,收复失地。息指采取守势修养生息。机:机谋。
〔28〕高帝:汉高祖。
〔29〕秦、项:秦朝和项羽。刘邦起兵反秦,后来又灭掉了项羽,建立汉朝。伸:施展,取得胜利。
〔30〕冒顿:人名,西汉初年匈奴单于。秦二世元年弑父自立,建立军政制度,东灭东胡,西逐月支,北服丁零,南服楼烦、白羊。西汉初年,经常侵扰边地。高祖同匈奴作战受挫,曾被困平城。屈:受挫失败。杨万里认为刘邦能战胜项羽却不能战胜冒顿,是因为他在应该采取守势的时候发动进攻。
〔31〕光武:东汉光武帝刘秀。
〔32〕寻、邑:指王莽手下的大将王寻、王邑。彰:明显,显著。指彰显威力,打败了王寻、王邑。
〔33〕晦:收敛。光武帝即位之后,没有出兵攻打匈奴,于是匈奴请求和亲,塞北边境比较安宁。这是在该息兵休养的时候没有贸然动武的缘故。
〔34〕利病:优劣。杨万里认为刘邦是开国之君,刘秀是中兴之主,才能差别不是很大,但是在对匈奴用兵问题上分出了高下。
〔35〕诸葛恪:三国时东吴大将军诸葛恪贸然兴师攻魏,结果损兵折将,致使东吴元气大伤。
〔36〕王元谟:即王玄谟(388-468),南朝宋将领。字彦德,太原祁人。他经常在文帝面前力陈北伐大计,宋文帝元嘉二十七年(450),南朝宋军大举攻北魏,王玄谟被任为宁朔将军,后来在滑台大败。排佛狸:想要打败北魏拓跋焘。佛狸,是北魏太武帝拓跋焘的小名。
〔37〕不赀:形容十分贵重。
〔38〕能事:所能之事。《易·系辞上》:"引而伸之,触类而长之,天下之能事毕矣。"

　　这是一封以谈论国家对外攻守政策为主题的书信。与金国的关系问题一直是南宋政治中的头等大事,主战还是和议一直是争论的中心,也是历任宰相要首先考虑的国家大计。杨万里是主张收复失地的,但是他一直认为要采取稳健的政策,要国内政治安定,经济充裕,等待时机再发动进攻,这和有些主战派不顾形势,急功近利的主张是有很大区别的。在这封书信中,杨万里先是赞颂了陈俊卿的才德,如今可以施展抱负大展宏图了,从而引出天下"易治"、"难治"的说法。杨万里认为"天下莫易于以无而取有,莫难于以有而取有",南宋的形势正是"以有而取有",所以应当"守而取",除非时机成熟,不能轻举妄动,否则会招致祸患。后来南宋在开禧元年(1205)备军,在不具备有利时机的情况下在开禧二年仓促北伐,最终兵败受辱,见证了杨万里对宋金战争形势分析之正确。

怀种堂记

题解

杨万里乾道六年(1170)冬离开奉新县之前,应村民要求写了这篇记。在此文中杨万里赞扬了正直耿介,为民解忧的刘珙,同时以犀利的笔墨讽刺了置百姓于水火的昏君奸臣,并提出了朴素的民本思想。怀种堂,即刘枢密祠,据《奉新县志》记载:"刘枢密祠,在宝云寺后,祀宋知隆兴府刘珙。以奏蠲同安、进城、新兴(此三处地名与《怀种堂记》有异)三乡浮产之税,故祀之。知县杨万里记,并名其堂曰'怀种'。"

　　乾道四年[1],枢密刘公既登用[2],善类复聚[3],国势大竞[4],天下仰目,指期中兴。而公孤忠崇崛[5],不少靳刓[6],疾视嬖邪[7],毕力击排[8]。既牢不可动,则叹曰:"道行则吾止,道止则吾行,是不可并[9]。"乃以大资政作藩隆兴[10]。至则旁搜民瘼[11],孰为疽根[12]?弗狝弗耨[13],我则涤除[14],俾周后灾[15]。首得奉新县三乡寓税之弊[16],欣然上闻[17]。其明年,符下转运[18],悉蠲除之[19],为税三十五万钱有奇,为米若干,为帛若干。命下,而公已迁荆州牧矣。于是三乡昔无田而有税者,今无其所有[20];昔有乡而无民者,今有其所无[21]。

　　又明年[22],五月,予来令奉新。三乡之民,相率作堂[23],画公像于间,以致瞻伫之敬[24]。十一月某日,堂成。予移官成均[25],将行,邑之士王杲等率三乡之民来请名且记。予不得辞,名堂以"怀种"。"种"言德[26],"怀"言民也[27]。于是民皆叹曰:"微公之恩[28],吾其不首丘矣[29]!"予曰:"此非公之恩也。"于是民皆不悦。予重告曰:"尔不见前古之君乎[30]?闻兴民之害,则勇于敢[31];闻除民之害,则勇于不敢[32]。今公之言朝奏,而上之命夕应[33],然则此非公之恩也,上之恩也。"于是民始悦。予曰:"亦公之恩也。"于是民皆大惑。予又重告曰:"尔不见世之君子乎[34]?一言而为民百世之害也。彼不曰害民也,曰'利国'也。国可利也,民可害不可害也?而况民有其害,而国不有其利欤?然其人犹矜曰[35]:'吾知忠于国也。'且夫国之所立,其所恃者谁也?日夜摇其所恃,以忠其所立,是果忠不忠也?一言而除民百世之害,如公者,有不有也?然则此又公之恩也。"于是民始大悦。

三乡:曰晋城,曰新安,曰法城云。
门生奉议郎新除国子博士杨某记[36]。

[1]乾道四年:公元1168年。
[2]刘公:刘珙(1122—1178),字恭父。登进士乙科,任礼部郎中时曾触怒奸相秦桧而被罢职,秦桧死后召为大宗正丞。迁吏部员外郎、兼权秘书少监、兼权中书舍人。乾道四年拜中大夫,同知枢密院事;旋参知政事。枢密:即指刘珙此时任同知枢密院事。枢密院是封建时代中央官署名,主管官称枢密使。宋代枢密院与中书省分掌军政,号为"二府"。登用:进用。刘珙此时官位相当于军、政两府的副宰相。
[3]善类:善良的人,有德之士。
[4]竞:强盛;强劲。
[5]孤忠:忠贞自持,不求人体察。崇嵼:高耸。这里指品格高。
[6]不少斲(zhuó)刓(wán):(对不正确的事)一点也不迁就妥协。斲,砍;斫;削。刓,削去棱角。
[7]疾视:瞋目怒视。嬖(bì)邪:受君主宠爱的奸邪小人。嬖,被宠爱的人。
[8]毕力:尽力;全力。击排:攻击排斥。
[9]不可并:不可并存,即势不两立。以上三句是说,(如果奸邪小人的势力)牢不可动,刘珙就会说:"小人之道继续通行那我就隐退,小人之道被中止我就留下,我和奸佞势不两立。"刘珙因弹劾朝中奸佞,被免除了副宰相职务,任命他作祠官,宰相陈俊卿极力挽留他,刘珙才改作隆兴知府。
[10]大资政:指资政殿学士。作藩:任地方长官。隆兴:今南昌。这句是说刘珙以大资政的身份到隆兴为官。
[11]旁搜:广泛搜求。这里有广泛调查的意思。民瘼(mò):民众的疾苦。
[12]疽(jū)根:生长毒疮的根由。这里是指造成民众疾苦的原因。疽,中医指局部皮肤肿胀坚硬的毒疮,这里用来比喻民众的苦难。
[13]狝(xiǎn):杀戮;捕杀。耨(nòu):本意为小手锄,也指用耨除草,比喻除秽去邪。
[14]涤除:洗去;清除。
[15]俾(bǐ):使。罔(wǎng):无,没有。
[16]寓税:正额以外的附加税。当时此地附加税沉重,很多农民交不上税逃亡变成流民。
[17]上闻:向朝廷呈报。
[18]符:盖有官府印信的下行公文的一种。转运:转运使。
[19]悉:尽、全。蠲(juān)除:废除;免除。这是说刘珙的奏章呈上之后,第二年朝廷下文书给转运使,命令除去寓税。
[20]无其所有:原来要交的附加税现在不用交了。
[21]有其所无:原来逃亡的农民现在都还乡了。
[22]又明年:即乾道六年(1170)。杨万里在这一年到隆兴府奉新县任县令。
[23]相率:相继;一个接一个。
[24]瞻仁:伫立瞻仰表达敬意。
[25]成均:古代的大学,后泛称官设的最高学府。宋代大学称国子监,所以用成均代称。杨万里在这年十月被召为国子博士。
[26]种德:布德,施恩德于人。
[27]怀民:安抚人民。

〔28〕微：无，没有。

〔29〕首丘：指归葬于故乡。语出《礼记·檀弓上》："古之人有言曰'狐死正丘首'，仁也。"孔颖达疏："所以正首而向丘者，丘是狐窟穴根本之处，虽狼狈而死，意犹向此丘。"不首丘，即是说客死他乡。

〔30〕前古：古代；往古。

〔31〕勇于敢：不顾阻挠，敢于实施（剥削人民的政策）。

〔32〕勇于不敢：不听劝谏，不废止弊政。

〔33〕朝言、夕应：极言朝廷公文回复得快。

〔34〕君子：此句中的君子是指那些祸害人们的官员，是作者讽刺的对象。

〔35〕矜：自夸；自恃。

〔36〕门生：弟子或再传弟子都可称为门生；宋朝因荐举而改官者对举主也自称"门生"。

　　这是一篇赞颂师友品德政绩的文章，全文分为两大部分。第一部分简单介绍了刘琪孤忠崇崛、不少靳刓的性格，以及他到南昌为官的背景。刘琪为官一任，造福一方，为民除弊，减轻了百姓的负担。第二部分写当地人民感谢刘琪，在他离任后为他建祠画像，并请杨万里作文记叙此事。在这一部分杨万里借题发挥的论述是全篇的精华。杨万里首先赞扬刘琪的"怀种"之德，于是人们都点头称是，然后笔锋一转，又说"此非公之恩也"，文章顿起波澜，作者转而赞颂"上之恩"，既作了表面文章，又讽刺了那些只知搜刮的昏君。然后作者又说"亦公之恩也"，文章又有一层转折，讥讽那些打着"为国"幌子拼命搜刮百姓的贪官污吏，更衬托出刘琪不同流俗，是真正的君子。其实世间公道自在人心，杨万里对乡民说"上之恩"后"民始悦"，而说完"公之恩"后，"民始大悦"，含蓄地写出了人心向背。杨万里在文中提出人民——而不是高高在上的朝廷——才是国家的根本，那些打着国家大计的幌子与民争利、进而中饱私囊又振振有词的伪君子才是国家的祸害，这其中蕴含着朴素的民本思想，在当时是难能可贵的。

诚斋《荆溪集》序

　　这篇序文作于淳熙十四年（1187），是杨万里为自己的诗集《荆溪集》写的序。在此文中杨万里自述了学诗的历程和曾经在创作中遇到的问题，重点写诗人自己悟到了写诗最终还是要自出机杼、取法自然的道理，这是杨万里形成自己独特诗风的关键，而此文也可称得上是解读杨万里诚斋体诗歌的一把钥匙。杨万里自编诗集，大体上是按照一官一集的方式编排，《荆溪集》收录杨万里在常州为官期间（从淳熙四年五月至淳熙六年二月）所写的诗。荆溪，水名，在常州宜兴境内。

予之诗,始学江西诸君子[1],既又学后山五字律[2],既又学半山老人七字绝句[3],晚乃学绝句于唐人[4]。学之愈力,作之愈寡。尝与林谦之屡叹之[5],谦之云:"择之之精[6],得之之艰,又欲作之之不寡乎?"予喟曰:"诗人盖异病而同源也,独予乎哉[7]!"故自淳熙丁酉之春[8],上塈壬午[9],止有诗五百八十二首,其寡盖如此。

其夏之官荆溪[10],既抵官下[11],阅讼牒[12],理邦赋[13],惟朱墨之为亲[14],诗意时往日来于予怀,欲作未暇也。戊戌三朝[15],时节赐告[16],少公事,是日即作诗,忽若有寤[17],于是辞谢唐人及王、陈、江西诸君子,皆不敢学,而后欣如也[18]。试令儿辈操笔[19],予口占数首[20],则浏浏焉无复前日之轧轧矣[21]。自此,每过午,吏散庭空,即携一便面[22],步后园,登古城,采撷杞菊[23],攀翻花竹,万象毕来献予诗材[24],盖麾之不去,前者未雠[25],而后者已迫,涣然未觉作诗之难也[26]。盖诗人之病,去体将有日矣。方是时,不惟未觉作诗之难,亦未觉作州之难也[27]。

明年二月晦[28],代者至[29],予合符而去[30],试汇其稿,凡十有四月,而得诗四百九十二首。予亦未敢出以示人也。今年备官公府掾[31],故人钟君将之自淮水移书于予曰[32]:"荆溪比易守[33],前日作州之无难者[34],今难十倍不啻[35]!子荆溪之诗,未可以出欤?"予一笑,抄以寄之云。

淳熙丁未四月三日[36],庐陵杨万里廷秀序[37]。

[1]江西诸君子:指江西派中诗人。北宋末,吕本中作《江西诗社宗派图》,自黄庭坚以下,列陈师道等二十五人,因黄庭坚为江西人且影响最大,故有"江西诗派"之称。

[2]后山:北宋著名诗人陈师道,字无己,号后山居士。五字律:五言律诗。

[3]半山老人:北宋政治家、诗人王安石别号半山。

[4]唐人:此处特指晚唐诗人。

[5]林谦之:林光朝(1114—1178),字谦之,莆田人,隆兴元年进士,累官广西提点刑狱、国子祭酒、婺州知州,谥文节,有《艾轩集》。林光朝是杨万里的诗友,杨万里曾与他论诗。

[6]择之之精:从众多流派中选择某一家或几家做学习对象,又单单学习所选对象特别擅长的一体来学习模仿。

[7]独予乎哉:难道只有我是这样吗?这是说择精、作艰、得寡是很多诗人都面临的困境,不只杨万里一人是这样。

[8]淳熙丁酉:即淳熙四年(1177)。

[9]塈(jì):取。壬午:绍兴三十二年(1162)。杨万里在绍兴三十二年七月把以前学江西派的旧作焚毁,所以杨万里《诚斋集》从这一年开始存诗。杨万里自绍兴三十二年至淳熙四年诗作收入其《江湖集》中。

[10]其夏:杨万里于淳熙四年初夏到永州赴任。

〔11〕官下:做官的处所或地方。
〔12〕讼牒:诉状。
〔13〕邦赋:《周礼·天官·职内》:"掌邦之赋入。"贾公彦疏:"掌邦之赋入者,谓九职、九贡、九赋之税入皆掌之,独云赋入者,赋是揔名。"后因以"邦赋"指国家财政,此处指地方财政。
〔14〕朱墨:古代官府文书用朱、墨两色,因用作公文的代称。亲:接近。
〔15〕戊戌:淳熙五年。三朝:正月一日。为岁、月、日之始,故曰三朝。
〔16〕时节:四时的节日。赐告:放假,给假。
〔17〕寤(wù):醒悟;觉醒。《楚辞·离骚》:"闺中既以邃远兮,哲王又不寤。"
〔18〕欣如:欢喜,高兴。
〔19〕操笔:执笔,这里指拿笔记录。
〔20〕口占:谓作诗文不起草稿,随口而成。
〔21〕浏浏:水流貌;顺行无阻貌。这里用来形容文思顺畅。轧轧:用来形容文思艰难。陆机《文赋》:"理翳翳而愈伏,思轧轧其若抽。"吕延济注:"轧轧,难进也。"
〔22〕便面:古代用以遮面的扇状物。
〔23〕采撷(xié):采摘。撷,摘取;采摘。
〔24〕万象:宇宙自然间一切事物或景象。
〔25〕雠(chóu):应答;报答。这里是说用前一个诗料写出诗句还没有写完,后面的诗句已经又到口边了。这是说文思如泉涌。
〔26〕涣然:形容疑虑、积郁等消除。这是说诗思艰涩的困难已经消除,不再觉得作诗是一件难事。
〔27〕作州:当州郡的官员,处理辖境内的政务。
〔28〕晦(huì):农历每月的最后一日。
〔29〕代者:继任的官员。
〔30〕合符:符信相合;合验符信。古代以竹木或金石为符,上书文字,剖而为二,各执其一,合之为证。宋代地方官用官印为凭信,并不用符信,这里用合符来代指办理各种交接手续。
〔31〕备官:居官。后常用作任职的自谦之词,谓自己虚在官位,聊以充数。公府掾(yuàn):意思是在官府中当佐助官吏。杨万里时任尚书都省左司郎中,故自称公府掾。公府,官府。掾,官府中佐助官吏的通称。
〔32〕钟君将之:钟将之(1127—1196),字仲山,丹阳人。
〔33〕比:近来。易守:换了守官。
〔34〕前日作州之无难者:指杨万里。
〔35〕不啻(chì):不止。这两句是说,现在当州官,比以前难了十倍还不止;你以前在常州做州官,觉得作诗不难,作州官也不难,那么能不能把你在常州写的诗公开一下,给大家看看,作为借鉴呢?
〔36〕淳熙丁未:淳熙十四年(1187)。
〔37〕庐陵:庐陵即今江西省吉安市,杨万里是吉州吉水人,所以署庐陵。

  杨万里此序写于淳熙十四年,距出任常州知州已经有十年,这篇序是杨万里对自己过去创作经验的总结,其中记录了杨万里最重要的一次诗风转变过程,即在顿悟后最终形成诚斋体的过程。
  杨万里学诗最初效法江西派,后来终于发觉一味模仿江西诗风难以有所成就,于是在绍兴壬午年七月把以前学江西的旧作付诸一炬,转而学习陈师道、王安石和晚唐人的诗,并且在学习中不断探索自己的风格。此时杨万里虽然走出了江西藩篱,能够做到转益多师,但还受前人作品的束缚,没有放开手脚,因而遇到了创作瓶颈:作品数量少,而且文思艰涩。在"戊戌三朝"诗人终于顿悟,领悟到"随人作计终人后"(黄庭坚《赠谢敞王博喻》),"于是辞谢唐人及王、陈、江西诸君子,皆不敢学,而后欣如也",突破了创作瓶颈,达到了创作的自由状态,文思泉涌,创作成了真正的乐趣。

杨万里论诗主张诗人要开阔胸襟,从无限的自然中获取诗料,打破前人作品和风格的束缚,"黄陈篱下休安脚,陶谢行前更出头"(《跋徐恭仲省干近诗》),敢于后来居上,这篇序言就是杨万里这种创作思想的总结。

泉石膏肓记

此文写于宋光宗绍熙四年(1193),此年是杨万里辞官回乡后的第一年。诗人回乡之后,自辟小园,筑假山,引流泉,享受隐居的安闲自得之乐。杨万里此记以幽默笔调写自己的"泉石膏肓",生动有趣,其中描写池鱼的文字中还暗中表达诗人对仕宦生涯的感慨。

绍熙壬子九月十六日[1],予以废疾至自金陵[2],因念平生无它好,独好泉石,而故居乃土山,安所得石[3]?忽乡友王信臣及其犹子子林艘永新怪石以遗予[4],予喜甚,曰:"子犯所谓'天赐'者[5]。"亟召匠,钉龈为假山[6]。友人王才臣见之[7],谯予曰[8]:"先生居真山而又为假山,将谁给[9]?"予笑曰:"予敢给人耶?聊自给耳。"才臣曰:"有石而无泉,非缺欤?"予偶思去假山三十步而近[10],旧有一泉而埋[11],即命浚焉[12]。泉洌以猛[13],因接筒引之。又于假山之前十步之间,甓一小方池[14],深尺,广五之,泥与泉其深各半,植以芙蕖,杂以藻荇[15],每疏泉自筒入地中[16],伏之假山之趾[17],仰而出于石罅[18],闭而激之[19],则为机泉[20],喷珠跃玉,飞空而上,若白金绳焉,与假山相高[21]。开而达之[22],则为流水。其将至也,若哽若咽[23],若嗔若叱[24],然后潝然而上[25],决决而流[26],流而入于池,其流有文[27],其入有声。顷刻之间,通塞万变,观者四顾,莫测所来。予因生致小鱼善游而喜浮者[28],畜之池二十许尾,先十后十,每浮而出也,后者不先夫先者[29],若"徐行后长者"之为者[30],余固异之。其始畏人,不浮,人至则隐于荷盘苻带之下[31],去则显。其后渐与人习,围围洋洋若与人为玩[32];既而复隐,若耻以身供人之玩者,予益异之。予间以食食之[33],每食至必出,久之若疑夫食之饵己者[34],复不出,予益异之。因命其泉石之上小轩曰"泉石膏肓[35]"。

或曰:"膏肓之疾,医缓云不可为[36],后世乃有法可艾也[37]?"予曰:"膏肓,有法可艾也;泉石膏肓,无法可艾也。有法可艾,予亦不艾也!"一笑而书之。

明年重五[38],玉隆病叟杨万里记[39]。

〔1〕绍熙壬子:绍熙三年(1192)。
〔2〕废疾:谓有残疾而不能作事。这是杨万里的谦辞,也是辞官的借口。金陵:杨万里在绍熙三年秋从金陵(今南京)返回故里,从此不再出仕。
〔3〕安所:何处。
〔4〕王信臣:王孚,字信臣。犹子:侄子。子林:王琳,字子林。王孚和王琳都是庐陵的名士。艘:此处用作动词,用船运。
〔5〕子犯:春秋时晋国谋士狐偃,字子犯。天赐:上天所赐。据《左传·僖公二十三年》记载,晋文公称王之前,曾流亡国外,"过卫……乞食于野人,野人与之块(土块)。公子怒,欲鞭之。子犯曰:'天赐也。'稽首受而载之。"
〔6〕钉饾(dìngdòu):原指将食品堆叠在盘中,摆设出来。后来也用来比喻堆砌、杂凑。
〔7〕王才臣:王子俊,字才臣,吉水人,杨万里的弟子。
〔8〕谯(qiào):责备;谴责。王才臣的"责备"是一种玩笑话。
〔9〕将谁绐(dài):即"将绐谁",想要骗谁呢? 绐,欺诳。
〔10〕去假山三十步而近:离假山不到三十步远。去,距离。近,接近;靠近。
〔11〕堙(yīn):填,堵塞。
〔12〕浚:疏浚;深挖。
〔13〕洌:水清澈。以:连词,表承接,相当于"而"。
〔14〕甓(pì):用砖砌。
〔15〕芙蕖:荷花的别名。藻荇(xìng):水藻和荇菜。荇,多年生水生草本植物,叶呈对生圆形。
〔16〕每:副词。每次、每逢。
〔17〕伏:隐藏。趾:基础部分;底脚。假山之趾就是假山底。
〔18〕石罅(xià):石头的缝隙。
〔19〕闭:阻隔;壅塞。激:水流因受阻而腾涌、飞溅。这是说故意阻碍从筒中喷出的泉水,让泉水飞溅。
〔20〕机泉:喷泉。
〔21〕相高:一样高。
〔22〕达:通畅。这是说让筒中的泉水顺畅地流出来。

〔23〕若哽若咽:好像悲叹气塞的声音。
〔24〕若嗔若叱:好像呵斥的声音。若哽若咽、若嗔若叱是泉水在筒中流动时的声响。
〔25〕瀱(wěng)然:水沸涌貌。
〔26〕决决:水流貌。《广雅·释训》:"涓涓、决决……流也。"
〔27〕文:纹理、花纹,此处指水的波纹。
〔28〕生致:活着或新鲜地送到。
〔29〕后者不先夫先者:游在后面的那一群鱼不贸然游到前面。夫,句中助词。
〔30〕徐行后长者:语见《孟子·告子下》:"徐行后长者谓之弟,疾行先长者谓之不弟。"意思是:慢点儿走,走在长者之后,便叫悌;走得很快,抢在长者之前,便叫不悌。这一句是说鱼儿好像懂得孝悌之道似的,非常有趣。
〔31〕荷盘:指荷叶。荷叶形圆,似盘,故名。
〔32〕圉圉(yǔ)洋洋:鱼在水中有时不很活泼,有时摆尾畅游的样子。《孟子·万章上》:"昔者有馈生鱼于郑子产,子产使校人畜之池。校人烹之,反命曰:'始舍之,圉圉焉;少则洋洋焉,攸然而逝。'"赵岐注:"圉圉,鱼在水羸劣之貌。洋洋,舒缓摇尾之貌。"
〔33〕以食(shí)食(sì)之:拿鱼饵喂鱼。第一个"食"是名词,意为食物、鱼食;第二个"食"是动词,喂。
〔34〕饵己:(鱼以为人)拿鱼食逗引自己。
〔35〕泉石膏肓:谓爱好山水成癖,如病入膏肓。《旧唐书·隐逸传·田游岩》:"高宗幸嵩山,遣中书侍郎薛元超就问其母,游岩山衣田冠出拜,帝令左右扶止之,谓曰:'先生养道山中,比得佳否?'游岩曰:'臣泉石膏肓,烟霞痼疾,既逢圣代,幸得逍遥。'"膏肓,古代医学以心尖脂肪为膏,心脏与膈膜之间为肓,所以用病入膏肓形容病情险恶无法医治。后来也用来比喻难以救药的失误或缺点。
〔36〕医缓:春秋时秦国良医。后来也用来泛指良医。
〔37〕艾:本意为艾蒿,菊科,多年生草本。茎、叶皆可以作中药,叶片晒干制成艾绒,可用于灸疗。此处引申为治疗的意思。
〔38〕重五:农历五月初五日。即端午节,又称重午。
〔39〕玉隆病叟:杨万里当时任祠官,头衔是"提举隆兴府玉隆万寿宫",所以自称玉隆病叟。

  这是一篇写园林景物的佳作,体现出杨万里短篇记叙文自然流畅、颇有幽默感的文风。

  此文开篇即点明主题,"平生无他好,独好泉石",然后写好友赠送奇石,诗人得以修筑假山。有山而无水并不完美,作者紧接着写疏通泉眼、掘小池,享受到了泉石之乐。杨万里用形象灵动的笔墨,描绘出假山流泉的景致,激则喷珠跃玉,放则流水潺潺,而且流水之声也是千变万化,更添奇趣。写到此处,已经把泉石之趣展现在读者眼前了。

  作者又由池写到池中小鱼,把泉石之乐又展开了一层。池中的小鱼既是园中的景物,增添人们的游园之乐,同时作者又在池中鱼的变化的描写中杂入自己对仕宦生活的感慨。池中的小鱼有三若:若"徐行后长者"之为者,好像是懂得孝悌之道;若耻以身供人之玩者,以自己为他人的玩物为耻;若疑夫食之饵己者,以受制于人为耻。其实在此处杨万里是以鱼自况:以儒学为立身行事的准则,为官三十馀年却未能真正施展抱负,最后辞官家居还要靠"祠官"的俸禄过活。从这一段写池鱼的文字中,可瞥见杨万里的志趣节操。

此文最后扣题,即使泉石膏肓可以治好,作者也不愿医治,语义幽默风趣,作者对泉石之爱也跃然纸上。

唤春园记

题解

此记作于宋宁宗庆元二年(1196)。杨万里晚年在文坛享有盛名,政治上的头衔也相当高,当时求他作文的人很多,在《诚斋集》中类似此文这样的记叙文章为数不少。这是一篇描绘园林景物的文章,作者并未亲自游览周仲祥的唤春园,而是根据图画写出园林的种种美好之处,作者笔法生动,让人读罢有身临其境之感。

新喻县南五十里而近[1],有乡曰临川[2]。其山深秀[3],其水绀洁[4]。东西行者未至十里所[5],则望见一峰孤耸,如有自天人投笔于太空[6],至天半翔舞翻倒而下,至地跃而起,卓尔而立[7],其附丰而安[8],其颖锐而端[9]。又如有人卧地仰空,醉持翠笔而书青霄也[10]。故里之人名之曰"卓笔峰"云。士之居于临川者,皆争此峰而面之[11]。面之者众,而莫有正焉者[12]。面之而正焉者,惟人士周仲祥之居为然[13],馀皆不然。不然者皆仲祥之为嫉。嫉仲祥而仲祥不惧,又加贪焉[14],又筑一山园于居之旁,其求多于此峰未已也。

一日,介吾亡友之子刘庭杞绘画其所居与园、与此峰以来[15],求予名其园且记之。予历指以问曰:"彼园之山椒[16],有亭翩然其上,如张盖风中[17],势欲飞去,有掣而止之者何[18]?"曰:"此静庵也。""彼山之趾[19],有大屋碧瓦朱甍[20],风屏月楹,阁其上而斋其下,学子往来,操琴枕书,口吻鸣声者何[21]?"曰:"此用德之堂。右以进修之斋,左以醉隐之轩,而冠以翻经之阁也。""彼园之植:高者云倚[22],卑者地覆[23],纤者茸如[24],茂者幄如[25],丹者、素者、碧者、畦者、沚者[26],又纷然如时女之出闺闼、酣迟日而拾瑶草者何[27]?"曰:"水者蒲莲[28],陆者卉木也[29]。"予叹曰:"又多乎哉!仲祥掇此峰于怀袖多矣[30]!而园亭卉木之幽茂盛丽复如此,其取诸造物不曰:'又求其宝剑'乎[31]?予恐造物者亦将仲祥之为嫉[32],嫉之者不宁惟临川之士而已。"园之景名其一,遗其百,则兼总而名之曰"唤春",盖取诸刘梦得之联句云[33]。

仲祥名五禹,喜教子,好宾客[34]。艮斋先生谢公为记其堂,亟称其贤[35]。其一子某,未冠以秀警[36],诵书如水倒流,下笔翩翩有可爱者,其笔峰秀气钟美于是乎[37]? 韩宣子曰:"周礼尽在鲁矣[38]。"庆元二年十月五日记[39]。

[1] 新喻县:今江西新喻县南。
[2] 临川:宋抚州临川郡,即今江西临川县。
[3] 深秀:指山色幽深秀丽。
[4] 绀(gàn)洁:碧蓝洁净。绀,天青色。
[5] 十里所:指临川府城外的十里长亭。
[6] 太空:天空。
[7] 卓尔:形容超群出众。
[8] 附:依傍,这里指山脚。丰:厚实。
[9] 颖:物之尖端,这里指山峰的顶端。端:正,不偏斜;直,不弯曲。
[10] 书:此处为动词,书写。书青霄,即在青天上书写。
[11] 面:见;此处有参观游览的意思。
[12] 正:通"征",征用,这里是在山边安家居住的意思。
[13] 人士:指文人,士人。
[14] 贪:不满足。这里指不仅在山边居住,而且还建筑园林。
[15] 刘庭杞:其人不详。
[16] 山椒:山顶。
[17] 张盖:张开伞盖;打伞。
[18] 掣(chè):牵曳;牵引。
[19] 山之趾:山底。
[20] 甍(méng):屋檐。
[21] 口吻鸣声:指诵读诗书。口吻,嘴唇;嘴。鸣声,呼声;叫声。
[22] 云倚:与白云相倚,这是形容树高。
[23] 卑:低。与高相对。地覆:覆盖在地上,这是形容树低矮。
[24] 茸:草类初生细软貌。
[25] 幄:篷帐。这是形容树木茂盛,树冠很大好像帐篷一样。
[26] 畦:分畦种植。沚(zhǐ):水中小块陆地,这里指在沚上种植植物。
[27] 闉阇(yīndū):古代城门外瓮城的重门。《诗·郑风·出其东门》:"出其闉阇,有女如荼。"毛传:"闉,曲城也。阇,城台也。"后泛指城门或城楼。酣:畅快。迟日:《诗·豳风·七月》:"春日迟迟。"后以"迟日"指春日。瑶草:传说中的香草。后来泛指珍美的草。
[28] 蒲莲:菖蒲和莲花。菖蒲,多年生水生草本,有香气。叶狭长,似剑形。肉穗花序圆柱形,着生在茎端。

初夏开花,淡黄色。

〔29〕卉木:草木。《诗·小雅·出车》:"春日迟迟,卉木萋萋。"

〔30〕怀袖:犹怀抱。

〔31〕又求其宝剑:语出《左传·桓公十年》:"初,虞叔有玉,虞公求旃。弗献。既而悔之,曰:'周谚有之:"匹夫无罪,怀璧其罪。"吾焉用此,其以贾害也?'乃献之。又求其宝剑。叔曰:'是无厌也。无厌,将及我。'遂伐虞公。故虞公出奔共池。"虞公先求虞叔的美玉,虞叔献给了他,然后又求虞叔的宝剑,虞叔认为他贪得无厌,于是起兵打败了虞公。杨万里此处是用玩笑的语气说:周仲祥居住在卓笔峰下,已经是得到了奇峰作为眼前美景,又修筑了这么美好的园林,真是向自然造化求取得太多了!

〔32〕造物者:特指创造万物的神。

〔33〕刘梦得:唐代诗人刘禹锡,字梦得。联句:作诗方式之一。由两人或多人各成一句或几句,合而成篇。"唤春"二字是用唐代诗人李绛《花下醉中联句》中刘禹锡所作联句中诗句:"谁能拉花住,争得唤春回。"

〔34〕好宾客:喜欢结交朋友,招待宾客。

〔35〕亟(qì):屡次;一再。

〔36〕未冠:古礼男子年二十而加冠。故未满二十岁为"未冠"。

〔37〕钟美:集美。

〔38〕周礼尽在鲁矣:语出《左传·昭公二年》:"晋侯使韩宣子来聘;观书于大史氏,见《易象》与《鲁春秋》,曰:'周礼尽在鲁矣!吾乃今知周公之德与周之所以王也。'"杨万里此文引用"周礼尽在鲁矣"一句,意在说"吾乃今知周公之德与周之所以王也",是赞美周忠祥的德操和福气。

〔39〕庆元二年:即公元1196年。

　　这是一篇短小生动的写景散文。作者先从唤春园所依托的卓笔峰入手,这一段写景比喻贴切,设想新颖;而后写周仲祥筑园于峰下,引得士人嫉妒,则又使文章添上几许风趣幽默。此文主要是写园林,此段纯用对话写出,作者指点图画,一一发问,每一问都用生动之语描绘出一处园林佳境,而每一答都是对一处景致朴实的介绍,一问一答之间已带着读者遍览了唤春园美景,而且作者用这种方法一一介绍园林景色,显得简洁明朗而又自然流利。在描绘完园林景致之后,作者承上文士人嫉妒的话,更进一层,写周仲祥在卓笔峰下筑了这样的园林,真是"贪得无厌",恐怕连造化自然也要嫉妒他了,这是用虚笔写出了园林之美。文章最后赞美周仲祥有德操,而且有佳儿,真是令人羡慕,最后用"周礼尽在鲁矣"文意,含蓄地结束了全文。

　　杨万里此类写景文字,没有太多寓意,但往往用语自然流利,结构安排巧妙,文章曲折有致,多带着几丝风趣的味道,给读者轻松愉悦的阅读体验。

颐庵诗稿序

　　此文作于嘉泰元年(1201)六月,是为刘应时诗集写的一篇序言。在这篇序言中,杨万里谈到了他的诗歌审美理想,提倡一种婉转含蓄的艺术风格。刘应时,字良佐,四明人。有《颐庵居士集》。

　　夫诗何为者也?尚其词而已矣[1];曰:善诗者去词[2]。然则尚其意而已矣;曰:善诗者去意[3]。然则去词去意,则诗安在乎[4]?曰:去词去意,而诗有在矣。然则诗果焉在?曰:尝食夫饴与荼乎[5]?人孰不饴之嗜也[6];初而甘,卒而酸[7]。至于荼也,人病其苦也[8];然苦未既[9],而不胜其甘[10]。诗亦如是而已矣[11]。昔者暴公谮苏公[12],苏公刺之;今求其诗,无刺之之词,亦不见刺之之意也,乃曰:"二人从行,谁为此祸?"使暴公闻之,未尝指我也,然非我其谁哉?外不敢怒,而其中愧死矣!三百篇之后[13],此味绝矣;惟晚唐诸子差近之[14]。寄边衣曰:"寄到玉关应万里,戍人犹在玉关西[15]。"吊战场曰:"可怜无定河边骨,犹是春闺梦里人[16]!"折杨柳曰:"羌笛何须怨杨柳,春光不度玉门关[17]。"三百篇之遗味,黯然犹存也。近世惟半山老人得之[18]。予不足以知之,予敢言之哉?

　　今四明刘叔向寄其父颐庵居士诗稿[19],命予为之序;放翁陆务观既摘其佳句序之矣[20],予尚何言哉。偶披卷读之[21],至"寂寞黄昏愁吊影,雪窗怕上短檠灯",又"烛与梅花共过冬,淡月故移疏影去",又"睡魔正与诗魔战,窗外一声婆饼焦[22]",又《早行》云"鸡犬未鸣潮半落,草虫声在豆花村",使晚唐诸子与半山老人见之,当一笑曰:"君处北海,吾处南海,不虞君之涉吾地也,何故[23]?"

　　居士名应时,字良佐。

　　嘉泰元年六月戊戌[24],诚斋野客杨万里序。

〔1〕尚:重视,推重。

〔2〕去:抛弃、舍弃。此处指诗的本质不在表面文辞之中。

〔3〕去意:杨万里此处说"去意"不是说诗不要思想内容,而是强调诗不同于论文,其独特的、使诗成为诗而不是其它文体的东西并不是它所承载的思想内容。

〔4〕安:副词。表示疑问。相当于"怎么"、"岂"。

〔5〕饴(yí):饴糖,用米、麦芽熬成的糖浆。《诗·大雅·绵》:"周原膴膴,堇荼如饴。"荼(tú):苦菜。《诗·邶风·谷风》:"谁谓荼苦,其甘如荠。"毛传:"荼,苦菜也。"

〔6〕嗜(shì):爱好;喜爱。饴之嗜,喜欢吃饴糖。

〔7〕卒:后来,最后。

〔8〕病:不喜欢,以(荼味苦)为弊病。

〔9〕未既：还没有穷尽。

〔10〕不胜：不尽。不胜其甘，甜味让人回味无穷。

〔11〕诗亦如是：诗也像茶一样，诗的本质不是表面的文辞和意思，而是人们读过之后从中得到的馀味，即诗的"味外味"。

〔12〕暴公谮(zèn)苏公：《诗经·小雅·何人斯》是苏公讽刺暴公的诗。暴公与苏公都是周朝的卿大夫，暴公在周王面前诋毁苏公，苏公因而作此诗绝交。《毛诗序》："《何人斯》，苏公刺暴公也。暴公为卿士，而谮苏公焉，故苏公作是诗尔绝之。"此诗中有："彼何人斯？其心孔艰。胡逝我梁，不入我门？……二人从行，谁为此祸？胡逝我梁，不入唁我？"唐孔颖达疏云："今过我国，何故过我国门外鱼梁而不入我门以见我乎？得不由谮我，意惭而不得来也。"潛，谗毁，诬陷。

〔13〕三百篇：《诗经》共有三百零五篇，举其整数称三百篇。后即以"三百篇"为《诗经》代称。

〔14〕诸子：诸位诗人。差近之：比较接近《诗经》的含蓄微讽的艺术风格。

〔15〕寄到玉关应万里，戍人犹在玉关西：这两句见于北宋词人贺铸《捣练子》词中。杨万里在其《诚斋诗话》中举晚唐诗人佳句时亦举此例，这两句词意境风格很像晚唐诗句，可能是杨万里误记。贺铸词全篇云："砧面莹，杵声齐。捣就征衣泪墨题。寄到玉关应万里，戍人犹在玉关西。"

〔16〕可怜无定河边骨，犹是春闺梦里人：这两句是晚唐诗人陈陶《陇西行四首》（其二）中的两句。全诗为："誓扫匈奴不顾身，五千貂锦丧胡尘。可怜无定河边骨，犹是春闺梦里人。"

〔17〕羌笛何须怨杨柳，春光不度玉门关：这两句是盛唐诗人王之涣《凉州词》中的两句。全篇为："黄河远上白云间，一片孤城万仞山。羌笛何须怨杨柳，春光（一作"春风"）不度玉门关。"杨万里所引诗句不光是晚唐诗人诗作，杨万里所指"晚唐诸子"是就大体风格而言，不必拘泥于晚唐。

〔18〕半山老人：指王安石。北宋诗人政治家王安石别号半山。

〔19〕四明：山名。在浙江省宁波市西南。道书以为第九洞天，又名丹山赤水洞天。凡二百八十二峰。相传群峰之中，上有方石，四面如窗，中通日月星辰之光，故称四明山。刘叔向：人名，按文意当为刘应时之子，具体事迹不详。

〔20〕既摘其佳句序之矣：陆游集中未收为刘应时此集所写的序文。

〔21〕披卷：开卷，读书。

〔22〕婆饼焦：鸟名。其鸣声如曰"婆饼焦"，故名。

〔23〕君处北海：语出《左传·僖公四年》："君处北海，寡人处南海，唯是风马牛不相及也。不虞君之涉吾地也，何故？"北海，古代泛指北方最远僻之地，此处指齐国。南海，古代指南地区，此处指楚国。风，放逸，走失。虞，料到。这是说齐、楚两地相离甚远，马牛不会走失至对方地界，没料到齐侯会到我们楚国来，这是为了什么事呢？杨万里引用这句话的意思是：晚唐诗人和王安石看了刘应时的诗后会说：没想到年代隔了很久了，刘应时的诗还有这样含蓄的风致，这是走到晚唐诗风味的审美范围中了。

〔24〕嘉泰元年：公元1201年。

这是一篇序文，在这篇文章中，杨万里借评说刘应时的诗，比较详细地阐释了自己的诗歌审美理想。大体上说，杨万里此文中所讨论的诗歌审美理想有两个方面。首先是强调诗是一种文学艺术，其本质不在词藻，也不在其中的思想。杨万里没有把诗看成是纯粹的文字游戏，也没有让诗承担过多的政治教化功能，这与某些诗人把诗看成载道的工具的观点是不同的。第二是提倡一种委婉含蓄的诗风，他认为好诗在文辞和句意之外,要含有深长的馀味,好像苦菜一样,刚入口时虽苦,但是细品之后就能品出甜味来。杨万里在其《诚斋诗话》中曾说:"诗已尽而味方永,乃善之善也。"推举"微而显,志而晦,婉而成章,尽而不污"的风致,这恰好可以和《颐庵诗稿序》的观点相对照。这种委婉含蓄的艺术取向和传统诗教是一致的,但诗歌如果只取这一种风格则难免失之偏窄,《诗经》中大胆讽刺的变风变雅之作、汉乐府中热情奔放的民歌同样具有动人的艺术魅力。

山居记

题解

此记作于宋宁宗开禧元年(1205),是杨万里为沈作宾"山居"写的一篇散文。文章就"山居"不在山中展开议论,写只要心中有山,即使是居住在闹市,也可以享受山居的乐趣。沈宾王筑园于吴兴城北,人称北沈尚书园,园内有灵寿书院、怡老堂、溪山亭、对湖台,园中凿五池,富有野趣,在园内高处远望,太湖风光尽收眼底,是当时的名园。

山居者,待制侍郎雪川沈公宾王之居也[1]。宾王之居不于其山,于其郭[2],而曰"山居"者,癖于爱山也。人各有癖,武子癖于马[3],宾王癖于山。郭居而名以"山居",以见爱山之意,无适而非山也[4]。

宾王胸次洒落[5],如风棂月牖[6];韵致清旷[7],如雪山冰壑。身居金马玉堂之近[8],而有云峤春临之想[9];职在献纳论思之地[10],而有灞桥吟哦之色[11]。家本道场何山之麓也[12],而世居吴兴之郭[13],非其好也[14]。爰即其居小筑一室[15],其广三楹[16],署以此名。

客有过之而笑者,曰:"君子之宅有二:有晏子之宅[17],有庾信之宅[18]。庾于林,晏于市也。今子之宅,晏也,非庾也。而曰'山居',嘻!甚矣,子之爱山也!抑亦居则有矣[19],恶睹所谓昆仑哉[20]?问其户外,则康衢之埃也[21],那得青壁之倚天[22]?问其墙东,则唐肆之区也[23],那得千岩之秋气[24]?问其极目,则黄公之垆也[25],那得飞泉之漱玉?昔羊叔子有鹤[26],尝矜其能舞,一日客至,求观,公为出之,竟甦甦而不能舞[27]。今子之'山居'将无类羊公之鹤乎[28]?"

宾王笑曰:"子知笑吾之无山而有山[29],不知吾亦笑子之有目而无目也。吾尝仕于江西章贡之宪幕矣[30],又尝守天台矣[31],又尝守会稽矣[32]。翠浪玉虹[33],丹丘赤城[34],若耶云门[35],千岩万壑,至今磊磊皆在吾目中也。今吾此室之前,怪石相重,松竹相友[36],泉流相晖。其巉然者[37],非崆峒天台乎[38]?其森然者[39],非云门禹穴乎[40]?其泠然者[41],非瀑布廉泉乎[42]?吾居无山,吾目未尝无山。子目无山,吾居未尝无山。"

开禧乙丑六月既望[43],诚斋野客庐陵杨万里记。

〔1〕霅(zhà)川:在今浙江湖州市南。沈宾王:沈作宾,字宾王。吴兴归安人。历官知台州、绍兴、镇江、宁国、潭州、平江、建宁、两浙转运副使、江西安抚兼知隆兴。在朝历任太府丞,刑部郎官,工部、户部侍郎,工部、户部尚书。沈作宾"山居"建在浙江吴兴城北。

〔2〕郛(fú):外城。

〔3〕王武子:晋人王济,字武子。《世说新语·术解第二十》:"王武子善解马性。"晋人裴启《裴子语林》记载:"王武子性爱马,亦甚别之,故杜预道王武子有马癖,和峤有钱癖。"

〔4〕无适而非山也:即"非山而无适",没有山就觉得不畅快。无适,不快,不舒畅。

〔5〕胸次:胸间。亦指胸怀。洒落:洒脱飘逸,不拘束。

〔6〕风棂月牖:如风吹过窗棂,月光透过窗户,此处用来形容胸怀坦荡。

〔7〕清旷:清明旷达。

〔8〕金马玉堂:金马门和玉堂殿的并称。金马门,原为汉宫宦者署门;玉堂殿,原为汉未央宫的属殿。均为学士待诏之所。后亦沿用为翰林院的代称。

〔9〕云峤:即员峤。古代神话传说中海中的仙山。

〔10〕献纳论思之地:指朝堂。

〔11〕灞桥:桥名。据《三辅黄图·桥》:灞桥,在长安东,跨水作桥。汉人送客至此桥,折柳赠别。灞桥吟哦之色,指诗人气质。

〔12〕道场:成道修道之所。何山:在湖州城南,又名金盖山,晋末何楷在此处修业读书谈道,中有读书堂。宋苏轼《游道场山何山诗》:"道场山顶何山麓,上彻云峰下幽谷。"

〔13〕吴兴:即今浙江吴兴。

〔14〕非其好也:指居住在城外,并不能满足沈作宾爱山的欲望。

〔15〕爰:连词。于是;就。即:靠近,挨着。

〔16〕楹:量词。房屋计量单位。屋一列或一间为一楹。

〔17〕晏子之宅:晏子名婴字平仲,春秋齐国名相。《左传·昭公三年》:"景公欲更晏子之宅,曰:'子之宅近市,湫隘嚣尘,不可以居,请更诸爽垲者。'辞曰:'君之先臣容焉,臣不足以嗣之,于臣侈矣。且小人近市,朝夕得所求,小人之利也。敢烦里旅?'"

〔18〕庾信之宅:庾信,字子山,南朝梁诗人,使西魏,阻于兵,留长安。北周代西魏后,官至骠骑大将军、开府仪同三司。庾信居于山林之中。

〔19〕抑:连词,表示假设。抑亦居则有矣,是说,或许居所内有堆叠的高大假山。

〔20〕恶(wū):疑问代词。相当于"何"、"安"、"怎么"。昆仑:山名。在西藏、新疆和青海之间。这里是用昆仑来代指园林中的假山。

〔21〕康衢:四通八达的大路。

〔22〕青壁之倚天:高大的青山。青壁,指青山。倚天,靠着天。形容极高。

〔23〕唐肆:空荡的集市。

〔24〕千岩之秋气:高山的肃杀之气。

〔25〕黄公之垆:魏晋时王戎与阮籍、嵇康等竹林七贤会饮于黄公酒垆。此处用以代指集市酒家。

〔26〕羊叔子有鹤:故事出自南朝宋刘义庆《世说新语·排调》,后来常用"羊公鹤"比喻名不副实的人或物。

〔27〕鬔鬇(tóngméng):毛松散,委顿貌。

〔28〕将:副词。岂;何。无类:不像。

〔29〕无山而有山:指所居之处无山但是把居所命名为"山居"。

〔30〕章贡:今江西赣州章贡区。

〔31〕天台:今浙江天台县。

〔32〕会稽:今浙江绍兴。

〔33〕翠浪玉虹:语出苏东坡《过虔州登郁孤台》:"山为翠浪涌,水作玉虹流。"郁孤台位于赣州城区西北部贺兰山上。

〔34〕丹丘赤城:浙江台州天台县境内有天台山,景色秀丽,尤以华顶、赤城著称。赤城山又名赤城、丹丘,因其通体赭赤、紫霞氤氲而得名。

〔35〕若耶云门:指若耶溪(今名平水江)、云门寺,都在浙江绍兴。苏轼《送钱穆父出守越州绝句二首》:"若耶溪水云门寺,贺监荷花空自开。"

〔36〕相友:彼此友好;结交。这里指种植的松竹相依。

〔37〕巉然:高峭陡削貌。

〔38〕崆峒:山名。在江西赣县南。

〔39〕森然:耸立貌。

〔40〕禹穴:指会稽宛委山。相传禹于此得黄帝之书而复藏之。

〔41〕泠然:形容声音清越。

〔42〕廉泉:又名廉水,源出陕西南郑县,流入汉水。

〔43〕开禧乙丑:即开禧元年,公元 1205 年。此年按干支纪年为乙丑年。六月既望:六月十六日。

　　沈宾王在吴兴城北所筑的私人园林是当时的名园。杨万里酷爱园林,而此文只写沈作宾的"山居",并不描绘园林盛景,也不以写景文字为重,而是别具一格,先写"山居"名不副实,然后点出爱山之人心中有山故而眼中也有山,所以能在无山的"山居"中享受到山居的乐趣。

　　从艺术的角度看,此文也可圈可点。文章开门见山,点出沈作宾爱山成癖,居所虽然不在山中还是命名为"山居"。随后写"山居"主人的胸怀情韵,为下文沈作宾"山居"无山而眼中有山的清妙之论作铺垫。世俗之人的质问使文章顿起波澜,连着四个反问句,论证"山居"无山,最后又用羊公之鹤为喻,诘责其名实不符之罪,语言气势非凡,真令人难以辩驳。而沈作宾则反攻世俗人"有目而无目"。他一生宦游,早把天下名山好水收入眼中心中,居于无山的"山居"却能见到天下名山,这一回答不仅回答了诘责,而且把与世俗之人不同的洒脱的情怀展现出来了,非常高妙。

◎ 附 录

杨万里年谱简编

宋高宗建炎元年丁未(1127)，一岁

去年(靖康元年)十一月，金兵攻陷北宋都城汴京(开封)，钦宗赵桓赴金营祈和。

本年二月，金主下令废徽宗赵佶、钦宗赵桓为庶人。

三月，金人立张邦昌为"楚帝"。四月，掳徽宗、钦宗、皇后及诸嫔妃北迁。五月，兵马大元帅康王赵构即位于南京(今河南商丘)，是为高宗，改元建炎。

《宋史·儒林传》："杨万里，字廷秀，吉州吉水人。建炎元年丁未九月二十二日子时生。""杨万里长子杨长孺《诚斋杨公墓志》："先君于建炎元年丁未岁九月二十二日子时生。"杨万里生于吉州吉水湴塘(今江西省吉水县黄桥乡塘村)。父杨芾，字文卿，号南溪居士，以教书为业。母毛氏。

十月，宋高宗赵构南逃，十一月至扬州。十二月，金兵分道南侵。

是年陆游三岁，范成大、周必大二岁，尤袤生。

建炎二年戊申(1128)，二岁

金兵南侵，攻占均州、房州、蔡州等地，宗泽率兵抵抗，并请求高宗还京，以鼓舞抗金士气，高宗不听，宗泽于七月忧愤而死。

建炎三年己酉(1129)，三岁

二月，金兵南下，攻入扬州、泰州，高宗仓皇逃往杭州。三月，张浚知枢密院事。五月，任宣抚处置使。十一月，金帅完颜宗弼攻陷建康府，守城官员出城迎拜，通判杨邦乂拒降，诟骂敌寇，最终被完颜宗弼杀害。杨邦乂字希稷，为杨万里族叔。十二月，金兵攻陷广德、安吉，高宗于定海登船到海上避难。

建炎四年庚戌(1130)，四岁

二月，高宗由海路至温州。金人入临安，劫掠纵火而去。四月，高宗驻越州，下令亲征。韩世忠驻军金山、黄天荡一代，与金兵交战，互有胜负。金兵撤兵江北。九月，朱熹生。十月，金人纵秦桧南还。十一月，秦桧见高宗，高宗任命其为礼部尚书。

绍兴元年辛亥(1131)，五岁

高宗在越州。

二月，秦桧知参知政事。八月，秦桧拜右相，兼知枢密院事。

绍兴二年壬子(1132)，六岁

正月,高宗返回临安。二月,李纲为荆湖、广南路宣抚使兼知潭州。八月,秦桧罢相。十二月,罢李纲潭州、湖南安抚使;罢张浚宣抚处治使,仍兼知枢密院事。

绍兴三年癸丑(1133),七岁

三月,诏岳飞镇压虔州农民暴动。韩世忠为淮南东路宣抚使。四月,以刘光世为江东宣抚使。九月,以刘光世为江东淮西宣抚使,置司池州;韩世忠为建康、镇江府、淮南东路宣抚使,置司镇江;岳飞为江南西路舒蕲州制置使,置司江州。

张栻生于是年。

绍兴四年甲寅(1134),八岁

三月,川陕宣抚司都统制吴玠败金兵于仙人关。四月,吴玠再败金人,收复凤、秦、陇三州。五月,岳飞收复郢州、襄阳、唐州;六月,收复随州;七月,收复邓州。八月,以岳飞为清远军节度使、湖北路荆襄潭州制置使。十二月,岳飞部将牛皋、徐庆败金兵于庐州。金军退兵。

杨万里生母毛氏卒于是年。据杨万里《焚黄祝文》:"某八岁而妣氏实弃之。"《李台州传》:"予生八年丧先太夫人,终身饮恨。"

绍兴五年乙卯(1135),九岁

二月,赵鼎拜左相,张浚拜右相。四月,宋徽宗赵佶卒于五国城。十月,任李纲为江南西路安抚制置大使,兼知洪州。

绍兴六年丙辰(1136),十岁

八月,以秦桧、孟庾权参决尚书省、枢密院事。十二月,赵鼎罢相。

绍兴七年丁巳(1137),十一岁

正月,以秦桧为枢密使。二月,岳飞为太尉、湖北京西宣抚使。九月,张浚罢相,赵鼎代之。

绍兴八年戊午(1138),十二岁

三月,秦桧拜右相,力主和议。十月,赵鼎罢相。韩世忠请求与金决战,高宗不许。十一月,枢密院编修胡铨上书痛斥和议,请斩王伦、秦桧。秦桧除去胡铨枢密院编修名,编管昭州。

绍兴九年己未(1139),十三岁

正月,宋金和议。以王伦、蓝公佐为正、副使使金。宋许向金纳岁贡银绢共五十万两匹。二月,以李纲为湖南路安抚大使兼知潭州;张浚为福建路安抚大使兼知福州;赵鼎知泉州。三月,与金人交割地界。

理学家陆九渊生于是年。

绍兴十年庚申(1140),十四岁

正月,李冈卒于福州。五月,金人背约,发兵攻取河南、陕西等地。六月,东京副留守刘琦大败完颜宗弼于顺昌。七月,岳飞败完颜宗弼于郾城,追至朱仙镇,奉诏班师。九月,韩世忠奉诏班师。

杨万里于本年拜乡先生高守道为师。杨万里《赠高德顺》诗序:"予年十有四,拜乡先生高公守道为师,与其子德顺为友,同居解怀德之斋房。"

辛弃疾生于是年。

绍兴十一年辛酉(1141),十五岁

金军于年初开始南侵,刘琦、王德等将领奋力抵抗。

四月,罢张俊、岳飞、韩世忠三大将兵权。以张俊、韩世忠为枢密使,岳飞为枢密副使。十月,下岳飞、张宪大理狱。韩世忠罢枢密使。十一月,宋金和议,商定以淮水为界,岁币数为银帛各二十五万两匹。史称"绍兴和议"。十二月,杀岳飞于大理狱,杀岳云、张宪于市。

绍兴十二年壬戌(1142),十六岁

二月,高宗派遣何铸、曹勋奉表赴金,承认以淮水中流为界,割唐、邓两州及商、秦两州之半予金。其表中谓:"臣构言:既蒙恩造,许备藩国,世世子孙,谨守臣节。每年皇帝生辰并正旦,遣使称贺不绝。岁贡银二十五万两,绢二十五万匹。自壬戌年为始,每春季差人搬送至泗州交纳。有渝此盟,明神是殛,坠命亡氏,踣其国家。"金人许归宋徽宗、郑后灵柩及高宗生母韦氏。四月,金册封高宗为大宋皇帝。七月,右建议大夫罗汝楫追劾胡铨,胡铨编管新州。王庭珪以诗送行。《诚斋诗话》:"吾州诗人泸溪先生安福王民瞻,名庭珪。弱冠贡入京师太学,已有诗名。……绍兴间,宰相秦桧力主和戎之议,乡先生胡邦衡名铨,时为编修官,上书乞斩桧,谪新州。民瞻送行诗:'一封朝上九重关,是日清都虎豹闲。百辟动容观奏议,几人回首愧朝班。名高北斗星辰上,身落南州瘴海间。不待百年公议定,汉庭行召贾生还。''大厦元非一木支,要将独力拄倾危。痴儿不了公家事,男子要为天下奇。当日奸谀皆胆落,平生忠义只心知。端能饱吃新州饭,在处江山足护持。'有欧阳安永上飞语告之,除名,窜辰州。"八月,高宗生母韦氏生还。宋割和尚原、方山原与金,以大散关为界。九月,封秦桧为太师、魏国公。

绍兴十三年癸亥(1143),十七岁

五月,秦桧子秦熺以秘书少监权尚书礼部侍郎。

杨万里于本年拜王庭珪为师。杨万里《杉溪集后序》:"予生十有七年,始得进拜卢溪而师焉,而问焉。其所以告予者,亦太学犯禁之说也。"(当时以欧阳修、苏轼、黄庭坚之学为禁学。)

陈亮生于是年。

绍兴十四年甲子(1144),十八岁

正月,端明殿学士、同签枢密院事、东京留守王伦赴金议事,因不受金人爵禄,被金人所杀。二月,楼照签枢密院事兼权参知政事。五月,御史中丞李文会论罢楼照,以李文会继其任。

绍兴十五年乙丑(1145),十九岁

六月,高宗亲至秦桧府第,秦桧妻子王氏、秦熺妻曹氏皆晋封;秦桧孙秦埙、秦堪、秦坦并直秘阁,皆赐三品服。十月,高宗亲书"一德格天之阁"赐秦桧。

绍兴十六年丙寅(1146),二十岁

二月,割金州丰阳县、洋州干佑县畀金人。七月,张浚上书议论国事,触怒秦桧,被贬居连州。

绍兴十七年丁卯(1147),二十一岁

三月,秦桧遣人毒杀岳飞部将鄂州驻札御前左军统制牛皋。七月,武泰军节度使、知荆南府事刘锜请宫祠,许之。八月,赵鼎为秦桧所逼,在吉阳军绝食而死。

杨万里赴安福就学,师从刘安世。仍问学于王庭珪、刘廷直。与同门刘承弼、刘景明定交。刘安世,字世臣。《达斋先生文集序》:"既冠而学于安福。"《送刘景明游长沙序》:"始予生二十有一,自吉水之安福,拜今雩都大夫公刘先生为师,而友子刘子彦纯。一日,彦纯与客过我,……问之(客),则刘其姓,景明其字,亦刘先生之门弟子也,自是定交。"《浩斋记》:"某自少憯学,先奉直令求师于安福,拜清纯先生刘公为师。而庐溪王先生(王庭珪)及浩斋先生(刘廷直)俱以国士知我,浩斋又馆我,每出而问业于清纯,入而听诲于浩斋。"

绍兴十八年戊辰(1148),二十二岁

三月,秦熺知枢密院事。十一月,新州编管胡铨移吉阳军编管。

杨万里在安福。

尤袤进士及第。

叶梦得卒。金兀术卒。

绍兴十九年己巳(1149),二十三岁

十二月,金平章政事完颜亮杀金熙宗,自立为帝,改元天德。

绍兴十二年胡铨贬新州时,王庭珪曾作诗送行。此事被奸人告发,王庭珪坐谤讪,停其茶陵县丞官,辰州编管。

杨万里回乡。《送刘景明游长沙序》:"始予生二十有一,自吉水而之安福,……居三年亦不以为乐。予既白刘先生去,皈其家。"

绍兴二十年庚午(1150),二十四岁

正月,殿前司军士施全于道上刺杀秦桧不成,被杀。八月,移张浚永州居住。

秋季,杨万里应乡举,中试。周必大同科中选。

冬季,杨万里与其叔杨辅世赴临安,应明春礼部试。杨辅世,字昌英,号达斋先生。《达斋先生文集序》:"绍兴庚午,与叔父达斋先生同举于礼部,皆闻罢,甲戌,再同举于礼部,遂同年策第。"

韩侂胄生于是年。叶适生于是年。

绍兴二十一年辛未(1151),二十五岁

四月,金主完颜亮下诏迁都燕京。八月,咸阳郡王、太师韩世忠卒。

杨万里及其族叔杨辅世此年夏应礼部试,落地归乡。

周必大进士及第。

绍兴二十二年壬申(1152),二十六岁

六月,汤思退权礼部侍郎。虔州军乱。

绍兴二十三年癸酉(1153),二十七岁

三月,金迁都燕京,改元贞元。

杨万里拜刘才邵为师。刘才邵,字美中,自号杉溪居士,吉州庐陵人,宋宣和年间中宏词科,有《杉溪集》。杨万里《杉溪集后序》:"予生十有七年,始得进拜卢溪而师焉,……后十年,又得拜杉溪而师焉,而问焉,其所以告予者,亦太学犯禁之说也。"

张镃生于是年。

绍兴二十四年甲戌(1154),二十八岁

三月,策进士,张孝祥名列第一。陆游赴试,被秦桧黜落。

杨万里及杨辅世进士及第。《达斋先生文集序》:"某生于南溪,长于南山,既冠而学于安福。绍兴庚午与叔父达斋先生同举于礼部,皆闻罢,甲戌再同举于礼部,遂同年策第。"

范成大进士及第。

七月,太师、清河郡王张俊卒。十一月,秦熺加恩迁少傅,封嘉国公。

绍兴二十五年乙亥(1155),二十九岁

六月,桧党汤思退签书枢密院事。十月,秦桧大兴冤狱,铲除异己,张浚、胡铨皆在冤狱之列。秦桧卒。以汤思退兼权参知政事。十二月,诏张浚听自便,吉阳军编管人胡铨,量移衡州。

杨万里初仕,为赣州司户参军。时武夷陈鼐为赣县宰,盱江黄文昌为主簿,与之定交。《赣县学记》:"至于绍兴庚午,(赣县学舍)火于叛卒,后六年,予为州户掾,武夷陈鼐元器为宰,盱江黄文昌世永为主簿。"《黄世永哀辞》:"初主赣县簿,予时为州户掾。予之来去,后于世永者一年,而为察者三年,一见即定交。"

姜夔生于是年。

绍兴二十六年丙子(1156),三十岁

五月,以沈该、万俟卨为左右仆射,汤思退知枢密院事。六月,钦宗赵桓卒于金。十月,诏秦桧在位之日,无辜被罪者,自陈厘正。张浚因屡次上书,言金人必背盟,应积极军备,依旧谪居永州。

杨万里在赣州任上。邹敦礼为赣州观察推官,因与杨万里同乡,相交甚得。邹敦礼,字和仲,新淦(今江西新干)人。《北窗集序》:"北窗先生邹公和仲,绍兴丙子为章贡观察推官。予时为户曹掾,以乡里故,相得欢甚。每见必论诗,未尝不移日也。"

眉山任尽言于本年当路上书高宗,痛陈时政。杨万里敬佩其胆识,后曾于宁宗庆元六年(1200)为其《小丑集》作序。

绍兴二十七年丁丑(1157),三十一岁

三月,右仆射万俟卨卒。六月,汤思退为右仆射。

杨万里在赣州司户任上。

绍兴二十八年戊寅(1158),三十二岁

五月,金主欲迁都于汴,意在便于南侵。

杨万里赣州司户参军任满,返里。与族叔杨辅世往来唱酬。旋知永州零陵县丞,赴任。《达斋先生文集序》:"……甲戌,再同举于礼部。……后四年,某自赣掾辞满,乃归南溪,卜筑达斋之西。自是日还往相唱酬。非之官,无日不还往、不唱酬也。"胡铨《诚斋记》:"绍兴戊寅丞零陵。"

绍兴二十九年己卯(1159),三十三岁

二月,金主完颜亮造船籍兵,准备南侵。六月,沈该罢左仆射。九月,汤思退、陈康伯为上书左右仆射并同中书门下平章事。

杨万里迎亲老至零陵。时王庭珪得自便,自辰州贬所返回安福,杨万里迎亲老途中经过安福,前往拜谒,不遇,留函而去。赴零陵途中遇师刘廷直于湘江野店。《新喻知县刘公墓表》:"绍兴二十有九年冬,十月十九日,万里迎侍亲老来吏零陵。过湘江,遇公于野店,甚欢。"

杨万里长子杨长孺生。

绍兴三十年庚辰(1160),三十四岁

正月,吏部员外郎虞允文言金必背盟,应提前备战。三月,参知政事贺允中等使金还,言敌必背盟,宜为之备。八月,金主完颜亮至汴京。

杨万里在零陵丞任。时张浚谪居永州,杨万里上书张浚,数次请求拜谒,最终得见。张浚勉之以正心诚意之学,杨万里乃以"诚"名斋,并请胡铨为之纪文。

八月,杨万里师刘廷直卒,为作墓表。

绍兴三十一年辛巳(1161),三十五岁

正月,诏张浚湖南路任便居住;衡州编管人胡铨放逐自便。五月,金人求淮、汉之地。六月,金主完颜亮迁都汴京。九月,金兵大举南侵。十月,宋下诏讨金。金人立其东京留守曹国公完颜褎(后改名完颜雍)为帝,改元大定。十一月,虞允文大败金军于采石。完颜亮为部下所杀,金兵北退。

杨万里在零陵丞任。二月,和张玠《望月词》。十月,张浚复观文殿大学士,判潭

州,杨万里有贺启。采石大捷后,写《海𫚉赋》,鼓舞士气,赞美虞允文指挥之功。

绍兴三十二年壬午(1162),三十六岁

正月,山东人耿京起兵收复东平,遣辛弃疾至建康谒高宗。高宗授耿京天平军节度使,知东平府兼节制东京河北路忠义军马。闰二月,起义军叛徒张安国杀耿京降金,辛弃疾率五十骑至金营,擒张安国,押赴建康治罪。六月,高宗传位皇太子赵昚,是为孝宗。七月,岳飞昭雪,以礼改葬。

杨万里在零陵丞任。七月,焚少作千馀首,大体为江西体。自本年秋季,始存诗。《江湖集序》:"予少作,有诗千馀篇,至绍兴壬午七月皆焚之,大概江西体也。"

赴长沙,为湖南漕司主试。南归时宿湘中馆,有诗作。为县丞时关心农事,出城视察旱情,于除夕前一夜启程归永州。

自是年至淳熙四年诗作编入《江湖集》。

宋孝宗隆兴元年癸未(1163),三十七岁

正月,杨万里零陵县丞秩满,代者未至,于是先送亲老回乡。二月四日,从县丞居所移居郡士唐人鉴(字德明)家,主客相得,为其家玉立斋、书斋、建一斋作记、题诗。

为避同僚送行,乘夜离开零陵,返回故里;留诗二首,以赠诸友。

是年四月,张浚主持北伐,命李显忠出濠州,趋灵璧;邵宏渊出泗州,趋虹县。五月,李显忠取灵璧,虹县,宿州。因李、邵二将不和,宋军大溃于符离。张浚上书自劾。六月,孝宗下"罪己诏"。杨万里读孝宗罪己诏后无限感愤,作《读罪已诏》三首。

秋季,路遇故将军李显忠;前辈王大宝,均有诗。至临安,谒见胡铨。在临安寓居徐元建孝楼,有诗纪之。与徐元建、赵师畅等人唱和。

冬季,孝宗与胡铨谈及当代诗人,胡铨举荐数人,杨万里为其中之一。十二月,张浚再拜相,有贺启。因张浚举荐,除临安府教授。除夕前两日,与岳甫同游西湖。

隆兴二年甲申(1164),三十八岁

闻父疾,未赴临安府教授任,从临安返回吉水。晚春行田南园,拖耒耕耘。与族叔杨文远、叔祖杨彦通相唱和。

六月,胡铨除权兵部侍郎,有贺启。八月初四,父杨芾卒,年六十九。胡铨为之作墓志铭。八月二十九日,张浚卒,杨万里作挽词及祭文。

与周仲觉、卢山人相唱和。年底曾赴安福。

十二月,宋金和议。宋割商、秦地与金。金宋由君臣关系改为叔侄关系;减银绢各五万两;改岁贡为岁币。此次议和史称"隆兴和议"。

乾道元年乙酉(1165),三十九岁

杨万里在家丁父忧。《送王才臣赴秋试序》:"予退居南溪之北涯,三年,户不闭而无客。"寒食上冢,有诗,抒家国之感。

晚春时，往永和镇，途中作《农家叹》。关心农事，有悯旱、祈雨之作。为吉水令馀童飞凫阁题诗。

六月，友人黄世永卒于贵溪，赋诗悼念，有哀辞。

与族叔杨辅世相酬唱。

乾道二年丙戌(1166)，四十岁

居家。与族人杨辅世、杨文远，友人周仲容、萧伯和等人往来酬唱。胡铨新居落成，作诗祝贺。赴永和镇访周必大，时周必大寓居于永和镇本觉寺。

夏，刘浚(字景明)游长沙，作序送之。

十月，赴长沙拜会张浚，谒见潭州、荆湖南路安抚使刘珙。在长沙时与甘彦和等诗人交游。

年末，由同知枢密兼参知政事陈俊卿举荐，入临安；除夕，宿于临川战平。

乾道三年丁亥(1167)，四十一岁

抵达临安，上书知枢密院事虞允文，同知枢密院事陈俊卿，均得以谒见。献《千虑策》，获二人赞许。据罗大经《鹤林玉露》："虞雍公初除枢密，偶至陈丞相应求阁子内，见杨诚斋《千虑策》，读一篇，叹曰：'东南乃有此人物！某初除合荐两人，当以此人为首。'"五月，利州东西路安抚使兼四川宣抚使兼知兴元府吴璘卒，六月，即命虞允文为四川宣抚使代替吴璘，未及举荐杨万里，《千虑策》也未被朝廷采纳。时有蜀人魏致尧上万言书，杨万里为之题诗，含孤愤之意，虽是赠人之作，亦自抒胸臆。

六月，返回家乡吉水。门生罗椿来谒。居家时与周必正、胡公武等人唱和，有诗寄张浚。十二月，罗椿辞归，作序送之。

乾道四年戊子(1168)，四十二岁

同乡萧仲和赴长沙谒张浚；邹元升来访还安福，均有诗相送。

为永州谭吉先作《一经堂记》。胡铨有诗至，和作寄之。

杨辅世之官麻阳，赋诗相送。与周必正相唱和。

十月，陈俊卿拜右相，有贺启。

乾道五年己丑(1169)，四十三岁

族叔杨文黼为松溪主簿，赋诗为之送行。友人周仲觉来访。与同乡张器先、张济翁相唱和。六月，虞允文除枢密使，有贺启。八月，陈俊卿、虞允文拜左、右相，有贺启。

韦邦彦来访，有唱和。

十一月，上书陈、虞二相，论国家攻守形势。读张浚谥册，赋诗感慨。

罗椿来谒，及其归，以诗送之。

乾道六年庚寅(1170)，四十四岁

三月，将之官奉新，与周必大晤别。赴南昌，在南昌谒见胡铨；有与南昌帅吴芾、参议吴松年启。四月二十六日,接奉新县令任。有谢右丞相虞允文、知隆兴府吴芾启。五月,上书陈俊卿、虞允文。有函寄胡铨,张栻。

师刘安世卒,有挽诗。

秋,赴南昌,游西山、秋屏。

奉新县大旱,隆兴府主簿何季华勘查灾情,据实上报,杨万里作诗赞之。

十月,由虞允文举荐,除国子博士,有谢启。奉新乡人纪念刘珙,建怀种堂,请杨万里作《怀种堂记》。

杨辅世约卒于本年。

乾道七年辛卯(1171),四十五岁

二月,举行铨试、公试、类试,杨万里任考教官。三月,外戚张说除签书枢密院事,朝论哗然,左司员外郎兼侍讲张栻上疏力谏不可,并诘责宰相虞允文。张说于是罢命。五月,友人丘崈出守秀州,赋诗送之。张栻出知袁州,杨万里上疏力谏,并上书丞相虞允文陈述,皆不果。七月,杨万里除太常博士。《诚斋杨公墓志》:"上疏乞留左司员外郎张栻,黜罢军器少监韩玉。栻虽去而玉亦罢。由是名重朝廷,迁太常博士。"

友人王十朋卒,有挽辞。

冬,王庭珪奉诏至临安,除直敷文阁,领祠禄如故。

乾道八年壬辰(1172),四十六岁

正月,轮对上两札子,论吏治、人材。三月,师王庭珪卒,时年九十三岁。四月二日,进士唱名,杨万里委省试官。黄钧出知泸州,以诗送别。

赴绍兴谒永佑陵,游龙瑞宫、禹穴,均有诗作。有诗寄友人马大同。傅自得将漕七闽,赋诗相送。

九月,迁太常丞。虞允文出为四川宣抚使。入冬,有《与虞宣抚书》。

乾道九年癸巳(1173),四十七岁

正月,友人陈从古知襄阳,杨万里为其诗集作序。四月,迁将作少监。友人林充朝出为桂路提刑,赋诗送之。与韩元龙唱和;韩将漕江东,丁时发将漕湖南,叶蓍持节淮东,均赋诗送行。十一月,孝宗行郊祀礼,大赦,命百官轮对,杨万里上两札子。

周必大有函至。为友人刘承弼作《水月亭记》。

淳熙元年甲午(1174),四十八岁

正月,拜知漳州,陛辞,上二札子,请奖廉吏、轻赋税。与众朝士饯别于西湖,启程回乡。

杨万里抵严州,为知州事曹耜新堂题诗。袁枢时为严州教授,杨万里为其《通鉴纪事本末》作序。友人张构为通州判;冯顾寓严陵,均有过从。为冯顾诗集作后序。

二月,四川宣抚使雍国公虞允文卒,享年六十四岁。杨万里作《虞丞相挽辞》、《祭虞丞相文》。

返回故乡。十月,妻兄罗上义卒,明年为之作墓志铭。十一月,龚茂良拜参政,有贺启。十二月,周必大有函至。

淳熙二年乙未(1175),四十九岁

春季,闲居在家,与诗友族人相唱和。林光朝任广东提刑,以诗寄之。三月,周必大除敷文阁待制、侍讲,举杨万里自代,杨万里有谢启。春夏之际,多作乡村景物诗。夏,改知毗陵,上章力辞,丐祠,继续家居。

秋,邹彦明卒,有挽诗。杨万里在家做一小斋,名钓雪舟。十月,曾敏行卒,有挽诗。十一月,友人胡泳卒于金陵,有挽辞。

淳熙三年丙申(1176),五十岁

本年家居,与同乡、友人相唱和,所赋诗篇多有闲适意味。刘浚来访,有诗赠之。与彭仲庄相酬唱。为左揆寿祠堂题诗。为王国华环秀楼题诗。吉水徐令解职造朝,赋诗送行。为朱景元直节轩题诗。同年知韶州梁安世寄诗至,有和作。闽漕傅自得寄书及诗至,有和作。为刘光祖、刘世祖兄弟作《怡斋记》。

淳熙四年丁酉(1177),五十一岁

初春,和张玠榕溪阁之作。有诗寄题富川邓时举觏仙阁。

与常州守陈庸启;四月八日,之官毗陵。途经上饶西,遇萧德藻。到毗陵任后,有谢表,谢前丞相蒋芾启。与王蔺相识,蔺时为常州教授。陈辂来谒,为其父陈渊文集作序。

自是年四月至淳熙五年闰二月诗作编入《荆溪集》。

淳熙五年戊戌(1178),五十二岁

在常州任上。正月十九日,诣天庆观谢雪。长子杨长孺与门生罗椿同试南宫,落第。

二月,祈雨报恩寺,游瞿园。罗椿西归,赋诗送之。三月,张玠来函,请杨万里为宜州知州韩璧作《宜州新豫章先生祠堂记》。四月,范成大拜参知政事,有贺启。周必大有书至。六月,有喜雨、望雨之作。尤袤来访,为之作《益斋藏书目序》。胡达孝为之作画,以诗相谢。友人蔡戡使广东,赋诗送行。范成大寄诗至,有和作,并题其石湖精舍。友人陈举善卒,有挽诗。为胡理《苍梧集》作序。陈俊卿判建康府,有贺启。

淳熙六年己亥(1179),五十三岁

正月,除广东常平提举,有谢丞相赵雄启。有诗赠友人李大性、陈从古。游瞿园赏梅。为华镗《六经解》题诗。春末,离常州返乡,途中多游览写景之作。

秋季,幼子杨寿俀夭折。李燧来访。族弟杨廷弼与罗惠卿同游南岭石人峰遇虎,作诗纪之。为王子俊《史论》作跋。十二月,友人胡公武卒,为作墓志铭。

自是年二月至年底诗作编入《西归集》。

淳熙七年庚子(1180),五十四岁

正月，为王孚作《王氏庆衍堂记》。朝廷召胡铨，以诗送行。

之官五羊（广东）过泰和，赋诗赠知县李绅、主簿赵蕃，并为赵藩思隐堂题诗，为龙舜臣逊志斋题诗。二月一日晓渡太和江，晨炊黄庙铺，宿海智寺。经万安、惶恐滩、皂口、分水岭，二十九日过大庾岭，取道南雄、黄田、韶州、英州，过真阳峡、清远峡，一路饱览山光水色，以诗记之。春末，抵达广州。提举司任所在广州城内。

有谢表及谢丞相赵雄启。张玠卒于江陵，杨万里作文祭之。葛邲除右正言，有贺启。

三月，游越王台。长子长孺（寿仁）、次子次公（寿俊）抵达广州，旋以应试辞归。

五月，胡铨卒，为作行状。周必大除参知政事，有贺启。

夏秋之时，游连天观、蒲涧，均有诗纪之。蔡戡赴湖南提刑任，赋诗送之。时范成大知明州，寄诗至，杨万里和韵相谢，遣人问讯范成大，并以《西归集》寄之。

冬，卧病。

自是年至淳熙九年六月诗作编入《南海集》。

淳熙八年辛丑(1181)，五十五岁

杨万里在广东常平茶盐任上。正月，福建茶使吴飞英送新刊《东坡集》，赋诗谢之。二月，移官广东提刑。闰三月二日，自广州启程赴韶州就提刑任。广西漕梁安世来贺启，有回启。范成大以端明殿学士帅江东兼行宫留守，寄诗贺之。谢从善卒，有挽诗。彭元忠归饶州，赋诗送行。有诗寄题临武知县李子西。

是年三月，潮州沈师起义，起义军从福建进入广东梅州一带，九月杨万里召诸郡兵马镇压沈师起义军；十二月，广东安抚巩湘诱沈师出降，杀之。年底杨万里自潮州班师返回广州。据《诚斋杨公墓志》："提举广东东路常平茶盐。就除提点本路刑狱。闽盗沈师犯南粤，惊报至，即躬率师往平之。孝宗大喜，天语褒曰'仁者有勇'，又曰'书生知兵'。"

淳熙九年壬寅(1182)，五十六岁

正月从潮州启程经石塔寺、横翠亭、味田驿回广州，途经蕉步时收到家书及家酿。抵达惠州后，游丰湖。正月十二日游苏东坡白鹤峰故居。自惠州经曲湾、石湾，抵达广州，为东庙及浴日亭题诗。自广州返梓，归韶州。

二月，作文祭吕祖谦。七月，朝廷因杨万里"督捕有功"加直秘阁，有谢表及谢宰相启。为范成大作《圣笔石湖大字歌》。

杨万里继母罗氏卒，丁母忧，离任还乡。丁母忧期间无诗。

王晐来访，寓一夕而别。友人陈从古卒。

淳熙十年癸卯(1183)，五十七岁

在家居丧。郡人宣溪王维藩来访。

四月，友人王骥卒。

淳熙十一年甲辰(1184),五十八岁

十月除服,始复作诗。为杨辅世《达斋先生文集》作序,为李燧《似剃老人正论》作序。为江西安抚、知隆兴府程叔达作《江西宗派诗序》。

召为吏部员外郎,有谢宰相王淮启。

十一月上旬入临安。周必大有书至。

十二月,为霍麓《当世急务》作序。

自是年十月至淳熙十五年春诗作编入《朝天集》。

淳熙十二年乙巳(1185),五十九岁

在杭州吏部员外郎任上,寓居蒲桥。春季,与尤袤、陈仲谔、田清叔、彦师鲁、谢谔等人游览唱和。

任铨试、公试、类试考官。五月二十三日,迁吏部郎中。五月二十四日,因地震感应上《论天变地震书》。

与秘书监沈揆游西湖。陈仲谔、李嘉言等有馈赠,均赋诗以谢。与颜师鲁游裴园。

八月初八,兼东宫侍读。上《淳熙荐士录》于左相王淮。

与尤袤、葛邲、余端礼、何澹、罗点等人泛舟西湖,登孤山。

冬,王信、章森使金;詹骙出守宣城,何万出守平江,均赋诗相送。为曾敏行《独醒杂志》作序。罗点为浙西提举,赋诗送别。

淳熙十三年丙午(1186),六十岁

正月,为曹耜家藏《韦太后回鸾图》题诗。正月十八,迁枢密院检详诸房文字。上巳、寒食时,与陆游、尤袤、沈揆、莫叔光等游处。与陆游唱和尤多。

三月,皇太子赵惇召宴,赐金杯、襁罗,并为之书"诚斋"二大字。

赵汝愚出帅益州,杨万里等友人为之饯行。王叔简出为潼川通判,赋诗送之。为徐赓双桂楼题诗。有诗跋陆游《剑南诗稿》,以屈原、杜甫相况。

五月三日,作《枢密院官属题名记》。五月二十六日,由朝散郎授朝请郎,旋命左司郎中。为尤袤遂初堂题诗。六月,为《南海集》作序。陆游、陈傅良、袁说友均为之题诗。陆游出知严州。七月,周颉除湖北路转运判官,王季德出为江东路提刑,孙德操出知镇江,均赋诗相送。陈俊卿卒。跋姜特立《梅山诗集》。

九月,为友人刘承弼作《刘氏旌表门闾记》。为喻良能园亭题诗。为安城赵宽之慈顺堂、竞秀亭题诗。有诗跋张镃《约斋诗乙稿》。陆九渊以删定官奉祠,杨万里冒雪送之,赋诗二首。吴景出知筠州,赋诗送行。十二月,除左司郎中。十二月二日,吴燠卒,为之作墓志铭。

淳熙十四年丁未(1187),六十一岁

正月二十日,翰林学士洪迈知贡举,杨万里等十人为参详官。赵像之出为湖南

路提举,杨万里赋诗为之送行。上巳,与沈揆、尤袤、王厚之、林宪等人游西湖。为汪立义《大学致知图》题诗。大理寺丞谢深甫出任江东提举,钱寺正出守广德军,均以诗相送。姜夔赴吴谒见范成大,赋诗相送。为《荆溪集》作序。为黄齐贤《通鉴韵语》作跋。

三月,秒试进士,为省试官。四月十七日,侍集英殿观进士唱名。张镃索诗,以《南海集》、《朝天集》赠之。五月,秘书监沈揆将漕江东,赋诗送别。李子西寄诗至,和作相谢。同尤袤、京镗在西湖饯客。林宪寄诗至,作诗相谢。六月,友人刘涣寄所刻《南海集》,又以《朝天集》寄之。林枅漕闽,李大异西归,均以诗送行。

七月三日,因大旱应诏上书。与姜特立、张镃有唱和。为徐安国《西窗诗编》、吴梦与乐府诗题诗。九月十日,与尤袤游净慈寺、刘寺。张镃得祠禄,寄诗贺之。朱时敏出帅潼川,赋诗送行。

十月,宋高宗赵构卒,有挽诗。除秘书少监,两广提督谭惟寅来贺启,有回启。喻良能出知处州,赋诗送行。十一月,孝宗诏皇太子赵惇参决政务,杨万里上书谏之,不果。除夕,张镃以诗索《荆溪集》,次韵寄之。

淳熙十五年戊申(1188),六十二岁

正月,朝廷开议事堂,皇太子赵惇隔日与朝臣相见议事,杨万里所谏未采纳。送《西归集》、《朝天集》与尤袤,尤袤作诗称赞,杨万里复和韵谢之。有和赵不黯、段世昌赠诗,张镃咏梅诗。袁说友赠诗,有和作。曹冠赠诗集,赋诗谢之。张镃送牡丹、酴醾、黄蔷薇及酒,杨万里和其《酴醾》、《闻子规》之作。

三月,高宗未葬,用洪迈议,以吕颐浩、赵鼎、韩世忠、张俊配飨高宗庙廷,杨万里上疏论张浚应从高宗配飨。《宋史·杨万里传》:"高宗未葬,翰林学士洪迈,不俟集议,配飨独以吕颐浩等姓名上。万里上疏诋之,力言张浚当预,且谓迈无异指鹿为马。孝宗览疏不悦,曰:'万里以朕为何如主!'"

四月,落直秘阁,贬外,出知筠州。张镃、袁说友以诗送行。舟过严州,州守陆游载酒迎于钓台。经豫章,与赵善括结识。张镃寄诗至,并馈茶。吉州太守朱晞颜造朝,赋诗送之。与萧民望齐云楼、李俊臣南楼、彭元亨春风楼题诗。

七月,彭文蔚来访,为其《补注韩文》作序。八月,始作《易传》,又作《易外传序》。杨长孺《申送易传状》:"先父故宝谟阁学士杨万里生前所著《易传》,盖自淳熙戊申八月下笔,至嘉泰甲子四月脱稿,阅十有七年而后成书。毕生精力,尽于此书。"

九月,赴筠州任。到任后,有谢表及谢右丞相周必大启。为师王庭珪《卢溪先生文集》作序。为刘承弼作《西溪先生和陶诗序》。作《诚斋江湖集序》。

自是年四月至淳熙十六年九月诗作编入《江西道院集》。

淳熙十六年己酉(1189),六十三岁

以诗赠安城刘伟。有诗和尤袤。

二月，孝宗禅位于赵惇，是为光宗。有和表。侍御史胡晋臣向光宗荐贤，杨万里为其中之一。四月，除朝散大夫。为张镃《南湖集》作序。五月，复直秘阁，又以宫察转两官，均有谢表。为师刘廷直作《浩斋记》。六月，除朝议大夫。七月有诗答陆游。周必大罢相，有函致之。尤袤以诗求《江西道院集》，遣人送之。

八月十二日，朝廷有征召之命，即日启程。九月十二日抵达临安。闻王淮卒，有祭文。张镃作诗贺杨万里赴召。为徐贺诗作跋。颜师鲁出守泉州，赋诗送行。为《江西道院集》作序。

召命杨万里以筠州守臣奏事。十月三日，奏事选德殿，上三札子。十月二十九日，除秘书监。陆游以诗贺杨万里归馆。

十一月，奉命为接伴金国贺正旦使，乘舟北征。经瓜洲、皂角林、楚州，至盱眙，与太守霍篪游览唱和，又为其《当世急务》作序。至嘉兴，叶翥宴集同年九人于樱桃园，杨万里与钱袠明、何异相唱和。

十二月六日，朝廷任命"奉太上皇帝、皇后等尊号及册宝"等官员，其中"举宝官"六名，杨万里在选。十二月二十六日，进呈《寿皇日历》，奉诏为进读官。

自是年九月至绍熙元年十一月诗作编入《朝天续集》。

宋光宗赵惇绍熙元年庚戌（1190），六十四岁

正月三日，约同舍游西湖。有诗和宗窠。长子杨长孺赴零陵簿，赋诗告诫为官之道。正月五日，以送伴金使侍宴集英殿。寄题朱熹武夷精舍十二咏。伴金使北返，至苏州，遇雪，与知州袁说友唱和。雪中登姑苏台，又陪金使观灯。至无锡，陪同金使游惠山，赋诗怀尤袤。抵盱眙，伴送金使事毕，返临安。

谏议大夫何澹请置绍熙会计录，于是诏何澹同户部尚书叶翥等检正都司，稽考财赋出入之数。杨万里因上奏薄赋敛、节财用之道。

赴张镃南园观海棠，并与之唱和。四月九日作《朝天续集序》。被命为复考殿试进士，锁宿半月；二十五、二十六日进士唱名，前三甲余复、曾渐、王介来谢启，有回启。刘光祖因论近佞贬外，杨万里上书，请复刘光祖言职，或留朝任用，不果。刘光祖将漕潼川，赋诗送行。五月，以秘书监兼实录院检讨官。张子颜卒，有挽诗。九月，为何异作《建昌军麻姑山藏书山房记》，为曹冠作《郴州仙居转船仓记》。

十月，孝宗日历成书，提举史官参知政事王蔺按旧例俾杨万里作序，王蔺去位，左相兼摄史事留正不用杨万里序，改名礼部郎官傅伯寿作序。杨万里于是自劾"失职"，请求辞官。光宗不许，又上状乞宫观。十月二十六日，晋中奉大夫。

丘崈赠使北诗一轴，为之赋诗作跋。湖州太守馈酒，赋诗谢之。十一月三日，特授直龙图阁，江东转运副使。陆游寄诗至，有和作。彭龟年、楼钥有诗送行。离临安，途中访范成大，又访袁说友。十二月二十六日就江东转运漕任，有谢表。

自是年十一月至绍熙三年八月诗作编入《江东集》。

绍熙二年辛亥(1191),六十五岁

章森自建康移帅江陵,赋诗送之。寒食前游凤凰台。有诗寄张镃。三月三日祭叔祖杨邦乂墓。赋诗送刘党之,刘党之为刘安世之子。为张玠所书《西铭》作跋。游定林寺、半山寺。

初夏,以诗投建康留守余端礼。与余端礼、总领钱端忠、提刑傅伯寿游清凉寺。吉州守方崧卿新建六一堂,为之作记。姜夔来谒,送还《朝天续集》。

八月初,离建康行部,巡视考察江南东路各州县。九月上旬,返回建康。永丰陈懋简卒,为作墓志铭。为萧德藻《千岩摘稿》作序。应诏举荐吴师尹、徐文若等人。孙逢吉为湖南提刑,赋诗送之。送《江东集》与王蔺,王蔺有和诗。

绍熙三年壬子(1192),六十六岁

寄《江东集》与范成大,范成大有诗称赏,回赠《石湖洞霄集》,杨万里和作谢之。寒食前一日行部,奉诏"决狱"于上饶。此行历安徽宣城、宁国、绩溪、祁门,入江西浮梁、乐平、弋阳、上饶,经安仁,过鄱阳湖,经都昌、抵江州;循长江经彭泽、湖口、舒州、池阳、铜陵、芜湖、和州,归建康,历时两月。

为常宁县丞葛奇松诗作跋。

朝廷拟于江南八州行使铁钱会子,杨万里以摄江南总领上奏,力陈此举不便于民,触怒丞相留正及吏部尚书赵汝愚。五月四日,召赴行在,上札辞免,以疾请祠禄。

丘崈入蜀,赋诗送之。为曾三异云巢题诗。作《江东集序》。

八月十一日,除知赣州,称疾不赴任。离建康返乡。九月十六日,抵达故乡吉水南溪。

为谢谔桂山堂题诗。赋诗送刘惠卿。与同乡、族人多有唱和。

是年八月至开禧二年五月诗作编入《退休集》。

绍熙四年癸丑(1193),六十七岁

正月,开辟东园,作九径,种花九种,名之为"三三径"。二月,萧燧卒,有挽诗。三月,除直秘阁,提举隆兴府玉隆万寿宫,有谢宰执启。作《泉石膏肓记》。为朱知微作《不欺堂记》。七月,作《吉水县屯田租记》。

九月五日,范成大卒。

十月,为王孚作《山月亭记》。为李兼作《唐李推官披沙集序》。有诗寄朱熹。吉州知州胡长卿移官广西提刑,赋诗送别。十二月,为临川黄齐贤作《通鉴韵语序》。永丰县宰黄景说以诗投赠,赋诗作答。江州知州沈瀛寄函附诗至,有答函。

绍熙五年甲寅(1194),六十八岁

陈恂来访,为之作《明远楼记》。为王子俊南山隐居题诗。

六月,宋孝宗赵昚卒。七月,赵汝愚、韩侂胄等以太皇太后命,立嘉王赵扩即位,

是为宁宗。为范成大《石湖集》作序。为萧彦毓《梅坡诗集》作跋。为邵阳守潘焘作《邵州希濂堂记》。十月，晋中大夫。为浏阳李之传作《李氏重修遗经阁记》。为欧阳巨卿作《五美堂记》。

十一月，谢谔卒，为作神道碑。

十二月，为零陵谭知言作《谭氏学林堂记》。

尤袤卒于本年，杨万里有祭文，已佚。

宋宁宗赵扩庆元元年乙卯(1195)，六十九岁

为曾三英月窗题诗。周必大寄诗及函至。有函寄朱熹。

四月八日祠禄秩满，赋诗，周必大有和作。

吉州知州赵希仁移官广东，赋诗送行。为黄世高问政堂题诗。周必大来访，刘讷作图，赋诗题记。中秋，周必大召王子俊赏梅，以诗寄杨万里，有和作。

八月十三日旨下，除焕章阁待制，上札辞免。周必正来贺启，有回启；又有启谢丞相余端礼。

简寿玉来访，旋赴临桂主簿任，赋诗送之。十月，为湖南攸县廖仰之、廖天经兄弟作《廖氏龙潭书院记》。有函答蔡戡、王容。广东提刑赵希仁遣骑问候，复信谢之。程大冒卒，为之作挽诗。十二月，为孙逢年文集作序。有函答何异。岁末入城，访周必大于平园，归来大病。周必大有函至。

庆元二年丙辰(1196)，七十岁

与周必大时有诗函往来。为张履《腴庄图》题诗。致书江东漕司万钟，请托长子杨长孺书考事。赵正则来访，赋诗送之。二月，为刘先觉《看云图》题诗。湖州守虞俦遣骑持书问候，有函谢。黄景说通判全州，赋诗相送。有函答广东提刑唐弼。为邵州首黄汶作《邵州重复旧学记》。五月，为隆兴帅蔡戡作《隆兴府重新府学记》。

六月，上奏状，以年过七旬，请致仕。左相余端礼罢政领宫祠，有启问候。秋，吕祖俭自吉州贬所移高安，赋诗送行。为罗宗礼作《罗氏万卷楼记》。有函寄知枢密院事郑侨，催请致仕。王琳之官融水，赋诗送之。湖广总领张抑赴召，赋诗寄之。送牛尾狸与周必大，并寄诗；周必大有和作。为周必大天香堂赋诗，周必大刻石。十月，为赣县令黄文罴作《赣县学记》。分别有函寄周必大、黄艾、胡圣闻、王容，有诗寄钱子文。十二月，三省同奉旨，不允致仕。

庆元三年丁巳(1197)，七十一岁

杨万里族弟杨济公、杨才翁来访。为万钟元亭题诗。赵宽之之官章贡，赋诗送之。朱熹寄书至，有答函。为知县李子立问月台题诗。为李寅仲作《广汉李氏义槩堂记》。七月，上奏请致仕。八月，李元之寄诗至，赋诗相谢。曾三异寄诗至，有和作。为族弟杨复贲乐斋题诗。周必大索《和陶渊明归去来兮辞》及《海鳅赋》，以函送之，周必大有谢函。

庆元四年戊午(1198),七十二岁

正月六日,宁宗举行郊祀大礼,进封杨万里吉水县开国子,食邑五百户。杨万里有谢表。正月七日,作《隆兴府奉新县怀种堂后记》。正月十七,由中大夫晋位太中大夫,有谢启;周必大有贺函。

有函答宣教郎胡涣。江西漕使赵不迁寄书及礼至,复函谢之。唐人鉴来访,临行时赋诗送别。次子杨次公得监安仁河税,周必大有贺函,杨万里有谢启。吉州知府赵文友诇告省亲,杨万里有书及诗送别。为亡友段世昌《龙湖遗稿》作序。

庆元五年己未(1199),七十三岁

二月十七日朝命下,以通议大夫、宝文阁待制致仕。

与周必大有唱和。韩亚卿移漕江东,赋诗送行。有函寄朱熹。五月,安福刘德礼卒,为作行状。为黄堂伯一经堂题诗。赋诗送庐陵丞刘约之。张抑寄诗及礼至,有答函并赋诗谢之。六月,有函于万安宰赵师适论骚赋。王琳归融州,赋诗送行。为彭惟孝碧云飞观题诗。有诗跋朱熹《楚辞解》。

秋,患疟疾,继而患腹疾,两月后方愈。有函寄张镃,介绍幼子杨幼舆往见。有函答朱熹。次子杨次公之官安仁,赋诗送之。十一月,为何侑《览古诗断》作序。有函致周必大,为其新楼赋诗,旋入城谒之。

庆元六年庚申(1200),七十四岁

赣州知州张贵谟寄诗并馈酒,杨万里有和作及谢函。致函淮西总领韩亚卿,湖广总领林郎中,言吉水连年水旱,请免和籴。

三月,为任尽言《小丑集》作序。为陈旸《乐书》作序。朱熹卒,作文祭之。

五月,幼子杨幼舆归,携太常少卿虞俦函,虞俦请杨万里为其母作墓志铭,杨万里有复函。为萧遂作《静庵记》。

六月,长子杨长孺之官南昌,因致函隆兴府张孝伯等人,请加照顾。有函答胡瀍。为曾光祖寿衍堂题诗。何异荐谢正之来谒,有诗赠之。

八月,京镗卒,有祭文、挽辞,后又为之作墓志铭。张孝伯寄函至,邀杨万里赴豫章,复函谢之。

九月,有函寄长子杨长孺。淮东漕使虞俦寄诗至,赋诗谢之。有函答谢岘,虞简易,傅伯寿。

十月,幼子杨幼舆之官澧浦、慈利监税,赋诗送之。为太和宰卓洵寄新刻山谷快阁诗真迹题诗。

嘉泰元年辛酉(1201),七十五岁

有函寄范莘(范成大之子),闻范成大集已刻印,渴求一读。

本年与隆兴府知府张孝伯、江西路提刑彭宪、王倅有函,托请照顾长子杨长孺;与湖北提举傅伯成,胡瀍,湖北提举陈朴,请关照幼子杨幼舆。

去岁以乡邑灾荒，请当政者蠲除和籴，得允所请，适逢总领韩亚卿书礼至，因复谢函；吉州赵倅亦为蠲除和籴来谢函，有答函。

族弟杨挟赴郴州，赋诗送之。蜀帅刘德秀遣骑送函问候，赠《太平御览》，杨万里赋诗并函寄之。六月，为刘应时《颐庵诗稿》作序。为彭醇《漱溪居士文集》作后序。余端礼卒于潭州，为作挽诗、祭文、墓志铭，并寄函唁其家属。为周子益《训蒙省题诗》作序。十月，应张瀛之请，作《湖北检法厅尽心堂记》。有函寄虞祖禹兄弟，谈为其父虞允文作铭诗事。与徐元、陆游、徐宋臣有书函往来。

嘉泰二年壬戌（1202），七十六岁

为太和宰赵汝谋《勤民》图题诗。次子杨次公安仁监税任满，回乡。刘季澄携诗来访，杨万里有和作。始得淋疾。长子杨长孺寄书至，作《武陵春》词寄之。刘讷绘《三老图》（杨万里及周必大、周必正），杨万里、周必大均有题咏。入冬，有诗及函寄袁说友。太和宰赵汝谋赴临安，赋诗送之。为安福欧阳似得作《醉乐堂记》。

嘉泰三年癸亥（1203），七十七岁

二月，为谢周卿作《长汀县重修县治记》。四月，为《二曾居士集》作序。

七月，为王徒《三近斋馀录》题诗。

九月二十一日准省札，下旨召赴行在，杨万里上奏辞免。三十日召，不准辞免。有谢表及谢丞相启。入城访周必大。为胡涣观生亭题诗。有诗寄张镃、姜夔。十一月召，不允辞免召赴行在，再上奏请免。赋诗赠吉州首胡元衡。为师刘邵才《杉溪集》作后序。

嘉泰四年甲子（1204），七十八岁

正月，为邑士萧季随作《瑞莲斋记》。晋封庐陵郡侯，有谢表。寒食有函答袁枢。有函答张演，又为其饰庵题诗。四月，应胡元衡之请，作《六一先生祠堂碑》。淋疾又复发。作《易外传后序》。七月，为刘文郁《周易宏纲》作序。有诗寄题赵充大东山堂。淋疾加剧，医嘱忌文字劳心。为王岘专春亭、桂堂题诗。

十一月，周必大卒，年七十九，杨万里为作祭文。

开禧元年乙丑（1205），七十九岁

春季，为邹有常爱莲亭、李少度燕谷题诗。吉州守胡元衡赴召，赋诗送之。

六月，为沈作宾作《山居记》。有诗赠李吉州，为张仲寅甘老堂题诗。

除夕，赋诗送次子杨次公入京受县。

开禧二年丙寅（1206），八十岁

正月，服用周叔亮所送之药，有效，赋诗送之。十五日，奉旨准免召命，除宝谟阁学士。二月二十二日，朝廷下《宝谟阁学士告辞》，杨万里上奏辞免，不允，又赐衣带、鞍马，有谢表。

端午，因病止酒，赋绝句，为诗之绝笔。

五月八日午时卒,享年八十,有遗嘱、遗表。据杨长孺《请谥状》:"(闻韩侂胄欲用兵北伐)先臣万里失声恸哭,谓奸臣妄作,一至于此,流泪常太息者久之。是夕不寐,次朝不食,兀坐斋房,取春膏纸一幅,手书八十有四言。其辞曰:'吾年八秩,吾官品,吾爵通侯,子孙满前,吾复何憾!老而不死,恶况难堪。韩侂胄奸臣,专权无上,动兵残民,狼子野心,谋危社稷。吾头颅如许,报国无路,惟有孤愤,不免逃移。今日遂行,书此为别。汝等好将息!'……既书题毕,掷笔隐几而没。实五月八日午时也。"

十一月七日,葬于吉水污泥塘,距家八百步。

是年五月韩侂胄请宁宗下诏伐金。因准备不足,用人不当,加之金军早有战备,导致北伐失利。次年,韩侂胄被杀,宋、金罢兵议和。

附注:本年谱主要是汇集众家之说整理而成,不敢掠美,故在此说明,并致以谢意。所采用的诸家主要有:于北山《杨万里年谱》(上海古籍出版社2006年版)、王守国《诚斋诗研究》(中州古籍出版社1992年版)所附《诚斋年表》、章楚藩主编《杨万里诗歌赏析集》(巴蜀书社1994年版)所附《杨万里年表》。

杨万里研究重要参考文献

著作部分

1. (宋)杨万里. 诚斋集. 四部丛刊影印缪荃孙艺风堂所藏影宋抄本. 民国十一年(1922)
2. (宋)杨万里. 诚斋集. 商务印书馆1986年影印文渊阁四库全书本. 1986
3. (宋)杨万里. 诚斋易传. 商务印书馆1990年影印四库全书本. 1990
4. (清)吕留良. 宋诗抄. 中华书局. 1986
5. 北京大学古文献研究所. 全宋诗(卷四十二). 北京大学出版社. 1998
6. 曾枣庄、刘琳主编. 全宋文(卷一百一十九). 上海辞书出版社、安徽教育出版社. 2007
7. (宋)杨万里著、王琦珍整理. 杨万里诗文集. 江西人民出版社. 2006
8. (宋)罗大经. 鹤林玉露. 中华书局. 1983
9. 周汝昌. 杨万里选集. 上海古籍出版社. 1979
10. 于北山. 杨万里诗文选注. 上海古籍出版社. 1988
11. 章楚藩主编. 杨万里诗歌赏析集. 巴蜀书社. 1994
12. 湛之编. 杨万里范成大资料汇编. 中华书局. 1964
13. 张瑞君. 杨万里评传. 南京大学出版社. 2002
14. 王守国. 诚斋诗研究. 中州古籍出版社. 1992

15. 于北山著、于蕴生整理. 杨万里年谱. 上海古籍出版社. 2006
16. 周启成. 杨万里和诚斋体. 上海古籍出版社. 1990
17. 刘庆云、杜方智主编. 映日荷花别样红——首届全国杨万里学术讨论会论文集. 岳麓书社. 1993
18. 康泰、肖东海主编. 蜜成犹带百花香——第二届全国杨万里学术讨论会论文集. 江西高校出版社. 1999
19. 龙榆生、唐宋词格律. 上海古籍出版社. 1978
20. 潘慎、秋枫主编. 中华词律辞典. 吉林人民出版社. 2005

论文部分

1. 胡明. 杨万里散论. 文学评论. 1986. 6.
2. 胡明. 诚斋放翁诗品人品谈. 江西社会科学. 1987. 3.
3. 于北山. 试论杨万里的爱国诗篇. 江西大学学报. 1979. 4.
4. 于北山. 杨万里诗作的人民性与艺术性. 淮阴师专学报. 1982. 3.
5. 王琦珍. 杨万里与江西诗派关系摭议. 九江师范学院学报. 1989. 4.
6. 王琦珍. 论杨万里诗风转变的契机. 江西社会科学. 1989. 4.
7. 王琦珍. 杨万里家世叙录. 文学遗产. 1989. 5.
8. 王琦珍. 中兴四大诗人比较论. 江西师范大学学报. 1990. 4.
9. 王琦珍. 论禅学对诚斋诗歌艺术的影响. 辽宁大学学报. 1992. 5.
10. 傅义. 杨万里对江西诗派的继承与变革. 中国文学研究. 1990. 3.
11. 张瑞君. 论杨万里的人格. 天津师大学报. 1999. 6.
12. 张瑞君. 论杨万里诗歌的艺术构思. 河北大学学报. 1999. 2.
13. 张瑞君. 杨万里的文学创作论. 山西大学师范学院学报. 2001. 3.
14. 张瑞君. 杨万里在宋代诗歌发展中的地位及影响. 山西大学学报. 2001. 2.
15. 张瑞君. 广阔社会生活与丰富内心世界的表现——杨万里诗歌的内容. 忻州师范学院学报. 2001. 5.
16. 张瑞君. 杨万里诗歌的发展历程. 太原师范学院学报. 2003. 3.
17. 张瑞君. 论杨万里的易学思想. 太原师范学院学报. 2002. 3.
18. 张瑞君. 杨万里诗歌的意象特征. 山西师大学报. 2002. 2.
19. 张瑞君. 论杨万里的行知观. 山西大学学报. 2002. 06.
20. 王守国. 论"诚斋体"诗的表述特征. 河南师大学报. 1988. 4.
21. 王守国. 诚斋诗源流论略. 中州学刊. 1988. 4.
22. 王守国. 诚斋诗趣简论. 中州学刊. 1985. 6.
23. 王守国. 诚斋诗论管窥. 杭州师范学院学报. 1988. 4.

24. 王守国．不笑不足以为诚斋诗——论诚斋诗的谐趣．井冈山师范学院学报．1994．4．
25. 王守国．诚斋自然山水诗综论．中州学刊．1995．6．
26. 胡迎建．杨万里的文学思想及其诗论．江西社会科学．1999．3．
27. 张鸣．诚斋体与理学．文学遗产．1987．3．
28. 王兆鹏．构建灵性的自然——杨万里"诚斋体"别解．文学遗产．1992．6．
29. 黄建华．杨万里诗歌艺术探析．江西社会科学．1999．9．
30. 张福勋．诚斋诗的活法艺术．阴山学刊．1995．1．
31. 张福勋．诚斋诗的诙谐艺术．阴山学刊．1996．1—2．
32. 许总．论杨万里与南宋诗风．社会科学战线．1991．4．
33. 张玉璞．杨万里与南宋"晚唐诗风"的复兴．文史哲．1998．2．
34. 龚国光．诚斋体与俗文学——杨万里诗歌创作再认识．江西社会科学．1999．3．
35. 戴武军．杨万里的诗论特色．山东师大学报．1990．3．
36. 戴武军．诚斋体的形成原因初探．湘潭大学社会科学学报．1992．4．
37. 戴武军．杨诚斋诗初论．求索．1990．6
38. 张晶．"诚斋体"与禅学的"因缘"．文艺理论家．1990．4．
39. 张晶．"诚斋体"与宋诗的超越．文史知识．1993．4．
40. 龚国光．诚斋体与俗文学——对杨万里诗歌的再认识．江西社会科学．1999．3．
41. 黎烈南．童心与诚斋体．文学遗产．2000．5．
42. 叶帮义．20世纪陆游、杨万里研究综述．南京师范大学文学院学报．2004．3．
43. 周建军．论"诚斋体"对南宋诗风的转关作用．广西社会科学．2003．3．
44. 沈元林．中国第一个泛神论倾向诗人——杨万里．社会科学研究．1990．3．
45. 庆振轩．谁谓荼苦,其甘如饴——杨万里诗论别解．文学遗产．1993．4．
46. 皮元珍．在创作中寻找新的自我:论杨万里的诗．中国文学研究．1993．4．
47. 韦向学．《诚斋诗话》论略．广西师大学报．1998．1．
48. 李胜．诚斋诗论要题摭谈．四川师范大学学报．2000．2．
49. 常玲．论诚斋谐趣诗的三味．文学遗产．2000．5．
50. 莫砺锋．论杨万里诗风的转变过程．求索．2001．4．
51. 胡建升．论杨万里咏园诗的禅学意趣．南昌大学学报．2006．1．
52. 胡建升．诚斋文气说的审美意蕴．北京师范大学学报．2006．4．
53. 梅珍生、陈金清．论杨万里的类辨思想．武汉大学学报．2002．2．
54. 王星琦．"诚斋体"与"活法"诗论．南京师范大学文学院学报．2002．3．

55. 郑晓江、肖义巡．论杨万里的儒学思想——兼及杨万里与朱熹的关系．南昌大学学报．2005.2.
56. 郭艳华．"性灵"观与杨万里的诗学思想新探．南昌大学学报．2005.6.
57. 郭艳华．杨万里"合神与圣"诗学主张的理论及文化意义．南昌大学学报．2006.5.
58. 沈松勤．杨万里"诚斋体"新解．文学遗产．2006.3.
59. 肖瑞峰．百年来杨万里研究述评．文学评论．2006.4.
60. 韩晓光．杨万里诗歌"活法"与"句法"关系浅探．中国文学研究．2006.2.
61. 孙亚敏．杨万里的童趣诗及其儿童观．上海师范大学学报．2007.3.

《杨万里集》名言警句

△江欲浮秋去,山能渡水来。(《题湘中馆》其二)(第001页)
△也知渔父趁鱼急,翻着春衫不裹头。(《过百家渡四绝句》其一)(第002页)
△莫问早行奇绝处,四方八面野香来。(《过百家渡四绝句》其二)(第003页)
△已分忍饥度残岁,更堪岁里闰添长。(《悯农》)(第008页)
△日长睡起无情思,闲看儿童捉柳花。(《闲居初夏午睡起二绝句》其一)(第009页)
△戏掬清泉洒蕉叶,儿童误认雨声来。(《闲居初夏午睡起二绝句》其二)(第010页)
△上书恸哭君何苦,政是时人重子虚。(《跋蜀人魏致尧抚干万言书》)(第012页)
△鬓丝浑为催科白,尘埃满胸独遑惜?(《过西山》)(第015页)
△老子朝朝弄田水,眼看翠浪作黄云。(《观稼》)(第018页)
△八荒万里一青天,碧潭浮出白玉盘。(《钓雪舟中霜夜望月》)(第019页)
△小荷才露尖尖角,早有蜻蜓立上头。(《小池》)(第021页)
△道他滴沥浑无赖,不到侯门舞袖边。(《秋雨叹十解》其十)(第023页)
△荷花入暮犹愁热,低面深藏碧伞中。(《暮热游荷池上五首》其三)(第027页)
△瘦蝉有得许多气,吟落斜阳未肯休。(《暮热游荷池上五首》其四)(第028页)
△枕底席边俱绿水,脚根头上两青天。(《小舟晚兴》其一)(第040页)
△流到前溪无半语,在山做得许多声。(《宿灵鹫禅寺》其二)(第042页)
△长淮见说田生棘,此地都将岭作田。(《过石磨岭岭皆创为田直至其顶》)(第043页)
△天公支与穷诗客,只买清愁不买田。(《戏笔》其一)(第044页)
△桃花爱做春寒信,只恐桃花也自寒。(《二月一日晓渡太和江》其二)(第046页)
△细细一风寒里暖,时时数点雨中晴。(《万安道中书事》其一)(第047页)

△好山万皱无人见，都被斜阳拈出来。（《舟过谢潭》其三）（第049页）
△万物皆春人独老，一年过社燕方回。（《春晴怀故园海棠》其一）（第050页）
△撑得篙头都是血，一矶又复在前头。（《过显济庙前石矶竹枝词》其二）（第052页）
△老农背脊晒欲裂，君王犹道深宫热！（《白纻歌舞四时词》其二）（第065页）
△接天莲叶无穷碧，映日荷花别样红。（《晓出净慈寺送林子方》其二）（第067页）
△梵王岂是无甘露，不为君王致蜜来。（《读梁武帝事》）（第070页）
△杨柳阴中新酒店，葡萄架底小渔船。（《过杨村》）（第073页）
△自汲江波供盥漱，清晨满面落花香。（《洗面绝句》）（第074页）
△闭门觅句非诗法，只是征行自有诗。（《下横山滩头望金华山》其二）（第078页）
△黄陈篱下休安脚，陶谢行前更出头。（《跋徐恭仲省干近诗》其三）（第080页）
△天开云雾东南碧，日射波涛上下红。（《过扬子江二首》其一）（第081页）
△万里银河泻琼海，一双玉塔表金山。（《过扬子江二首》其二）（第082页）
△六朝未可轻嘲谤，王谢诸贤不偶然！（《舟过扬子桥远望》）（第084页）
△何必桑干方是远，中流以北即天涯！（《初入淮河四绝句》其一）（第085页）
△长淮咫尺分南北，泪湿秋风欲怨谁？（《初入淮河四绝句》其二）（第086页）
△却是归鸿不能语，一年一度到江南。（《初入淮河四绝句》其四）（第089页）
△知侬笠漏芒鞋破，须遣拖泥带水行。（《竹枝歌有序》其七）（第094页）
△作蜜不忙采花忙，蜜成犹带百花香。（《蜂儿》）（第095页）
△莫怨孤舟无定处，此身自是一孤舟。（《泊平江百花洲》）（第096页）
△道是烛花总无恨，为谁须暗为谁明？（《夜泊平望》其一）（第099页）
△儿童急走追黄蝶，飞入菜花无处寻。（《宿新市徐公店》其一）（第111页）
△道是残红何足惜，后来并恐没残红。（《风花》）（第112页）
△童子柳阴眠正着，一牛吃过柳阴西。（《桑茶坑道中》其七）（第115页）
△政入万山围子里，一山放出一山拦。（《过松源晨炊漆公店》其五）（第115页）
△二月海棠倾国色，五更杜宇说乡情。（《送丘宗卿帅蜀》其二）（第118页）
△出笼病鹤孤飞后，回首金笼始欲愁！（《发赵屯，得风宿杨林池，是日行二百里》）（第119页）
△王侯将相饶尊贵，不博渠侬一晌癫！（《观社》）（第124页）
△高柳下来垂处绿，小桃上去末梢红。（《南溪早春》）（第126页）
△春花秋月冬冰雪，不听陈言只听天。（《读张文潜诗》其一）（第129页）
△升平不在箫韶里，只在诸村打稻声。（《至后入城道中杂兴》其二）（第131页）
△只有三更月，知予万古心。（《夜读诗卷》）（第132页）
△吾国其勿恃此险，而以仁政为甲兵，以人材为河山，以民心为垣墉也乎！（《海䲡赋》）（第151页）

△胜而不勇,败而不怯,得而不喜,失而不挫,优游容与,以待天下之隙而徐制其要领。(《君道》中)(第156页)

△此竹也,所谓草木也非耶?然其生,则草木也;其德,则非草木也。不为雨露而欣,不为霜雪而悲,非以其有立故耶?(《玉立斋记》)(第167页)

△山水之乐,易得而不易得,不易得而易得也。乐者不得,得者不乐;贪者不与,廉者不夺也。(《景延楼记》)(第169页)

△天下莫易于以无而取有,莫难于以有而取有,何则?以无取有者无所顾,以有取有者有所惜也。(《与陈应求左相书》)(第171页)

△夫诗何为者也?尚其词而已矣;曰:善诗者去词。然则尚其意而已矣;曰:善诗者去意。(《颐庵诗稿序》)(第185页)

图书在版编目（CIP）数据

杨万里集／（宋）杨万里著；张勇，姜剑云，杜玉荣解评．—太原：三晋出版社，2008.10（2012.9 重印）
（中国家庭基本藏书·名家选集卷）
ISBN 978-7-5457-0006-0

Ⅰ．杨⋯ Ⅱ．①杨⋯②张⋯③姜⋯④杜⋯ Ⅲ．古典文学-作品集-中国-南宋 Ⅳ．I 214.422

中国版本图书馆 CIP 数据核字（2008）第 157727 号

杨万里集

著　　者：（宋）杨万里	解评者：张　勇　姜剑云　杜玉荣
责任编辑：朱　屹	审订者：朱嘉峰
封面设计：敬人工作室	版式设计：敬人工作室
责任校对：朱　屹	责任印制：李佳音

出版发行：山西出版传媒集团·三晋出版社（原山西古籍出版社）
地　　址：太原市建设南路 21 号
电　　话：(0351) 4956036（咨询）　　4922268（邮购）
传　　真：(0351) 4922102
网　　址：http://sjs.sxpmg.com
邮　　编：030012
E–mail：sj@sxpmg.com

印刷装订：山西出版传媒集团·山西新华印业有限公司
（本书如有破损、缺页、装订错误，请与承印厂联系调换　0351-4120948）

开　　本：787mm×960mm　　1/16
字　　数：232 千字
印　　张：14.5
版　　次：2008 年 10 月第 1 版
印　　次：2012 年 9 月第 2 次印刷
印　　数：5 001–9 000 册
书　　号：ISBN 978-7-5457-0006-0
定　　价：20.00 元

版权所有，翻印必究。本书图文未经书面授权，不得以任何方式转载或公开发表。